Äpfel und Dirnen

Julia Bruns wurde in einem kleinen Dorf mitten in Thüringen geboren. Die promovierte Politikwissenschaftlerin arbeitete viele Jahre als Redenschreiberin und in der Öffentlichkeitsarbeit. Heute schreibt sie als freie Autorin, am liebsten Krimis aus ihrer Heimat Thüringen. www.thueringen-kommissare.de

JULIA BRUNS

Äpfel und Dirnen

THÜRINGEN KRIMI

emons:

Bibliografische Information der Deutschen Nationalbibliothek
Die Deutsche Nationalbibliothek verzeichnet diese Publikation in der Deutschen Nationalbibliografie; detaillierte bibliografische Daten sind im Internet über http://dnb.d-nb.de abrufbar.

MIX
Papier aus verantwortungsvollen Quellen
FSC® C083411
FSC
www.fsc.org

Umschlagmotiv: Helgi/photocase.de
Umschlaggestaltung: Tobias Doetsch
Gestaltung Innenteil: César Satz & Grafik GmbH, Köln
Lektorat: Marit Obsen
Druck und Bindung: CPI – Clausen & Bosse, Leck
Printed in Germany 2017
ISBN 978-3-7408-0043-7
Thüringen Krimi
Originalausgabe

Dieses Werk wurde vermittelt durch die Agentur Editio Dialog, Dr. Michael Wenzel (www.editio-dialog.com).

Für »Ö«

Prolog

»Spring! Ich habe gesagt, spring! Wird's bald, du feige Sau?«

»Aber das ist doch verboten.«

Sie lachte kreischend auf. »Du wolltest es so, also spring!«

»Edelgard, bitte. Das war doch nicht so gemeint.«

»Wie heiße ich?« Durch eine Drehung ihres schmalen Handgelenks versetzte sie ihm mit der Ledergerte schwungvoll einen heftigen Schlag auf das nackte Fleisch seines Rückens.

»Herrin«, murmelte er.

»Wie bitte?« Ein noch derberer Hieb folgte.

Er jaulte auf.

»Ja, das gefällt dir. So willst du es haben.« Ihre Stimme war fest und kompromisslos.

»Herrin«, wiederholte er nun lauter. Wieder zwirbelte die Gerte auf ihn herab. Das Brennen seiner Haut ließ ihn kaum noch einen klaren Gedanken fassen. Niemals hätte er sich vorstellen können, dass Peitschenhiebe derartige Qualen verursachen konnten. Und schon gar nicht hier draußen, nachdem die im Fernsehen doch erst neulich darüber berichtet hatten, dass Kälte das Schmerzempfinden der Haut dämpfen würde. Er fragte sich, wie tief die Temperaturen wohl sinken müssten, damit Sadomaso-Sex ihm Freude bereitete. Im Thüringer Becken hatte seit einigen Tagen der Winter Einzug gehalten. Minus zehn Grad hatte das kleine digitale Thermometer heute Morgen angezeigt, das in seinem Wohnzimmer auf der Fensterbank stand und dessen Sensorkabel er geschickt durch das Gummi im Rahmen des Fensterflügels hindurchgefädelt hatte, um die Dichtung nicht zu gefährden. Kein Mensch ging freiwillig bei dieser Kälte vor die Tür, erst recht nicht, wenn das ZDF einen James-Bond-Film zeigte. Und ganz besonders dann nicht, wenn man kaum etwas anhatte.

Er bibberte. Seit fast zwei Jahren traf er sich nun heimlich mit Edelgard. Als sie ihm diesen besonderen Weihnachtsservice anbot, hatte er an die Handschellen gedacht, die sie in ihrer Handtasche bei sich trug und deren Schloss er vor Kurzem hatte ölen dürfen. Das Spiel damit empfand er als durchaus reizvoll. Auch ihren neuen Spleen, demzufolge er sie als »Herrin« titulieren musste, akzeptierte er klaglos. Aus seiner Sicht genügte das jedoch vollkommen. Er war nicht pervers. Bestimmt nicht. Eigentlich stand er nur auf ihre prallen Brüste in der Lederkorsage und ihre dicken Oberschenkel in den hochhackigen Stiefeln. Solange sie ihm damit bloß den Rücken kratzte, fand er auch die Spielchen mit der Gerte nicht so schlecht. Aber die Nummer hier überstieg alles für ihn Vorstellbare. Abgesehen davon, dass es ihn nicht die Bohne geil machte.

Den nächsten Schlag mit der Gerte platzierte Edelgard an seiner Lendenwirbelsäule, dass er vor Schmerz den Rücken durchbog. »Und jetzt spring endlich! Schließlich ist das deine Weihnachtsüberraschung, Sklave.«

Sklave. Das fehlte ihm gerade noch. Wenn er ihr Sklave sein sollte, konnte ihm dieser neumodische Sexkram, von dem alle sprachen, gestohlen bleiben. Sklave nannte ihn niemand, nicht einmal seine Frau. Und die konnte ihn schon mächtig schikanieren. Heute Morgen erst hatte sie ihn in aller Herrgottsfrühe nach draußen geschickt, damit er den Gehweg fegte, dabei hatte es in der Nacht nur ein bisschen Schneegeriesel gegeben. Davon war ja nicht mal etwas liegen geblieben. Aber nein, er musste immer der Erste sein, nur damit keiner der Nachbarn etwas zu reden hatte.

»Spring!« Edelgards Stimme überschlug sich, so ungeduldig war sie.

Er starrte in das tiefdunkle Wasser des Gründelsloches. Der Vollmond spiegelte sich in der Oberfläche, nur gebrochen durch die dunklen Schatten der hohen alten Bäume, die die Quelle säumten. Wie schwarze knochige Gestalten lagen ihre Konturen auf dem Wasser. Regungslos. Nur ab und zu bewegte sich etwas dazwischen. Es war Edelgards Umriss, der sich wie ein Riese über seinen gelegt hatte. In der Nähe plätscherte monoton der Gründelsbach. So aggressiv hatte er das Geräusch überhaupt nicht in Erinnerung. Ansonsten war kein Laut zu hören. Er wagte es nicht, sich zu bewegen. Edelgard noch mehr in Rage zu bringen könnte böse enden. Sie kannte kein Erbarmen, das wusste er. Doch wie er aus der Nummer hier rauskommen sollte, ohne sein Gesicht zu verlieren, war ihm schleierhaft. Zehn Grad sollte das Wasser haben, sommers wie winters. Das hatte er schon in der Schule gelernt. Damit wäre es immerhin deutlich wärmer als die Minusgrade, bei denen er gerade nur mit seiner Unterhose bekleidet am Ufer der Quelle kniete. Dabei könnte er jetzt gemütlich zu Hause auf seiner Couch liegen. Das tat er an Weihnachten doch immer. Mit einem anständigen Bierchen und einer Packung Mon Chéri. Seit fünfundzwanzig Jahren lag die für ihn unter dem Weihnachtsbaum. Auf seine Frau konnte man sich eben verlassen. Auf ihre vehemente sexuelle Verweigerung leider auch.

Neben ihm knatschte das Leder. Edelgard hob ihren rechten Fuß und stellte ihn ihm auf seine linke Schulter. Der Pfennigabsatz ihrer schwarzen Stiefel grub sich schmerzhaft in sein Schlüsselbein. »Los jetzt!«

»Herrin, Gnade«, winselte er. Etwas Besseres fiel ihm im Moment nicht ein. Außerdem hatte er doch keine Ahnung, was man im SM-Milieu sagen musste, um nicht mitten in der Nacht in den Untiefen einer Karstquelle versenkt zu werden.

Jetzt wusste er, was sie mit der Vorbereitung auf das eigens für ihn kreierte Weihnachtsangebot gemeint hatte. Und er hatte die ganze Zeit an einen Quickie im Auto gedacht. Warum war ihm auch eine ehrliche Antwort herausgerutscht, als sie ihn nach seinem schlimmsten Alptraum gefragt hatte? Der Frieden des zweiten Advents, drei Gläser Apfelglühwein und Edelgards roter Spitzenbüstenhalter in seinem Gesicht hatten dafür gesorgt, dass bei ihm kein Misstrauen aufgekommen war. Wie ein junges Kätzchen hatte er geschnurrt und ihr alles erzählt. Nun kannte sie seine Ängste. Und nutzte sie schamlos aus. Hätte er doch nur auf Siegfried, einen seiner Skatbrüder, gehört. Niemals den Weibern vertrauen, bringt bloß Ärger, pflegte der immer zu sagen. Recht hatte er. Doch nun war es zu spät.

Fast schon steif gefroren dachte er an den schrecklichen Traum, den er Edelgard ausgemalt hatte. Es war immer das gleiche Bild: In einer bitterkalten Winternacht steht er vollkommen nackt allein am Ufer des Gründelsloches. Wie von Geisterhand verliert er das Gleichgewicht und stürzt hinein. Das Wasser umfängt seinen Körper, und die Strömung zieht ihn hinab in die Tiefe. Er schreit um sein Leben, doch es ist niemand da, der ihm helfen kann. Er ist verloren.

Wieder und wieder hatte er diesen Traum. Er wusste sogar noch genau, wann es angefangen hatte. Am 3. Juli 1972. Da waren die Taucher der Gesellschaft für Sport und Technik zur Erkundung der Quelle ins Wasser hinabgestiegen. Die Männer waren kaum auf sieben Meter Tiefe gekommen, als sie abbrechen mussten. Die Strömung war einfach zu stark gewesen. Nichtsdestotrotz wollten sie am Grund mindestens drei Labyrinthöffnungen von dreißig Zentimeter Durchmesser gesehen haben, aus denen mit großer Wucht das Wasser schoss. Fünfzehntausend Liter in der Minute. Glasklares, eiskaltes Wasser. Niemand hatte bisher herausgefunden, wo es genau herkam. Und vor allem schien es nie zu versiegen, seit vierhundert Jahren nicht. Die Vorstellung gruselte ihn bis heute.

»Jetzt reicht es mir aber. Ich friere mir hier wegen dir nicht den Arsch ab.« Edelgard setzte ihren Fuß mit voller Wucht auf den gefrorenen Boden. »So was aber auch. Erst große Klappe und dann machst du dir in die Hose. Wer wollte denn die Domina-Nummer?«

Sie klang nun wie seine Frau, wenn sie mit ihm schimpfte, weil er zu spät zum Essen kam oder im Edeka mal wieder die viel zu teuren Toilettenpapierrollen gekauft hatte. Damit war die Abtörnung komplett. Er beschloss dennoch, sich nichts anmerken zu lassen. Schließlich wollte er Edelgard nicht verärgern. Wer wusste schon, wozu dieses Weib ansonsten fähig wäre? Am Ende landete er noch unfreiwillig in dieser schrecklichen Brühe. Abgesehen davon war er sich nicht sicher, ob er auf Edelgards Dienste in Zukunft wirklich verzichten wollte. Es konnte gut sein, dass er sie irgendwann wieder in Anspruch nehmen musste. Bestimmt sogar. Vielleicht an Silvester. Bei den normalen Geschichten war sie erste Sahne. Aus Kindelbrück kamen aber auch die drallsten Weiber. Mit denen durfte man es sich nicht verscherzen, wenn man auf seine alten Tage ab und zu noch ein bisschen Freude haben wollte. Aber dann sollten sie jetzt auch im Guten auseinandergehen.

»Du blöder Hund«, schnaufte sie, während sie die Gerte ein letztes Mal über sein Hinterteil zog. Dann stakste Edelgard wütend durch den kleinen Park davon. »Ich hole mir hier noch den Tod wegen dem. Dabei ist heute die lange Sissi-Nacht. Na, vielleicht sehe ich wenigstens noch was vom dritten Teil. Immerhin hat dieser Dussel schon bezahlt. Wäre ja noch schöner, wenn mir für so was auch noch das Geld durch die Lappen geht. Ausgerechnet an Weihnachten, wo sich das Geschäft wirklich lohnt«, schimpfte sie vor sich hin.

Er blieb auf den Knien und lauschte. Ihre Stimme wurde immer leiser, je näher sie der schmalen Straße kam, die oberhalb des kleinen Parks am Gründelsloch vorbeiführte und an der sie ihr Auto geparkt hatte. Er hörte das Klappen einer Autotür. Dann brummte ein Motor.

Edelgard war davongefahren. Und mit ihr seine Klamotten. Sie hatte ihn halb nackt und mutterseelenallein am Gründelsloch zurückgelassen. Zu allem Überfluss brannte nun auch noch sein Hintern. Der Feinripp hatte zwar einiges abgehalten, aber die Folgen von Edelgards Schlägen waren deutlich spürbar. Morgen früh würde er die Schlagershow des MDR unmöglich in seinem Fernsehsessel sitzend verfolgen können. Aber was machte das schon? Jetzt musste er erst einmal nach Hause kommen. Ungesehen, was in Kindelbrück zu jeder Tages- und Nachtzeit eine Leistung war.

Mühevoll richtete er sich auf, die steifen Knie leicht gebeugt, damit die Schmerzen ihn nicht umhauten. Millimeter für Millimeter streckte er die Gelenke durch. Irgendwann wurde es erträglich. Er richtete frierend seine Feinrippunterhose, als in der Dunkelheit ein paar Äste knackten. Er zuckte zusammen. Dann hörte er es wieder und gleich darauf noch einmal.

Da war jemand.

Das Herz schlug ihm bis zum Hals. Hektisch schaute er sich um. Ein Schatten. Noch einer. Er musste weg hier. Das Gründelsloch war der Eingang zur Hölle. Bloß weg.

Unsicheren Schrittes hastete er so schnell er konnte davon. Barfuß, auf gefrorenem Boden. Er rutschte aus, rappelte sich wieder hoch und versuchte zu rennen. Doch seine Beine wollten ihm nicht so recht gehorchen. Die Arthrose, die Kälte, und dann das lange Knien. Von der Atemnot bei all der Eile ganz zu schweigen. Keuchend setzte er ein Bein vor das andere. Dabei drehte er sich immer wieder um.

Im nächsten Augenblick wurde es schwarz um ihn.

Und in Kindelbrück begann es zu schneien.

EINS

»La Paloma ohe – einmal muss es vorbei sein! Nur Erinn'rung an Stunden der Liebe bleibt noch an Land zurück. Seemannsbraut ist die See, und nur ihr kann ich treu sein …« Bernsen schmetterte das alte Shanty aus voller Kehle und bewegte im Takt dazu seinen Oberkörper hin und her. Der Ärmel seines ausgewaschenen Seemannshemdes flatterte im Fahrtwind um seinen dünnen Arm, den er lässig im geöffneten Beifahrerfenster des Dienstwagens abgelegt hatte.

Kohlschuetter wischte sich den Schweiß von der Stirn. »Ich will ja nicht stören, Hans Albers, aber wenn Sie das Fenster schließen würden, hätte die Klimaanlage auch eine Wirkung.«

»Ich brauche frische Luft und nicht diese beklemmende künstliche Kaltluft. Die gefährdet meine Singstimme.« Er räusperte sich. »Wenn der Sturmwind sein Lied singt, dann winkt mir der großen Freiheit Glück«, trällerte er den Refrain zu Ende.

»Gibt es einen Grund für diese überschwänglich gute Laune?« Kohlschuetter, der das Auto über den Erfurter Stadtring lenkte, warf einen amüsierten Seitenblick auf seinen Kollegen.

»Noch vier Tage bis zum Urlaub«, antwortete der und hob erneut zu singen an. »What shall we do with the drunken sailor, what shall we do with the drunken sailor, what shall we do with the drunken sailor, early in the morning?«

Kohlschuetter grinste in sich hinein. Dass ein erwachsener Mann jenseits der sechzig eine so kindliche Urlaubsvorfreude empfinden konnte, war ihm neu. Aber irgendwie war diese Heiterkeit ansteckend. Und momentan konnte er ein bisschen Ablenkung wirklich gut gebrauchen. Nicht wegen des Jobs. Der lief gut. Wobei zurzeit nicht viel los war. Thüringen erlebte den heißesten Sommer seit Jahren, was sogar die Energie der Kriminellen im Freistaat lahmzulegen schien. Auch mit Bernsen kam er zurecht. Man gewöhnte sich schließlich an alles. Der Typ war schräg, jedoch, wenn man die defizitäre soziale Intelligenz, seine zelebrierte Ignoranz jedwedem Andersdenken gegenüber und den fragwürdigen Humor ausklammerte, auf seine Art durchaus sympathisch. Und was das Wichtigste war, er machte seine Sache als Ermittler gut. Manchmal agierte er vielleicht ein wenig zu unkonventionell, doch er hatte kriminalistischen Spürsinn. Kohlschuetter würde es niemals zugeben, aber er konnte von dem anstrengenden Nordlicht tatsächlich noch etwas lernen. Hin und wieder. Nein, was ihn in den letzten Wochen so mitgenommen hatte, war sein sich zunehmend als nervig erweisendes Privatleben.

Seit fünf Wochen traf er sich nun schon mit Manuela, der Trainerin und Ernährungsberaterin aus seinem Fitnessstudio. Die Kleine war ja wirklich niedlich. Auch hatte er mit ihrer Hilfe seinen BMI noch einmal um null Komma eins nach unten drücken können. Aber die fünfunddreißig Tage mit ihr fühlten sich verdammt lang an. Es kam ihm vor, als stünde er kurz vor der Silberhochzeit. Und schlimmer noch: Die Schlinge der »festen Bindung« zog sich immer enger um seinen Hals; die Vorzeichen waren unverkennbar. Denn was sollte sonst das Gerede von seinem Wohnungsschlüssel? Immer wieder kam sie auf dieses Thema zu sprechen. Von wegen, dann könnte sie ab und zu schon mal etwas gekocht haben, wenn er vom Dienst kam. Erstens aß er abends so gut wie nie warm, zweitens kam er meistens zu einer Zeit vom Dienst, zu der man generell nicht mehr essen sollte, und drittens, das war für ihn das Schwerwiegendste, rückte er für nichts und niemanden die Eintrittskarte zu seinem Heiligtum heraus. Das ging weit über seine Vorstellung von einer gesunden Beziehung zwischen Mann und Frau hinaus. Ein Zusammenspiel, mehr sollte es nicht sein, zeitlich begrenzt, lose und erwartungsfrei. Doch was die Frauen wollten, war Verlobung, Hochzeit, Tod. Auf diesen vorgeschriebenen Weg ließ er sich nicht setzen. Von niemandem. Erst recht nicht von Manuela mit ihrem zuckersüßen Schmollmund. Wie sollte er ihr das beibringen, ohne sich ein neues Fitnessstudio suchen zu müssen? Die Zickerei war vorprogrammiert.

Warum musste das andere Geschlecht aber auch immer so

kompliziert sein? Schwitzend steuerte er auf das Parkhaus am Anger 1 zu. Die Hitze war kaum auszuhalten, und warum Bernsen sogar bei diesen Temperaturen darauf bestand, das Mittagessen im Nordsee-Restaurant einzunehmen, war ihm schleierhaft. Noch dazu in seiner Stammfiliale am Anger, sodass sie durch die überfüllte Innenstadt kurven mussten. Nur weil die hier angeblich mehr Zwiebeln auf die Bismarck-Baguettes packten. Doch der Kollege war in den letzten Tagen so handzahm gewesen, dass er ihm die Bitte nicht hatte abschlagen können. Dabei war die Stadt voller Touristen. Massenweise schlenderten sie über den Anger und durch die engen Gassen der Altstadt, bevölkerten zu Kohlschuetters Leidwesen die unzähligen Straßencafés rund um die Krämerbrücke, wo er abends gern den Tag bei einem stillen Wasser oder einem alkoholfreien Cocktail Revue passieren ließ.

Obwohl Kohlschuetter gern in Erfurt lebte, empfand er die Sommermonate in dieser schönen Stadt immer als besonders nervig. Vor allem die verstopften Parkhäuser. Wenigstens war die Zeit der Domstufenfestspiele für dieses Jahr bereits überstanden, ohne dass es Manuela gelungen war, ihn in »Tosca« zu schleppen. Beim Mexikaner gegenüber hatte er ohnehin mehr als nötig davon mitbekommen.

Im Schritttempo rollten sie hinter vier weiteren Autos auf die Schranke zur Einfahrt des Parkhauses zu, als Kohlschuetters Handy klingelte. Er drückte auf den Knopf der Freisprechanlage und meldete sich.

Am anderen Ende der Leitung blies jemand deutlich hörbar den Rauch einer Zigarette aus. »Ich störe Sie nur ungern in Ihrer Mittagspause«, sagte eine kratzige Stimme, die dem Leiter der Erfurter Polizeiinspektion gehörte. Er war ein kleiner, zurückhaltender Mann mit penibel getrimmtem Vollbart, der den größten Teil des Tages hinter der Vielzahl von Fotos und gerahmten Autogrammkarten seines geliebten Fußballvereins FC Rot-Weiß Erfurt saß, die fast die Hälfte seines Schreibtisches einnahmen, und der gefühlt fünf Telefone gleichzeitig bedienen konnte. Der Chef erhob sich, so munkelte man, nur für zwei wesentliche Dinge von seinem Arbeitsplatz: den Gang zur Toilette und diverse Abstecher ins Raucherzimmer. Letzteres betrat er seit Inkrafttreten des Nichtraucherschutzgesetzes nur widerwillig und zähneknirschend, aber, seinem Nikotinkonsum angemessen, gut zwei Dutzend Mal am Tag, weshalb die Haustechniker dort extra ein Telefon für ihn installiert hatten.

»Was gibt es so Dringendes?«, fragte Kohlschuetter, ohne auf die Floskel mit der Mittagspause einzugehen. Warum auch? Er war bei der Kriminalpolizei, dort pochte niemand auf die Einhaltung der für andere Arbeitnehmer normalen Arbeits- und Pausenzeiten. Außer der Kollege Bernsen natürlich. Abgesehen davon mochte er den Chef, denn der hatte ihm, als er frisch von der Polizeischule in Meiningen gekommen war, die Stelle bei der Erfurter Kriminalpolizei angeboten. Niemals hätte er sich vorstellen können, in einem kleinen Provinznest Polizeidienst zu schieben. Er hatte schon immer in der Landeshauptstadt arbeiten wollen, und das in einem richtigen Team. Wobei alle wirklich harten Geschichten, in denen sie bisher ermittelt hatten, irgendwo in der Thüringer Pampa und nicht in der Landeshauptstadt passiert waren. Und was das Arbeiten im Team anging, na ja, irgendwo hatte der Chef Bernsen nun mal unterbringen müssen. Ganz so teamunfähig, wie es auf den ersten Blick schien, war der gute Friedhelm ja auch gar nicht.

Wieder konnte man den Chef inhalieren und ausatmen hören. Kohlschuetter, der sich als militanter Nichtraucher und Gesundheitsfanatiker einbildete, besonders empfindlich gegenüber Nikotinschwaden zu sein, konnte den widerwärtigen Gestank, der jetzt in der Polizeiinspektion durch das Raucherzimmer waberte, förmlich durch das Telefon riechen. Die Widerwärtigkeit war auch der Grund, weshalb der Chef die meiste Zeit allein im Raucherraum zubrachte, während alle anderen Kollegen sogar bei Wind und Wetter den Innenhof vorzogen. Nur ahnungslose Besucher gerieten gelegentlich dort hinein, um vor einer Besprechung noch schnell eine durchzuziehen. Das passierte aber nur denjenigen Gästen, die noch nie zuvor in der Dienststelle gewesen waren. Alle anderen behielten die Tabakvorlieben des Chefs in so einprägsamer Erinnerung, dass sie sich ihnen niemals wieder in einem zwölf Quadratmeter großen Raum mit geschlossenen Fenstern aussetzen wollten. Indonesische Djarum-Super-Nelken-Zigaretten hinterließen nun mal einen bleibenden Eindruck.

»Wir haben eine männliche Leiche in Kindelbrück im Landkreis Sömmerda. Parkweg lautet die Adresse. Eine Hausnummer gibt es nicht. Der Tote schwimmt im Gründelsloch. Das ist wohl eine Art See oder so etwas. Sie sollten sich beeilen.«

Der letzte Satz gehörte immer dann zum obligatorischen Repertoire des Chefs, wenn er ein Gespräch, ob persönlich oder telefonisch, zügig beenden wollte. Die Worte waren so dahingesagt, gleich einer gewöhnlichen Grußformel, aber deutlich charmanter als eine abgewürgte Unterhaltung. Eher wie ein gut gemeinter Ratschlag. Kohlschuetter und die anderen Kollegen hatten eine Weile gebraucht, um das zu begreifen. Denn zunächst hatte es für alle so geklungen, als würde der Chef damit Druck aufbauen wollen, um die Ermittlungsarbeit zu beschleunigen. Doch das war ganz und gar nicht seine Art. Nur Bernsen hatte das noch immer nicht mitbekommen. Bei ihm lösten diese Worte regelmäßig Wutattacken aus. Heute blieb er allerdings erstaunlich still.

»Noch etwas?«, fragte Kohlschuetter nach, während er bereits den Namen der Stadt in das Navigationsgerät eingab. Angestrengt überlegte er, woher er den Ort kannte.

»Nein, nur …« Das Klicken eines Feuerzeuges war zu hören. Es folgten ein tiefer Lungenzug und das erneute langsame Ausatmen des Qualms. »Bei diesem Wetter würde ich sowieso keinen Fisch essen. Und Sie sollten sich beeilen.« Dann hatte der Chef aufgelegt.

»Beeilen, beeilen«, maulte Bernsen. »Alter Sklaventreiber. Ich habe Mittagspause. Abgesehen davon frage ich mich, was das Wetter mit einer anständigen Fischmahlzeit zu tun haben soll? Ich brauche meine Omega-3-Fettsäuren, egal, was Petrus sagt. Wir Norddeutschen sterben ohne diese essenziellen Stoffe in unserem Blut. Das ist genetisch so festgeschrieben.« Mit herunterhängenden Mundwinkeln starrte er geradeaus. Vergessen

waren die fröhlichen Seemannsmelodien der letzten Minuten.
»Was esse ich jetzt zu Mittag? Und wer ersetzt mir die Nordsee-Gutscheine, die nur noch bis heute gültig sind? Wenn Claudi das erfährt, bekomme ich zur Strafe drei Tage keinen Kaffee mehr bei ihr. Sie hat sie doch extra aus der Zeitung ausgeschnitten und für mich aufbewahrt.«

Claudi, wie nur Bernsen sie nennen durfte, hieß mit vollem Namen Claudia Kowalski. Sie war die neue Sekretärin des Chefs und gewissermaßen der Kettenhund der Behörde, da bei ihr jeder automatisch auf Distanz ging. Der impertinente Patschuli-Duft, in den sich die pummelige junge Frau mit der spitzen Nase und den eng stehenden Augen tagtäglich hüllte, wog dabei längst nicht so schwer wie ihre ruppige und schonungslos offene Art, mit der sie die Wünsche des Chefs exekutierte. Nur für einen galt das nicht. Bernsen. An dem hatte sie einen Narren gefressen – und er an ihr.

Kohlschuetter sah in den Rückspiegel, setzte den Blinker und scherte ohne Umschweife aus der wartenden Autoschlange aus, um zu wenden. Ein soeben aus dem Parkhaus kommender Volvo konnte gerade noch bremsen. Der Fahrer hupte wütend. Bernsen streckte provokativ seine zur Faust geballte Rechte aus dem Beifahrerfenster. Das Hupen verstummte, und der Volvofahrer gab den beiden mit einem Kopfnicken zu verstehen, dass er sie vorlassen würde. Kohlschuetter setzte noch einmal kurz zurück, dann fuhren sie Richtung Autobahn davon.

»Wenn Sie damit mal an den Falschen geraten, schieße ich Ihnen nicht den Weg frei. Hat man Ihnen da oben nicht beigebracht, dass wir als Polizisten den unbescholtenen Bürgern keine Gewalt androhen dürfen beziehungsweise wir so etwas wie eine Vorbildfunktion haben? Wo kämen wir denn hin, wenn im Straßenverkehr das Faustrecht gelten würde?«

»Was meinen Sie denn mit ›da oben‹? Die Dachterrasse des Radisson? Den lieben Gott? Oder die Raumkapsel von Ulf Merbold?« Bernsen lehnte sich entspannt zurück. In seiner Stimme schwang wieder diese leichte Arroganz, die Kohlschuetter in fast schon gesetzmäßiger Regelmäßigkeit auf die Palme brachte.

»Ulf Merbold. Freilich«, ätzte er und verdrehte genervt die Augen. »Das ist so etwas wie ein Reflex bei Ihnen, oder?«

»Was denn?«, erkundigte sich Bernsen unbedarft.

»Nichts. Schon gut. Vergessen Sie es.«

»Na, was denn nun? Ich habe Sie etwas gefragt. Da kann ich ja wohl eine Antwort erwarten. Welchen Reflex wollen Sie mir jetzt schon wieder andichten?«, blaffte Bernsen.

Kohlschuetter holte tief Luft. »Den, dass Ihnen niemals, aber auch wirklich niemals ein ostdeutsches Beispiel einfallen würde. Nicht einmal dann, wenn dieser Mensch der unbestritten Schönste, Beste, Schnellste – ach, weiß der Fuchs was wäre.« Er winkte ab.

»Wollen Sie mir etwa regionalbezogene Ahnungslosigkeit unterstellen?«

»Wenn es um den Osten Deutschlands geht, ja, dann attestiere ich Ihnen die sogar. Sei es aus Unwissenheit oder Ignoranz – wobei ich nicht weiß, was fünfundzwanzig Jahre nach der Wende schlimmer wäre.« Er hielt an einer roten Ampel und schaute provozierend zu Bernsen hinüber, der sich jedoch nicht aus der Ruhe bringen ließ.

»Also bitte«, sagte er mit übertriebener Betonung und altbekannter Überheblichkeit, »noch mal: Was meinen Sie mit ›da oben‹? Die Raumkapsel eines ostdeutschen Astronauten?«

Kohlschuetter musste an sich halten, um den Kollegen vor Unmut nicht anzuknurren. »Sehen Sie? Da haben wir es wieder. Ihnen fällt nicht einmal der Name eines ostdeutschen *Kosmo*nauten ein. Sigmund Jähn«, presste er hervor. »Siegmund Jähn aus Morgenröthe-Rautenkranz war der erste Deutsche im All. Der erste Mensch ›da oben‹ hieß Juri Gagarin. Der war Russe oder, wie man damals noch sagte, Sowjetbürger.«

Kohlschuetter, der immer noch auf Bernsen guckte, hatte nicht bemerkt, dass die Ampel mittlerweile Grün zeigte. Hinter ihnen hupte jemand. Hastig legte er den Gang ein und fuhr weiter.

»Ach, daher weht der Wind. Ihr sozialistischen Brüder wollt den westlichen Demokraten mal wieder mit Gewalt beweisen, dass ihr die Besseren seid.« Bernsen wackelte mit dem Kopf hin und her. »Aber ich war Erster! Erster, Erster«, nörgelte er mit Kinderstimme. »Hauptsache, höher, schneller, weiter als der Klassenfeind. Was das gebracht hat, konnten wir ja sehen. Mannomann, irgendwann müsst ihr doch einmal einsehen, dass ihr verloren habt.«

»Verloren?« Kohlschuetter biss sich wütend auf die Zunge und schwieg. Verloren haben wir nur unsere friedliche Idylle, dachte er, die von euch westdeutschen Schlaubergern und Dummschwätzern zunichtegemacht wurde. Im nächsten Moment war er froh, dies nicht laut gesagt zu haben. Ostalgie war nämlich überhaupt nicht sein Ding. Ungerechtigkeit auch nicht. Wieso hatte er sich nur zu einer derartigen Diskussion hinreißen lassen? Das musste am neuen Fall liegen. Er hasste es, zu einer Leiche gerufen zu werden, da man nie wissen konnte, was für ein Anblick einen dort erwartete. Oder war es der Frust über sein Liebesleben? In jedem Fall hatte er Bernsen provoziert und sich dann auch noch von dessen Äußerungen anstacheln lassen. Kohlschuetter schwor sich, diese Art Gespräch künftig schlichtweg zu vermeiden. »Dabei hatte ich mich ausnahmsweise wirklich einmal auf den Backfisch mit Kartoffelsalat gefreut«, sagte er verdrossen. »Ich habe einen Wahnsinnshunger.« Er hatte gestern Abend ein paar Extrarunden im Fitnessstudio gedreht und war von dem Milchshake, den ihm Manuela zum Frühstück gemixt hatte, nicht satt geworden.

»Und ich habe mich auf meinen Urlaub gefreut.« Bernsen blickte teilnahmslos aus dem Fenster. Die Ost-West-Diskussionen, die er sonst voller Inbrunst führte, schienen ihn heute nicht weiter zu interessieren. »Egal, wie wir das machen, am Freitag Punkt neunzehn Uhr muss ich in Bongsiel sein. Zum Abendessen.«

»Sie könnten auch mal eine neue Platte auflegen.« Bernsens immer wieder geäußerte, wenig dezente Hinweise auf seinen pünktlichen Feierabend gingen Kohlschuetter tierisch auf die Nerven. »Wer oder was ist eigentlich Bongsiel?«

Kohlschuetter wusste nicht, warum er die Frage stellte. Ob

aus Höflichkeit oder um die unterkühlte Stimmung, die seit dem Anruf des Chefs im Wagen herrschte, etwas aufzulockern. Er spürte, wie die Anspannung, die ihn stets überkam, wenn sie auf dem Weg zu einem Leichenfundort waren, in ihm wuchs. Nervös presste er die Zähne aufeinander, was ein laut knackendes Geräusch seiner Kiefergelenke verursachte. Bald würde sein Zahnarzt die Zahl der in Thüringen begangenen Morde an Kohlschuetters heruntergekauten Zähnen ablesen können. Die Zähneknirscherei brachte ihm regelmäßig Schelte ein. Aber was sollte er machen? Bei aller Liebe zu seinem Job konnte er sich einfach nicht daran gewöhnen, dass sich Menschen gegenseitig umbrachten. Er drehte den Regler für das Gebläse auf die höchste Stufe und richtete die Lüftung auf seinen Oberkörper. Das brachte ihm zumindest eine leichte Abkühlung.

»Bongsiel ist eine Streusiedlung am Ockholmer Koog«, entgegnete Bernsen.

Kohlschuetter hatte eine ungefähre Vorstellung davon, was eine Streusiedlung war. Beim Koog hingegen musste er passen. Trotzdem verspürte er nicht die geringste Lust nachzufragen. Musste er auch nicht, denn Bernsen redete bereits weiter.

»Bevor Sie fragen, ein Koog ist aus der See gewonnenes Marschland. Und dort steht seit 1902 der Gasthof Thamsen, ›Dat swarte Peerd‹. Am Freitag um neunzehn Uhr werden meine Rotfeder und ich uns dort die Bongsieler Platte mit Räucheraal, Brataal und Aal in Gelee bestellen, dazu gibt es hausgemachte Bratkartoffeln und danach einen Schimmelreiter-Aquavit.« Er richtete seinen schmalen Oberkörper im Autositz auf und formulierte die Worte wie eine Kampfansage. »So wie an jedem ersten Urlaubstag seit achtunddreißig Jahren.«

»Ach, doch schon«, sagte Kohlschuetter mit spöttisch verzogener Miene. »Sommerurlaub an der Nordsee. Seit achtunddreißig Jahren. Mit Aalvariationen.«

»In Bongsiel, genau. Und ich bin nicht gewillt, auch nur die kleinste Abweichung von diesem Ritual zuzulassen. Da kann ganz Thüringen tot in irgendeinem See schwimmen, um fünf nach sieben steht mein Flensburger vor mir auf dem Tisch, und der Koch macht sich an dem Aal zu schaffen.« Als müsste er das unterstreichen, nickte er bei diesen Worten energisch. »Das lasse ich mir ganz bestimmt nicht von irgendeinem zerschießen, der seinen Kopf nicht über Wasser halten kann. Es ist doch immer das Gleiche: Bei der Affenhitze hüpft jeder ungeachtet aller Gefahren in irgendeine Wasserpfütze. Scheißegal, wenn er dabei draufgeht, Hauptsache, er hat sich vorher abgekühlt.« Seine Stimme hatte einen leicht hysterischen Ton angenommen.

»Immer mit der Ruhe, Bernsen. Wir fahren jetzt nach Kindelbrück. Alles Weitere werden wir sehen. Wenn es sich um einen Badeunfall handelt, sind wir doch im Nu fertig.« Kohlschuetter holte tief Luft. »Dann lade ich Sie in die Nordsee ein. Mit Ihren Gutscheinen.«

»Das ist mal ein Wort!« Wieder zufrieden mit sich und der Welt, lehnte sich Bernsen in seinem Sitz zurück. »What shall we do with the drunken sailor …«, hob er schwungvoll an, und Kohlschuetter seufzte verhalten.

***

Bernsen unterbrach seinen Gesang, um einen Schluck aus der Thüringer-Waldquell-Flasche zu nehmen, die im Ablagefach der Beifahrertür steckte. Während der letzten dreißig Minuten hatte Kohlschuetter sich auf den Verkehr konzentriert und seine Gedanken schweifen lassen. Woher er die Stadt Kindelbrück kannte, war ihm immer noch nicht eingefallen. Doch er hoffte, dass es wirklich nur ein Badeunfall war. Alles andere würde den Kollegen Bernsen für die nächsten Tage unausstehlich machen. Und für ihn den Stress verdoppeln. Das konnte er beim besten Willen nicht auch noch gebrauchen. Manuela reichte vollkommen aus.

»Das kenne ich doch hier.« Bernsen hätte sich fast an seinem Wasser verschluckt. »Wird das eine Revival-Tour, oder was?« Lachend schraubte er die Plastikflasche zu und schob sie wieder in das Fach in der Tür. »Was machen wir hier?«

»Durchfahren. Sehen Sie«, Kohlschuetter zeigte auf das Navi. »Der Weg nach Kindelbrück führt über Weißensee.«

»Na, solange das kein Omen ist, soll es mir recht sein. Damals waren es sogar zwei Leichen.« Bernsen wischte sich den Schweiß von der Stirn, drehte den Oberkörper nach rechts und hielt den Kopf so weit es ging aus dem Fenster, um einen ausgiebigen Blick auf den Marktplatz zu erhaschen. »Das Rathaus steht zumindest noch. Wie es wohl unserem Freund, dem durchgeknallten Bürgermeister, ergangen ist?«

»Offensichtlich nicht so gut«, antwortete Kohlschuetter mit Blick auf die Wahlplakate, die an jedem zweiten Laternenmast hingen.

»Wie kommen Sie darauf?« Bernsens Kopf ruckte nach links, er schaute Kohlschuetter fragend an.

»Mensch, Bernsen, unterzuckert oder was? Die Stadt hängt voller Kandidatenplakate zur Bürgermeisterwahl, nur einer ist nicht drauf.«

»Adler?« Bernsen sah in alle Richtungen, ob er das fehlende Adler-Plakat nicht doch noch irgendwo erspähen könnte.

»Genau.« Kohlschuetter knallte das Wort heraus, als stünden sie auf dem Exerzierplatz. Bernsens Urlaubsmodus fing wirklich langsam an zu nerven. Außerdem hatte das Handy in seiner Hosentasche schon mindestens drei Kurznachrichten gemeldet, seit sie in Erfurt losgefahren waren. Manuela wollte bestimmt wissen, was sie heute Abend kochen sollte. Als ob ihn das interessierte. Er atmete tief aus. »Wenn mir damals jemand gesagt hätte, dass er beim nächsten Mal nicht mehr antritt, hätte ich es nicht glauben können. Adler war doch faktisch Weißensee.«

Bernsen wedelte sich mit der Parkscheibe Luft zu. »Der hat sein Reinheitsgebot samt Braumeister an die Bayern verkauft und hält nun gemeinsam mit seiner Ordnungsamtschefin den Chinesischen Garten besetzt, um dort einen entspannten Lebensabend zu verbringen.« Er lachte schallend und hatte sich, bis sie das Dorf Günstedt passiert hatten, noch nicht wieder eingekriegt.

»Ist ja nun gut. So witzig war das auch nicht«, murrte Kohlschuetter ungehalten.

»Warum seid ihr Ossis eigentlich so verkniffen? Mal richtig die Sau rauslassen, das könnt ihr gar nicht. Oder ist das eine thüringische Eigenart?« Bernsen grinste provozierend.

»Wie viele Ossis respektive Thüringer kennen Sie denn?« Eigentlich hatte sich Kohlschuetter ja gerade erst geschworen, wenigstens bis zu Bernsens Pensionierung nicht mehr auf diese Art Diskussionen einzusteigen. Doch wann immer Bernsen das kleine, harmlose Wörtchen »Ossi« nur in den Mund nahm, schnellte sein Blutdruck gefährlich in die Höhe. Bis heute konnte er nicht sagen, ob Bernsen wirklich so ignorant war, wie er immer tat, oder ob er sich bloß einen Spaß daraus machte, den schofeligen Toffel zu spielen. Fünfundzwanzig Jahre nach der deutschen Wiedervereinigung lebte er eine so geballte Sammlung an Vorurteilen, als wäre die Mauer noch da, mindestens zwanzig Meter hoch und als hätte er nie auch nur einen Fuß in den östlichen Teil Deutschlands gesetzt. Das wiederum tat er mit einer Vehemenz, die ihresgleichen suchte.

Bernsen warf die Parkscheibe in den Fußraum und zählte seine Ossi-Bekanntschaften an den Fingern ab. »Acht. Mit Ihnen sind es acht«, sagte er mit der naiven Überzeugung eines Kindes.

»Sie sind seit über zwanzig Jahren bei der Thüringer Polizei und kennen *acht* Einheimische«, antwortete Kohlschuetter fassungslos.

»Ja, wobei ich nicht jeden mitgezählt habe, der mir hier schon einmal begegnet ist. Aber das versteht sich ja von selbst. Acht, doch. Das sind die, die ich näher kenne.« Bernsen schaute sichtlich angetan aus dem Beifahrerfenster. Riesige Apfel- und Kirschplantagen säumten die Straße, und er sagte fast beiläufig: »Nette Bäumchen haben die hier. Ist wohl ein Obstanbaugebiet.«

Kohlschuetter rieb sich das Stoppelkinn und duckte sich ein wenig, um unter der Sonnenblende hindurch die lang gezogenen Apfelbaumreihen zu seiner Rechten besser sehen zu können. Da fiel ihm ein, woher er das kleine Städtchen kannte. 1988, Ferienlager Beichlingen. Mit siebenhundertachtundneunzig anderen Kindern hatte er damals zwei Wochen seiner Sommerferien mitten im Wald in Holzbungalows mit Metallbetten und seltsam riechendem Linoleum verbracht. Und mit Isabell aus Kindelbrück, die den Jungs mit ihrem süßen Silberblick die Köpfe verdreht und schier unendliche Westschokoladenvorräte unter ihrem Doppelstockbett versteckt hatte. Ihr Vater musste irgendein hohes Tier in der Kindelbrücker Kofferfabrik gewesen sein. Er erinnerte sich nicht mehr genau. Nur, dass er sie hinter den Duschräumen geküsst hatte, wusste er noch wie heute. Sein erster Kuss. Dabei war er erst dreizehn gewesen, und Isabell hatte schon Jugendweihe gehabt. Ein Jahr später war er wieder in Beichlingen gewesen. Nur hatte er Isabell dieses Mal nicht mehr getroffen. Dafür einige andere nette Mädels. Kohlschuetter schmunzelte über seinen quasi angeborenen Dreh bei den Frauen. Ob das alte Pionierlager noch stand? Nach der Wende waren viele dieser Einrichtungen zu Ferienanlagen umgebaut worden. Er beschloss, auf dem Rückweg einen Abstecher über Beichlingen zu machen, wenn die Sache in Kindelbrück nicht zu lange dauerte, und nachzuschauen.

Er verringerte das Tempo, um die Landschaft, mit der er sich jetzt irgendwie verbundener fühlte, intensiver betrachten zu können, mit dem Effekt, dass der abgeschwächte Fahrtwind die Innenraumtemperatur des Wagens in immer unangenehmere Höhen trieb. Auf der freien Strecke knallte die Sonne noch erbarmungsloser vom Himmel und ließ die Luft über dem Asphalt flimmern. Man konnte beinahe die trockene Erde der Obstplantagen auf der Zunge schmecken. Bis zur Ernte waren es noch gut und gern sechs Wochen, aber an den kleinen Bäumchen waren jetzt schon die dicht an dicht gewachsenen hellgrünen Früchte zu erkennen.

Hinter Weißensee hatte sich die Landschaft verändert. Sie war nun hügeliger, die Ackerflächen durchbrochener, kleinteiliger. Die Gegend hatte etwas Liebliches, fast schon Zauberhaftes, was nicht zuletzt an den Obsthainen lag. Sie hatten auf ihn dieselbe besondere Wirkung, die Weinberge mit ihren schier endlosen, an einer Richtschnur gezogenen Rebstockreihen auf die meisten Menschen ausübten. Erfasste einen dort die Vorfreude auf einen erlesenen Tropfen, war es in der Kindelbrücker Flur aber doch eher eine Art Obstgartenromantik, die einen an die eigenen Kindertage unter dem großväterlichen Apfelbaum erinnerte.

Sie hatten einen Großteil des Gehölzes passiert und erreichten nun den höchsten Punkt auf dem Weg von Günstedt nach Kindelbrück. Vor ihnen lag die verschlafene Kleinstadt, aus deren Mitte der Rathausturm und der Kirchturm von St. Ulrich ragten. Am Horizont erhob sich die Hainleite, ein Muschelkalk-Höhenzug, der das Thüringer Becken vom Nordwesten her begrenzte und vor allem für seine Buchenwälder, Orchideen und Burgruinen bekannt war.

Kohlschuetters Telefon klingelte. Er warf einen flüchtigen Blick auf das Display, erkannte Manuelas Nummer und drückte sie weg. Was hatte der Kollege Bernsen eben gesagt? Nach zwei Jahrzehnten Exil in Thüringen hatte er es auf acht Bekannte gebracht?

»Mannomann, Sie haben wirklich eine aufgeschlossene soziale Ader«, sagte Kohlschuetter und nahm damit leichtfertig ein Gespräch wieder auf, das er so eigentlich nicht mehr führen wollte.

»Ich bin Norddeutscher. Wir verbrüdern uns nun mal nicht mit jedem. Kühle Zurückhaltung, schon mal gehört? Bei Helmut Schmidt stand eine ganze Nation darauf. Und mir wird deswegen ein Vorwurf gemacht«, blaffte Bernsen in schroffem Ton.

»Das war kein Vorwurf. Ich denke nur, etwas Offenheit für Neues kann nicht schaden.« Kohlschuetter hielt inne und überlegte, wie gut er eigentlich Bernsens norddeutsche Heimat kannte? Abgesehen von zwei Kurztrips nach Hamburg gab es bisher eher wenige echte Erfahrungen, auf die er sich berufen konnte. Aber wenn er dort leben würde, wäre das doch etwas ganz anderes. Als er vor ein paar Jahren von Nordhausen nach Erfurt gezogen war, hatte er sich auch mehrfach die Sehenswürdigkeiten der Stadt angesehen. Sicher, er hatte Thüringen nicht verlassen und kannte bereits alle regionalen Gepflogenheiten, aber trotzdem. Man musste doch wissen, wo man gelandet war.

In gemächlichem Tempo fuhr er in die Stadt Kindelbrück ein und folgte den Anweisungen des Navis, die erste links in Richtung Frömmstedt zu nehmen.

»Offenheit, Aufgeschlossenheit, damit meint ihr Ossis euren FKK, oder? Das ist ja wieder typisch. Schweinskram, das konntet ihr hinter eurer Mauer. Nee, nee. So etwas liegt uns Norddeutschen nicht«, ereiferte sich Bernsen.

»Was haben denn soziale Kontakte mit Schweinskram zu tun?« Verständnislos schüttelte Kohlschuetter den Kopf. »Darum geht es doch überhaupt nicht. Außerdem ist Ihr Klischee vom sündigen Ossi wohl mehr als affig.« In den Jahren seit der Wende hatte es Dutzende empirische Studien über die Unterschiede zwischen Ost und West gegeben. Sogar das angeblich unterschiedliche Sexualverhalten hatten die Wissenschaftler untersucht. Doch außer Vorurteilen und Missverständnissen war daran aus Kohlschuetters Sicht wirklich nichts zu finden.

»Na, na, na, damit würde ich mich an *Ihrer* Stelle nicht so weit aus dem Fenster lehnen.« Bernsen schob seine Unter- über die Oberlippe und schaute betont beiläufig auf die Straße.

»Was soll das denn heißen?«, schimpfte Kohlschuetter wütend.

»Ich meine ja nur.« Er streckte demonstrativ seine rechte Hand nach vorn, drehte sie langsam hin und her und betrachtete eingehend seinen Ehering.

»Verklemmter Spießer«, nuschelte Kohlschuetter. Er folgte der Straße nach rechts, passierte einige Kleingartenparzellen und parkte den Wagen schließlich hinter einem Rasentraktor, der zur Hälfte schräg auf einem Grünstreifen vor einem Gartenzaun stand. An dem Gefährt lehnte ein schwarzes, auffallend teures Rennrad. Ungesichert, wie er mit einem flüchtigen Blick feststellen konnte.

Kaum dass er den Motor ausgestellt hatte, sprang Kohlschuetter aus dem Auto. Die Hitze knallte ihm nun erbarmungslos auf die Haut. Was wusste Bernsen schon von den Frauen? Wenn ein Mann vierzig Jahre lang mit ein und derselben Frau seine Nächte verbrachte, dann hatte er entweder die Richtige gefunden, oder er war einfach nur bequem. Auf Kohlschuetter traf beides nicht zu. Mal ganz abgesehen davon, dass er es mit gerade einmal vierzig Jahren für absolut ausgeschlossen hielt, sich festzulegen. Allein der Gedanke daran schnürte ihm den Hals zu. Aber sollte er sein Liebesleben ausgerechnet mit Bernsen diskutieren? Das fiel ihm doch überhaupt nicht ein. Der rannte dann nur wieder schnurstracks zu Claudi in die Dienststelle und posaunte alles aus.

Bernsen stieg ebenfalls aus dem Wagen, beugte sich aber noch einmal hinein und griff nach einer kleinen Tube Sonnenschutzcreme, die in der Mittelkonsole steckte. Er drückte sich einen Klecks auf die linke Handfläche und verrieb die Creme bis zum hochgekrempelten Ärmel seines ausgeblichenen Fischerhemdes. Die Prozedur wiederholte er beim anderen Arm. Anschließend wischte er sich mit beiden Handflächen über sein wettergegerbtes Gesicht und seinen Nacken. Dann flog der Behälter zurück ins Auto, und die Tür knallte zu.

Kohlschuetter, der diese aus seiner Sicht schrullige Eigenart in den letzten Wochen so einige Male beobachtet hatte, verkniff sich wie bisher jeden Kommentar und steuerte mit einem intensiven Duft von Sonnencreme in seiner Nase auf einen kleinen Park zu, an dessen Eingang eine hölzerne Informationstafel aufgebaut war. »Das Gründelsloch«, stand in blassblauer Schrift darauf zu lesen. Alles Übrige war dem Wetter, dem Vandalismus oder beidem zum Opfer gefallen. Die Kommissare folgten dem leicht abschüssigen schmalen Pfad in Richtung des unüberhörbaren Stimmengemurmels. Zwischen zwei Birken flatterte das rot-weiße Absperrband der Polizei. Die Kollegen von der Sömmerdaer Polizeidienststelle waren als Erste vor Ort gewesen, um den Leichenfundort zu sichern. Einige Meter hinter der Absperrung tauchte ein fast kreisrunder See von etwa zwanzig Metern Durchmesser vor ihnen auf. Sein Wasser, das von einer beeindruckenden Klarheit war, schimmerte im Sonnenlicht türkisblau. An manchen Stellen ging die Farbe in ein sattes Mittelblau, mitunter aber auch in ein zartes Hellgrün über. Das Ufer des Sees wurde gesäumt von einem dicken Holzgeländer, dem Bernsen und Kohlschuetter um den halben See folgten, um zu einer kleinen, aufgeregt diskutierenden Gruppe von vier Leuten zu gelangen, die sich am gegenüberliegenden Ufer versammelt hatten. Ein Polizeibeamter versuchte seiner Körpersprache nach, die drei anderen zu beruhigen, was ihm aber augenscheinlich nicht gelang. Ein weiterer blau Uniformierter hantierte in ein paar Metern Entfernung mit dem Absperrband. Etwas abseits der Gruppe saß angestrengt hechelnd ein hünenhafter Dobermann. Er war an einen der Bäume angeleint und beobachtete wachsam das Treiben. Seine Zunge hing lang aus dem Maul, und sein Körper bebte vom schnellen Atmen. Ab und zu drehte sich die einzige Dame in der Runde zu ihm um und redete ihm gut zu, wobei sie unaufhörlich mit dem Kopf wippte. Der Dobermann quittierte diese Aufmerksamkeit mit dem sanften Wedeln seines kupierten Schwanzes.

»Moin.«

»Guten Tag.«

Der Dobermann knurrte.

Die Leute verstummten und schauten Bernsen und Kohlschuetter betreten an. Nur wenige Meter neben ihnen, an einem großzügig betonierten Uferstück, klemmte in dem darin eingelassenen Überlauf bäuchlings eine nackte männliche Leiche, unter der das Wasser leicht gebremst, aber in einer immer noch erheblichen Geschwindigkeit abfloss.

»Das ist also das FKK-Bad von Kindelbrückdorf«, kommentierte Bernsen die makabre Situation. Dabei konnte er sich ein Augenzwinkern in Richtung seines Kollegen offenbar nicht verkneifen. Der betrachtete den umzäunten See und die im klaren Wasser deutlich zu erkennenden steil hinabragenden Uferkanten. Für ihn sah das Gründelsloch nach allem, aber nicht nach einem Badesee aus.

»Stadt. Kindelbrück ist eine Stadt«, korrigierte ihn einer der Männer mit sanfter, jedoch leicht pikierter Stimme. »Bei dem im Barockstil gebauten imposanten Haus, dessen Turm Ihnen beim Einfahren in unsere Stadt aufgefallen sein dürfte, handelt es sich nicht um einen Wohnblock, sondern um unser Rathaus. Und das Schwimmbad ist dahinten.« Er wies vage in Richtung Osten. »Das hier ist das Gründelsloch, eine Quelle und ein Naturdenkmal.«

Der Mann war Anfang vierzig und trug eine weiße Baumwollhose und einen mittelblauen kurzärmeligen Kasack, auf dessen linke Brusttasche eine goldene Krone gepinnt war. Darunter stand in weiß gestickter Schreibschrift »Zahnarztpraxis Süß«. Unter seinem grau melierten Kinnbart hing ein mintgrüner Mundschutz, wie ihn Ärzte bei einer OP tragen. Mit wachen hellblauen, ein wenig stechenden Augen musterte er Bernsen, aber sein Gesicht ließ keinerlei Missmut erkennen. Im Gegenteil, er schien gelassen dem entgegenzusehen, was jetzt passieren würde. Der Beamte wollte etwas sagen, kam aber nicht dazu, da Kohlschuetter schneller war. Stattdessen nickte er den beiden Neuankömmlingen höflich zu.

»Timo Kohlschuetter und Friedhelm Bernsen, Kriminalpolizei Erfurt. Wer hat die Leiche gefunden?«

Kohlschuetter ging, wie so oft, einfach zur Tagesordnung über. Bernsens Humor, zumindest hoffte Kohlschuetter, dass es welcher sein sollte, war mitunter gewöhnungsbedürftig und für Außenstehende nur schwer einzuordnen.

»Ich«, nuschelte ein klein gewachsener, rundlicher Mann in einer grünen Latzhose. Er stand so nah neben seinem jüngeren Nachbarn mit dem Mundschutz, dass er ihn beinahe berührte. Fast konnte man den Eindruck bekommen, dass er hinter ihm Schutz suchte. Aufgeregt fuhr er sich mit beiden Händen durch das schüttere Haar und schaute mit leerem Blick an Kohlschuetter vorbei über die Leiche hinweg in das Wasser. »Ich habe es immer geahnt.«

»Was haben Sie immer geahnt?«, fragte Kohlschuetter neugierig.

Bernsen machte sich derweil daran, den leblosen Körper aus dem Wasser zu ziehen. Dazu setzte er einen Fuß auf die Betonwand, bückte sich und fasste nach der Schulter des Toten, um ihn an Land zu hieven. Der Leichnam entglitt seinen eingecremten Händen mehrfach, ehe er ihn endlich zu fassen kriegte. Der Streifenbeamte, der eben noch mit dem Absperrband hantiert hatte, kniete sich neben ihn ans betonierte Ufer und versuchte mit weit nach vorn gebeugtem Oberkörper, den Arm der Leiche zu erwischen. Sein Kollege war hinter ihn getreten und beobachtete das Unterfangen mit auf dem Rücken verschränkten Armen.

Angesichts dieser schwierigen Bergungsaktion riss der kleine Dicke die Augen weit auf und warnte die Polizisten mit zittriger Stimme: »Fallen Sie bloß nicht rein. Da kommen Sie nie wieder heraus, nie wieder. Das Gründelsloch verschluckt alles und jeden. Die Strudel ziehen Sie nach unten, und niemand kann Ihnen mehr helfen.«

»Na, den hier haben die Strudel ja offensichtlich wieder ausgespuckt«, japste Bernsen, der Mühe hatte, die Leiche in die Nähe des Beamten zu manövrieren.

»Ja, aber mausetot. Die Strudel sind heimtückisch«, entgegnete der Dicke mit gequälter Stimme.

»Herbert, bitte. Die Strudel befinden sich am Grund der Quelle, und der liegt in mindestens neun Meter Tiefe, vielleicht auch in zwölf. Wenn du da reinfällst, erwischen die dich nicht gleich«, wiegelte der Zahnarzt ab. »Wie oft sind wir als Kinder schon da hineingeplumpst? Jetzt übertreibst du aber wirklich.«

Die Dame in der Runde grinste spöttisch.

»Und was war am 3. Juli 1972? Die Taucher der GST waren bestens ausgerüstet und absolute Profis. Und? Und?« Herbert fing an, noch mehr zu schwitzen als ohnehin schon. »Sie mussten abbrechen, weil die Strömung zu stark war.« Er schnappte nach Luft.

»Ja, in sieben Meter Tiefe«, mischte sich nun auch die Frau ein. Ihre Stimme war laut, auf unangenehme Weise durchdringend und stand im krassen Gegensatz zu ihrer zierlichen, ein wenig drahtigen Gestalt. »So tief kann man auf Anhieb gar nicht sinken, wenn man hineinfällt. Ich war außerdem auch schon drin. Im Februar. Zehn Minuten Kältebad. Stärkt die Abwehrkräfte. Und heute wäre ich auch wieder reingesprungen. Wenn nicht …« Sie nickte in Richtung der Leiche und pustete sich eine Haarsträhne aus der Stirn. Sie trug einen dieser neumodischen kurzen Fransenhaarschnitte in einem dunkelroten Farbton, der ganz offensichtlich gefärbt war. Auf der linken Brustseite ihres gelben Funktionsshirts stand in rot gedruckten Buchstaben »Bergmann«. Die farblich darauf abgestimmte Radlerhose ließ ihre braun gebrannten, muskulösen Beine gut zur Geltung kommen. Ihr musste das Fahrrad gehören, das oben an der Straße stand. Während sie sprach, fiepte der Hund.

Kohlschuetter schätzte die Frau auf Mitte fünfzig, wandte seinen Blick jedoch schnell wieder von ihr ab, als er bemerkte, dass sie ihn mit einem Funkeln in ihren Augen von oben bis unten taxierte und dabei auf fast schon ekelhafte Weise mit der Zunge schnalzte. Irgendwie erinnerte ihn das an die sonntäglichen Kaninchenzuchtschauen, die immer im Frühjahr und Herbst in der Leimbacher Dorfkneipe stattfanden. Als Kind war es für ihn das Größte gewesen, wenn er seinen Vater dorthin begleiten durfte. Er hatte mit den Männern vor den Käfigen gestanden und ihnen beim Fachsimpeln zugehört. Dann war irgendwann einer der Preisrichter gekommen, hatte ein Kaninchen am Nackenfell aus dem Stall gehoben und es intensiv von allen Seiten begutachtet. »Der weiße Widder bekommt dreihundertachtzig Punkte für Körperform, Fellhaar, Kopf, Behang und Sauberkeit«, lautete ein mögliches Urteil. Und Kohlschuetter fühlte sich gerade genau wie der weiße Widder. Nur dass es bei dieser Preisschau auf seine Ohren vermutlich am wenigsten ankam.

»Das Schwimmen ist hier doch verboten«, widersprach Herbert entrüstet. Dabei legten sich feine Spuckebläschen auf seine Unterlippe, die, ausgelöst durch das Zittern seines Mundes, zu einem Rinnsal zusammenliefen und sich über seinen Mundwinkel den Weg zum Kinn suchten. Der Mann geiferte vor Aufregung, was alle Anwesenden taktvoll ignorierten. Bis auf die Dame. Sie stierte ihn auffällig an und wischte sich immer wieder wenig dezent mit ihrem rechten Handrücken über den Mund.

»Ja, weil man nicht weiß, was da unten passiert, und für nichts garantieren kann. Der Muschelkalk an den Seitenrändern könnte sich durch das Wasser aufgelöst haben und jederzeit nachrutschen. Du weißt doch selbst, dass es in Bilzingsleben beim Forellenteich erst vor Kurzem wieder einen solchen Erdrutsch gegeben hat. Abgesehen davon ist das Gründelsloch ein Naturdenkmal, da darf nicht jeder einfach so hineinhüpfen«, erläuterte der Zahnarzt mit schier grenzenloser Geduld.

Die Dame nickte zustimmend und konzentrierte sich nun

wieder auf den von ihr sichtlich als attraktiv eingestuften Kohlschuetter.

Beim Stichwort »Forellenteich« unterbrach Bernsen kurz sein Tun und schaute neugierig zu ihnen hinüber. Als sich nichts dergleichen wiederholte, wandte er sich wieder der Leiche zu.

»Das ist es ja eben. Man weiß es nicht. Es besteht aber die Möglichkeit, dass sich auf einmal die Erde auftut und einen verschluckt«, beharrte Herbert. »Das Gründelsloch ist der Eingang zur Hölle, das sage ich euch. Wer weiß, was da unten alles ist?«

»Der Pferdewagen mit dem Quecksilber vielleicht«, sagte die Dame in Gelb lachend. »Seitdem der da reingerutscht ist, sprudelt doch das blaue Wasser.«

»Also, Hannelore, wirklich. Du weißt genau, dass das nur eine Sage ist«, wehrte der Zahnarzt ab. »Mach dich bitte nicht über Herberts Ängste lustig.«

»Herberts Ängste ... lachhaft«, wetterte Hannelore. »Selbstkontrolle lautet das Zauberwort. Wer über ausreichend Selbstkontrolle verfügt, für den ist Angst ein Fremdwort.« Sie stemmte die Hände in ihre schmalen Hüften und nickte bekräftigend, um ihre Worte zu unterstreichen.

»Also, wenn ich Sie einmal unterbrechen dürfte«, hob Kohlschuetter an, dem dieses ganze Gequatsche langsam zu viel wurde. Er hatte sein rotes Buch und einen Stift gezückt, um sich Notizen zu machen. »Wir sollten erst einmal ein paar Fragen klären. Wie heißen Sie? Wer hat den Toten gefunden und wann? Und was haben Sie hier gemacht?«

Der Dicke verschränkte die Arme vor der Brust. »Herbert Klauning ist mein Name. Ich bin nach dem Mittagessen hergefahren, um die Papierkörbe zu leeren und den Rasen zu mähen. Ich arbeite für die Stadt, sozusagen im Außendienst. Als ich hier ankam, schwamm der da schon im Wasser.« Klauning schielte vorsichtig zum Gründelsloch hinüber. Die beiden Streifenpolizisten hatten den Mann auf den Rasen gezogen und waren gerade dabei, ihn auf den Rücken zu drehen. Bernsen stand daneben und telefonierte mit Susanne Summer, der Leiterin der Kriminaltechnischen Untersuchung des Landeskriminalamtes Erfurt.

Daran ließ das »Beeilung, junge Frau«, das zu ihnen herübertönte, keinen Zweifel.

»Und Sie?« Er sah den Mann mit dem Mundschutz an.

»Roland Süß, Bürgermeister der *Stadt* Kindelbrück und einer der hiesigen Zahnärzte«, entgegnete dieser mit sanfter Stimme. »Herbert hatte –«

»Jetzt sagen Sie bloß, Sie wollten dem Nudisten hier noch eine letzte Füllung verpassen?«, polterte Bernsen taktlos dazwischen. Er hatte sein Telefonat beendet und war neben Kohlschuetter getreten. Ihm zugewandt, raunte er: »Ich bin auf Nummer sicher gegangen und habe die Summer, den Traum Ihrer schlaflosen Nächte, beordert. Das hier kommt mir irgendwie spanisch vor.«

Kohlschuetter nickte zustimmend.

Roland Süß schaute Bernsen erbost an, kniff die ansonsten so gutmütig dreinblickenden Augen zusammen und entgegnete spitz: »Wenn Sie mich auf den Arm nehmen wollen, dann sagen Sie es gleich. Wobei ich Ihren Zynismus für vollkommen deplatziert halte. Dass in einer so schönen und zugleich friedlichen Stadt wie Kindelbrück eine Leiche gefunden wird, ist ein Grund zur Sorge, in keinem Fall rechtfertigt es unangemessene Sprüche.« Er strafte Bernsen mit Nichtbeachtung und wandte sich wieder Kohlschuetter zu. »Herbert hatte mich angerufen und gebeten, herauszukommen. In der Hoffnung, dass ich dem armen Mann«, er warf einen flüchtigen Blick auf den Toten, »vielleicht noch helfen könnte. Leider konnte ich das nicht. Da ich darüber hinaus nichts gesehen habe und auch keinen Totenschein ausstellen kann, würde ich jetzt gern wieder in meine Praxis gehen, wenn Sie erlauben. Die Patienten warten.«

Kohlschuetter stimmte zu und notierte sich die Personalien des Bürgermeisters.

»Unsere Allgemeinmedizinerin befindet sich im Sommerurlaub. Am besten rufen Sie gleich die Kollegen vom Sömmerdaer DRK an. Ich habe nämlich keine Ahnung, wer die Vertretung der Ärztin macht«, informierte Süß ihn. Dann trat er an Kohlschuetter heran und sagte so leise, dass Herbert es nicht hören konnte: »Aber dass er in so gutem Zustand, also ich meine, als eine sichtlich frische Wasserleiche, oben schwamm, ist wirklich außergewöhnlich.«

Kohlschuetter, der schon bei seinem und Bernsens Eintreffen den Eindruck gehabt hatte, dass hier irgendetwas ungewöhnlich war, fühlte sich durch die Andeutung seines Kollegen und die Worte des Bürgermeisters in dieser Ansicht bestätigt, ging aber nicht darauf ein. »Das machen wir. Eine Frage hätte ich allerdings noch. Kennen Sie den Mann? Vielleicht ist er ja zufällig einer Ihrer Patienten?«

Süß ging etwas widerstrebend zu der Leiche hinüber und sah sie prüfend an. »Nein. Nie gesehen. Tut mir leid.« Er bückte sich, schob mit Daumen und Zeigefinger die bläulichen Lippen des Toten auseinander und warf einen interessierten Blick auf dessen Zähne. »Sehr schöne Kronen. Guter Zahnarzt, die hätten von mir sein können.« Kurz darauf eilte er durch den Park davon.

Herbert Klauning schluckte hörbar und schüttelte, ehe Kohlschuetter ihm dieselbe Frage stellen konnte, bereits hektisch den Kopf. »Nie gesehen, scheint kein Kindelbrücker zu sein. Ich würde dann jetzt den Rasen vor der Kirche mähen.«

»Einen Moment noch.« Das ging dem akribischen Kohlschuetter dann doch etwas zu schnell. »Wie oft sind Sie hier draußen?«

Herbert Klauning zögerte. »Nie«, platzte es aus ihm heraus.

»Na, Meister, das ist ja wohl nicht ganz korrekt«, mischte sich Bernsen ein. »Wäre es so, würden wir Sie jetzt nicht sehen.«

Klauning lief knallrot an. »Ich meine, ich komme nicht her, wenn ich nicht muss. Freiwillig nicht. Nur heute, weil Herr Süß doch wollte, dass ich hier Ordnung mache. Falls Touristen kommen, über den Radweg. Sonst sehen Sie mich hier nicht. Niemals.« Das letzte Wort klang wie eine Beschwörungsformel.

»Wann hat Herr Süß Sie damit beauftragt?«, hakte Kohlschuetter nach.

»Am Donnerstag. Er gibt mir immer donnerstags eine Liste, die ich abarbeiten muss. Da ist sein Bürgermeistertag«, erklärte Klauning. »Es sei denn, es ist irgendetwas Eiliges. Dann ruft er mich an. Aber dass ich zum Gründelsloch muss, weiß ich schon seit letzter Woche.« Das klang ein bisschen so, als hätte er deswegen das ganze Wochenende nicht geschlafen. »Ich arbeite nur zwei Tage die Woche, dienstags und donnerstags. Auf Vierhundert-Euro-Basis. Die Stadt ist pleite, wissen Sie.«

Bernsen grinste. »Ach, und der Bürgermeister ist im Nebenjob Zahnarzt, was?«

Klaunings Blick wanderte irritiert von Bernsen zu Kohlschuetter und wieder zurück. Kohlschuetter hatte den Eindruck, dass er krampfhaft versuchte, die Frau in der Runde nicht ansehen zu müssen. »Nein, andersherum. Er ist Zahnarzt und macht den Bürgermeister nur im Ehrenamt.«

Kohlschuetter notierte eifrig das Gesagte. »Und was machen Sie montags, mittwochs und freitags?«

»In der Saison helfe ich beim Kindelbrücker Obstbau, als Mädchen für alles, wenn Sie so wollen.« Nervös fasste er sich zum wiederholten Mal in die Taschen seiner Latzhose, so als würde er etwas suchen.

»Ist Ihnen nichts aufgefallen, als Sie hier ankamen, irgendetwas Ungewöhnliches? War jemand hier? Haben Sie etwas gehört?«, fragte Bernsen streng.

Herbert Klauning drehte seinen stämmigen Oberkörper ruckartig nach rechts und links, so heftig schüttelte er den Kopf. »Ich habe *sofort* Roland angerufen. Dann stand auf einmal Hannelore, äh, Frau Klefeld, hinter mir. Mann, hat die mich erschreckt.« Erst jetzt streifte sein Blick die Radsportlerin.

»Was kann ich dafür, wenn du so schreckhaft wie ein junges Mädchen bist?«, konterte sie übertrieben laut und blickte ihn abschätzig an.

»Hannelore, da war ein toter Mann. Da hätte ich dich mal sehen wollen, so ganz allein«, jammerte Herbert Klauning und blickte sich ängstlich um. »Und noch dazu an diesem fürchterlichen Ort.« Er schüttelte sich.

»Also bitte!« Hannelore Klefeld verdrehte genervt die Augen.

»Gut. Herr Klauning, dann geben Sie mir bitte noch eine Adresse und Telefonnummer, unter der wir Sie erreichen können.«

Klauning kam dieser Bitte eifrig nach, es drängte ihn offenbar, endlich von hier wegzukommen. Kohlschuetter ließ ihn wissen, dass es in Ordnung sei, wenn er nun gehen würde, und wandte sich Hannelore Klefeld zu.

Die wollte gerade anfangen zu sprechen, da jaulte Herbert Klauning auf. »Um Gottes willen! Hilfe! Hilfe!«

Er war keine zwei Meter weit gekommen. Wie angewurzelt stand er da, zeigte mit dem rechten Arm auf das Gründelsloch und rief: »Sehen Sie doch nur. Sehen Sie! Der Nächste, da kommt der Nächste. Das ist das Ende.« Sein Gesicht leuchtete feuerrot, und der Schweiß rann ihm über die Stirn. Er sah aus, als hätte er einen Geist gesehen.

Die anderen schauten in die Richtung, in die er zeigte, und für einen Moment herrschte Totenstille.

Auf der eben noch vollkommen leeren Wasseroberfläche des Gründelsloches schwamm etwas Weißes, Waberndes.

Bernsen und Kohlschuetter liefen zum Ufer. Die beiden uniformierten Polizisten folgten ihnen.

»Was ist das?«, sagte Kohlschuetter, der als Erster seine Stimme wiedergefunden hatte.

»Ich würde sagen, eine Decke, ein Laken oder so etwas«, antwortete Bernsen.

Im selben Augenblick hörten sie das Geräusch von berstendem Holz. Hannelore Klefeld lief im Stechschritt und mit einem dünnen, aber mindestens zwei Meter langen Ast auf das Wasser zu, drückte ihren flachen Bauch gegen das Holzgeländer und angelte nach dem Gegenstand. »Wenn das nicht klappt, springe ich rein«, rief sie entschlossen. Der Dobermann bellte zweimal tief.

»Nichts werden Sie«, blaffte Bernsen, entriss ihr das Holz und hielt es Kohlschuetter hin. Er sah offenbar keinen Sinn darin, es selbst zu versuchen. Es war aber auch nicht zu leugnen, dass Kohlschuetters Erfolgschancen besser standen. Während Bernsen kaum größer war als Hannelore Klefeld, überragte er beide um Haupteslänge.

Kohlschuetter trat einen Schritt vom Ufer zurück, griff nach dem Ast, beugte sich über die Brüstung und versuchte nun seinerseits, das Etwas zu ergreifen. Als dies nicht gelang, holte er Handy, Brieftasche und Autoschlüssel aus der Hosentasche und warf sie auf den Rasen. Die Sonnenbrille, die in seinen stoppeligen schwarzen Haaren steckte, folgte. Dann zog er sicherheitshalber seine Turnschuhe, die Jeans und das T-Shirt aus. Nur mit einer schwarzen engen Boxershorts bekleidet, kroch er unter dem Geländer durch und kniete sich an den äußersten Uferrand.

»Ich bin Rettungsschwimmerin. Sie können sich auf mich verlassen«, konstatierte Hannelore Klefeld, während sie Kohlschuetter mit unverhohlener Freude beäugte. Dann schnalzte sie wieder auf diese unangenehme Weise mit ihrer Zunge.

»Nein, tun Sie das nicht!«, schrie Herbert Klauning, als er gewahr wurde, dass Kohlschuetter dem Wasser gefährlich nah kam. Der drehte sich etwas zu schnell zu ihm um und wollte gerade etwas erwidern, als er das Gleichgewicht verlor und mit einem lauten Platschen in das Gründelsloch stürzte. Das Wasser spritzte nach allen Seiten.

Bernsen machte einen Satz zurück und fluchte gotteslästerlich. Kurz darauf tauchte Kohlschuetter wieder auf, machte ein paar Brustzüge zur Mitte hin, griff nach dem Gegenstand, zog ihn ans Ufer und legte ihn Bernsen vor die Füße. Ohne Probleme kletterte er wieder an Land zurück. Die todbringenden Strudel hatten ihn verschont, was Klauning, seinem erstaunten Gesichtsausdruck nach zu urteilen, kaum glauben mochte.

»Es ist ein großes … Frotteehandtuch«, bemerkte Bernsen, der das tropfnasse Teil mit ausgestreckten Armen vor sich hielt, es mehrfach wendete und von beiden Seiten betrachtete. »Leider ohne Aufdruck.« Er nestelte am Haken. »Vossen«, las er. »Na ja, eine Handtuchmarke eben.«

Von Kohlschuetters braun gebranntem Körper perlten unzählige Wassertropfen. Er hatte eine Gänsehaut, was seine Muskeln noch straffer wirken ließ. Das Quellwasser war auch im Sommer winterlich kalt. Noch etwas schwer atmend von dem Schock, den der Temperatursturz verursacht hatte, wischte er sich mit der flachen Hand über das nasse Gesicht und über seine stoppeligen Haare. Dann hob er seine Sachen auf und zog sich wieder an. »Ich habe ja nichts gegen eine Erfrischung bei dieser Hitze, aber das hier tötet einem die Sinne«, sagte er.

»Sieht aber gut aus«, gab Hannelore Klefeld ungeniert zu Protokoll.

»Zehn Grad, das ganze Jahr«, murmelte Herbert Klauning, der immer noch sehr verstört wirkte. »Und Sie sind sich sicher, dass es nur ein Handtuch ist?«

»Was soll es denn sonst sein, Meister?« Bernsen wrang das Tuch aus und faltete es zusammen. »Die Frage ist nur, wo es so plötzlich herkam.«

»Ein Leichentuch direkt aus der Hölle. Die Strömung, ich habe es immer gewusst, die Strömung«, jammerte Herbert Klauning. Dann stapfte er mit gesenktem Haupt davon.

»Nun gut, wo waren wir stehen geblieben? Frau … wie war noch gleich Ihr Name?« Kohlschuetter, der nun wieder vollständig angezogen war, beeilte sich, die Befragung fortzuführen.

»Klefeld. Hannelore Klefeld. Ich radle jeden Tag fünf Mal hintereinander die Strecke von Kindelbrück nach Bilzingsleben und zurück.«

»Fünf Mal?«, fragte Bernsen ungläubig. »Wieso das denn? Bei dieser Hitze.«

»Tja, um fit zu bleiben. Zwanzig Kilometer täglich, und danach hüpfe ich ins Freibad. Wenn das zu voll ist, tut es auch das Gründelsloch.« Sie deutete ein paar Kniebeugen an. »Am Samstag findet die Tour de Frömmschdt statt, und es müsste schon mit dem Teufel zugehen, wenn ich die Kerle dann nicht in den Sack stecke.«

»Tour de was?«

»Tour de Frömmschdt. Frömmstedt ist unser Nachbarort, und dort gibt es eine Bäckerei. Die Bäckerei Bergmann«, sie zeigte mit ihrem Finger auf den Schriftzug auf ihrem Shirt, »alles klar? Die Bergmänner veranstalten jedes Jahr eine große Radtour. Die Radler starten von Sömmerda, Bad Frankenhausen oder Artern. Das Ziel ist Frömmstedt. Ich mache die Tour Sömmerda,

Leubingen, Griefstedt, Büchel, Etzleben, Gorsleben, Kannawurf, Kindelbrück, Bilzingsleben, Frömmstedt. Schlappe fünfunddreißig Kilometer, aber man gönnt sich ja sonst nichts«, erklärte sie freundlich, aber bestimmt.

»Und Sie wollen auf das oberste Treppchen des Siegerpodestes, was?« Bernsen feixte.

Sie hob die linke Augenbraue. »Bei der Tour gibt es keine Medaillen. Mitmachen ist alles. Aber wenn Sie so fragen, ich habe vor, als Erste in Frömmstedt anzukommen.«

»Wenn wir das dann geklärt hätten …«, warf Kohlschuetter ein.

»Haben wir, Gutster, haben wir«, antwortete sie selbstgefällig.

»Dann sind Sie doch heute schon mal hier vorbeigekommen?«, fragte Bernsen.

»Zehn Mal, genau. Gut aufgepasst. Mein Training für heute sollte hier mit einer Erfrischung enden. Aber, na ja …« Sie schob trotzig die Unterlippe nach vorn und zuckte mit den Schultern. Es war nicht zu übersehen, dass sie sich über die unfreiwillige Änderung ihres Tagesplanes ärgerte.

»Und da ist Ihnen zehn Mal nichts aufgefallen?« Kohlschuetter verlor langsam die Geduld. Frauen, die sich wie Männer aufführten, waren nicht so sein Fall, noch dazu, wenn sie gut und gern fünfzehn Jahre älter waren und auch so aussahen.

»Nein. Bis ich Herbert hier unten traf. Und den Rest kennen Sie.« Hannelore Klefeld wippte rastlos auf und nieder und schaute immer wieder zu dem Dobermann. »Herr Lullus und ich, wir müssen dann weiter.«

Kohlschuetter nickte irritiert.

»Wenn Sie mich brauchen, ich stehe Ihnen natürlich *jederzeit* zur Verfügung.«

In Kohlschuetters Ohren klang das beinahe wie eine Drohung.

Sie schmetterte ihm ihre Adresse und die Telefonnummer entgegen.

»Eines noch«, hielt er sie zurück, »kennen Sie den Mann?«

Flink trat sie an den Toten heran und begutachtete ihn ausgiebig. Eine gefühlte halbe Ewigkeit später verneinte sie Kohlschuetters Frage und verabschiedete sich mit einem schwungvollen »Und vergessen Sie bloß nicht, mich anzurufen, Herr Kommissar«. Sie band den Dobermann los und lief gemeinsam mit ihm im Stechschritt davon.

»Habe ich das eben richtig verstanden? Der Hund heißt Herr Lullus?« Kohlschuetter schaute seinen Kollegen fragend an.

»Ist mir doch Flunder, wie die hier ihre Köter nennen. Ich kann die Viecher ohnehin nicht leiden. Überall müssen sie sich dazwischendrängen. Nur weil sie ›sooo niedlich‹ sind«, seine Stimme kiekste, als er das sagte, »dürfen die alles. Sogar ins Auto kotzen. Während unsereins schon gemeckert kriegt, wenn er nur im Stehen pinkelt.«

Kohlschuetter beobachtete Bernsen mit einer Mischung aus Amüsiertheit und Mitleid, entgegnete aber nichts. Er dachte an Bernd, den Pudel, den Frau Bernsen angeschafft hatte, ohne ihren Mann vorher zu fragen. Bernsen konnte den Vierbeiner, der von seiner Rotfeder nach Strich und Faden verwöhnt wurde, nicht ausstehen. Er war eifersüchtig auf einen Hund, was für den selbstbewussten Kohlschuetter undenkbar, aber durchaus belustigend war.

»Jetzt besorge ich erst einmal wen, der uns den Totenschein ausstellen kann. Und danach düsen wir zu den Forellenleuten, die der Typ vorhin erwähnt hat.« Bernsen war ohne Umschweife zur Tagesordnung übergegangen, hatte sein Handy gezückt und wählte nun die 112. »Geräucherte Forellenfilets mit Meerrettich sind alle Male besser als labbriger Backfisch in der Nordsee am Erfurter Anger.«

»Die Fischzucht Kindelbrück GmbH ist nur ein paar Meter von hier. Da gibt es aber kein Restaurant, sondern nur Werksverkauf. Wenn Sie anständig Fisch essen wollen, fahren Sie am besten nach Bilzingsleben zur Waldgaststätte Cleric«, mischte sich einer der Streifenbeamten ein.

»Sehr gut, Kollege, sehr gut. Die Polizei, dein Freund und Helfer. Danke.« Bernsen nickte zufrieden. Dann gab er der DRK-Zentrale die Koordinaten durch.

Kohlschuetter tat nun das, was er sich schon die ganze Zeit

vorgenommen hatte: Er begutachtete die Leiche. Vor ihm lag ein junger Mann, höchstens Mitte zwanzig, schlank, durchtrainiert, etwa eins achtzig groß. Seine blonden Haare waren bis auf wenige Millimeter abrasiert, und oberhalb des rechten Auges hatte er ein auffälliges Muttermal. Am rechten Unterarm trug er eine ausgefallene Tätowierung, einen Schriftzug: »Das Leben und die Liebe zelebrieren«.

Ansonsten zeigte die Haut die für eine Wasserleiche typische Blässe und hatte an den Händen und Füßen bereits angefangen, sich zu runzeln. Penis und Hodensack waren auffallend klein, was Kohlschuetter auf die Kälte des Wassers zurückführte. Äußere Verletzungen konnte er nicht erkennen.

Er wandte sich zu den am Ufer stehenden Streifenbeamten um. »Kollegen, wenn Sie sich einmal in der Nachbarschaft, falls es hier so etwas gibt, umhören würden. Vielleicht hat ja jemand etwas gesehen oder gehört. Bis die KTU und der Arzt eintreffen, schauen wir uns hier um.« Er wies auf sich und Bernsen, dessen Brummen Zustimmung signalisierte. »Wenn er im Gründelsloch baden wollte, müssen seine Sachen ja noch irgendwo liegen. Und darin finden wir vielleicht auch seine Papiere.«

Die Kollegen zogen von dannen.

Kohlschuetter fotografierte den Toten mit seinem Smartphone und machte sich anschließend auf ins Unterholz. Bernsen ging auf die andere Uferseite und tat es ihm gleich.

***

»Pünktlich um neunzehn Uhr, ich habe es Ihnen gesagt.« Bernsen fuchtelte mit seiner Gabel vor Kohlschuetters Nase herum. Der kaute an einem mageren Stück Schinken von der kleinen Wildwurstplatte, die er sich zu einer extragroßen Portion Rohkost bestellt hatte. Letzteres war Kohlschuetters Hauptnahrungsmittel. Bernsen wäre nicht verwundert, wenn dem Mann beizeiten Hasenzähne wachsen würden.

»Jetzt essen Sie bitte erst Ihre Forelle Müllerin. Ihr Stoffwechsel braucht das«, mahnte Kohlschuetter.

Bernsen schob seine Gabel unter den fein geraspelten Rotkrautsalat auf dem kleinen Salatteller, der zu seinem Gericht gereicht worden war, und balancierte die aufgehäufte Portion in seinen Mund. Lecker. »So etwas habe ich ja noch nie gegessen«, sagte er schmatzend. »Wie machen die denn hier den Salat?« Eine Kostprobe vom Weißkrautsalat folgte, dann Gurke, Möhre und Bohne. »Ausgezeichnet, wirklich ausgezeichnet.«

Bernsen dachte an seine Rotfeder und ihren über alle Maßen widerlichen Gurkensalat. Nicht dass sie nicht kochen konnte, ihr Labskaus war ausgezeichnet. Nicht so gut wie der von seiner Mutter, aber keinesfalls schlecht. Die Matschpampe aus Gurkenscheiben, saurer Sahne und Zwiebeln jedoch, die sie Gurkensalat nannte, spuckte sogar der ansonsten so furchtbar verfressene Bernd wieder aus, wenn er ihm seine Portion unter dem Tisch hinhielt. Bernd, der blöde Hund. Wieso musste seine Rotfeder eigentlich darauf bestehen, dass dieser Köter mit ihnen in den Urlaub fuhr? Achtunddreißig Jahre waren sie allein über den Deich von Bongsiel spaziert, und jetzt sollte mit einem Mal noch jemand dabei sein. Und ausgerechnet der. Was sprach dagegen, dass der unsympathische Pudel für zwei Wochen nach Hannover zu seiner Schwiegermutter kam? Die beiden passten doch gut zusammen, gleiches Naturell, einer so bissig wie der andere. Auch bei der Frisur nahmen die beiden sich nicht viel. Vom Körpergeruch, der mit jedem fünf Tage alten Hering mithalten konnte, mal ganz abgesehen. Aber nein, der idiotische Hund kam mit, darauf hatte seine Rotfeder bestanden. Er bezog sogar dasselbe Zimmer. Wenn er doch nur eine Idee hätte, wie er das verhindern konnte, ohne mit seiner Frau in eine steife Brise zu geraten, die sich gewaschen hatte. Seine Rotfeder war ausgesprochen eigen, wenn es um ihren Willen ging.

»Ist nett hier, oder?« Kohlschuetter drehte seinen Stuhl ein wenig zur Seite, um einen besseren Blick auf den Forellenteich zu haben, der, nur durch einen schmalen Fluss von diesem getrennt, direkt gegenüber dem Biergarten lag, in dem sie gerade ihr verspätetes Mittagessen einnahmen. »Dabei hatte ich von der Waldgaststätte Cleric noch nie was gehört. Hier im Schatten kann man es aber wirklich gut aushalten, noch dazu so nah am Wasser.«

Bernsen hob den Kopf. Richtig, der Kollege war ja auch noch da. Und ein ungeklärter Todesfall. Schnell schaute er wieder auf seinen Teller. »Hm. Super Fisch machen die.«

Wenn wir am Freitag nicht pünktlich in Bongsiel sind, um unseren Fisch zu essen, bringt sie mich um, dachte er. Da hilft auch eine Leiche nichts.

»Ja, das auch. Aber ich meinte eigentlich die idyllische Lage. Was war das wohl früher, eine alte Wassermühle?«, überlegte Kohlschuetter.

Bernsen blickte widerwillig von seinem Teller auf und betrachtete das gelb getünchte Haus, vor dem sie saßen und in dessen Anbau das kleine Restaurant untergebracht war. Über eine zweiflügelige alte Steintreppe gelangte man hinein. Unter den Stufen führte eine leicht schräge Falltür in den Keller des Gebäudes, aus dem eine der Bedienungen gerade eine Kiste Wein heraufschleppte. Gekonnt balancierte sie sie unter der dicken Linde entlang, die direkt neben dem Eingang für Schatten sorgte und deren vom Regen freigewaschene breite Wurzeln Bernsen bei seiner Ankunft fast zu Fall gebracht hätten. Das Blätterdach des alten Baumes spiegelte sich in den großen Fensterscheiben an der Frontseite des Gastraumes, die einem sicher auch bei schlechtem Wetter das Gefühl gaben, mitten im Grünen zu sitzen. Direkt unter der Linde begann der lang gezogene Biergarten, der zur Waldseite hin von einer mannshohen Ligusterhecke abgeschottet wurde. Gegenüber schlängelte sich der schmale Fluss an den Außenanlagen vorbei. Über einen hüfthohen Holzzaun an der oberen Uferkante hatte man freie Sicht auf den Forellenteich. Bernsens Blick schweifte über die Köpfe der Gäste an den anderen Tischen, blieb für einen Moment an dem kleinen Räucherofen hängen, der längsseits des Biergartens stand, und wanderte weiter in Richtung Teich, der inmitten einer großen Wiese lag und im Sonnenlicht glitzerte. In seiner Mitte sprudelte lautstark eine Fontäne. Zwei Angler hatten am Ufer ihre Gerätschaften aufgebaut und warteten auf ihren Fang. Am vorderen Rand des Teiches war eine junge Frau gerade dabei, einen Kescher in ein rechteckiges im Wasser liegendes Netz zu werfen, um ihn anschließend mit zappelnden Forellen darin wieder herauszuheben und in einer Transportbox auszuleeren. Diesen Vorgang wiederholte sie mehrfach, um schließlich unter sichtlicher Anstrengung mit der Kiste über eine Holzbrücke zu gehen und im Seiteneingang des Hauses zu verschwinden.

»Mühle? Kann sein.«

»Und dort aus dem See holen sie die Forellen. Frischer geht es nicht. Wussten Sie eigentlich, dass Forellen supergesund sind, vor allem wegen ihres Phosphors und Eisens und den B-Vitaminen? Nur beim Jodgehalt sind sie nicht so der Bringer.« Kohlschuetter nippte an seiner großen Apfelschorle.

»Sie haben wohl eine neue Freundin, die Ernährungsberaterin ist?« Bernsen grinste.

»Manuela, nicht mehr ganz so neu«, erwiderte Kohlschuetter einsilbig.

»Ist doch schön. Da lernen Sie immer noch etwas dazu. Es muss ja auch irgendwelche Vorteile haben.« Bernsen sagte das, ohne den Blick von seiner halb aufgegessenen Forelle Müllerin zu nehmen. Was der Kollege Kohlschuetter in seiner Freizeit so trieb, interessierte ihn eigentlich nicht die Bohne. Wo der Typ ständig die Weiber herbekam, war ihm ohnehin schleierhaft. So schön war er nun wirklich nicht. Auch wenn Claudi, die Sekretärin des Chefs, gern das Gegenteil behauptete und jedes Mal hektische rote Flecke im Gesicht und am Hals bekam, wenn Kohlschuetter in ihrer Bürotür auftauchte. Dabei machte er auf Bernsen den Eindruck, als könnte er kein Wässerchen trüben. Das Vorbild in Person: konsequente Körperertüchtigung, ausreichend Schlaf, gesunde Ernährung, kaum Genussgifte. Dazu dieses permanent zur Schau gestellte allgemeine Interesse. Was war das nur für ein Weichei? Von den guten Manieren mal ganz abgesehen. Und erst diese angestrengte Ich-will-ein-guter-Polizist-sein-Masche. Mann, wie das nervte. Etwas mehr Gelassenheit würde dem jungen Kollegen gut zu Gesicht stehen. Aber das würde er schon noch lernen, wenn eine seiner Frauen ihn erst einmal richtig an der Angel hatte und ihn vor den Traualtar schleppte. Im Ehehafen wurden alle Männer ruhiger. Dafür brauchte es nicht einmal so starke Charaktere, wie seine Rotfeder einer war.

»Herr Fischer, Herr Fischer, Sie glauben nicht, was in Kindelbrück passiert ist.« Die junge Bedienung kam aufgeregt an den Nachbartisch gelaufen, an dem zwei Männer saßen, die wohl etwas Geschäftliches miteinander zu besprechen hatten. Der jüngere von beiden, ein smarter Typ im dunkelblauen Anzug, hatte sich mit dem Notebook, das aufgeklappt vor ihm auf dem Tisch stand, die ganze Zeit eifrig Notizen gemacht. Der ältere, ein mittelgroßer, fast schon hagerer Mann jenseits der sechzig, schien so etwas wie der Stichwortgeber zu sein. Er lehnte entspannt in seinem Stuhl, die schmalen Arme auf den Lehnen abgelegt, und schaute hin und wieder zufrieden im Lokal umher. Auf seinem weißen Polohemd, das er über einer schwarzen verwaschenen Jeans trug, prangte in dunkelgrüner Schreibschrift der Aufdruck »Waldgaststätte Cleric«. Vor ihm stand ein Glas Weißwein, zu dem er sich hin und wieder langsam vorbeugte, um einen Schluck zu trinken. Ab und zu nickte er bedächtig, wobei seine grauen Haare, deren Schnitt an die kürzere Variante der Haarpracht von Mike Jagger erinnerte, leicht wippten. Schon als die Bedienung das erste Mal gerufen hatte, hatte er aufgeschaut. Sein freundlicher, offener Blick verriet, dass ihn nichts und niemand so schnell aus der Ruhe bringen konnte. Als sie nun neben ihm stand, erkundigte er sich entsprechend gelassen: »Was ist denn, Bea?«

Die Bedienung trat von einem Bein auf das andere. »Die haben im Gründelsloch einen Mann gefunden. Einen toten Mann. Sabine, die Zahnarzthelferin vom Süß, hat es gerade gepostet. Ihr Chef soll dabei gewesen sein.«

Fischer zeigte keine Regung. »Oha. In Kindelbrück. Sieh an. Gepostet.« Er betrachtete die Gäste an den benachbarten Tischen. »Ist Enrico eigentlich inzwischen zum Dienst erschienen?«

Sie schüttelte den Kopf und redete weiter. »Die Polizei hat rund um die Quelle alles abgesperrt. Wahrscheinlich wollte die Leiche dort baden. Was für eine dumme Idee. Jeder weiß doch, wie gefährlich das ist.« Mit jedem Satz wurde ihre Stimme klagender.

»Die Leiche bestimmt nicht, Bea. Leichen baden nicht. Bring mir bitte noch ein Glas Weißwein«, entgegnete Fischer ungerührt.

»Sicher, da haben Sie recht. Und wenn der Mann ermordet wurde? Einen Mord in Kindelbrück hat es doch noch nie gegeben! Was, wenn der Mörder wiederkommt? Es heißt, die Täter kehren immer an den Tatort zurück.«

»Ein Glas Weißwein, bitte«, antwortete Fischer, ihr mitleiderregendes Gejammer ignorierend.

Bea stöhnte betroffen und hastete davon.

Herr Fischer nahm den letzten Schluck aus seinem Glas und nickte freundlich zu Bernsen und Kohlschuetter herüber, die alles mitangehört hatten. Kohlschuetter lächelte höflich, während Bernsen sich seinem Kollegen zuwandte und das Gesicht verzog.

»Also glauben Sie das? Die Nachricht hat kaum zwei Stunden gebraucht, um das Dorf hier zu erreichen. Wie heißt es noch? Bilzingsleben? Dabei sind wir hier im entlegensten Winkel des Kaffs kurz vor dem Wald.«

Kohlschuetter grinste. »Schlechte News verbreiten sich nun mal schnell.«

Bernsen rief nach der Bedienung. Doch die stand mit zwei ihrer Kolleginnen auf der Treppe zum Gastraum und hörte ihn nicht.

Herr Fischer, der seinen Tischnachbarn mittlerweile verabschiedet hatte, erhob sich und kam zu ihnen. »Kann ich Ihnen noch etwas bringen lassen?«

»Ja, bitte. Mein Kollege hier nimmt einen Milchkaffee und ich einen doppelten Espresso«, antwortete Kohlschuetter.

»Hm.« Fischer verschwand gemächlichen Schrittes.

»Zurück zu unserem Fall. Was denken Sie, Bernsen?« Kohlschuetter zog sein Handy aus der Jeans und legte es neben seinen bis auf das letzte Salatblatt leer gegessenen Teller.

»Keine Zeugen, und was noch viel schlimmer ist: keine Klamotten.« Bernsen schob die letzten Reste des Gemüses auf seinem Teller zusammen und versuchte, alles auf die Gabel zu bekommen. Schließlich nahm er entnervt das Messer zu Hilfe. Kohlschuetter beobachtete Bernsens Bemühungen nachdenklich.

»Mal angenommen, der junge Mann wollte baden. Wir hätten seine Kleidung irgendwo am Ufer finden müssen. Er wird ja kaum nur mit seinem Badehandtuch bekleidet zu der Quelle gegangen sein. Es sei denn natürlich, er wohnt in einem der benachbarten Häuser oder ihm gehört einer der Schrebergärten da draußen.«

»Das können wir ja nun schon mal ausschließen«, erwiderte Bernsen mürrisch. Die Sömmerdaer Kollegen hatten festgestellt, dass der junge Mann allen Anwohnern und Kleingärtnern, denen sie ein Foto von ihm gezeigt hatten, unbekannt war. Der von ihm präferierte Badeunfall wurde mit dieser Erkenntnis leider nicht wahrscheinlicher. Sein pünktlicher Start in den Urlaub auch nicht. Aber was sollte es? Noch war alles offen. Trotz der eigenartigen Umstände musste der junge Mann ja nicht durch Fremdeinwirkung gestorben sein. Und in dem Fall konnte der Kollege Kohlschuetter die Sache auch allein bearbeiten. Er wollte doch immer wichtig sein, dann hätte er die Gelegenheit – auch dazu, sich einmal mehr beim Chef einzuschleimen.

»Vor allem aber nimmt kein Mensch das Handtuch mit ins Wasser. Es sei denn, er fällt rein«, ergänzte Kohlschuetter.

»Und wenn man ihm seine Klamotten geklaut hat, als er gerade drin war? Solche Streiche passieren doch.« Bernsen dachte an den Sommer 1975, den Bremer Stadtwaldsee und das fröhliche Gekicher zweier junger Frauen keine zwanzig Meter von dem Badetuch entfernt, auf dem er sich nach einem harten Arbeitstag entspannt ausgestreckt hatte. Seine Uniform, er war damals dank seiner Penetranz als einer der ersten Streifenbeamten seines Polizeireviers in dem neuen moosgrün-bräunlich-beigen Einheitslook unterwegs gewesen, hatte er in einem dicken Knäuel neben sich abgeworfen, obenauf für alle deutlich sichtbar die Dienstmütze. Als heißblütiger junger Mann, der gerade in den Staatsdienst berufen worden war und sich als streitbarer

Ordnungshüter auf einer Stufe mit dem Bremer Innensenator wähnte, war er erfreut gewesen über jede Bühne, die sich ihm bot. Zumal die Ernennungsurkunde seine für einen Mann eher geringe Körpergröße ausgezeichnet hatte kompensieren können.

Vor ihm hatte ein ganz neues Leben gelegen. Und seine gut gelaunte Rotfeder mit ihrer Freundin, nur dass im Moment des ersten zaghaften Erspähens noch nicht daran zu denken gewesen war, dass die Deern auf dem Badetuch voraus einmal zur Rotfeder ernannt werden würde. Im jugendlichen Übermut, der einen mit Anfang zwanzig naturgemäß hin und wieder überkommt, hatte er, nachdem das Objekt seiner Begierde zu kichern aufgehört hatte und in den See gesprungen war, ihr verwaistes Badetuch entwendet und es zusammen mit ihren Sachen direkt neben seinem wieder ausgebreitet. Etwas ungeschickt war nur gewesen, dass er vor lauter Aufregung dabei die Klamotten ihrer Freundin vergessen hatte – und dass dies die spätere Frau Bernsen nach ihrer Rückkehr aus dem Wasser an einen dreisten Dieb statt an einen liebestollen Jungpolizisten denken ließ. So hatte sich die ersehnte Begegnung mit seiner angehenden Rotfeder, nachdem sie minutenlang nass und frierend am Ufer auf und ab gelaufen war, als alles andere als romantisch erwiesen. Ihr Temperamentsausbruch war markerschütternd gewesen wie ein Herbststurm über der Nordsee. Dabei aber so einprägsam, dass Bernsen seit diesem Moment mit behutsamer Achtung um sie herumschlich, immer darum bemüht, es niemals wieder zum Nahkampf kommen zu lassen.

»Und das Handtuch hat man dem Toten bei diesem Streich in das Gründelsloch hinterhergeworfen?«, entgegnete Kohlschuetter skeptisch.

Bernsen hob und senkte die Schultern. »Vielleicht auch ein Scherz?«

»Möglich wäre es wohl.« Kohlschuetter roch an dem kleinen Kräuterschnaps, der zu dem Wildwurstbrett gereicht worden war. »Beifuß. Wollen Sie? Sie trinken doch bestimmt so etwas.« Auffordernd schaute er Bernsen an.

»Hm.« Bernsen legte das Besteck auf seinen leeren Teller und schob beides von sich weg. Erwartungsvoll griff er nach der Spirituose, hielt den getöpferten Schnapsbecher direkt unter seine breite Nase, lächelte und kippte das Zeug hinunter.

»Susis Leute werden schon noch etwas finden.« Kohlschuetter nahm einen Schluck von seiner Schorle. »Wie die das in den Plastikanzügen bei der Hitze aushalten, ist mir schleierhaft.«

»Ihr Optimismus in allen Ehren. Fußspuren gibt es jedenfalls genug und satt.« Bernsen unterdrückte einen Rülpser. »Hoffen wir mal, dass Sie recht haben. Und dass die Kollegen doch noch ein paar Zeugen auftreiben, die unseren Badegast wiedererkennen. Ansonsten sieht es schlecht aus mit einem schnell gelösten Fall. So ein Schiet.« Griesgrämig knallte er den leeren Schnapsbecher vor Kohlschuetter auf den Tisch und schimpfte vor sich hin.

»Bernsen, das wird schon. Zugegeben, mit ein paar Zeugen wäre es leichter. Trotzdem kann ich mich ohne Probleme ab Freitag allein darum kümmern. Derzeit spricht nichts gegen Ihren pünktlichen Start in den Urlaub.« Kohlschuetter schaute sich nach dem bestellten Kaffee um. »Wo waren Sie eigentlich, als ich mich mit dem Notarzt unterhalten habe?«

»Im Gebüsch. Dringende Geschäfte«, erwiderte Bernsen ohne Scham. Er dachte an den Aal in Bongsiel. An die steife Brise, die auf den Deichwegen wehte. An das Fischhaus Loof an der Husumer Kleikuhle, wo er schon einmal knapp vier Stunden lang auf seine Rotfeder gewartet hatte, nur weil sie bei C.J. Schmidt die Sonderangebote durchwühlen musste. So viel Fisch in so kurzer Zeit hatte er noch nie gegessen. Aber immerhin hatte er nicht auf irgendeiner Bank im Kaufhaus sitzen müssen wie andere Männer. Bei dieser Erkenntnis zuckte er innerlich zusammen. Wie sollte er denn mit dem blöden Bernd bei Loof einkehren? Draußen sitzend, gut, das ginge vielleicht. Aber wenn es regnete? Oder da schon eine Dogge oder etwas anderes Elefantöses von Bernds Art saß? Er sah sich bereits in irgendeiner Spelunke absteigen, die er nicht leiden konnte, nur weil seine Rotfeder unbedingt diesen gefellten Plagegeist adoptieren musste, den er stets und ständig aufs Auge gedrückt bekam, weil Frauchen auch mal etwas für Frauchen machen wollte. Das kam irgendwie öfter vor, wenn er am Wochenende zu Hause war. Hatte sich seine Laune nach Kohlschuetters beruhigenden Worten ein wenig gehoben, so knallte sie nun wieder erbarmungslos in den Keller. »Oder haben Sie da draußen ein Klo gesehen? Auch Polizisten müssen pieseln; wenn die das im Tatort nie zeigen, kann ich doch nichts dafür.«

Kohlschuetter überhörte das geflissentlich. »Der Notarzt geht davon aus, dass der Mann seit mindestens sechs Stunden im Wasser schwamm. Allerdings wollte er sich wegen der niedrigen Wassertemperatur nicht genauer festlegen. Anzeichen für Gewaltanwendung konnte er nicht finden. Er vermutet, dass der Mann ahnungslos in das Gründelsloch gesprungen ist und bei der Wasserkälte einen, wie nannte er es ... Immersionsschock erlitten hat. Für uns Laien: sofortiger Herz- und Atemstillstand. Ob dem tatsächlich so ist, kann aber nur Professor Kalder sicher feststellen.«

Bernsen rümpfte die Nase, als er den Namen des Leiters der Jenaer Rechtsmedizin hörte. »Das Fossil fehlt mir noch.«

Kohlschuetter grinste. »Wissen Sie, was ich mich die ganze Zeit frage? Normalerweise geht eine Leiche doch im Wasser sofort unter, Schwerkraft und so, das heißt, sie sinkt bis auf den Grund. Dass ein Körper ohne die Fäulnisgase der Verwesung, die ihn nach oben treiben, auf dem Wasser schwimmt, ist mir neu. Bürgermeister Süß ist das vorhin sofort aufgefallen: Der Mann war frisch. Hier, sehen Sie sich doch nur mal das Bild an.« Kohlschuetter tippte auf seinem Telefon herum und hielt Bernsen eines der Fotos von dem Toten unter die Nase.

Bernsen schaute kurz darauf und brummte: »Tut das denn not, dass man sich die Arme so vollkritzelt, ich meine, so für immer? Wir haben uns früher die Krabbenpreise mit dem Kuli auf den Arm geschrieben, aber das? Also wirklich. Da komme ich nicht mit.« Er schüttelte den Kopf.

Kohlschuetter zog die Hand zurück und rief ein anderes Foto auf, eine Großaufnahme des Tattoos. »›Das Leben und die Liebe zelebrieren.‹ Wenn ich nur wüsste, woher ich diesen Ausspruch kenne«, murmelte er nachdenklich. »Er kommt mir so bekannt vor.«

Just in dem Moment kam die Bedienung mit den Getränken. »Der Milchkaffee?« Sie schaute Kohlschuetter fragend an.

Der Kollege signalisierte ihr mit der freien Hand, dass Bernsen die große Schale bekommen würde. Sie lächelte dankbar und griff zum Espresso, stellte die Tasse vor ihm ab und machte einen Schritt um den Tisch herum, um Bernsen den Kaffee zu servieren.

Doch so weit kam es nicht.

Die Tasse rutschte samt Unterasse vom Tablett und zerbrach am Boden in Dutzende Scherben. Der heiße Kaffee spritzte in alle Richtungen. Die Bedienung kreischte vor Schreck und schlug bestürzt die Hände vor das Gesicht.

Bernsen schrie ebenfalls, allerdings vor Schmerzen. Das heiße Getränk hatte ihm durch die Jeans hindurch den Unterschenkel verbrannt.

Herr Fischer, der in ein paar Metern Entfernung mit einigen Gästen plauderte, kam eilig zu ihnen gelaufen.

»Schon gut, es ist doch nichts passiert«, sagte Kohlschuetter beschwichtigend zu der in Schockstarre befindlichen Bedienung und stand auf, um die Scherben einzusammeln. Bernsen zog sich mit Daumen und Zeigefinger die nasse Hose vom Bein und bewegte hastig den Stoff hin und her, um seine Haut zu kühlen.

»Bea.« Fischer stand nun am Tisch. »Hilf den Herren bitte.«

Bea tat nichts dergleichen, sondern starrte weiter auf das Telefon, das Kohlschuetter auf dem Tisch abgelegt hatte, so lange, bis sich das Display verdunkelte. Dann fing sie fürchterlich an zu heulen.

»Deern, ich lebe. Kein Problem. Nur einen neuen Kaffee bräuchte ich jetzt.« Bernsen versuchte sich an einem Lächeln, obwohl sein Schienbein wie Feuer brannte.

»Bea!«

»Das war Enricos Arm«, rief sie beinahe hysterisch und so laut, dass es alle Gäste hören konnten. »Wer fotografiert denn Enricos Arm? Wenn er nicht … wenn er nicht …« Sie schluchzte auf.

Bernsen und Kohlschuetter tauschten einen überraschten

Blick. Während Kohlschuetter zum Handy griff und das Bild vom Gesicht des Toten zurück auf das Display holte, vergaß Bernsen vor Entzücken darüber, dass sie soeben einen überaus willkommenen Zufallstreffer gelandet hatten, für einen kurzen Moment sogar sein schmerzendes Schienbein.

Kohlschuetter zeigte der Bedienung das Foto und seinen Dienstausweis. »Kennen Sie diesen Mann?«

Bea schrie noch einmal auf. Dann rannte sie weg.

»Ohne Zweifel tut sie das«, meinte Bernsen lapidar.

»Und Sie?«, fragte Kohlschuetter den Inhaber der Waldgaststätte Cleric.

»Hm«, machte Fischer sonor. Dabei griff er sich wie im Reflex den freien Stuhl neben Bernsen und setzte sich. »Enrico Machte, mein Aushilfskellner.«

Bernsen lehnte sich zufriedenen zurück. Die Identität der unbekannten Wasserleiche war nun schon mal geklärt. Bongsiel rückte wieder in greifbare Nähe. Dann zog er ohne zu fragen Kohlschuetters Espresso zu sich heran, löffelte zwei extragroße Portionen Zucker hinein, rührte lautstark um und trank ihn ungeachtet dessen, dass sein Magen bei Espresso routinemäßig rebellieren würde, in zwei großen Schlucken aus.

Kohlschuetter hatte ihn gewähren lassen und sich Fischer zugewandt. »Ihnen gehört der Laden hier?«, wollte er wissen.

»Ja«, entgegnete Fischer knapp. Anscheinend war er kein Mann, der große Worte machte.

»Wie heißen Sie?«, erkundigte sich Kohlschuetter.

»Klaus Fischer.«

»Sie sind nicht von hier«, sagte Bernsen.

»Wie bitte?«, entgegnete Fischer sichtlich irritiert.

»Sie reden Hochdeutsch. Norddeutscher?« Um Bernsens Mundwinkel zuckte es. In ihm stieg eine kaum zu beherrschende Freude darüber auf, hier womöglich auf einen seiner Landsmänner gestoßen zu sein. Woher sollte der Mann denn sonst kommen, bei der dialektfreien Aussprache? »In der Fremde kann ein Fremder den anderen doch förmlich riechen. Noch dazu, wenn beide vom selben Stamme sind.«

Kohlschuetter verdrehte die Augen.

»Baden-Württemberg.« Fischer saß mit leicht gesenktem Kopf nach vorn gebeugt und schaute die beiden Kommissare mit ruhigen Augen an.

»Vom gleichen Stamme«, mokierte sich Kohlschuetter.

Bernsens Mundwinkel sackten nach unten. »Wie lange sind Sie denn schon hier?«, fragte er nun deutlich desinteressierter und hantierte nebenbei unter dem Tisch an dem langsam hart werdenden Stoff seines von Milchkaffee durchtränkten Hosenbeines.

Fischer verzog keine Miene. »Seit 1992.«

Bernsen hob überrascht den Kopf. »Alter Schwede, freiwillig? In Thüringen? Und Sie wohnen hier die ganze Woche, also … ich meine, ausschließlich? Sie haben sozusagen rübergemacht, nur andersherum.« Er lachte über sein Wortspiel. Als Einziger.

Fischer nickte, wobei er den Eindruck machte, als hätte ihn Bernsens Äußerung beleidigt. »Das ganze Jahr, in Sömmerda.«

Kohlschuetter kramte sein rotes Notizbuch und den Kugelschreiber hervor. »Herr Fischer, wann haben Sie Herrn Machte das letzte Mal gesehen?«

»Gestern. Er hatte Dienst bis siebzehn Uhr.« Fischer ließ seinen Blick in die Ferne und über den Teich schweifen. Dann betrachtete er die wenigen freien Tische in seinem Biergarten. »Er hätte heute früh um zehn wieder da sein sollen. Ich habe mir schon gedacht, dass irgendetwas nicht stimmt. Enrico war sonst immer pünktlich.«

»Wie lange arbeitete er schon bei Ihnen?«

»Seit etwa sechs Monaten.«

Kohlschuetters Stift versagte. Ungehalten steckte er ihn zwischen die aufgeschlagenen Seiten des Notizbuches, klappte es zu und legte es vor sich auf den Tisch. »Was wissen Sie über seine Familienverhältnisse?«

»Er wohnt hier in Bilzingsleben, und soweit ich weiß, hat er keine Angehörigen mehr. Seine Mutter hat ihn allein großgezogen. Vor ein paar Jahren ist sie dann an Krebs gestorben. Seine Adresse habe ich im Büro. Bea kann sie Ihnen nachher geben.«

Fischer ließ keine Emotionen erkennen, sondern antwortete pragmatisch.

»Freundin?«, fragte Bernsen knapp. »Feinde?« Dieser Wessi-Einwanderer war ihm suspekt. Ein Westdeutscher, der aus freien Stücken die ruhigen Fahrwasser der alten Bundesrepublik verließ und sich ohne berufliche Zwänge – wie etwa ein lang ersehnter Aufstieg zum Kriminalhauptkommissar, der bei der Erfurter Polizei schneller als bei den Bremer Kollegen zu erreichen gewesen war – dauerhaft im Osten ansiedelte, war in seinen Augen schlichtweg komisch.

»Nicht dass ich wüsste. Zumindest hat er nie eine mitgebracht. Aber die Mädels standen auf ihn, er sah ja auch gut aus, soweit ich das beurteilen kann.« Fischer grinste schmal. »Und Feinde, na ja, wer hat die nicht? Aber solche, die einem gleich ans Leder wollen …« Er schüttelte den Kopf.

»Was wissen Sie noch über ihn?«, hakte Kohlschuetter nach.

Fischer schaute die Kommissare mit gleichmütiger Miene an und hob und senkte dabei die hageren Schultern. »Er fuhr viel Fahrrad und kam bei den Gästen gut an. Er war immer zu einem Scherz aufgelegt. Wie die jungen Leute heutzutage eben so sind, alles easy, wenn Sie verstehen.«

»Sie haben gesagt, er hätte heute um zehn Uhr wieder zur Arbeit erscheinen müssen. Können Sie sich erklären, wieso er dann während seiner Dienstzeit im Gründelsloch gebadet hat?«

»Kein Mensch badet im Gründelsloch, also kein normaler.« Fischer wischte sich seinen strähnigen Pony aus dem Gesicht.

»Aber in Kindelbrück hat man uns vorhin etwas ganz anderes berichtet«, widersprach Kohlschuetter sichtlich irritiert. Bernsen bestätigte das durch das Heben und Senken seines Kopfes.

Fischer zog den Mund breit, und seine akkuraten weißen Zähne kamen zum Vorschein. »Eine Figur wie eine Zehnkämpferin und ein Gemüt wie eine Amazone?«, fragte er sichtlich belustigt.

Bernsen und Kohlschuetter nickten synchron.

»Hannelore Klefeld.« Der Name klang aus Fischers Mund wie ein Vorwurf.

»Ha, bei euch kennt wohl jeder jeden?«, fragte Bernsen feixend. »Wie bei uns hinterm Deich.«

»Na ja, vielleicht nicht jeden, aber Hannelore kennt man eben. Norddeutscher?«, wollte Fischer wissen.

»Freie Hansestadt Bremen«, schmetterte Bernsen stolz.

»Hm. Hannelore ist speziell. Aber sonst kenne ich keinen, der freiwillig in diese Quelle geht«, entgegnete Fischer, ohne darauf einzugehen. »Kommen Sie mal mit, ich zeige Ihnen etwas.« Langsam schob er seinen Stuhl zurück, stand auf und ging, ohne eine Reaktion abzuwarten, in Richtung Haus davon. Kohlschuetter und Bernsen folgten ihm.

Sie verließen den Biergarten über eine schmale Holzbrücke, auf deren höchstem Punkt Fischer stehen blieb und sich zu den beiden Kommissaren umwandte. »Das ist der Mühlbach«, sagte er und lief weiter. »Der mündet in die Wipper, einen Nebenfluss der Unstrut.«

Am anderen Ufer angekommen, bog er nach links ab, stoppte direkt vor dem Forellenteich und zeigte auf das Netz im Wasser, das Kohlschuetter und Bernsen vorhin bereits aufgefallen war. »Hier sind unsere Forellen drin.« Dann setzte er sich in Richtung Wiese in Bewegung.

Sie ließen den See zu ihrer Rechten liegen und bogen an einem eingezäunten Stück Grünfläche links ab. Fischer folgte dem Weidezaun bis zu einem Gebüsch und blieb erneut stehen. Zwischen hochgewachsenem Unkraut lag mitten in der Wiese ein zweiter Teich. »Sehen Sie das?«

»Noch ein Forellenteich«, bemerkte Kohlschuetter knapp.

»Falsch. 29. Dezember 2014. Vier Wochen vor dem Erdfall sind wir hier noch mit dem Rasentraktor drüber«, antwortete Fischer sichtlich bewegt.

Bernsen schnalzte mit der Zunge.

»Erdfall?«, fragte Kohlschuetter ungläubig.

»Erst war es nur eine feuchte Stelle in unserer Wiese, doch dann, über Nacht, hat sich die Erde in einem Durchmesser von zwanzig Metern aufgetan und das Wasser ausgespuckt. Muss ein mörderisches Spektakel gewesen sein. Würden Sie da drin baden wollen?« Fischer hob skeptisch eine Augenbraue. »Die Geologen untersuchen noch alles. Sie gehen anhand der Uferkanten davon aus, dass sich das Loch noch vergrößern wird. Wahrscheinlich in Richtung meines Forellenteiches.« Er klang wenig begeistert. »Halb Thüringen steht auf Gips, Kalkstein und Steinsalz; wenn dann noch Wasser dazukommt, kann es vielerorts zu diesen Erdfällen kommen.«

»Das ist doch ... Da würdet ihr Thüringer ganz schön blöd aus der Wäsche gucken, wenn demnächst alle eure Heiligtümer von der Erde verschluckt werden würden«, sagte Bernsen erheitert. »Plopp, der Erfurter Dom, weg. Plopp, das Goethehaus in Weimar, weg. Plopp, die Wartburg in Eisenach, weg. Dann käme euch überhaupt keiner mehr besuchen. Schluss mit Kulturland und dem ganzen Quark.« Er lachte schadenfroh. Dabei stellte er sich immer wieder auf die Zehenspitzen, um einen besseren Blick auf das türkisblaue Wasser zu haben.

»Das Problem hätten Sie in Bremen jedenfalls nicht, da kann ja nicht so viel Sehenswertes verloren gehen«, konterte Kohlschuetter spitzzüngig.

Bernsen machte eine wegwerfende Handbewegung. Dass der Kollege aber auch immer so schnell beleidigt sein musste. Er bemerkte, dass ein hämisches Lächeln Fischers Mundwinkel umspielte, und lächelte betont freundlich.

»Ist das identisch zum Kindelbrücker Gründelsloch?«, fragte Kohlschuetter weiter.

»Ja, genau. Die Gegend ist bekannt dafür. Das Gründelsloch ist aber schon steinalt, 1611 oder so. Das Wasser hat nie aufgehört zu fließen.« Fischer wandte sich um und ging gemächlichen Schrittes zurück zum Restaurant. »Das war übrigens mal eine Mühle hier, die Teichmühle. Sie befand sich seit den zwanziger Jahren im Besitz der Familie Cleric, die daraus eine Gaststätte gemacht hat. Ich habe sie vor ein paar Jahren übernommen, weil ich nicht wollte, dass dieses Kleinod für immer seine Türen schließt.«

»Verstehe ich, wäre auch schade gewesen«, sagte Kohlschuetter. »Das ist sicherlich nicht leicht in einem so kleinen Dorf.« Er ging nun neben Fischer. Bernsen folgte den beiden mit ein paar Metern Abstand.

»Hm. Wo ist es das schon? Aber manchmal muss man einfach etwas wagen. Und immerhin war das hier schon zu DDR-Zeiten eine gute Adresse. Das vergessen die Menschen nicht. Sie sind stolz, wenn in ihrer Heimat etwas passiert. Das ist wichtig. Sie brauchen die Menschen vor Ort, um etwas zu bewegen, und da sind die Thüringer einfach klasse.«

»Klaus! Klaus! Wo treibst du dich denn wieder rum?«, hörte Bernsen jemanden rufen und sah sich suchend um. Hinter der Brücke saß ein älterer Mann im Rollstuhl und gestikulierte wild mit den Armen in ihre Richtung.

Fischer reagierte nicht auf das Rufen. Er blieb vor dem Forellennetz am Teich stehen und drehte dem Mann den Rücken zu. »Sehen Sie hier«, sagte er zu Kohlschuetter und zeigte nach links in Richtung Waldrand. »Dahinten beginnt unser Kräuterpfad. Und hier vorn«, sein Arm schwenkte nach rechts, »wird es bald einen Schachplatz geben. Es sind die Kleinigkeiten, die einfachen Dinge des Lebens, die die Menschen bei uns suchen.«

»Klaus! Bist du taub?«, rief der alte Mann nun noch lauter.

Fischer drehte sich langsam um und setzte sich wieder in Bewegung. »Ja doch«, rief er nur mäßig laut zurück. Das Geschrei des Alten schien ihn nicht aus der Ruhe zu bringen.

»Enrico ist noch nicht da. Er soll mich zum Küchennetz bringen. Ich will unseren Fang kontrollieren.«

»›Unseren‹ Fang«, murmelte Fischer. An Kohlschuetter gerichtet, erklärte er: »Das ist mein Vater. Er ist zweiundneunzig Jahre alt. Das mit Enrico muss er nicht wissen. Es regt ihn nur unnötig auf.« Dem Alten rief er zu: »Vater, Enrico hat keine Zeit. Ich bezahle ihn als Kellner und nicht als Seniorenbetreuer. Du hältst mir nur die Leute von der Arbeit ab.«

»Seniorenbetreuer? Jetzt werd mal nicht frech«, schimpfte der alte Mann. »Außerdem hatte mein Forellenfilet zu viele Gräten.«

»Beschwer dich beim lieben Gott. Der hat den Fischen die Gräten gegeben«, entgegnete Fischer im selben besonnenen Tonfall wie zuvor.

»Wir müssen dann auch aufbrechen. Vielen Dank für Ihre Hilfe«, sagte Kohlschuetter.

»Hm. Lassen Sie sich von Bea die Adresse geben«, entgegnete Fischer und verabschiedete sich.

Kohlschuetter versicherte sich mit einem Blick über seine Schulter, dass Bernsen auf der Brücke hinter ihm war. Er nickte dem Alten im Vorbeigehen kurz zu und verschwand im Haus.

»Sie zahlen!«, blaffte Bernsen ihm nach, während er weiterging, um den Räucherofen im Biergarten zu inspizieren. »Das ist wohl das Mindeste, wenn meine Gutscheine nun schon verfallen.«

Kurz darauf brachen die beiden Kommissare auf.

»Ich möchte heute Erdbeerkuchen zum Kaffee, aber mit viel Sahne. Und wehe, ihr macht wieder Pudding unter die Erdbeeren«, hörten sie Fischer senior noch rufen. Dann bogen sie um die Hausecke in Richtung Parkplatz, und Kohlschuetters Handy begann zu klingeln.

ZWEI

Kohlschuetter lehnte an der Motorhaube des Dienstwagens und telefonierte. »Hallo. – Ja. – Wir wollten gerade zu diesem Enrico Machte nach Hause. – Ja, ja, das Opfer, aus Bilzingsleben.« Das war alles, was er sagte. Dann schwieg er, und mit jeder Sekunde, die das Telefonat andauerte, verfinsterte sich seine Miene zusehends. Dicke Schweißtropfen rannen über seine Schläfen. Auf seinem T-Shirt zeigten sich Schwitzflecken. Ab und zu schob er seine dunkle Ray-Ban nach oben und rieb sich mit Daumen und Zeigefinger über den Nasenrücken und die Augen.

Bernsen hatte derweil die Hände hinter dem Rücken verschränkt und spazierte neugierig über die zur Gaststätte gehörende Parkfläche. Der Kies knirschte unter seinen Füßen. Irgendwo schrie ein Eichelhäher. Er hielt kurz inne und schaute auf, konnte den Vogel im dichten Grün längsseits der parkenden Autos jedoch nicht ausmachen. Stattdessen fiel sein Blick auf ein weiteres, nur wenige Meter entfernt liegendes Gehöft, dessen Rückseite ebenfalls direkt an den Mühlbach grenzte. Es war ihm bei ihrer Ankunft überhaupt nicht aufgefallen. Das Wohnhaus war etwas kleiner als die Fischgaststätte und nicht so topsaniert, dafür stand das Nebengelass noch. Es musste, soweit er das beurteilen konnte, ebenfalls eine Mühle gewesen sein. Wieso hatte man die wohl so dicht nebeneinandergebaut? Er grübelte einen Moment darüber nach und setzte dann seine Runde fort. An einem kleinen Mäuerchen direkt gegenüber dem Dienstwagen blieb er stehen und begutachtete einen darin eingelassenen Eisenring. Vermutlich war dies ein Stück übrig gebliebene Stallmauer und das hier der Rest einer Halterung für die Bullen. Für Bernsen, dessen Großeltern in Nordfriesland einen kleinen Hof gehabt hatten, war alles, was mit Landwirtschaft zu tun hatte, mit wunderbaren Kindheitserinnerungen verbunden. Er beschloss, Klaus Fischer das nächste Mal danach zu fragen.

Aus dem Augenwinkel sah Bernsen, wie Bea, die Bedienung,

auf einer Bank am Hintereingang des Restaurants Platz nahm. Er schlenderte zu der jungen Frau hinüber und setzte sich ohne zu fragen neben sie. »Ganz schöner Schock, was? Ich meine, eine Wasserleiche sieht man ja nicht jeden Tag«, hob er an.

Zitternd steckte sich Bea eine Zigarette in den Mund. Dann sah sie Bernsen an und nickte. »Schrecklich. Dabei sah er aus, als würde er schlafen. Sehen alle toten Menschen, zu denen Sie gerufen werden, so aus?«

»Die zerstückelten nicht«, antwortete Bernsen gleichmütig.

Die Zigarette fiel ihr auf den Boden. Sie bückte sich danach und schob sie wieder zwischen ihre Lippen. Sie wirkte fahrig und sah aus, als würde sie sich am liebsten irgendwo verkriechen.

»Was war er denn für ein Kerl, der Enrico?«

Sie schluchzte verhalten. »Das hat mich Ihr hübscher Mitarbeiter gerade auch schon gefragt. Na, nett eben. Und sehr hilfsbereit. Außerdem war er geschickt, er konnte in nur wenigen Sekunden eine Forelle filetieren.« Die Zigarette wackelte beim Sprechen zwischen ihren Lippen auf und ab. Sie schien sie vergessen zu haben, zumindest machte sie keinerlei Anstalten, sie anzuzünden.

Fischfiletierkünste, das ist mal ein ordentliches Kriterium für einen Mann, dachte Bernsen und freute sich insgeheim darüber, dass sie ihn offenkundig für den Chef im Team hielt. Das Alter musste ja auch seine Vorzüge haben. »Und sonst so? Ich meine, was hat Enrico in seiner Freizeit gemacht?«

Bea rieb ihre Hände über ihre in kurzen Hosen steckenden schmalen Oberschenkel. »Ziemlich viel Sport. Überhaupt hat er sehr auf seinen Körper geachtet. Rad fahren, Fitnessstudio und so.«

»Hm.« Bernsen schweifte gedanklich ab. Diese jungen Bürschchen heutzutage hatten überhaupt keine anderen Hobbys mehr. Dabei gab es doch wirklich Wichtigeres als Muskeln, hatten die denn sonst keine Probleme? Wenn er jeden Tag in eine dieser Muckibuden gerannt wäre, hätte seine Rotfeder mit dem Labskaus nach ihm geworfen. Sie mochte keine durchtrainierten Männer. Ganz abgesehen von der Zeit, die er dadurch verplempert hätte. Frauen wollten Männer, die Gewehr bei Fuß in der Küche standen und auf die Übergabe der gefüllten Müllbeutel warteten. Männer, die ohne zu murren übel riechende Verstopfungen im Siphon des Spülbeckens beseitigten, während die deutsche Nationalelf im Halbfinalspiel um den Weltmeistertitel kämpfte. Und natürlich solche, die mit dem Hund Gassi gingen, obwohl der von Frauchen mit einem albernen hellblauen Anorak mit Kunstfell an der Kapuze ausstaffiert worden war. Wenn die Männer dann auch noch jedem, der ihnen bei diesem Anblick grinsend entgegenkam, mit betroffener Miene zu verstehen gaben, dass der arme Köter empfindliche Nieren hatte, waren sie perfekt. Na, wenigstens würde Bernd die alberne Jacke bei dieser Hitze in Bongsiel nicht brauchen.

»Enrico war auch viel unterwegs«, redete Bea weiter. »Feiern und so. Er war eigentlich immer in Action. Bei der letzten Antenne-Thüringen-Party im Kindelbrücker Autohaus Fischer hat er sogar auf einer der Boxen getanzt.« Sie lächelte versonnen. »Aber so richtig legendär sollen die Feten in seinem Haus gewesen sein. Da muss es richtig abgegangen sein. So einer war das. Immer gut drauf.«

»Waren Sie auch mal dort?«

»Nein, nie.« Sie seufzte.

»Aber Party, ein eigenes Haus und so muss man sich leisten können. Und als Aushilfskellner, na ja. Hat er vielleicht gut geerbt?« Bernsen musterte sie aufmerksam von der Seite.

»Nein, als seine Mutter starb, hat sie ihm nur das kleine Häuschen hier in Bilzingsleben vermacht, ziemlich heruntergekommen, wenn Sie mich fragen. Er hat nie viel Geld gehabt.«

»Warum hat er sich dann nicht einen richtigen Job gesucht? Ich meine, außerhalb dieses Dorfes wird es doch bestimmt etwas geben.«

Bea schaute ihn mit treuen Augen an. »Bilzingsleben war seine Heimat. Er wollte hier nicht weg. Das mit der Arbeit hat doch auch immer irgendwie geklappt. Erst im Kindelbrücker Autohaus, dann im Obstbau und jetzt hier bei uns. Außerdem sind doch schon genug junge Leute aus den Dörfern weggezogen. Und schließlich hatte er das Haus.« Ihrem Gesicht nach zu urteilen, verstand sie nicht, wieso er eine solche Frage überhaupt stellte.

So viel Heimatliebe konnte Bernsen nicht recht nachvollziehen, jedenfalls nicht hier in Thüringen. Selbst er, der in der schönsten aller deutschen Gegenden zu Hause war, hatte als junger Mann seine berufliche Entwicklung über den Wohnort gestellt. Wenn auch nur fünf Tage die Woche. Er dachte daran, wie er 1990 nach Erfurt gekommen war. Die Beförderung, die höhere Eingruppierung und die Buschzulage hatten ihn gelockt und, na gut, vielleicht auch ein wenig die Herausforderung der Aufgabe. Angefühlt hatte es sich damals ein bisschen wie Entwicklungshilfe in Schwarzafrika. Der überlegene allwissende Wessi erklärt den verblendeten unsicheren Ossis die Funktionsweise eines demokratischen Rechtsstaates. Ohne Zweifel, es hatte auch Spaß gemacht, so weit weg von zu Hause. Noch dazu hatten die Wessis in den letzten fünfundzwanzig Jahren hier im Osten so einiges bewegt …

»Ich würde auch nicht weggehen wollen. Hier ist es doch schön«, plapperte Bea unbedarft weiter. »Außerdem gibt Herr Fischer jungen Leuten eine Chance.« Die Zigarette klemmte immer noch unangezündet in ihrem Mund.

»Und Geschwister hatte er keine oder eine Freundin?«, hakte Bernsen nach. Wenn jemand wusste, ob der Machte was am Start gehabt hatte, dann doch sicher die Deern hier, die bis über beide Ohren in ihn verliebt gewesen zu sein schien.

»Nein«, hob Bea an, stockte aber, als Kohlschuetter mit finsterer Miene neben sie trat.

»Sind Sie endlich fertig? Wir müssen jetzt«, platzte er übellaunig heraus.

Bernsen wunderte sich über den harschen Ton. »Sind Sie auch aus Bilzingsleben?«, fragte er, ohne Kohlschuetter zu beachten.

»Nein. Aus Büchel«, antwortete Bea.

Bernsen erhob sich demonstrativ behäbig und zog sein Fischerhemd gerade. »Was es alles gibt. Waren Sie eigentlich näher mit Enrico Machte befreundet, irgendwie, so … Sie wissen schon.«

Bea errötete leicht. »Nein.«

»Nun gut. Geben Sie meinem jungen Kollegen hier bitte noch Ihre Personalien, falls Sie das noch nicht gemacht haben. Einen schönen Tag noch.« Bernsen drehte ab in Richtung Dienstwagen. Dort wartete er mit verschränkten Armen und pfiff ein Lied.

»Was war das denn eben? Machen wir jetzt einen auf friesischer Derrick?«, fragte Kohlschuetter, als er den Wagen erreichte.

»Nichts, was soll denn gewesen sein? Ich habe eine Zeugin befragt, und Sie haben mit Ihren Weibern telefoniert, um dann unhöflich in mein Gespräch zu platzen. Manieren sehen anders aus, auch hier im wilden Osten.«

***

Kohlschuetter öffnete die Fahrertür und stieg ein. Bernsen tat es ihm nach.

»Das war übrigens der Chef«, sagte Kohlschuetter und musste an sich halten, nicht pampig zu werden. Was bildete sich dieser Besserwessi bloß immer ein? Mit ruppigen Bewegungen schnallte er sich an. »Es gibt eine weitere Leiche. Wieder in Kindelbrück. Wieder ein Mann. Wieder nackt.«

Ungläubig zog Bernsen die Stirn kraus. Dann blaffte er ein »Sie mich auch!«, ließ geräuschvoll den Sicherheitsgurt einrasten und blickte stur geradeaus. »Die Zeiten, in denen ihr Ossis uns was vormachen konntet, um von euren Fehltaten abzulenken, sind lange vorbei. Von Ihnen lasse ich mich nicht provozieren. Schon gar nicht, wenn ich einen Espresso getrunken habe, den mein Magen nicht verträgt. Verstanden?«

»Wie bitte?«, fragte Kohlschuetter angesäuert, während er sich beeilte, das Auto anzulassen und zu wenden. »Fehltaten? Ablenken?«

Bernsen ging nicht darauf ein. Mürrisch griff er zur Wasserflasche und trank zwei Schlucke. »Fisch will schwimmen«, nölte er. »Und ich will jetzt in die Wohnung von diesem Machte, aber dalli.«

»Mag sein, dass ich mich missverständlich ausgedrückt habe. Also noch mal, für begriffsstutzige Westdeutsche: Wir haben eine weitere Leiche, und die liegt in Kindelbrück, deshalb fahren wir dort zuerst hin. Die Kriminaltechnik ist auch schon auf dem Weg.«

Kohlschuetters Tonlage ließ keinen Raum für Zweifel, und Bernsen schaute ihn unsicher von der Seite an. »Sie meinen es tatsächlich ernst, was?«, fragte er unglücklich.

»Na und ob. Der Chef war ziemlich übel drauf. Er befürchtet wohl das Schlimmste.«

»Schiet, Schiet, Schiet.« Bernsen trat mit seinem rechten Fuß dreimal gegen die Verkleidung im Fußraum des Opels. »In achtundsiebzig Stunden sitze ich –«

»Ich weiß«, unterbrach ihn Kohlschuetter. »Na, hoffentlich geht dieser Wunsch in Erfüllung.«

»Wohin?«, keifte Bernsen ungehalten.

»Kindelbrücker Obstbau, Am Pfortenstieg 8A. Bitte geben Sie das ins Navi ein. Die Straße ist so schmal, da muss ich aufpassen, dass ich uns nicht in den Mühlbach fahre. Und werfen Sie mal einen Blick in das Handschuhfach. Vielleicht liegt dort etwas zu schreiben. Sie haben ja sicherlich kein Schreibzeug dabei. Haben Sie doch nie. Dafür haben Sie ja mich.«

Kohlschuetter lenkte den Wagen auf der schmalen Waldstraße, über die sie gekommen waren, zurück ins Dorf. Er hatte die Fenster auf seiner und auf der Beifahrerseite komplett heruntergelassen, um die angestaute Hitze entweichen zu lassen. Das dichte Blätterdach der Bäume am Wegesrand spendete angenehmen Schatten, und es roch nach den sumpfig-erdigen Uferzonen und dem brackigen Wasser des Baches.

»Hm.« Bernsen drückte seine dicken Finger auf die Tastatur des Navigationssystems. Eine freundliche Damenstimme bestätigte die Eingabe. Dann riss er die Klappe des Handschuhfaches auf und begann, wild darin herumzukramen. Nach einer Weile fing er an, vor sich hin zu schimpfen. »Fehlanzeige«, meldete er. »Nichts zu schreiben. Nur Freikarten für das Fitnessstudio. Na ja, wer's braucht ... Dabei nehmt ihr Ossis doch sonst alles mit, was ihr umsonst kriegen könnt. Und wenn es bloß ein Kugelschreiber ist. Die haben in der Muckibude doch auch Werbegeschenke …«

»Hallo! Es ist langsam gut. Wenn Sie meinen, dass ich auch nur ansatzweise froh darüber bin, zwei Leichen auf der Agenda zu haben, dann haben Sie sich aber geschnitten. Ich könnte mir bei den Temperaturen wahrlich etwas Schöneres vorstellen. Zumal ich den Nachmittag dank gewissen anderen Leuten ohne Koffein überstehen muss«, echauffierte sich Kohlschuetter.

Bernsen überhörte die harschen Worte. »Kindelbrücker Obstbau, das sind doch die Leute mit den Apfelbäumen am Ortseingang, oder?«

»Genau«, antwortete Kohlschuetter nun wieder ruhiger und schlug einen versöhnlichen Ton an: »Gute Beobachtungsgabe.«

Bernsen nickte zufrieden. »Machen die Apfelmus oder so etwas?«

»Keine Ahnung, der Name suggeriert das aber nicht. Ich denke, die bauen das Obst nur an. Wieso?«

»Na ja, ich habe keine Lust auf eine zermatschte oder gut durchgekochte Leiche. Schon gar nicht bei dem Wetter. Und man weiß schließlich nie, was die mit den Zentrifugen alles anstellen.« Bernsen verzog angewidert das Gesicht. »Überhaupt finde ich Tote und Lebensmittel, also die Kombination, absolut ekelerregend. Ein anständiger Mörder macht so was nicht. Wenn es schon unbedingt sein muss, kann man seine Feinde doch auch töten, ohne dass Lebensmittel dabei verderben. Wo schließlich so viele Menschen hungern, eine Verschwendung ist das.« Er sprach langsam und mit schwerer Zunge, fast so, als hätte ihm Alkohol die Sinne vernebelt, dabei hatte er nur den einen kleinen Schnaps gehabt.

Kohlschuetter musterte ihn irritiert. »Wie viel haben Sie heute eigentlich schon getrunken?« Außer ein paar Schlucken von dem Thüringer Waldquell vorhin und seinem Espresso hatte er Bernsen heute noch keine Flüssigkeit zu sich nehmen sehen. Und das bei dieser mörderischen Hitze. Einen vollkommen dehydrierten Kollegen, der nur Blödsinn laberte, konnte er aber unmöglich auf die Menschheit loslassen. Bernsen war schon im ausreichend mit Flüssigkeit versorgten Zustand grenzwertig.

»Hm. Mir ist tatsächlich etwas blümerant. Jetzt, da Sie es sagen.« Er griff zum Selter und trank die Flasche in einem Zug leer. »Zwei Leichen an einem Tag, und das kurz vor dem Urlaub. Wenn ich mir das Gesicht meiner Rotfeder nur vorstelle, wird mir schon ganz anders«, jammerte er.

Daher weht der Wind, dachte Kohlschuetter. Der Kollege hatte Schiss. Ein Mann, dessen tägliches Geschäft aus der Aufklärung von Gewaltverbrechen bestand, der sich zwischen Kriminellen bewegte und ab und zu gar sein Leben riskierte, dieser Mann hatte Angst vor seiner ihm angetrauten Frau. Und das nur, weil er wahrscheinlich nicht pünktlich am Freitag an irgendeinem gottverlassenen Ort hinterm Deich sein würde. Wenn das die Konsequenz aus dem kleinen, harmlosen Wörtchen »Ja« auf dem Standesamt sein sollte, würde diesen Ausspruch niemals jemand von ihm hören. Niemals, so viel stand fest. Er würde nicht zum Waschlappen mit Trauschein verkommen, ganz sicher nicht.

»Meine Rotfeder ist eine sehr konsequente Frau.« Bernsens Stimme klang nun wieder fester. »Da braucht ein Mann viel Feingefühl.«

Das war nun nicht gerade die Eigenschaft, die Kohlschuetter im Zusammenhang mit seinem Kollegen eingefallen wäre. »Hm«, machte er. »Wie schnell sind Sie nach Ihrem Kennenlernen eigentlich zusammengezogen?« Er biss sich auf die Unterlippe. Eigentlich hatte er das nicht fragen wollen. Es war ihm nur so herausgerutscht.

Bernsen schien jedoch kein Problem damit zu haben. »Nach fünf Wochen. Meine Rotfeder wollte das so. Sie hat gesagt, es sei billiger in einer Wohnung. Na ja, für das Finanzielle hatte sie schon immer ein Händchen.«

»Und Sie haben sich nicht gewehrt?«, fragte Kohlschuetter bestürzt.

»Na ja, am Anfang wollte ich das nicht. Ein Mann braucht ja auch seine Freiheit, irgendwie. Aber als sie dann meinen

Wohnungsschlüssel hatte und jeden Abend Labskaus auf dem Tisch stand, wenn ich vom Dienst kam, war die Sache schnell besiegelt.«

Bernsen sagte das, als wäre es die normalste Sache der Welt. Kohlschuetter verkrampfte sich der Magen.

***

Langsam rollte der Dienstwagen in Kindelbrück ein. Sie überquerten die Wipper und fuhren weiter geradeaus, bis sie das Zentrum erreichten. Das Rathaus mit den großflächigen Schadstellen an seinem ockerfarbenen Putz ließen sie links liegen und bogen von der Hauptstraße ab. Wenige hundert Meter später lotste sie das Navi zuerst nach links und kurz darauf nach rechts, wo zwischen schicken Einfamilienhäusern ein Plattenweg, der an die deutschen demokratischen Autobahnen vergangener Zeiten erinnerte, eine kleine Anhöhe hinauf und dann linker Hand zu den Obstbauern führte. Kohlschuetter bremste an der Toreinfahrt und schaute sich um.

Vor ihnen lag ein riesiges Gelände mit DDR-Zweckbauten, darunter zwei Wohnblocks aus ebendieser Zeit, und etlichen modernen Hallen. Rechter Hand blickte man auf die Rückseite mehrerer zusammenhängender Garagen, die angesichts des alten Wellasbestdaches und der gelben Steinfliesen an ihrem Fundament ebenfalls Relikte aus dieser Epoche sein mussten. Am grauen Putz klebten ein paar Werbeschilder. Auf einem schmutzig weißen aufgemalten Rechteck entdeckte Kohlschuetter die verwaschenen roten Buchstabenreste einer sozialistischen Parole. »Genossenschaftsbauern – Arbeiter der sozialistischen Landwirtschaft!«, stand dort zu lesen. Den übrigen Text hatte jemand mit einem freundlichen Rostrot übertüncht. Kohlschuetter, der diese Art der Arbeiter-und-Bauernstadt-Propaganda noch aus seiner Kindheit kannte, schaute interessiert. Ein Anflug von Melancholie machte sich in ihm breit, diese Form der sehnsuchtsvollen Niedergeschlagenheit, die einen überkam, wenn man mit längst vergangenen Bildern aus glücklichen Kindertagen konfrontiert wurde. Bei der LPG Leimbach, in der sein Vater beschäftigt gewesen war, hatte es einen ähnlichen Aufruf gegeben. Er war immer daran vorbeigelaufen, wenn er seinen Vater in den großen Ferien zur Getreideernte begleitet hatte. Und jetzt hatte er auf einmal wieder den Geruch von damals in der Nase. Das frische Stroh, dessen Staubpartikel beim Mähen aufwirbelten und einem bis in die letzte Pore krochen. Die trockene, schwülwarme Luft im Führerhaus des Mähdreschers, die sich mit dem Geruch nach Schweiß und beißenden Dieselabgasen mischte und erst erträglich wurde, wenn die Männer bei Sonnenuntergang die Scheinwerfer der Fahrzeuge anwerfen mussten. Und das süßlich malzige Bier am Ende eines langen Tages, von dem er immer den ersten Schluck aus der Flasche hatte abtrinken dürfen.

»Was wird das? Eine Gedenkminute für die geistigen Ergüsse Erich Honeckers?«, moserte Bernsen neben ihm. »Oder ist das schon von den Neuen? Haben die diese Art der politischen Werbung etwa übernommen? Dann hätten sie es ja wenigstens zu Ende malen können. Heute gibt es doch genügend Farbe, oder etwa nicht?«

»Wie bitte?« Kohlschuetter schmunzelte, denn er ahnte bereits, worauf der politisch ansonsten so wenig bewanderte Bernsen hinauswollte.

»Na, Mensch, eure linke Landesregierung. Arbeitet die auch mit dieser miesen Propaganda? Das glauben doch heutzutage nicht mal mehr die Ossis. Mir ist das sowieso alles schleierhaft.« Bernsen schüttelte verständnislos den Kopf.

»Was denn?«, fragte Kohlschuetter neugierig.

»Na, was ihr Thüringer politisch so treibt. Ihr wolltet damals die Segnungen des Westens, den guten Jacobs-Kaffee, die Milka-Schokolade und die Dorschleber aus der Dose. Ist mir zwar schleierhaft, wie man Fisch aus der Dose essen kann, aber egal. Dafür habt ihr doch Revolution gemacht, nicht wahr? Jetzt steht das alles massenweise in den Läden, und ihr holt euch die sozialistischen Anführer zurück. Klarer Ausdruck von Übermut, wenn Sie mich fragen. Ich warte ja nur darauf, dass sie euch wieder die Bananen wegnehmen. Das gibt ein Geschrei.« Bernsen rieb sich selbstzufrieden die Hände.

Kohlschuetter verkniff sich das Lachen. »Die friedliche Revolution von 1989, ein verbitterter Kampf um die Dorschleberdosen. Die Geschichtsbücher müssen neu geschrieben werden. Aber falls mir die Bananen ausgehen, können Sie ja jeden Montag welche aus Bremen importieren«, sagte er feixend.

»Sie sind zu jung, um das zu verstehen«, erwiderte Bernsen salomonisch.

»Ist mir ohnehin ein Rätsel, wieso man das Wahlalter nicht auf vierzig anhebt«, entgegnete Kohlschuetter frech.

»Ich sehe schon, das hat keinen Zweck. Jetzt stehen Sie hier nicht sinnlos rum, sondern fahren Sie uns zu der Leiche. Wenn Sie schon keine Ahnung von Politik haben, dann machen Sie wenigstens Ihren Job anständig.«

Kohlschuetter entgegnete nichts darauf, sondern legte den Gang ein und fuhr im Schritttempo auf das Gelände. Nicht weit hinter der Einfahrt, am Ende der politisch subversiven Garagenreihe, befand sich ein kleiner Parkplatz, auf dem er den Dienstwagen abstellte. »Ich habe keine Ahnung, wo wir hinmüssen. Ich würde vorschlagen, wir versuchen es einmal da oben. Das sieht verdammt nach dem Verwaltungsgebäude aus.« Er deutete auf eines der gegenüberliegenden Gebäude.

Bernsen brummte, griff zur Sonnenmilch und wiederholte die Prozedur von heute Mittag. Kohlschuetter beobachtete ihn schweigend, während sich der Geruch nach Sonnenschutzcreme im Wagen ausbreitete. Erst als das Teil zur Seite flog und Bernsen ein zufriedenes »Ah, ja« ausstieß, betätigte er den Türgriff und stieg aus. Bernsen jedoch tat nichts dergleichen, sondern blickte nur angestrengt geradeaus.

Kohlschuetter beugte sich in den Wagen hinein. »Was ist, keine Lust mehr?«

Der Kollege hielt beide Hände nach oben, als hätte er sie soeben in Chirurgenmanier desinfiziert und wartete darauf, dass er mit der OP beginnen konnte. »Ich bin frisch eingecremt.«

»Das ist doch jetzt nicht Ihr Ernst, oder?« Die Fahrertür fiel etwas zu fest ins Schloss, und Kohlschuetter umrundete mit großen, energischen Schritten den Wagen. »Wenn Madame jetzt bitte aussteigen würden«, sagte er genervt, während er die Beifahrertür aufhielt.

»Schmiere ich den Dienstwagen voll, passt es Ihnen auch nicht«, meinte Bernsen beleidigt und kletterte mit weit von sich gestreckten Händen aus dem Wagen.

»Meinen Sie nicht, dass einmal am Tag eincremen ausreicht? Zumal Sie es ja nicht waren, der ins Gründelsloch gesprungen ist.«

»Norddeutsche Haut braucht das«, entgegnete Bernsen lapidar, während er bereits wieder ausgiebig die Hände aneinanderrieb, um die Creme zu verteilen. »Nicht jeder will im Spiegel einen ledergegerbten Sonnenstudio-Body sehen.« Er bedachte Kohlschuetter mit einem mitleidigen Blick.

»Schon gut. Gehen wir.«

Sie folgten einem schmalen Weg hinauf zu einem weiß gestrichenen, lang gezogenen Zweigeschosser, dessen Sockel in dunkelgrüner Farbe abgesetzt und von einem roten Streifen begrenzt war.

»Hm. Ich muss meine Rotfeder anrufen. Wenn ich eine Verspätung halbwegs rechtzeitig ankündige, habe ich eine Chance auf Rehabilitation. Außerdem müssen wir einen ›Fressnapf‹ ansteuern. Das Mildestimmen meiner Frau geht über Bernds Magen.«

»Das können Sie alles später machen. Jetzt sehen wir erst einmal, was uns hier erwartet. Vielleicht erübrigt sich dann auch die Rehabilitation.«

»Sie meinen, es besteht noch Chance auf einen Unglücksfall ohne Fremdeinwirkung, was?« Bernsen verzog den Mund. »Das wäre ja ein Zufall. Aber ich hoffe, Sie haben recht. In Sachen Sommerurlaub versteht meine Rotfeder überhaupt keinen Spaß, nicht einmal bei zwei Leichen in Kindelbrück.« Er klang fast schon bedauernswert.

Sie waren gerade auf der Höhe eines grün-weißen Schildes angekommen, das direkt vor dem Haus stand und auf das Verwaltungsgebäude hinwies, als vor ihnen eine Glastür aufging und ein extrem groß gewachsener, schlanker Mann im mittleren Alter herausgehastet kam. Er trug ein hellgrünes Poloshirt und eine verwaschene Jeans. Seine nackten Füße steckten in Biolatschen, von denen er einen durch die ungünstig aufgewellte Fußmatte vor der Eingangstür verlor. Während er seinen Schuh aus der misslichen Lage befreite, stand er auf einem Bein, streckte das andere etwas ungelenk von sich weg und fluchte. Als alles wieder gerichtet war, rief er: »Mein Name ist Molter. Los, los! Jetzt kommen Sie schon! Wir warten schon eine halbe Ewigkeit auf Sie.« Er gestikulierte wild mit beiden Händen. »Mir verderben dreihundert Tonnen Äpfel durch den. Kommen Sie! Kommen Sie!« Sein schmales Gesicht leuchtete dunkelrot und stand im krassen Gegensatz zu seinem schlohweißen strohigen Haar, das in dicken Strähnen an seiner schweißigen Stirn klebte. »Wir müssen hoch in die Halle. So beeilen Sie sich doch! Wenn der Chef erfährt, was hier los ist, bringt er mich um.«

»Nun mal langsam, Meister, wir können ja nicht hexen«, entgegnete Bernsen sichtlich angefressen. »Woher wissen Sie überhaupt, dass wir von der Kripo sind?« Er stand, wie immer, wenn er ungehalten wurde, breitbeinig da und hatte beide Hände mit einer Entschiedenheit in die Hüften gestemmt, dass sich das eigentlich viel zu weite Fischerhemd unter seiner rechten Handfläche gefährlich spannte. Als er nun auch noch anfing, langsam in den Knien zu wippen, biss sich Kohlschuetter in Erwartung des drohenden Ungemachs unruhig auf die Unterlippe.

Der Mann stutzte. »Ihre Leute haben mir gesagt, dass ich nach einem kleinen Dürren und einem großen Muskulösen Ausschau halten soll. Das sind Sie doch? Und etwas an Tempo zulegen könnten Sie schon, sonst stehen wir morgen noch hier. Ich soll Sie zu Ihren Kollegen und dem Toten bringen.«

Die letzten Worte hatte er beinahe geflüstert, nun erhob er seine Stimme wieder. »Die hampeln da schon eine Ewigkeit bei unseren gelagerten Äpfeln rum. Die Anlage läuft nicht, und die Tür ist offen. Meinen Sie, davon werden die Früchte besser? Und was soll ich ausliefern lassen, wenn das Obst zu faulen anfängt?

Bei der Hitze kann man doch zugucken, wie das passiert. Und die nächste Ernte beginnt erst in frühestens vier Wochen.«

Ein Schrei hallte über das Gelände der Kindelbrücker Obstbau e. G. »Wissen Sie was, Ihre Äpfel sind mir scheißegal. Auf Ihrem Firmengelände ist offenkundig jemand ums Leben gekommen, und alles, was mich im Moment interessiert, ist dieser Jemand. Sie bringen uns also jetzt zu dem Toten, oder Sie lassen es bleiben. Aber sparen Sie sich Ihre Vorwürfe. Zwei Leichen an einem Tag reichen vollkommen aus, um mir den Tag zu versauen, dazu brauche ich Sie nicht.« Bernsen ließ den verdutzten Mann stehen und stapfte wutentbrannt in die Richtung, in der er die Hallen vermutete.

»Zwei Leichen?«, fragte Molter irritiert. »So eine Scheiße aber auch. Davon haben mir unsere Mitarbeiter überhaupt nichts erzählt. Na, Hauptsache, der andere liegt nicht zwischen den Äpfeln. Das muss ich doch dann alles wegschmeißen. Und der Lagerraum ist voll. Dass dieser Mist immer ausgerechnet dann passieren muss, wenn der Chef auf Dienstreise ist. So eine Scheiße aber auch.« Dann rannte er Bernsen hinterher.

Kohlschuetter schüttelte nur den Kopf und folgte den beiden, ohne das Missverständnis aufzuklären. Der kleine Dürre und der große Muskulöse, das musste er sich merken. Sicher gaben sie für Außenstehende ein traumhaftes Bild ab.

»Hier rechts ist das Wohnheim unserer Saisonkräfte«, sagte Molter, als sie einen der Wohnblöcke passierten und er Bernsen mit hektischem Schritt eingeholt hatte. »Und da unten befindet sich unser Verkaufsmarkt. Kommen Sie, kommen Sie.« Er rannte nun fast in Richtung eines großen Lagerkomplexes, der rückseitig an einige Obstfelder angrenzte.

Kohlschuetter überlegte, warum der Mann trotz des Stresses, unter dem er ganz offensichtlich stand, noch Elemente einer Unternehmensführung in ihren Weg einbaute, konnte sich aber keinen Reim darauf machen.

Keine zwei Minuten Fußweg später standen sie vor einer langen weißen Halle, in deren Längsseite mit jeweils etwa zehn Meter Abstand vier Tore eingelassen waren. Molter steuerte zielgerichtet auf den zweiten Eingang zu, vor dem ein Lkw parkte und zwischen Tor und Halle ein Gabelstapler. Daran lehnte ein mit einer grünen Latzhose bekleideter Arbeiter. Seine linke Wange war auffallend geschwollen und zeigte bläulich dunkelrote Schattierungen. Missmutig beäugte er die Herbeieilenden. Neben ihm stand ein weiterer, jüngerer Mann, der ziemlich durch den Wind zu sein schien. Er hatte die Arme um seinen Oberkörper geschlungen und bewegte diesen, irgendetwas Unverständliches vor sich hin murmelnd, langsam vor und zurück.

Als Kohlschuetter und Bernsen mit Herrn Molter bei den beiden Arbeitern angekommen waren, sahen sie, dass hinter dem Lkw der Bus der Kriminaltechnik stand. Susanne Summer hantierte gerade am Kofferraum herum, und Kohlschuetter winkte ihr. »Susi, ihr seid aber schnell heute«, begrüßte er sie etwas ungeschickt, was ihm angesichts der hier herrschenden Anspannung aber gar nicht auffiel.

Susi erwiderte nichts. Die Kommissare überließen sie wieder sich selbst und gingen gemeinsam mit Molter in die Lagerhalle.

Was von außen wie ein durchgängiger Lagerkomplex gewirkt hatte, sah von innen ganz anders aus. Ein etwa drei Meter breiter Gang zog sich wie ein Schlauch an der Längsseite der Halle entlang. Er war, bis auf einige Obstkisten, leer. Von diesem Korridor gingen schwere grüne Schiebetüren ab, die allem Anschein nach in die einzelnen Lagerräume führten. Drei große gelbe Warnschilder, in der Mitte der Türen angebracht, wiesen auf die Lebensgefahr beim Öffnen und Betreten der Räume während der Lagerung hin. Eines davon zierte sogar ein schwarzer Totenkopf. In jeder der identischen Schiebetüren gab es ein kleines weißes Fenster, das sich von außen öffnen ließ und dessen Griff mit einem Schloss versehen war. Das erste Tor gegenüber dem Eingang war als einziges zur Seite geschoben worden. Wie groß der Lagerraum war, der sich dahinter verbarg, war nicht zu erkennen. Denn bis dicht an den Türrahmen heran stapelten sich unzählige Plastikkisten. Darin lagerten, durch die seitlichen Lüftungsschlitze hindurch zu erkennen, die saftigsten Äpfel, und der süßliche Duft von frischem Obst hing in der Luft. Direkt vor diesen randvoll gefüllten Obstkisten machten Susis Leute unaufgeregt ihre Arbeit.

Bernsen und Kohlschuetter grüßten kurz. Molter wischte sich immer wieder mit dem Arm über die Augen, so als könnte er das alles hier nicht glauben. Zwei der Tyvekanzugträger traten beiseite und gaben den Blick auf den leblosen Körper eines dicklichen Mannes mit auffallend blasser Haut und extremer Körperbehaarung frei. Er saß mitten im Eingang des Lagerraumes, dem einzigen freien Fleck, breitbeinig auf dem Fußboden. Hinter und neben ihm stapelten sich die Apfelkisten. Der Mann war etwa um die fünfzig und mit nichts weiter bekleidet als mit einem weißen Handtuch, das er sich um die Hüften geschlungen hatte und über dessen Rand sein dicker Bauch quoll. Seine fleischigen, großen Hände ruhten, Handflächen nach oben, auf seinen breiten Schenkeln, so als befände er sich inmitten einer Yogaübung, mit deren Hilfe er Kraft und Entspannung aus dem Universum beziehen wollte. Sein schräg nach vorn hängender Kopf und der leicht geöffnete Mund zeigten jedoch deutlich, dass hier in puncto Lebensenergie nichts mehr zu erwarten war.

»Na super, so etwas hatten wir ja überhaupt noch nicht. Aber wenigstens ist er noch am Stück«, murmelte Bernsen und lief zu dem Toten. »Moin, Kollegen, lange nicht gesehen«, rief er Susis Leuten dabei zu. Vor Susi selbst, die gerade an ihm vorbeigelaufen kam, deutete er eine leichte Verbeugung an. »Schöne Frau, meine Verehrung.«

Susanne Summer schaute Kohlschuetter fragend an.

»Die Urlaubsvorfreude paart sich gerade mit der nackten Angst vor dem Donnerwetter seiner Ehefrau, wenn er nicht rechtzeitig eintrifft«, frotzelte Kohlschuetter. »Dann entwickelt er immer so eine Art Wahn.«

»Alles klar«, antwortete Susi. »Ich dachte schon, es liegt an der Hitze oder an einer Fischvergiftung.« Sie lächelte verschmitzt. »Übrigens, der Arzt, der eure Gründelsloch-Leiche begutachtet hat, ist auf dem Weg. Ich dachte mir, dass ihr vielleicht etwas im Stress seid, und habe ihn selbst herbeordert.«

»Das ist sehr lieb von dir. Danke.« Kohlschuetter schenkte ihr sein strahlendstes Lächeln.

Bernsen stand nun direkt vor der Leiche und betrachtete den vermeintlichen Tatort. »Warum um alles in der Welt setzt sich jemand im Saunalook zwischen Dutzende von Apfelkisten? Und noch dazu in dieser einladenden Lagerhalle? Wissen wir, wer er ist? Wo sind seine Klamotten? Gibt es Zeugen?«, krakeelte er.

»Er ist ein Mitarbeiter, sein Name ist Martin …« Sie sah hilfesuchend zu Molter, der nervös von einem Bein aufs andere trat.

»Deller, Martin Deller.«

»Genau, danke. Was seine Klamotten angeht, haben wir bisher nichts finden können.« Susanne Summer trat nun ebenfalls an den leblosen Körper heran. »Allerdings sind wir hier noch ein bisschen beschäftigt, wir müssen alle Kisten durchschauen. Vielleicht liegen seine Sachen unter den Äpfeln.«

»Das sind dreihundert Tonnen, der Raum ist voll. Wie stellen Sie sich das vor? Ich dachte, Sie schaffen ihn weg, und wir fahren wieder hoch. Jetzt wollen Sie auch noch alles ausräumen?«, fragte Molter mit zitternder Stimme. Er schaute auf seine Armbanduhr. »Die Anlage ist seit über zwei Stunden aus. Ich muss sie so schnell wie möglich wieder in Betrieb nehmen. Bei der Hitze kann ich sonst zusehen, wie mir die Früchte wegfaulen.«

Als die Polizisten nicht reagierten, rannte er schimpfend davon.

»Wer hat ihn gefunden?« Kohlschuetter stand dicht hinter Susanne Summer und atmete verstohlen den Duft ihres Parfüms ein. Zugegeben, das war etwas zu viel Nähe für zwei Kollegen. Doch für Kohlschuetter war es noch längst nicht genug. Er genoss die Situation ausgiebig, während Susi eher den Eindruck machte, als ließe sie der Annäherungsversuch ihres Kollegen kalt. Wie zufällig trat sie einen Schritt zur Seite und entzog sich so seinem Einfluss.

»Na, na, na«, machte Bernsen mit erhobenem Zeigefinger. »Was wohl Manuela, die Ernährungstante, zu der Fummelei hier sagen würde? Oh, oh.« Er zwinkerte Kohlschuetter frech zu.

»Halten Sie die Klappe«, zischte der. Es war ihm unangenehm, dass Susi nun von seiner jüngsten Eroberung wusste.

Doch es war bereits zu spät, Susanne Summer stieg grinsend auf Bernsens Stichelei ein. »Ach, Manuela heißt sie«, bemerkte sie wie nebenbei. »Ist das immer noch die von letzter Woche oder schon Manuela die Zweite?« Auf ihrer linken Wange zeigte sich dieses niedliche Grübchen, das Kohlschuetter so sehr mochte.

Bernsen pfiff begeistert durch die Zähne.

»Susi, das ist alles nicht so, wie du denkst«, erklärte Kohlschuetter betroffen.

»Tatsächlich? Nun, ich denke, dass zwischen dem Toten aus dem Gründelsloch und dem hier eine Verbindung bestehen muss. Dass beide nackt sind, ist bestimmt kein Zufall. Das Handtuch auch nicht.« Sie ging ohne mit der Wimper zu zucken zur Tagesordnung über.

»Habt ihr alles fotografiert? Kann ich einmal an den Knaben ran?«, fragte Bernsen ungeduldig.

Susi nickte.

Er griff dem Toten unter die Arme, zog ihn mühevoll von den Kisten weg und legte ihn flach auf den Betonfußboden. Dann wickelte er ihn so weit es ging aus dem Badetuch. »Casanova, helfen Sie mal. Ich will mir vor meinem wohlverdienten Urlaub nicht noch den Rücken verrenken«, japste er angesichts der enormen Kraftanstrengung. »Schließlich muss ich Bernd ab nächste Woche durch die überfüllte Fußgängerzone von Husum tragen, wenn meine Rotfeder dort dienstags und donnerstags über den Wochenmarkt schlendert. Wir wollen ja nicht, dass ein paar achtlose Touristen das Mistvieh breit treten. Und nach mehreren Kilometern können Pudel ganz schön schwer werden.«

»Der Urlaub, wie konnte ich das vergessen.« Kohlschuetter packte die Hüfte des Mannes und rollte ihn auf die Seite, sodass Bernsen das Handtuch unter dem Hintern des Toten hervorziehen konnte. Anschließend legten sie ihn wieder auf den Rücken.

»Wieder kein Logo oder so etwas«, stellte Bernsen nach ausgiebiger Untersuchung des Badetuches fest. »Aber der Hersteller ist derselbe. Vossen.«

»Die Größe stimmt auch«, ergänzte Kohlschuetter, der froh war, dass sein Privatleben nun kein Thema mehr war. »Wer hat ihn eigentlich gefunden?«

»Eine gute Marke, nicht billig«, sagte Susanne Summer an Bernsen gerichtet. Dann wandte sie sich Kohlschuetter zu. »Der Mann da drüben. Ein junger Pole, ist ziemlich runter mit den Nerven.« Sie deutete auf den am Gabelstapler wartenden Arbeiter, der vorhin so verstört gewirkt hatte. Er war nun allein und stand vollkommen regungslos da, ohne den Blick von den Polizisten abzuwenden. Ab und zu rieb er sich mit seinen dicken Fäusten die rot verquollenen Augen. Offensichtlich weinte er. Susi bedachte ihn mit einem mitleidigen Blick, dann ging sie wieder ihrer Arbeit nach.

Bernsen hingegen lief zackig auf den Mann zu. Kohlschuetter folgte ihm umgehend, aus einer leisen Vorahnung heraus, dass diese Befragung zu einem Problem werden könnte.

»Moin, Polizei, Bernsen.« Er buchstabierte die Worte fast. »Du Polski? Du den da gefunden?« Er deutete mit dem Daumen hinter sich, in Richtung des Toten. »Du den da kennen?«

Der junge Mann bekreuzigte sich. Dicke Tränen rannen über sein gebräuntes Gesicht.

»Du Leichenfinder. Du Polizei Bernsen helfen und sagen, was du mit Mann gemacht. Du Wahrheit. Sonst Gefängnis.« Bernsen spreizte die Finger an beiden Händen, legte sie schräg übereinander und hielt sich das Ganze vor sein Gesicht. Ohne Zweifel ging er davon aus, dass diese Art der Hinter-Gittern-Umschreibung kulturübergreifend verständlich war.

Sein Gegenüber schaute ihn aus verheulten Augen an und schwieg verstört.

Bernsen zückte sein Handy. »Mordfälle, in denen es auf ausländische Zeugen ankommt, sind schwierig, dazu braucht es einen erfahrenen Beamten. Aber machen Sie sich keine Sorgen. Ich kriege alles aus dem heraus, darauf können Sie sich verlassen.« Er rief eine Internetsuchmaschine auf und gab »Wörterbuch Deutsch-Polnisch« ein.

Kohlschuetter schaute den Mann bedauernd an und sagte: »Es

tut mir sehr leid, dass Ihnen das hier nicht erspart bleibt, aber wir brauchen Ihre Hilfe. Ihre Aussage ist für unsere Ermittlungen sehr wichtig, Herr …«

»Warten Sie, Kollege, gleich habe ich es. Polski nix verstehen«, mischte sich Bernsen ein.

»Mein Name ist Antoni Szymański. Ich bin Saisonarbeiter aus Krakau. Ich sollte heute Morgen die Apfelbestellung aus der ULO-Anlage holen, aber Martin, unser Techniker, war nicht da. Dabei ist er sonst immer pünktlich. Erst habe ich ihn gesucht. Nichts. Ich musste aber doch an die Äpfel kommen. Also bin ich zu Herrn Molter in die Verwaltung gegangen. Er hat Frank angerufen. Der war ziemlich sauer, weil er doch gestern erst am Zahn operiert wurde und eigentlich krankgeschrieben ist. Er hatte aber den anderen Schlüssel. Er kam also her und hat aufgemacht. Und, und dann … saß Martin dort. Er war … tot«, erklärte der junge Pole in bestem Deutsch und mit einem nur leichten slawischen Akzent.

»Was haben Sie dann gemacht?«

Bernsen stand der Mund offen. Staunend schob er sein Mobiltelefon in die Jeans zurück.

»Ich bin rausgegangen und habe die Tür wieder zugeschoben. Vorsichtig.« Er schluchzte auf. »Ich hatte Angst, Martin die Füße einzuklemmen.«

Für einen Moment herrschte Schweigen.

»Frank hat dann abgeschlossen und Herrn Molter Bescheid gesagt. Und ich bin in den Steuerungsraum gerannt, um die Anlage abzustellen. Danach habe ich auf die Polizei gewartet. Ich habe nichts angefasst, falls Sie das meinen.« Antoni kämpfte mit sich. Doch die Tränen kullerten jetzt nur so über seine Wangen.

»Wann haben Sie Martin Deller das letzte Mal gesehen?«, wollte Kohlschuetter wissen.

»Gestern Abend, hier. Er hat mir von der Bestellung für heute erzählt. Drei Tonnen Elstar. Gegen sechs sind wir gegangen.«

»Wohin?« Kohlschuetter, der immer noch keinen Kugelschreiber aufgetrieben hatte, tippte die Antworten stichwortartig in sein Handy.

»Ich war im Freibad, und Martin wollte nach Hause, nach Bilzingsleben. Mehr weiß ich nicht. Er war ein ruhiger Mann und ein sehr netter, ein feiner Mensch.«

Kohlschuetter horchte auf. Der Tote stammte also auch aus Bilzingsleben. »Wie gut kannten Sie sich?«

»Martin war mein Freund. Ich arbeite bereits das vierte Jahr hier, immer in den Semesterferien. Es ist eine harte Arbeit, aber ich bin gern draußen, und es hilft mir bei meinem Studium«, erklärte Antoni.

»Studium?« Kohlschuetter warf Bernsen einen alles sagenden Blick zu.

»Germanistik. Die deutsche Sprache zu hören und zu sprechen ist dafür immens wichtig, wissen Sie. Am Wochenende fahre ich oft nach Weimar in die Bibliothek.« Antoni fing gefährlich an zu wanken.

»Hatte Martin Deller Angehörige?«, fragte Kohlschuetter, ohne von seinem Telefon aufzuschauen. Sein Zeigefinger war entschieden zu dick für diese Minitastatur, und das Mitschreiben gestaltete sich dadurch schwierig.

»Seine Mutter ist vor zehn Jahren gestorben.« Antoni bekreuzigte sich. »Er hatte nur noch seine Schwester. Ekelgard.«

»Wie bitte?«, hakte er irritiert nach, im Glauben, Antoni habe sich versprochen.

»Ekelgard Deller.« Antoni überlegte einen Moment. »Ich nehme an, sie heißt eigentlich Edelgard. Er nannte sie aber niemals bei ihrem richtigen Namen. Dabei ist Edelgard doch gar nicht so schlecht. Sie hat früher mit ihm zusammengewohnt und dann in … ach, vergessen. Jetzt wohnt sie jedenfalls hier in Kindelbrück.«

»Die beiden standen sich wohl nicht sehr nah?«

»Nein, überhaupt nicht, aber mehr weiß ich dazu nicht. Martin wollte nicht darüber reden. Und sie auch nicht. Dabei ist sie sehr nett.«

»Kennen Sie ihre Adresse und die von Ihrem Freund Martin?«

Antoni verneinte das und sah mit traurigen Augen in Richtung Lagerhalle. Kohlschuetter schaute zu Bernsen, der in den letzten Minuten erstaunlich schweigsam gewesen war. Sie würden, sobald sie hier fertig waren, der Schwester des Opfers die Todesnachricht überbringen müssen. Ein Job, um den sich keiner von beiden riss. Weder bei diesem noch bei irgendeinem anderen Fall.

Kohlschuetter atmete kurz durch und setzte seine Befragung fort. »Hatte Martin Deller Feinde? Hat er sich kürzlich mit irgendjemandem gestritten?«

Antoni verneinte das.

»Und nur er selbst und dieser Frank haben einen Schlüssel zu den Lagerräumen?«

»Ja, das heißt, nein. Würden Sie mich bitte einen Moment entschuldigen? Ich glaube, mir wird schlecht.« Schlagartig war er kreidebleich um die Nase und schlotterte am ganzen Körper.

»Natürlich. Gehen Sie nur.« Kohlschuetter wandte sich, nachdem Antoni in Richtung Toilette verschwunden war, Bernsen zu. »Tja, Polizei Bernsen hat sich eben ganz schön blamiert, was?« Er grinste schadenfroh.

»Pah, der hat sich blöd gestellt. Die aus dem tiefen Osten machen sich einen Spaß daraus, uns wahre Bundesbürger zu verarschen. Überhaupt liegt euch Ostlern das Lügen und Betrügen doch im Blut. Was anderes habt ihr im Sozialismus schließlich nicht gelernt. Wer etwas bekommen wollte, der musste tricksen, schachern, schieben, legal könnt ihr bis heute nicht. Und dann die Bespitzelung. Da konnten die Sitten ja nur verrohen. Abgesehen davon, dass ich darin auch ein Problem mit eurem Ego sehe. Wenn man unter ausgeprägten Minderwertigkeitskomplexen leidet, denunziert man andere. Das wertet das Selbstgefühl auf.« Bernsen schnalzte mit der Zunge und beeilte sich, zu Susanne Summer zu kommen.

»Irgendwann bringe ich diesen ach so wahren Bundesbürger um«, presste Kohlschuetter hervor. »Diese permanente Diskriminierung am Arbeitsplatz ist zum Aus-der-Haut-Fahren.« Er blieb unschlüssig stehen und versuchte, seinen Ärger herunterzuschlucken.

Der Chef sollte wohl wieder einmal recht behalten. Das Ganze hier sah verdammt nach einer größeren Sache aus. Zwei Tote in nicht mal vierundzwanzig Stunden, noch dazu in einer Kleinstadt wie Kindelbrück. Das konnte kein Zufall sein. Dass beide Opfer nackt und nur mit einem Handtuch bekleidet gewesen waren, war allerdings die einzige Gemeinsamkeit, die sich ihm bisher erschloss. Und natürlich ihr Wohnort, Bilzingsleben, aber das konnte auch Zufall sein.

Bernsens lautes Händeklatschen schallte durch die Halle bis zu ihm nach draußen und holte Kohlschuetter aus seinen Gedanken.

»Na, Folienmenschen, wie weit seid ihr denn nun?« Bernsen stand inmitten von Susis Leuten und schwenkte die Arme, als hätte auf einer öffentlichen Toilette der Händetrockner nicht funktioniert und er müsste sich nun die Nässe von der Haut wedeln.

Die Kriminaltechniker zeigten keine Reaktion. Sie kannten sein Getue, das er vor allem dann an den Tag legte, wenn er in Stress geriet.

Kohlschuetter schaute zu Susi, machte eine Faust, spreizte den Daumen und den kleinen Finger ab und hielt sie sich ans Ohr. Susi verstand und nickte ihm zu. Dann griff er sich Bernsen und bat ihn, ihn zu Herrn Molter in das Verwaltungsgebäude zu begleiten. Der Kollege folgte ihm ohne Widerrede.

***

»Reden wir über Martin Deller«, sagte Bernsen. Er saß mit Kohlschuetter im Büro von Molter und wedelte sich mit seiner Hand Luft zu. Die Hitze war in den Nachmittagsstunden noch unerträglicher geworden. Die Sonne brannte seit Wochen erbarmungslos, und die Häuser waren inzwischen so aufgeheizt, dass ihr Inneres kaum noch Abkühlung bot. Molter hatte die Tür gleich nach dem Eintreten der Kommissare geschlossen. Auch die Fenster waren verriegelt. Und obwohl der Raum recht groß war, hing die Schwüle drückend darin.

Das Büro war karg eingerichtet. Bis auf Molters Schreibtisch und einen an der Frontseite direkt daran anschließenden Beratungstisch mit vier Stühlen, eine schmale Regalwand und eine fette Yuccapalme war es leer. Die Schreibtischlampe brannte. Obwohl die Sonne hoch am Himmel stand und das Büro drei breite Fenster hatte, gab es nur wenig Tageslicht. Ein Hang, der sich entlang der Fensterfassade an das Gebäude anschloss, nahm den auf dieser Seite liegenden Büros die Sonne. Die darauf stehenden Bäume taten ihr Übriges.

»Martin. Der arme Antoni.« Herr Molter seufzte tief, wischte sich mit dem Handrücken die klebrigen Haare aus der Stirn und schaute nervös zuerst zu Kohlschuetter und dann zu Bernsen. Sein Pony stand nun in einer Art Fransenschild vom Kopf ab und ließ seine Frisur noch wirrer aussehen. Der Schweiß floss in Strömen über seine Schläfen. »Ich bin verantwortlich für den Laden, wenn der Chef nicht da ist. Ich mache den Job als Prokurist jetzt seit fünfunddreißig Jahren.« Molter sprach schnell und wirkte nun noch fahriger als bei ihrer ersten Begegnung vorhin auf dem Hof. Er hatte beide Ellenbogen auf den Tisch gestützt und vergrub das Gesicht in seinen breiten Händen.

»Fünfunddreißig Jahre?« Bernsen griff sich einen rotbäckigen Apfel aus einer Obstschale, die auf dem Besprechungstisch stand. Er rieb ihn ein paarmal über den verwaschenen Stoff seines Fischerhemdes und biss hinein. »Ich darf doch?«

Molter hob erschrocken den Kopf, begriff und nickte. »Delbarestivale Sissired, sehr saftig und guter Geschmack. Unsere Ernte vom letzten Jahr.«

Bernsens Kiefer bewegten sich schlagartig schneller, und er schluckte, noch bevor er vollständig ausgekaut hatte. Mit säuerlicher Miene legte er den angebissenen Apfel vor sich auf den Tisch. »Bieten Sie Ihren Gästen immer das an, was wegmuss? Der Apfel ist fast ein Jahr alt.«

»Und haben Sie es geschmeckt?« Molter schien sich nun langsam zu fassen. Er hatte seinen Kopf auf die Handflächen gestützt und schaute Bernsen fragend an.

Der raufte sich die flachsfarbenen Haare. »Eigentlich nicht.« Mehr an sich selbst gerichtet, murmelte er: »Vielleicht ein Hauch zu viel Sonnencreme.«

Molter zog die Stirn kraus. »Sehen Sie? Wie frisch gepflückt. Ich habe die Äpfel letzte Woche aus unserer Lagerung geholt.«

»Das ist dort, wo wir Martin Deller aufgefunden haben, nehme ich an?«, fragte Kohlschuetter.

Über Molters Gesicht legte sich ein Schatten. »Ja. In den Lagerhallen. Wir haben einige davon. Martin. Bei den Äpfeln.« Er atmete tief durch. »Unsere Ernte lagert dort, wie es in der Fachsprache heißt, unter kontrollierter Schutzatmosphäre. ›ULO‹, Ultra-Low-Oxygen nennt sich dieses Verfahren. In den Lagerzellen herrscht eine Temperatur von maximal eineinhalb Grad Celsius. Der Sauerstoffanteil der Luft wird auf wenig mehr als ein Prozent heruntergefahren. Den Kohlenstoffdioxidgehalt erhöhen wir auf etwa zwei Prozent.«

»Er ist erstickt?«, entfuhr es Bernsen, der verstohlen ein zweites Mal von dem Apfel probiert hatte.

Molters Gesicht hatte etwas Verzweifeltes. Er nickte. »Das ULO-Verfahren verlangsamt den Reifeprozess der Äpfel. Reine Physik. Ohne Sauerstoff und Wärme können sie nicht faulen«, fuhr er stoisch fort, als könnte er dadurch den Tod seines Mitarbeiters komplett ausblenden. »Wie Sie sicherlich noch aus der Schule wissen, haben auch Früchte einen Stoffwechsel. Sie atmen nach der Ernte weiter und verbrauchen damit Sauerstoff. Dadurch altern sie. Weniger Sauerstoff und mehr Kohlenstoffdioxid bei zusätzlicher Kühlung verlangsamen die Reifung. So blockieren wir das apfeleigene Hormon Ethylen, das für die Reifevorgänge im Apfel zuständig ist. Der Apfel fällt sozusagen in einen Dornröschenschlaf.«

Kohlschuetter und Bernsen warfen sich einen Blick zu. Kohlschuetter stand auf und verließ wortlos den Raum.

Äpfel im Dornröschenschlaf? Bernsen erinnerten die Stichworte Apfel und Schlaf eher an Schneewittchen. Die war immerhin auch ein Mordopfer. »Ist das ein gängiges Verfahren?«

»Ja, natürlich. Und eines ohne Chemie, falls Sie das meinen. Wie gesagt, nur Physik. Die Leute wollen heute alles zu jeder Zeit. Sie haben doch auch ohne zu überlegen nach dem Apfel gegriffen. Vollkommen selbstverständlich, dabei kann der um diese Jahreszeit unmöglich frisch vom Baum kommen. Dennoch erwarten das alle. Nach der Wende mussten wir Obstbauern uns daher etwas einfallen lassen. Wissen Sie, zu DDR-Zeiten gab es Erdbeeren von Mai bis Juni, Kirschen im Juli, dann kamen die Zwetschgen und die Äpfel. Ab Oktober war Schluss, bis zum nächsten Frühjahr. Der natürliche Kreislauf.«

»Bei uns zu Hause«, Bernsen dachte an das kleine Bauernhaus seiner Großeltern auf einer ehemaligen Hallig im Kreis Nordfriesland, »wurden die Herbstäpfel im kalten, dunklen Keller eingelagert. Ab und zu musste man sie wenden und auf Schadstellen untersuchen. Wenn es gut lief, bekam man auf diese Weise den gesamten Winter über ausreichend Vitamine. Natürlich wurden die Äpfel mit der Zeit schrumpelig und schmeckten irgendwie muffig. Als Kind mochte ich diesen Geschmack überhaupt nicht.«

»Sehen Sie, das ist im Grunde das Gleiche. Doch wer macht so was heute noch? Vor allem, wenn man das ganze Jahr über schöne feste, saftige Äpfel kaufen kann, die nichts mit den schrumpeligen Kelleräpfeln gemein haben.«

»Prinzip verstanden. Das sind hochtechnisierte Abläufe, nehme ich an?«

»Ja, alles computergesteuert. Und natürlich vom Menschen überwacht. Wir dürfen kein Risiko eingehen. Wir lagern über achttausend Tonnen Äpfel. Sie sind unsere Haupteinnahmequelle. Kirschen, Spargel und Erdbeeren sind nur Saisonware. Äpfel verkaufen wir das ganze Jahr. Wenn die falsch behandelt werden, kann das unser Ruin sein. Wir haben feste Lieferverträge. Und glauben Sie mir, ALDI und Co. verstehen keinen Spaß, wenn wir nicht verlässlich liefern. Wer nicht spurt, ist draußen. Das gilt auch für die Preise. Die machen die anderen. Das Geschäft ist gnadenlos, und hier hängen siebzig dauerhafte Arbeitsplätze und die Jobs von bis zu dreihundert Saisonarbeitskräften dran.«

Langsam konnte Bernsen den Druck, der auf den Obstbauern lastete, nachvollziehen. Das erklärte auch das unmögliche Verhalten des Verwaltungschefs bei ihrem Eintreffen vorhin.

»Wissen Sie, wenn die Leute an Obstanbau denken, sehen die

meisten von ihnen ein altes Bäuerlein vor sich, das unter einem knorrigen Baum die Apfelstiegen befüllt. Und zwar im Frühjahr, Sommer, Herbst und Winter, dreihundertfünfundsechzig Tage im Jahr.« Molter redete sich in Rage. »Das ist natürlich der totale Blödsinn. Niemand scheint sich darüber Gedanken zu machen, wie so ein Unternehmen wirklich funktioniert. Wir produzieren Obst, das heißt, wir sind zunächst einmal von den Jahreszeiten abhängig. Erdbeeren wachsen nun einmal nicht im Januar. Hinzu kommen die Wettereinflüsse während der Saison. Ein einziges Unwetter mit Hagel kann eine komplette Kirschernte vernichten. Alles weg, mit einem Schlag. Doch das ist nicht unser ganzes Risiko. Von der Ernte bis zur Auslieferung müssen wir sorgsam mit unserem Obst umgehen. Kommen Sie nachher doch mal in unsere Verpackungshalle, dann zeige ich es Ihnen. Unsere Äpfel schwimmen quasi in die Tüten. Das hat nicht nur den Effekt, dass sie sauber werden, sie ziehen sich während des Prozesses des Ausladens und Sortierens außerdem keine Druckstellen zu. Obwohl wir natürlich nicht jede Frucht in den Handel geben. Schauen Sie sich die Frauen an, die acht Stunden am Tag an den Bändern stehen und die einwandfreie Qualität der Äpfel prüfen und sie sortieren. Alles, was nicht dazu taugt, Sie aus dem Obstregal des Supermarktes heraus anzulachen, kommt in den Industrieverkauf und wird zu Apfelmus, Kompott und so weiter.«

»Herr Molter …« Bernsen startete einen Versuch, den Prokuristen zu unterbrechen. Erfolglos.

»Es ist ein knallhartes Geschäft. Und Sie müssen ständig taktieren. Noch ein Beispiel. Haben Sie jemals bei den verpackten Äpfeln auf die aufgedruckte Gewichtsangabe geachtet?«

Bernsen kam nicht einmal zum Antworten. Abgesehen davon, dass er ohnehin nicht wusste, worauf Molter hinauswollte.

»Nehmen Sie die Tüten mit den zwei Kilogramm. Und zeigen Sie mir die, bei denen tatsächlich nur diese angegebene Menge drin ist.« Molter beugte sich nun weit über den Tisch. »Es ist immer mehr drin. Wie soll das denn auch anders gehen? Sollen wir einzelne Apfelscheiben hineinfüllen, damit das Gewicht stimmt?

Wie hoch sind denn die Chancen, dass Sie ausgerechnet jene Äpfel finden, die zusammen genau zwei Kilogramm ergeben? Wir machen also Verlust. An jeder Tüte. Denn mehr Gewicht für den gleichen Preis ist erlaubt, bei weniger steigen uns die wütenden Kunden aufs Dach. Allein dadurch machen wir drei Prozent Verlust jedes Jahr.« Molter strich sich fahrig durch die verklebten Haare und atmete schwer.

Bernsen nutzte die kurze Verschnaufpause, um auf das eigentliche Thema zurückzukommen. »Hm. Ich habe die gelben Warnschilder an den Türen gesehen. Ihre Apfellagerung sieht nicht gerade nach einem Sonntagsspaziergang aus. Ein Prozent Sauerstoff in der Luft bietet doch keine Überlebenschance.«

»Nein. Die Lagerung ist gefährlich. Aber das wissen unsere Mitarbeiter. Da geht keiner so einfach in einen der Lagerräume rein. Das geht auch überhaupt nicht. Alle Räume, die in Betrieb sind, werden abgeschlossen.«

»Wer ist bei Ihnen für die Lagerung zuständig? Also wer hat die Schlüssel? Da darf doch sicherlich nicht jeder ran, oder?«

»Martin Deller.«

»Als Einziger?« Bernsen hob erstaunt die Stimme.

»Nein. Wir haben drei Techniker für diesen Job, und alle drei haben jeweils einen Schlüssel. Aber Martin Deller war derjenige, der heute Dienst gehabt hätte. Frank Müller, den Sie vorhin bei Antoni gesehen haben, befindet sich eigentlich im Krankenstand, und der andere hat Urlaub.« Molter kratzte sich das Kinn.

»Und den Schlüssel hat er dabei? Müssen die Mitarbeiter dann nicht ihre Schlüssel abgeben?«, fragte Bernsen.

Molter schüttelte den Kopf. »Nein«, antwortete er. Dann griff er in die Tasche seiner Hose und zog ein kariertes Taschentuch hervor, mit dem er sich das Gesicht abwischte. Dabei streifte er auch seinen Haaransatz, was seinen Pony wieder in eine einigermaßen annehmbare Form brachte. Ruckartig sprang er von seinem Stuhl auf und war mit zwei großen Schritten bei einem schmalen Sideboard, neben dem ein Sechserträger Mineralwasser stand. Er zerrte eine der Eins-Komma-fünf-Liter-Flaschen aus der Folie. »Möchten Sie auch einen Schluck Wasser?«

Bernsen, der auf einmal einen unbändigen Durst verspürte, nickte energisch. Molter öffnete eine der Türen des Sideboards und holte zwei bunt bedruckte Gläser hervor. Mit diesen und der Flasche Wasser kam er zurück an den Tisch.

»Aber in die Lagerhallen hinein kommt jeder?«, hakte Bernsen nach, während Molter einschenkte.

»Ja, aber nur bis vor die grünen Schiebetüren. In die Zellen selbst kommt man nur mit einem Schlüssel, das heißt im Beisein eines der Techniker. Wenn ein Lagerraum geöffnet werden muss, weil eine Bestellung vorliegt, geht das nicht ohne einen dieser Männer. Sie haben die Verantwortung.«

»Wie muss ich mir das Öffnen vorstellen?«

»Die Anlage wird abgestellt, die Jungs entriegeln die Tür, machen auf und sperren mit einer Kette den Eingang ab, damit niemand versehentlich hineinlaufen kann. Es dauert mindestens zwei Stunden, bis der Raum vollkommen durchgelüftet und damit begehbar ist. Wenn jemand direkt so reingeht, gebe ich ihm keine dreißig Sekunden.«

»Ist das bei Ihnen schon einmal vorgekommen? Dass jemand die Kette ignoriert hat oder aus Achtlosigkeit zu früh hineinging? Immerhin könnte das bei Herrn Deller so passiert sein.« Bernsen strich den letzten Satz gedanklich, kaum dass er ihn ausgesprochen hatte. Wieso sollten die Angestellten hier nur mit einem Badehandtuch die Äpfel kontrollieren wollen?

»Nein, glücklicherweise nicht. Unsere Mitarbeiter sind zuverlässig und gut geschult. Ich weiß von anderen Unternehmen, in denen sich Mitarbeiter auf diese Art und Weise selbst umgebracht haben.« Molter schnaufte. »Aber auf Martin trifft das garantiert nicht zu. Und wieso sollte er außerdem nackt in eine der Lagerhallen gehen? Das ist doch absurd.«

Bernsen, der darauf schon selbst gekommen war, machte einfach weiter. »Wenn man in einem der Räume eingesperrt wird, das kann ja zufällig einmal passieren, kommt man dann ohne Schlüssel wieder heraus?«

»Ja, das schon, aber man muss schnell sein. Wie gesagt, wenn nicht ausreichend durchgelüftet ist oder die Anlage läuft und Sie wie auch immer da hineingeraten, haben Sie kaum eine Chance. Ewig können Sie die Luft ja nicht anhalten.«

»Wie viele Lagerräume sind derzeit in Betrieb?«

»Nur noch dieser eine, in dem Martin gefunden wurde. Die nächste Ernte ist ja schon in ein paar Wochen. Da muss unser Lager leer sein. Letztes Jahr fiel unsere Apfelernte aber so gut aus, dass wir noch einige Restbestände haben, die nun nach und nach abverkauft werden.«

»Wie lange lagern Sie die Äpfel?«

»Maximal ein Jahr. Es geht sicherlich auch länger, aber wir wollen sie ja nicht behalten, sondern verkaufen.« Über Molters Gesicht huschte ein Lächeln.

»Der Schimanski, dieser Pole, der den Toten gefunden hat, sagte etwas von einer Auslieferung heute Morgen?«

»Genau. Deswegen haben wir die Anlage ja überhaupt aufgemacht. Wer weiß, wann wir Martin sonst gefunden hätten.«

»Wer hat sie aufgemacht? Sie sagten doch gerade, die beiden anderen Techniker seien derzeit nicht an Bord.« Obwohl Bernsen die Antwort bereits kannte, wollte er sie auch aus Molters Mund hören.

»Nachdem Antoni Martin nirgends finden konnte, habe ich versucht, ihn telefonisch zu erreichen, und schließlich Frank angerufen. Er hatte gestern eine Zahn-OP und war nicht sehr froh darüber. Doch was sollte ich machen, die Lieferung musste raus.«

»Was meinen Sie mit ›Wer weiß, wann wir Martin sonst gefunden hätten‹? Sie gehen also nicht jeden Tag dort hinein, um nach dem Rechten zu sehen? Nur so für mein Verständnis.«

»Gott bewahre. Jedes Mal, wenn wir die Tür aufmachen, wird doch die ULO-Lagerung unterbrochen. Nein, nein. Wir gehen nur rein, wenn es notwendig ist. Das letzte Mal war letzte Woche jemand drin, wie gesagt, da habe ich mir die Äpfel hier«, Molter deutete auf die Obstschale, »mitbringen lassen. Man muss da auch nichts persönlich kontrollieren. Die technische Überwachung erfolgt von außen über einen Computer. Und durch die kleinen Fenster in den Schiebetüren kann man außerdem einen Blick ins Lager werfen.«

»Das heißt, Deller hätte dort unter Umständen noch wochenlang sitzen können, gut gekühlt und konserviert, ohne dass es jemand bemerkt. Es sei denn, derjenige schaut zufällig einmal durch das Fenster.«

Molter setzte sein Glas an und trank in großen, glucksenden Schlucken. Als er es wieder abgesetzt hatte, nickte er zustimmend. »Im schlimmsten Fall ja. Aber nur unter der Voraussetzung, dass wir wochenlang keine Äpfel verkaufen.«

»Wer weiß das, also, dass Sie nur bei Bedarf in die Lagerräume hineingehen?«

Molter schmunzelte ein wenig. »Alle hier.«

»Und wer hat alles einen Schlüssel zum gesamten Gelände?«

»Puh. Da müsste ich nachschauen. Das sind nicht wenige. Aber wie gesagt, an die Lagerung kommen nur die Techniker ran.«

»Ich brauche eine Liste all der Leute, die gestern über einen Schlüssel verfügten. Und die Namen und Adressen der anderen beiden Techniker.« Bernsen stierte auf sein halb volles Wasserglas. »135 Jahre Freiwillige Feuerwehr Kindelbrück«, stand dort in blauer Schrift zu lesen. Darunter prangte eine Art Wappen. »Was war Martin Deller für ein Mensch?«

»Martin hat mit mir hier angefangen, am 1. Januar 1980. LPG Obstproduktion Kindelbrück. Erst war er Pflücker, aber über die Jahre hat er sich hochgearbeitet und eine Zusatzausbildung gemacht. Er war ein anständiger Kerl, na ja …« Molter wand sich. »Gutmütig, aber nicht gerade ein Schnelldenker, wenn man das so sagen kann.«

»Kann man«, pflichtete Bernsen ihm bei. Versonnen fuhr er mit seinem breiten Zeigefinger über das Bild auf dem Glas. »Verheiratet? Angehörige?«

»Nein. Martin war Junggeselle. Er wohnte in Bilzingsleben bei seiner Mutter. Aber die ist vor einigen Jahren, zehn, glaube ich, gestorben. Seine Schwester Edelgard wohnte früher auch in Bilzingsleben, dann lange Zeit auf der Kommende. Außer ihr hatte er niemanden.«

»Kommende? Den Begriff kenne ich nur im Zusammenhang mit der Kirche.«

»Ja, oder als Verwaltungssitz eines Ordens. Die Kommende, also eigentlich damals die Kommende Griefstedt, ist heute ein Ortsteil von Riethgen. Sie wurde als Ordenshaus des Deutschen Ordens irgendwann im frühen Mittelalter gegründet. Bis 1948/49 standen dort ein stattliches Herrenhaus, eine Kapelle und mehrere Wirtschaftsgebäude. Dann wurde das Ganze im Zuge des sozialistischen Aufbaus abgerissen. Aus den Steinen hat man einige Neubauernhöfe gebaut, und aus der Kommende wurde die Thomas-Müntzer-Siedlung. Ich weiß gar nicht, wie viele Leute da heute noch leben. Es können aber nicht so viele sein. Vielleicht dreißig.«

Bernsen interessierte das nur am Rande. »Haben Sie die Adresse von Frau Deller?«

Molter rieb sich den schweißigen Nacken. »Zuletzt bewohnte sie hier in Kindelbrück eine kleine Wohnung. Ihre Kontaktdaten kann ich Ihnen aufschreiben, ob sie aktuell sind, weiß ich allerdings nicht. Da sie bis vor zwei Jahren aushilfsweise bei uns im Direktverkauf gearbeitet hat, müsste ich sie noch im Computer finden. Martin hat nie viel über seine Schwester gesprochen. Sie standen sich nicht besonders nahe, vor allem nicht in den letzten Jahren.«

»Wissen Sie, was der Grund dafür war?«

Er schüttelte den Kopf. »Wenn ich es mir recht überlege, haben Martin und ich seit Langem kaum noch ein privates Wort gewechselt. Die Zeiten haben sich geändert.« Er stierte einen Moment lang abwesend auf die Tischplatte, dann wandte er sich dem Bildschirm zu und machte sich daran, die gewünschten Daten aufzurufen.

»Hatte er Freunde?«

»Nicht dass ich wüsste. Vielleicht Antoni«, antwortete Molter, ohne aufzuschauen. Er kritzelte die Adresse auf ein gelbes Post-it und reichte es Bernsen über den Tisch.

Der fasste danach, warf einen flüchtigen Blick darauf und streckte den Zettel Molter wieder entgegen. »Bitte die Anschrift von Frank Müller und Ihrem anderen Techniker auch noch. Ach, und vergessen Sie nicht die Namen derer, die einen Schlüssel zum Gelände besitzen.«

Molter tat wie ihm geheißen.

»Es kann sein, dass ich Sie in den nächsten Tagen noch mal beehren muss.« Bernsen stand ruckartig auf, griff sich zwei besonders lecker aussehende Äpfel aus der Schale und ging zur Tür.

Molter sah ihm aufgeregt hinterher. »Wann kann ich die Anlage wieder in Betrieb nehmen?«, fragte er fast flehentlich.

»Schicken Sie uns erst einmal jemanden rüber, der den Raum leer macht. Wir müssen die Sachen von Herrn Deller finden. Und vor allem seinen Schlüssel.«

»Stimmt ja, der Schlüssel. Na hoffentlich hat den niemand …« Molter seufzte tief. »Aber kann ich die Äpfel dann wenigstens in einen anderen Raum bringen lassen?«

»Wenn die Spusi nichts in den Kisten findet, meinetwegen«, entgegnete Bernsen.

»Sie wollen auch noch alle Kisten auspacken?« Molter schien den Tränen nahe.

»Ich nicht. Die Kollegen.« Sprach's und knallte Molters Bürotür hinter sich zu.

***

Nachdem Kohlschuetter gehört hatte, wie die Apfellagerung beim Kindelbrücker Obstbau funktionierte, war er zu der Lagerhalle zurückgekehrt. Er hatte dringend persönlich mit dem Arzt sprechen wollen. Nun stand er seit etwa zehn Minuten da und überlegte, während der Arzt den Leichnam untersuchte. Dass Martin Deller quasi aus der Dusche kommend in den Lagerraum gegangen war, um etwas nachzusehen, war zwar abwegig, aber durchaus möglich. Irgendwo auf dem Gelände musste es ja Duschen geben, auch wenn es schwer vorstellbar war, dass jemand halb nackt beziehungsweise »im Saunalook«, wie Bernsen vorhin so schön gesagt hatte, von einem Gebäude zum anderen lief. Er konnte sich allerdings kaum selbst eingeschlossen haben. Es sei denn, er hätte sich umbringen wollen, aber dafür reichte es aus, die Tür hinter sich zuzuziehen. Kohlschuetter hatte einen Unfall oder Selbstmord jedoch schon beim ersten Anblick des Toten nahezu ausgeschlossen. Dafür war die Szenerie zu eigenartig. Und so oder so hätte Susi irgendwo in der Halle seinen Schlüssel finden müssen. Was also hatte das Badehandtuch zu bedeuten? Und warum hatte die Wasserleiche aus dem Gründelsloch ebenfalls eines getragen?

»Tod durch Asphyxie, schwer zu sagen, aber möglich«, murmelte der Notarzt.

»Was meinen Sie?« Kohlschuetter war sich nicht sicher, ob der Mediziner mit ihm gesprochen hatte.

»Er könnte erstickt sein. Wenn ich mir die Umstände hier so ansehe, halte ich das für möglich.« Der Notarzt deutete auf die gelben Warnschilder am Tor. »Ein sauerstoffarmer Raum legt das nahe. Allerdings kann ich es nicht mit hundertprozentiger Sicherheit sagen.«

»Ah ja.« Kohlschuetter war genauso schlau wie vorher.

»Der Tote weist keine klassischen Erstickungszeichen auf. Bei Strangulation oder Erdrosselung zum Beispiel wäre sein Gesicht blau verfärbt, eine Dunsung der Gesichtsweichteile und Stauungsblutungen etwa an der Bindehaut müssten ebenfalls sichtbar sein. Allerdings gibt es auch andere Erstickungsmechanismen, vor allem dann, wenn der Sauerstoffanteil in der Luft zu gering ist. Ob das die Todesursache ist, kann aber nur die Rechtsmedizin feststellen. Äußere Verletzungen sehe ich jedenfalls nicht. Ob er freiwillig hierhergekommen ist oder ob ihn jemand gezwungen hat, müssen Sie also selbst herausfinden.«

»Das dachte ich mir. Der Sauerstoffanteil in der Luft beträgt hier drin bei eingeschalteter Anlage etwa ein Prozent. Wie lange kann ein Mensch in so einer Umgebung überleben, was schätzen Sie?«, fragte Kohlschuetter.

Der Notarzt zuckte mit den Schultern. »Bei einem Prozent? Das ist nichts, wenn man bedenkt, dass der Sauerstoffanteil in der Luft normalerweise bei rund einundzwanzig Prozent liegt. Schon bei unter elf Prozent geht man von irreversiblen Schäden beziehungsweise dem Tod aus. Ein Sauerstoffgehalt von unter sechs Prozent führt im Allgemeinen zu einer unmittelbaren Ohnmacht und bleibenden Hirnschäden auch nach einer Rettung.«

»Und wie lange dauert es, bis es dazu kommt? Wenn der Sauerstoff noch dazu beinahe komplett entzogen wird?«, fragte Kohlschuetter.

»Bei vollständiger Unterbrechung der Sauerstoffzufuhr im Gehirn verliert der Mensch nach etwa zehn Sekunden das Bewusstsein und ist damit handlungsunfähig«, erklärte der Notarzt.

»Also hätte er kaum mehr als zehn Sekunden Zeit gehabt, die Tür von innen zu öffnen.« Kohlschuetter machte zwei Schritte zum Tor hin und schob es unter einer nicht unerheblichen Kraftaufwendung bis zur Hälfte zu. Dann begutachtete er den Schließmechanismus. »So schwer, wie das Tor zu bewegen ist, da muss man geübt sein oder viel Kraft haben«, konstatierte er. »Sie sprachen von Bewusstlosigkeit. Wann tritt beim Ersticken der Tod ein?«

»Nach fünf bis zehn Minuten. Aber das hat er, wenn es so war, schon nicht mehr gespürt.« Der Notarzt, der die ganze Zeit neben Deller gekniet hatte, erhob sich langsam und machte einen Ausfallschritt zu seinem Koffer. Er zog einen Totenschein daraus hervor und begann mit dem Ausfüllen.

»Können Sie mir etwas zum Todeszeitpunkt sagen?«

»Die Totenstarre ist komplett ausgebildet, also mindestens sechs Stunden«, antwortete er, ohne aufzublicken.

Kohlschuetter schaute auf die Uhr. Es war kurz vor drei. »Genauer geht es nicht?«

»Nein, leider. Da müssen Sie das Obduktionsergebnis abwarten. Bei den Lagerbedingungen«, der Notarzt wies mit einem Kopfnicken in den Kühlraum, »möchte ich mich nicht festlegen.«

»Sie meinen, dass es ihm genau wie den Äpfeln hier ergangen sein kann, dass die natürlichen Veränderungsprozesse also quasi verzögert wurden?«, fragte Kohlschuetter, wobei er nicht sicher war, ob er nicht gerade kompletten Blödsinn redete.

»Das meine ich. Der kalte, sauerstoffarme Raum kann meine Einschätzung vollkommen ad absurdum führen. Da lasse ich es lieber gleich.« Der Notarzt krakelte seine Unterschrift unter das Formular und reichte es Kohlschuetter. Dann packte er seine Sachen zusammen.

Kohlschuetter bedankte sich unzufrieden, blieb unschlüssig stehen und blickte zu den Kriminaltechnikern, die immer noch ihre Arbeit machten. Dieses weiße Badehandtuch, was sollte nur dieses weiße Badehandtuch?, grübelte er.

»Susanne ist draußen beim Wagen«, rief einer der Kollegen. Offenkundig hatte er Kohlschuetters gedankenverlorenen Blick als ein Suchen gedeutet.

Kohlschuetter nickte und ging hinaus. Susi stand vor Antoni Szymański, der im Gabelstapler saß und einen Finger nach dem anderen ausstreckte, damit die Kriminaltechnikerin ihn auf das Fingerabdruckkissen drücken konnte. Auch der Mann in der grünen Latzhose war zwischenzeitlich wieder aufgetaucht. Er hatte sich von der anderen Fahrzeugseite in das Führerhaus gebeugt und seine Hand auf Antonis Schulter gelegt. Er schien ihm gut zuzureden. Kohlschuetter hörte ihn Sätze wie »Du kannst doch nichts dafür« oder »Nimm es dir nicht so zu Herzen« murmeln. Antoni antwortete nichts, er weinte lautlos.

Nachdem seine Fingerkuppen allesamt schwarz gefärbt waren, wandte sich Susi dem anderen Mann zu und bat ihn um seine Fingerabdrücke.

»Wieso das denn?«, empörte er sich. »Sind wir jetzt alle Verdächtige, nur weil wir unsere Arbeit machen? Das sehe ich doch überhaupt nicht ein.«

Susi blies genervt eine Haarsträhne, die ihr ins Gesicht hing, weg und schaute den Mann mit durchdringendem Blick an. »Das ist reine Routine. Sie beide haben den Toten gefunden. Ihre Fingerabdrücke sind also am Tor und vielleicht sogar an der Leiche. Damit wir sie als Ihre identifizieren und dadurch zuordnen können, muss ich Sie um diesen Gefallen bitten.«

Der Mann schüttelte den Kopf. Die Bewegung schien zu schmerzen, denn er hielt abrupt inne und fasste nach seiner bläulich verfärbten und geschwollenen Wange. Mürrisch schaute er erst zu Susi und dann auf Kohlschuetter, der sich soeben neben ihn gestellt hatte.

»Frank, das ist wichtig. Die Polizisten tun doch nur ihre Pflicht«, sagte Antoni in jammerndem Tonfall.

Sein Kollege verzog unwillig das Gesicht. »Mann, mir platzt gleich der Kopp. Nur weil dieser Trottel nicht aufgepasst hat, muss ich mit der dicken Fresse hier rumlatschen. Drei Tage zu Hause bleiben, hat der Süß gesagt. Aber das juckt ja hier keine Sau.«

»Martin ist tot.« Antonis Körper durchlief eine kurze, aber sehr intensive Welle des Zitterns. »Das ist nicht wie eine Wurzelbehandlung. Das ist endgültig.« Während er das sagte, schien er noch mehr in sich zusammenzufallen. »Martin war unser Freund. Und er wäre nie leichtsinnig mit der ULO-Anlage umgegangen, das weißt du.«

»Das mit der Endgültigkeit kann ich unterstreichen«, sagte Kohlschuetter. »Und auch, dass wir hier eher nicht von einem Unfall ausgehen können, von wegen nicht aufgepasst oder leichtsinniger Umgang. Herr Deller ist höchstwahrscheinlich ermordet worden.«

Frank erstarrte. Mit weit aufgerissenen Augen schaute er Kohlschuetter an. Die Ereignisse schienen ihm erst jetzt mehr und mehr zu Bewusstsein zu kommen. Susi griff kommentarlos nach seiner rechten Hand und nahm sich ohne großes Federlesen das, was sie für ihre Arbeit brauchte. Sie war bekannt dafür, dass sie nicht lang und breit diskutierte, sondern tat, was sie für angebracht hielt. Frank war so überrumpelt, dass er es anstandslos geschehen ließ.

»Wie, Mord?« Sein Kopf glühte. Ruhelos trat er von einem Bein auf das andere. Die Situation schien ihn nervös zu machen. »In Kindelbrück wird doch keiner ermordet. Und erst recht nicht bei uns Obstbauern. Die meisten von uns kennen sich bereits ein halbes Leben lang. Wir waren schon hier, als Honecker noch Unternehmensbesuche gemacht hat. Und nach der Wende haben wir mit dem neuen Geschäftsführer alles mit aufgebaut. Das hier ist unser Leben, Mensch! Kindelbrücker Obst ist eine Marke. Und wir stehen dahinter. Scheiße noch mal.«

Antoni überkam die nächste Zitterwelle. Der Schock versetzte seinen schmächtigen Körper augenscheinlich in einen Ausnahmezustand. Seine Arme und Beine schlackerten unkontrolliert.

»Ist Ihnen irgendetwas Ungewöhnliches aufgefallen, als Sie am Morgen das Tor zum Lagerraum öffneten? War irgendetwas anders als sonst? Herr …«

»Müller, mein Name ist Frank Müller. Nein, nichts. Molter hat mich angerufen, damit ich herkomme und die Halle aufmache. Antoni hat mit dem Gabelstapler hier auf mich gewartet. Ich habe aufgeschlossen, Antoni hat das Tor aufgezogen, und wir standen direkt vor Martin. Ansonsten gab es nichts«, entgegnete er nun bereitwillig.

»Wo bewahren Sie Ihren Schlüssel auf?«

Frank Müller öffnete den Reißverschluss am Latz seiner grünen Arbeitshose und zog ein dickes Schlüsselbund hervor. »Immer am Mann. Da sind alle meine Schlüssel dran, auch von zu Hause. Wir sind angewiesen, sorgsam damit umzugehen. Man weiß ja nie …« Er warf einen vielsagenden Blick in Richtung Lagerhalle, wo gerade der Leichenwagen vorgefahren war. Zwei Herren in schwarzen Anzügen stiegen aus.

»Den Schlüssel benutzt also niemand außer Ihnen?«

»Das soll mal einer wagen.«

»Und Sie haben ihn in den letzten Tagen auch nicht verlegt oder so etwas?«

»Für wen halten Sie mich? Haben Sie eine Ahnung, was dreihundert Tonnen Äpfel wert sind? Ich schieße mir doch nicht selbst ins Knie. Wenn ich meinen Job hier verliere, muss ich womöglich noch nach Erfurt oder sonst wohin kutschen. In Kindelbrück ist direkt vor der eigenen Haustür kaum was zu finden. Außerdem geht es doch um unser Obst.« Je mehr Müller redete, umso dunkelroter leuchtete sein Gesicht. Durch die geschwollene Wange wirkte seine Mimik vollkommen verzerrt.

»Hm, ich verstehe.« Kohlschuetter konnte Müllers Erregung gut nachvollziehen. In der ostdeutschen Landwirtschaft waren nach 1990 rund achthunderttausend Arbeitsplätze verloren gegangen. Hohe Arbeitslosigkeit, Abwanderung, Überalterung und geringe Wirtschaftskraft waren die Folgen. Kleinstädte wie Kindelbrück, die neben der Landwirtschaft nur von einem Industriezweig lebten, in diesem Fall dem VEB Kofferfabrik, hatten es besonders schwer, zumal nach dessen Niedergang. Dass aus der LPG Obstproduktion Kindelbrück 1990 die Kindelbrücker Obstbau e. G. hervorgegangen war, war nicht selbstverständlich. Daher vielleicht auch die Identifikation der Kindelbrücker mit »ihrem« Obstbau. Viel schienen sie hier sonst nicht mehr zu haben. Unvermittelt kam ihm ein anderer Gedanke. »Sagen Sie, gibt es auf dem Gelände eigentlich eine Dusche für die Mitarbeiter?«

»Ja, im Heizhaus. Wir benutzen sie aber nicht oft. Wenn Sie hier in der Nähe wohnen, ist das Blödsinn. Außerdem haben wir eine saubere und sehr schöne Arbeit.«

»Herr Müller, noch etwas. Wann haben Sie Martin Deller das letzte Mal gesehen?« Kohlschuetter schaute dem Techniker unverwandt ins geschwollene Gesicht.

Müller wechselte erneut die Farbe. »Was soll das heißen? Warum fragen Sie mich das?«

Kohlschuetters Gesichtsausdruck blieb unverändert. »Reine Routine. Wann also?«

»Am Samstag. Gegen Nachmittag. Wir haben zusammen Feierabend gemacht. Gestern hatte ich meine Zahn-OP. Da war ich nicht hier.«

»Und wo genau waren Sie?«

Müller begann zu schnaufen. »Erst beim Zahnarzt und dann im Bett. Wissen Sie, was das für beschissene Schmerzen sind?«, fragte er anklagend. Er stoppte, als ob er auf eine Antwort warten würde. Die kam nicht, und er senkte verunsichert den Blick. Als Kohlschuetter noch immer nichts sagte, redete er zögerlich weiter. »Gut, Sie erfahren es ja sowieso. Um sieben hatte ich Skatabend in den ›Drei Lilien‹, der Kneipe am Topfmarkt. Da bin ich immer montags, und außerdem sind die Schmerzmittel, die der Süß verabreicht, wirklich gut«, rechtfertigte er sich schwach. Das Ganze schien ihm angesichts seiner Krankschreibung ziemlich peinlich zu sein.

»Zeugen?«, fragte Kohlschuetter, den es nicht im Geringsten juckte, ob Müller mit einer dicken Backe seinem Hobby nachging, knapp.

»Herbert Klauning und Siegfried Plosel. Und bevor Sie weiterfragen: Ich bin gegen neun nach Hause und direkt ins Bett. Heute Morgen war ich dann noch mal beim Süß zur Nachkontrolle. Von neun bis fast halb elf. Die Praxis war voll. Die restliche Zeit war ich zu Hause. Meine Frau kann das alles bestätigen.«

»Herbert Klauning, das ist doch der Stadtangestellte«, bemerkte Kohlschuetter.

Müller nickte. »Er ist so eine Art Hausmeister, quasi das Mädchen für alles im Rathaus.«

»Eine Frage noch. Hatte Martin Deller psychische Probleme? Also, ich meine, kann es sein, dass er sich mit der ULO-Anlage umgebracht hat?«

»Martin?«, entfuhr es Frank Müller. »Nein. Niemals. Er war vielleicht nicht der hellste Stern am Firmament, aber dass das keine gute Idee wäre, hätte selbst er gewusst. Martin hätte niemals dem Obstbau geschadet und sich in der Anlage entsorgt. Er wusste, welche Auswirkung das auf unseren Ruf haben könnte. Obst ist etwas Schönes, da will man sich keinen Selbstmörder daneben vorstellen.« Müller warf einen schnellen Blick hinüber zur Halle. »Eher hätte er sich im Gründelsloch ersäuft«, fügte er nachdrücklich hinzu.

Kohlschuetter erschrak über diese pietätlose Formulierung. Konnte das Zufall sein, oder hatte die Nachricht von dem toten Enrico Machte schon in ganz Kindelbrück die Runde gemacht? Möglich war beides.

Antoni Szymański hing mittlerweile halb schräg in dem zerfledderten Sitz des Gabelstaplers. Er wirkte weggetreten. Ohne Kohlschuetter weiter zu beachten, hakte Müller den Polen unter, zog ihn vorsichtig aus dem Gefährt und führte ihn davon.

Kohlschuetter schaute ihnen unschlüssig nach. Dann wandte er sich an Susi, die das Papier mit den Fingerabdrücken und das Stempelkissen wieder in ihrer Tasche verstaut hatte. »Könntest du bitte –«

»Na sicher, das Heizhaus auch noch. Ich ahnte es schon«, entgegnete Susi, ehe er seine Frage stellen konnte. »Du hoffst, dass er aus der Dusche gekommen und nur zufällig in die Lagerung geraten ist.«

Kohlschuetter lächelte bedauernd. »Ich weiß nicht, was ich denken soll. Eigentlich macht es keinen Sinn. Aber wir müssen in jede Richtung offen sein.«

»Ich weiß, Timo.« Ihre Stimme klang gequält.

»Es wäre darum superlieb von dir, wenn du dir noch das Heizhaus anschauen würdest«, säuselte er. »Mit etwas Glück findest du dort seine Sachen.«

Susi wischte sich erneut eine Strähne aus ihrem hübschen Gesicht und schob sie hinter ihr linkes Ohr. »Mir bleibt wohl kaum was anderes übrig«, antwortete sie mit einem Anflug von Niedergeschlagenheit in der Stimme. »Dabei wollte ich heute Abend ausnahmsweise einmal ins Kino.« Sie lächelte bemüht.

Kohlschuetter wurde es heiß und kalt zugleich. Seit wann ging Susi ins Kino? Er hatte sie schon mindestens ein Dutzend Mal dazu eingeladen und immer eine Abfuhr bekommen. Da konnte nur ein Kerl dahinterstecken. Hatte sie etwa jemanden kennengelernt? Und warum erwähnte sie das ausgerechnet ihm gegenüber? Ansonsten war sie doch absolut verschlossen, wenn es um ihr Privatleben ging.

Sein Handy klingelte und unterbrach seine Grübelei. Er zog es aus der linken Gesäßtasche seiner Jeans und schaute wie gebannt auf das Display. Sekunden vergingen. Dann drückte er widerwillig auf den kleinen grünen Hörer.

DREI

Es gab Tage, da wusste man schon beim Aufstehen, dass sie nicht viel Gutes bringen konnten. Und es gab andere, da sprang man am Morgen leichtfüßig aus den Federn und ließ sich von dem Hochgefühl tragen, dass in vierundachtzig Stunden ein wunderbarer Sommerurlaub anbrechen würde, der drei Wochen andauern sollte. Diese Euphorie der fast greifbaren und so sehnsüchtig erwarteten Freiheit, wie sie nur ein abhängig Beschäftigter erleben konnte, hatte etwas Beflügelndes, ja fast schon Manisches. Das Leben war angesichts der nahenden Erlösung um so vieles leichter und schöner, und die Klippen des Alltags konnten einem überhaupt nichts mehr anhaben. Es fühlte sich an wie ein niemals endender Rausch, dem man sich beschwingt und frohgemut hingab.

Und der auf grausame Weise jäh enden konnte.

Kaum zwölf Stunden nach seinem so unglückseligen Tagesbeginn saß Bernsen im knarzenden Gestühl der Kindelbrücker St.-Ulrich-Kirche und starrte teilnahmslos auf den Altar. Die Luft war angenehm kühl mit einem leicht modrigen Geruch, der von den dicken Travertinmauern herrührte, welche die über Wochen aufgesogene Feuchtigkeit nun in der Hitze des Tages in das Innere der Kirche abgaben. Hinzu kam der Salpeter, der sich schon vor langer Zeit der meisten Wände des Gotteshauses bemächtigt hatte und nun unaufhaltsam den gräulich beigen Anstrich zerbröseln ließ. Der Altar war weitestgehend schmucklos, wie man es von den meisten evangelischen Kirchen kannte, doch stach er in diesem tristen Bild des Verfalls nicht nur durch seine Präsenz, sondern auch durch seinen frischen Anstrich und seine farbenfrohe Jesusdarstellung heraus. Vor allem, da das darüber liegende Kreuzrippengewölbe sich ebenso ergraut zeigte wie der Rest des Innenraumes. Das Ölgemälde in der Mitte des Altars, von dem den Kirchenbesuchern einst die Heilige Familie entgegengeblickt hatte, war verschwunden. Stattdessen schaute man nun in das Antlitz eines überlebensgroßen, wunderschönen Gottessohnes, der in strahlenden, kräftigen Farben von einer drei Meter hohen Leinwand in das Kirchenschiff blickte. Der Beschaffenheit des Bildes nach zu urteilen, konnte es noch nicht lange hier hängen. Ein überwältigender Kontrast zu dem bedrückenden Anblick, den das Kircheninnere ansonsten bot. Der leuchtende Jesus trotzte dem Verfall und ließ etwas von dem einstigen Glanz der Kirche wiederauferstehen. Allein die steinerne Altarkrone mit ihrem goldenen Strahlenkranz ließ erahnen, wie prächtig die Kirche einmal gewesen sein musste.

Die abgeschlossenen Stühle, auch Kapellen genannt, die sich linker Hand hinter dem Eingang zur ehemaligen Sakristei anschlossen und in früherer Zeit auserwählten Familien vorbehalten waren, waren mit dicken Sperrholzplatten vernagelt. Immerhin hatte sich jemand die Mühe gemacht, sie weiß zu tünchen. An dem Deckengewölbe zwischen Chor und Mittelschiff zeigte sich der Verfall noch eklatanter. Die ehemals wunderschön geschwungenen Buchstaben des Friedensgrußes ließen sich nur noch mit großer Phantasie erahnen. Die Orgelempore an der Westwand war leer, das einstige Prunkstück nicht mehr als ein Trugbild aus geschickt aufgebrachter grüner und weißer Farbe. Das konnten auch die wenigen verbliebenen Orgelpfeifen und das von der Balustrade wie zur Mahnung herabhängende Gemälde von Johann Sebastian Bach nicht wettmachen. Und es machte nicht den Anschein, als ob sich das alles jemals wieder ändern würde.

Unter der südlichen Empore stand der Notarzt des DRK Sömmerda, der heute die mit Abstand meisten Einsätze aller Zeiten nach Kindelbrück gefahren war, und verstaute eine benutzte Spritze in seinem Koffer. Nicht weit von ihm entfernt hatten die Kriminaltechniker ihre Koffer abgestellt. Einer von Susis Leuten positionierte sorgsam die Aufsteller für die Tatortfotografie auf dem Steinfußboden. Das Blitzlicht eines Fotoapparates leuchtete mehrfach kurz hintereinander auf. Zwischen den Kirchenbänken mit den an der Mittelgangseite aufgedruckten Nummern drei und vier kniete ein anderer unter dem grellen Licht eines

Halogenstrahlers und nahm mit einer Pinzette ein paar winzige Spuren vom Steinfußboden auf. Als er damit fertig war, griff er nach einer Sprayflasche und besprühte die Stelle großflächig, um mit einer UV-Lampe etwaige weitere Spuren sichtbar zu machen. Daneben hantierte ein Kollege mit der Spurensicherungsfolie an einer großen, mit schwarzen Eisenbeschlägen überzogenen Holztruhe. Deren schwerer Deckel war nach hinten geklappt. Susi und Kohlschuetter standen davor und betrachteten fassungslos das, was sich im Inneren befand.

Da der Mann zu groß für die nur etwas mehr als einen Meter fünfzig breite Truhe war, hatte man seine langen, dünnen Beine angewinkelt und sie gegen die Hinterwand gelehnt. Sein Kopf lag unnatürlich schief auf der linken Schulter, er schien ebenfalls gewaltsam in diese Position gebracht worden zu sein. Die toten Augen schauten in Richtung des Altars, wobei das Gesicht so stark mit getrocknetem Blut überzogen war, dass man die Gesichtszüge kaum erkennen konnte. Der Mann war vollständig entkleidet, nur sein Hüftbereich wurde durch ein akkurat zusammengelegtes weißes Frotteebadetuch verdeckt. Sein gebräunter schmaler Oberkörper sowie die Arme und Beine waren mit Hautabschürfungen und kleineren Platzwunden übersät.

Niemand sprach. Es war, als hätte die dritte Leiche an diesem Tag sogar den hartgesottensten Polizeibeamten die Sprache verschlagen. Man hörte nichts als leise Arbeitsgeräusche; das Klicken des Fotoapparates und das Rascheln von Beweismitteltüten und Schutzanzügen. Dann rumpelte es ein wenig, denn Kohlschuetter und der Notarzt hatten Mühe, die hineingequetschte Leiche unbeschadet aus der Truhe herauszuheben. Schließlich gelang es ihnen, und wenig später lag das bedauernswerte Opfer kerzengerade ausgestreckt splitterfasernackt auf den kalten Steinen von St. Ulrich. Dienstbeflissen begann der Arzt mit der Leichenschau.

Bernsen hatte sich, nachdem sie die Kirche vor einer knappen halben Stunde betreten und die Kiste erblickt hatten, mit weichen Knien in der ersten Bankreihe niedergelassen und seither weder bewegt noch irgendeinen Ton von sich gegeben. Es sah aus, als hätte er mit alledem nichts zu tun und wäre nur als ein verirrtes Schäfchen auf der Suche nach Beistand in die Kirche geraten. Auch bei dem breitschultrigen Mann, der dicht neben ihm saß, hätte man das vermuten können. Dessen knöchellanger schwarzer Talar sprach jedoch eine andere Sprache. Er hatte die Hände im Schoß gefaltet und den Kopf leicht nach vorn geneigt. Sein angegrautes wuscheliges Haar hatte er zu einem locker sitzenden Pferdeschwanz zusammengebunden. Lautlos bewegte er die Lippen, wobei sein dichter Vollbart an dem am Kragen hängenden Beffchen leise Kratzgeräusche verursachte.

Der Pfarrer der Kindelbrücker Kirchgemeinde betete. Das war auch das Einzige, was er angesichts der schauderhaften Verletzung des fünften Gebotes in seinem Gotteshaus tun konnte. Irgendwann sagte er laut und deutlich: »Amen.« Der Notarzt kramte derweil in seinem Koffer nach dem Thermometer.

»Sankt Ulrich ist einer der beliebtesten deutschen Heiligen. Er ist auch der Schutzpatron für Sterbende. Wie der Herr doch alles zusammenfügt.« Die Stimme des Pfarrers klang weich, fast ein wenig lethargisch, aber in jedem Fall sympathisch. »Ich werde oft zu Menschen gerufen, die im Sterben liegen. Bei fast allen kann man den Hauch des Todes schon sehen, ehe er eintritt. Er sitzt schon an ihrem Bett, hält ihre Hand, wenn ich komme. Es ist der Blick der Todgeweihten, an dem man es erkennen kann, diese Augen, aus denen jegliche Hoffnung verschwunden ist. Wir Menschen hoffen, solange wir leben. Wenn es zu Ende geht, schwindet die Hoffnung, so als ob jemand einen Schalter umlegt. Und dann kommt der Tod.« Er tat einen schweren Atemzug. »Verstehen Sie mich nicht falsch, ich bin Pfarrer, das Ende des Lebens ängstigt mich nicht. Es gehört dazu, es schließt den Kreis unserer Zeit auf Erden. Und wenn ich ehrlich bin, hat seine Unvermeidbarkeit etwas Beruhigendes. Denn zumindest in diesem einen Punkt können wir uns alle sicher sein.«

»Ich könnte anrufen und ihr von dem gefährlichen Serienkiller erzählen, den ich jagen muss. Jack the Ripper von Kindelbrück oder so etwas. Erst würde sie keifen, aber wenn sie dann nicht sofort auflegt, könnte ich es schaffen, ausreichend Dramatik einzubauen, dass ihr die Dringlichkeit einleuchtet. Vielleicht einen kleinen Schusswechsel oder so etwas.« Bernsen rieb sich angestrengt die Fingerknöchel.

»Aber wann es so weit ist, das entscheidet allein der Herr.« Die Tonlage des Pfarrers bekam etwas Anklagendes. »Er allein beruft uns ab. Niemand sonst. Wir Menschen dürfen uns das nicht anmaßen. Schon gar nicht auf diese Art und Weise.«

»Wenn sie um mich bangt, wird sie handzahm, meine Rotfeder. Sogar bei einem verschobenen Urlaubsbeginn. Damals, als ich die Stelle hier in Thüringen angetreten habe, hat es doch auch geklappt. Sie ist sogar zweimal mit nach Erfurt gekommen, nur um sich zu vergewissern, dass mir hier im dunklen Osten nichts passiert. Sie hat sich die schlimmsten Sachen ausgemalt. Von wegen marodierende Banden arbeitsloser Ostdeutscher, die im gelblichen Schein der Straßenlampen herumlungern, die selbst gestrickten Halstücher über Mund und Nase gezogen, um vor dem beißenden Braunkohlegeruch geschützt zu sein. Wilde, archaische Wesen auf der Jagd nach der D-Mark und voller Hass auf die westdeutschen Neubürger, die ihnen die Jobs wegnahmen. Und mit Parolen wie ›Tötet Birgit Breuel‹ oder so etwas auf den vom Vitamin-C-Mangel rissigen, trockenen Lippen.« Für einen kurzen Moment hielt er inne. »Seltsamerweise habe ich das überhaupt nicht erlebt.« Bernsens linker Hemdsärmel hatte sich aufgekrempelt. Langsam und bedächtig schlug er den Stoff wieder bis zu seinem Ellenbogen nach oben. »Hauptsache, sie ängstigt sich um mich. Wenn Frauen um ihre Männer bangen, dann setzt bei ihnen jede ansonsten sklavisch gelebte weibliche Logik aus. Dann spielt es erstaunlicherweise keine Rolle mehr, dass ich nicht an die Blumen zum Hochzeitstag gedacht habe. Vorausgesetzt, ich kann glaubhaft nachweisen, dass mich die heranfahrende Straßenbahn um ein Haar erwischt hätte.«

»Und das auch noch in einer Kirche. Der gewaltsame Tod eines Menschen, direkt unter Gottes Dach auf Erden.« Der Pfarrer nestelte mit zittrigen Fingern an seinem weißen Kragen. »Dieses Bild wird auf ewig in mein Gedächtnis eingebrannt sein. Immer wenn ich dieses wunderbare Gotteshaus betrete, werde ich mich daran erinnern. Wie sehr muss man die Menschen hassen, um zu so etwas fähig zu sein? Und wie verzweifelt muss man sein?«

»So mache ich das, genau so.« Bernsen sprang unvermittelt auf und schaute sich suchend um. Dabei fiel sein Blick auf den Pfarrer, der sich nicht vom Fleck bewegt hatte und ihn mit großen, traurigen Augen ansah. »Danke für das Gespräch, Herr Pfarrer«, sagte er, worauf der Gottesmann nur verdutzt nickte.

»Wenn es Ihnen inzwischen etwas besser geht, hätte ich ein paar Fragen an Sie.« Kohlschuetter hatte sich den beiden behutsam genähert und seine Hand vorsichtig auf die Schulter des Pfarrers gelegt. Er warf Bernsen einen anerkennenden Blick zu. Verdientermaßen, wie dieser fand, schließlich hatte er gerade die Lösung für ein eigentlich unlösbares Problem gefunden. Woran der Kollege das gemerkt hatte, wunderte ihn allerdings schon.

»Ja, ja, ich bin zwar durch das Faustan, das der Arzt mir gespritzt hat, ganz schön heruntergedimmt, aber es wird schon gehen«, antwortete der Gottesmann mit müder Stimme. »Sie brauchen ja meine Hilfe.«

Kohlschuetter stellte sich vor die Bankreihe. »Bitte erzählen Sie uns, was genau passiert ist. Auch das kleinste Detail. Es könnte wichtig sein.«

»Ich bin von einer Trauerfeier aus St. Ilgen gekommen, das ist die hiesige Friedhofskapelle. Deswegen trage ich auch noch meine Amtstracht.« Der Pfarrer zupfte an dem Stoff, der in Falten über seinen Knien hing. »Ein paar Frauen aus unserer Gemeinde waren gestern hier, sie putzen alle fünf Wochen montags die Kirche. Ich bin hereingekommen, um zu schauen, wie schön alles geworden ist, und –«

»War die Kirche verschlossen?«, fiel ihm Bernsen ins Wort. Dabei schaute er sich nach allen Seiten um. »Welcher Eingang genau?«

»Der nördliche.« Der Pfarrer drehte seinen Kopf nach links und sah schräg hinter sich. »Dort sind die Sicherungen. Ich musste doch Licht machen. Und ja, unsere Kirche ist immer verschlossen. Wir haben zwar nichts, aber das will ich mir nicht auch noch klauen lassen.« Unsicher blickte er auf Kohlschuetter, der ihm zu verstehen gab, dass er weiterreden sollte. »Wenn ich hier hereinkomme, setze ich mich immer erst einmal zum Beten …« Der Pfarrer schwieg und fuhr sich behäbig durch den grauen Haarschopf. Er schien Mühe zu haben, die nächsten Worte zu finden, was wohl dem Beruhigungsmittel geschuldet war. »Dann bin ich in die ehemalige Sakristei gegangen. Wir nutzen sie seit Langem für die Gottesdienste. St. Ulrich ist zu baufällig, aber das sehen Sie ja selbst. Als ich wieder zurückging, fiel mir auf, dass der Deckel der Truhe nicht richtig verschlossen war.«

Bernsen drehte sich zur Truhe herum, als suchte er eine Bestätigung für die Angaben des Pfarrers. Dabei fasste er mit der rechten Hand nach der Lehne, um sich abzustützen. Das Holz knarrte. »Wie fällt einem denn das auf? Die Truhe steht doch im Schatten der Empore, noch dazu sorgt das Fenster darüber für ein fast schon grelles Gegenlicht. Ich habe Mühe, die morsche Kiste von hier überhaupt zu sehen.«

Der Gesichtsausdruck des Pfarrers blieb unverändert. Sanftmütig und mit leicht glasigen Augen schaute er zu Bernsen auf. »Ich kenne jeden Stein in St. Ulrich, jeden Nagel, wenn Sie so wollen. Unsere Kirche ist in einem miserablen Zustand, aber wir tun alles, was in unserer Macht steht, um ihre Würde zu bewahren. Sie ist immer blitzblank und ordentlich. Das ist wichtig.«

»Aber eine nicht korrekt verschlossene Truhe …«, hob Bernsen erneut an, wobei er seine rechte Braue ungläubig nach oben zog.

»Auch die. Gerade. Denn darin bewahren wir die Sitzkissen für die Bänke auf. Mausfrei, um genau zu sein. Und bei jedem noch so kleinen Schlupfloch …« Mit einem wachsweichen Schlenker seiner Hand winkte der Pfarrer ab.

Bernsens Nasenflügel vibrierten, so als wollte er den eigentümlichen Geruch der Mäuse ausmachen. Verstohlen ließ er seinen Blick über den Fußboden der Kirche wandern. Nagetiere waren für ihn fast so schlimm wie Hunde.

Kohlschuetter nickte. »Und weiter?«

»Ich dachte, die Damen hätten die Kissen nicht richtig eingeräumt, und wollte das nachholen. Als ich die Truhe öffnete, sah ich ihn darin liegen.« Der Pfarrer schwenkte den Kopf wie in Zeitlupe nach rechts und wieder nach links. Seine Schultern hingen schlaff herunter, und er schien Mühe zu haben, die Augen offen zu halten. Die Dosis Faustan zeigte eindrucksvoll Wirkung.

»Haben Sie den Mann erkannt?«, fragte Kohlschuetter.

Bei aller Pedanterie, dachte Bernsen, so fett, wie der Knabe mit Blut paniert wurde, bräuchte der Pfarrer ja einen Röntgenblick. Manchmal konnte man wirklich meinen, der junge Kollege würde hier nur seinen Fragenkatalog herunterspulen, ohne tatsächlich darüber nachzudenken. Daran merkte man seine fehlende Erfahrung. Auch das könnte ein Argument für die Rotfeder sein: Berufsanfänger sucht nach dem Jack the Ripper von Kindelbrück. Das durfte er als alter Hase im Ermittlungsgeschäft natürlich auf keinen Fall zulassen. Zufrieden darüber, einen weiteren Puzzlestein auf dem Weg zu seinem Freispruch gefunden zu haben, lächelte er den Pfarrer an.

Der brauchte ein paar Sekunden, um diese unpassende Glückseligkeit zu verdauen. Etwas verstört und ohne weiter auf Bernsen zu achten, antwortete er: »Dieter Blähmann aus Bilzingsleben.«

Kohlschuetter griff nach seinem roten Notizbuch, zog einen Stift aus der Gesäßtasche und begann zu schreiben.

Bernsen beäugte ihn missmutig von der Seite. Anfängerglück. Dann fiel ihm der Stift auf. Der Kollege hatte sich doch tatsächlich einen neuen Kugelschreiber besorgt. Das hatte er überhaupt nicht mitbekommen. Und hundertprozentig handelte es sich dabei um ein Werbegeschenk. Diese Ossis. Mit zusammengekniffenen Augen versuchte er, den Aufdruck auf dem Stift zu entziffern. Doch das diffuse Licht im Gotteshaus und Kohlschuetters flinker Schreibstil vereitelten das.

»Kennen Sie Herrn Blähmann näher?«, hakte Kohlschuetter nach, ohne dabei aufzuschauen.

»Wie man es nimmt. Ein einsames Schäflein aus der Nachbargemeinde. Dennoch gehört er zu dem Putzteam, das sich um St. Ulrich kümmert«, sagte der Pfarrer.

»Dem Putzteam, das aus Damen besteht?«, erkundigte sich Bernsen verdutzt.

»Vier Damen und Herr Blähmann genau.«

»Herr Blähmann aus Bilzingsleben putzt mit vier Damen regelmäßig die Kindelbrücker Kirche? Ist er der Inhaber eines Hausmeisterservice?« Bernsen konnte es nicht glauben.

»Gott bewahre.« Der Pfarrer warf einen entschuldigenden Blick in Richtung des Altars. »Das könnten wir doch überhaupt nicht bezahlen. Es sind ehrenamtliche Putzkräfte. Herr Blähmann engagiert sich sehr in den Kirchengemeinden. Er hilft in den umliegenden Dörfern und eben auch bei uns.«

Bernsen fuhr sich durch seine strohigen Haare. So langsam beschlich ihn das Gefühl, dass man einen Schabernack mit ihnen trieb. Drei Leichen, und eine Fundstelle abgefahrener als die andere. Waren die hier alle vollkommen irre, oder was?

»Der Typ wienert in seiner Freizeit die Kirchen? Wie schräg muss man denn dafür drauf sein?« Seine Stimme wechselte die Oktave und dröhnte nun durch das Kirchenschiff. »Gestern war also zufällig wieder Reinigungstag, und heute liegt der Kerl in diesem Holzwurmverschlag.«

Die Kollegen der Kriminaltechnik schauten nicht einmal auf. Der Notarzt überprüfte peinlich berührt die Beruhigungsmittelvorräte in der Seitentasche seines Koffers.

»Die Truhe ist eines unserer wertvollsten Stücke. Sie stammt aus der Sakristei und ist vermutlich aus dem 15. Jahrhundert«, rechtfertigte sich der Pfarrer mit schwerer Zunge. »Und ja, es gibt Menschen, die ihre Zeit für Gott und ihren Glauben opfern. Das ist nicht ansatzweise unverständlich.«

»Wie kommen die Damen und Herr Blähmann denn in die Kirche? Haben sie einen Schlüssel?«, fragte Kohlschuetter. »Wir brauchen ihre Namen und die Adressen.«

Der Pfarrer überlegte einen Moment. Womöglich verstand er nicht gleich, worauf Kohlschuetter hinauswollte. »Ja, ja«, murmelte er dann. »Herr Blähmann verwaltete den Schlüssel, und Magda, ja, ja, die Magda.« Dann begann er stockend mit der Aufzählung. Kohlschuetter notierte alles eilig.

»Haben Sie etwas angefasst?«, knurrte Bernsen angefressen. Dass der Pfarrer ihm so kategorisch widersprochen hatte, ärgerte ihn.

»Nein. Ich habe die Polizei gerufen. Doch dann sind *Sie* gekommen.«

***

»Ich habe Hunger.« Bernsen saß auf dem Beifahrersitz und rieb sich über den Bauch. Dann hob er demonstrativ den rechten Arm und schaute auf seine Armbanduhr. »Ich habe seit genau sechs Stunden nichts gegessen. Eigentlich seit dem Fund der ersten Leiche in diesem Wasserloch. Aber hier im Niemandsland gibt es ja nirgends was.«

»Gründelsloch«, bemerkte Kohlschuetter, der mit Tempo sechzig die sich windende Landstraße von Weißensee nach Sömmerda entlangkurvte. »Außerdem war da gerade eine Kneipe, Steakhaus Michelshöhe oder so etwas.«

»Sind wir daran vorbeigekommen?« Bernsen schaute sich ungläubig um.

»Ja, vor einer halben Minute. Rechte Seite, das urige Gasthaus.« Kohlschuetter fragte sich, wie sein Kollege es mit dieser eingeschränkten Wahrnehmung überhaupt zur Polizei geschafft haben konnte. Weit und breit war links und rechts der Straße nichts gewesen außer Feldern und ein paar Büschen und Bäumen am Straßenrand. Und ebendiese Kneipe. Ein nicht gerade unauffälliges Gebäude, wie Kohlschuetter fand. Rote Backsteinmauern zwischen dunklem Fachwerk, davorgesetzt ein holzvertäfelter Giebel, an dem die schwarz-weiß gestreiften Fensterläden in Kombination mit den fetten roten Geranien in den Blumenkästen schon von Weitem ins Auge stachen. Für alle, denen das nicht zwangsläufig so ging, gab es außerdem ein großes rotes Schild direkt am Straßenrand und ein paar Meter weiter auf einem schmalen Grünstreifen einen alten Heuwagen, der einzig und allein zu dem Zweck aufgestellt worden war, eine riesige Werbetafel zu tragen. Wer weiß, wo der Kollege gerade wieder mit seinen Gedanken war, dachte Kohlschuetter und schmunzelte in sich hinein. Sicherlich bei seiner Rotfeder, die ihm die Hölle heißmachen würde, wenn er nicht pünktlich zum Urlaubsbeginn zu Hause war. Bei drei Leichen konnte er seinen Urlaub allerdings ohnehin vergessen. Der Chef würde ihn niemals gehen lassen. Ausgeschlossen. Und dass sie drei Mordfälle in nicht einmal mehr drei Tagen würden aufklären können, schien momentan nicht wirklich eine realistische Hypothese zu sein. Dafür hatte Bernsen gerade erstaunlich viel Feingefühl bei dem komplett unter Schock stehenden Pfarrer bewiesen. Nett, wie er die ganze Zeit mit ihm geplaudert hatte. Das hätte er dem knurrigen Norddeutschen überhaupt nicht zugetraut. Der Pfarrer war ein wichtiger Zeuge. Er hatte den übel zugerichteten Blähmann schließlich gefunden. Dass er nach dem anfänglichen Gestammel bei ihrem Eintreffen in St. Ulrich schon bald darauf wieder klare Sätze hervorbringen konnte, musste wohl mit Bernsens gutem Zureden und seiner ansonsten kaum gekannten Geduld zu tun gehabt haben. Wer weiß, wann sie den Gottesmann ansonsten hätten befragen können. Kohlschuetter beschloss, Bernsen lobend darauf anzusprechen. Schließlich konnten ein paar anerkennende Worte unter Kollegen nicht schaden.

»Grüner wird es nicht«, polterte Bernsen vom Nachbarsitz. »Und wenn Sie sich schon links einordnen, dürfen Sie ruhig auch mal den Blinker betätigen. Er beißt nicht.«

Kohlschuetter wusste für den Bruchteil einer Sekunde nicht, wie ihm geschah, und starrte wie gebannt auf die vor ihm auf Grün stehende Ampel. Schließlich gab er Gas. Im Schritttempo fuhr der Wagen in Sömmerda ein. Sie überquerten die Brücke über die Unstrut. Bernsen hatte wieder darauf bestanden, die vorderen Fenster zu öffnen, und so atmete Kohlschuetter, erschöpft von den Vorkommnissen des Tages, die laue Abendluft ein, die quer durch den Dienstwagen zog. Die Hitze war bei Weitem nicht mehr so drückend wie am Nachmittag. Dennoch spürte er sie noch in jeder Pore seiner Haut. Kohlschuetter hasste dieses unangenehm klebrige Körpergefühl, das heute, nach mehr als zwölf aufreibenden Arbeitsstunden, in denen er ein gutes

Dutzend Mal komplett durchgeschwitzt gewesen war, schlimmer nicht sein könnte. Der Sturz ins Gründelsloch heute Mittag hatte da kaum Abhilfe geschaffen. Er sehnte sich nach einer anständigen Dusche und frischen Klamotten. Vielleicht würde er heute Abend noch eine kleine Runde an der Gera drehen. Mit oder ohne Manuela. Etwas Sport täte ihm gut. Außerdem konnte er dabei runterkommen.

Bernsen, dessen Arm den üblichen Sommerplatz auf dem Türrahmen eingenommen hatte, klopfte in nervtötender Unregelmäßigkeit gegen die Außenseite der Beifahrertür. An der nächsten Ampel nahm Kohlschuetter nicht die linke Spur, die auf schnellstem Wege über die Umgehungsstraße zur A 71 geführt hätte, sondern bog auf Höhe des städtischen Hallenbades nach rechts in Richtung Innenstadt ab. Kaum dass sie es passiert hatten, schrie Bernsen aus Leibeskräften: »Stopp!«

Kohlschuetter bremste scharf und schaute sich erschrocken nach allen Seiten um. »Was ist los?«

»Da.« Bernsen zeigte auf ein stattliches Haus zu seiner Rechten, den »Thüringer Hof«. Auf einem schmalen Platz davor standen, etwas abseits von einigen parkenden Autos, Tische und Stühle, die, von kleinen grünen Zaunfeldern umschlossen, einen niedlichen Biergarten bildeten. Die Farbe der Holzlatten fand sich an den Fensterlaibungen, an der mittig gelegenen Eingangstür und am Sockel des Gebäudes wieder. Der oberhalb des Sockels helle Putz schimmerte in der Abendsonne. Eines der Fenster in der ersten Etage stand offen. Ein ausgestreckter Arm schwenkte eine grüne Gießkanne über den Kasten mit den hellroten Geranien. Dort goss jemand, der von der Straße aus nicht zu erkennen war, die Blumen. Die Pflanzenerde schien das Wasser nicht vollständig aufnehmen zu können, denn ein kleines dunkles Rinnsal bahnte sich an der Wand des Hauses entlang seinen Weg nach unten. Die Spur endete auf einer in der Wand verankerten breiten weißen Markise, die den gesamten Außenbereich beschattete. Stimmengemurmel klang zu ihnen herüber. Auch das Klappern von Geschirr war zu hören. Der Biergarten war bis auf den letzten Platz besetzt.

»Und? Dafür verursache ich hier fast einen Verkehrsunfall? Seien Sie bloß froh, dass niemand hinter uns gefahren ist.« Kohlschuetter schaute in den Rückspiegel, um sich zu vergewissern, dass es tatsächlich so war, und fluchte leise.

»Ich esse dort zu Abend«, sagte Bernsen bestimmt.

»Schön für Sie. Ich bin mir nur nicht sicher, ob der Wirt Ihnen etwas geben wird.« Kohlschuetter sah erneut in den Rückspiegel, dann legte er den Rückwärtsgang ein, setzte ein paar Meter zurück, lenkte den Wagen nach rechts über eine abgesenkte Bordsteinkante und parkte auf dem einzig freien Fleckchen direkt neben einem fetten eingetopften Lebensbaum, der mit seinem nahezu identischen Gegenüber den Haupteingang säumte.

»Wieso? Sind die hier ausländerfeindlich?«, entgegnete Bernsen mit aufgesetzter Unschuldsmiene. Dann knallte die Autotür.

Kohlschuetter verkniff sich eine Antwort. Er erinnerte sich noch gut daran, wie sie sich vor einiger Zeit, vom Pfarrer aus Großneuhausen, dem man angeblich einen seiner Engelsköpfe gestohlen hatte, kommend, auf dem Weg zur Autobahn verfahren hatten und hier gelandet waren. Bernsen hatte damals sofort wieder seine ossifeindlichen Sprüche vom Stapel lassen müssen, und der Wirt war kurz davor gewesen, ihn aus der Kneipe zu werfen. Davon schien Bernsen nun allerdings nichts mehr wissen zu wollen.

Genervt schaute Kohlschuetter auf seinem Smartphone nach der Uhrzeit und dachte an Manuela. Sie würde heute bestimmt wieder mit dem Abendessen auf ihn warten. Wenn er es sich richtig überlegte, hatte er aber weder Lust auf Manuela noch auf ihr Tofugeschnetzeltes. Und schon gar nicht auf die fiesen Diskussionen über eine Vertiefung ihrer Beziehung. Da wollte er schon lieber miterleben, wie Bernsen gleich im »Thüringer Hof« auflief. Sportlich sprang er aus dem Dienstwagen.

Bernsen stand wartend zwischen den Lebensbäumen und wippte ungeduldig mit dem Fuß.

»Sie haben gerade den ozongeschützten Wagen verlassen, ohne sich einzucremen«, frotzelte Kohlschuetter.

»Nach achtzehn Uhr nehme ich keine kosmetischen Behandlungen mehr an mir vor. Dann ruht meine Haut. Abgesehen davon siegt mein Hunger jederzeit über mein Schönheitsideal. Maslowsche Bedürfnispyramide«, knurrte Bernsen und trat durch die weit offen stehende Holztür in den kleinen Eingangsbereich des Gasthauses. »Wenn Sie wissen, was das bedeutet, und man Ihnen hinter Ihrer Mauer die Lehren US-amerikanischer Psychologen nicht ebenso unterschlagen hat wie alles andere, was den Sozialisten nicht in den Kram passte.«

Kohlschuetter überhörte die Bemerkung und dachte an seinen Vater, der nicht müde wurde zu betonen, dass die Ossis eine bessere Allgemeinbildung als die Wessis hatten. Natürlich nur all diejenigen, die in ihrer Jugend die Vorzüge des sozialistischen Bildungssystems genießen durften, die also vor 1989 eine Schule besucht hatten. Ob das wissenschaftlich nachgewiesen war, wusste er nicht. Es spielte auch keine Rolle. Erstaunlich war nur, dass Bernsen ganz offensichtlich glaubte, die Ostdeutschen – und insbesondere er, der als 1975er-Jahrgang selbstredend noch einige Jahre eine gesamtdeutsche Schule besucht hatte – seien vor 1990 von jeglicher Art der Bildung ausgeschlossen gewesen. Wie sonst konnte man sich diese vollkommen hirnrissige Frage erklären?

»Wieso wollen Sie bei dem Wetter nicht in den Biergarten? Vielleicht wird da gleich was frei«, rief er seinem Kollegen hinterher.

Doch Bernsen reagierte nicht. Unentschlossen schaute er sich um und steuerte dann nach rechts auf eine Tür zu, an der auf einem goldenen Schild fett gedruckt das Wort »Bierstube« zu lesen war. Schwungvoll zog er sie auf und trat ein. Kohlschuetter folgte ihm.

Der schlauchförmige Gastraum, an dessen linker Seite sich eine nussbaumfarbene Holztheke befand, die fast die Hälfte des Raumes einnahm, war komplett leer. Ein Radio dudelte leise vor sich hin, konnte es aber mit den Gesprächen der Gäste, die vor den angekippten Fenstern im Biergarten saßen, nicht aufnehmen. Bernsen, der als Zeichen seiner Ungeduld wie üblich die Hände in die Hüften gestemmt hatte, lief am Tresen entlang auf eine am rückwärtigen Ende des Raumes offen stehende Tür zu, die augenscheinlich auf eine zweite Terrasse führte. Im selben Moment knallte schräg links eine einflügelige Pendeltür auf. Ein mittelgroßer, komplett schwarz gekleideter Mann, dessen Haare bis auf wenige Millimeter abrasiert waren und der auf den ersten Blick nicht den Eindruck machte, als könnte er Spaß verstehen, stand im Raum. In seinen Händen hielt er zwei üppig gefüllte Teller, von denen ein leckerer Duft nach frisch Gebratenem ausging. Sein Blick verriet, dass er Bernsen auf Anhieb erkannt hatte.

Kohlschuetter grüßte betont freundlich. Der Mann erwiderte den Gruß, wobei er Kohlschuetter kurz aus schmalen Augen musterte, um seinen Blick sogleich wieder an Bernsen zu heften. Sekunden vergingen, ehe er mit komplett ausdruckslosem Gesicht sagte: »Das ist mutig.« Dann entschwand er mit den Köstlichkeiten eilig in Richtung Hinterausgang.

Bernsen zuckte nur mit den schmächtigen Schultern und machte nicht den Eindruck, als ob er sich davon angesprochen fühlte. Er folgte den appetitlichen Speisen hinaus auf die Terrasse und steuerte den erstbesten freien Tisch an. Kohlschuetter trottete hinterher, griff sich beim Hinausgehen einen Zeitungshalter mit eingeklemmter »Thüringer Allgemeine« von einem Garderobenständer und setzte sich zu seinem Kollegen.

Der Wirt, der die Teller bei seinen hungrigen Gästen abgeliefert hatte, stutzte, als er die beiden dort sitzen sah, schlug dann aber einen schwungvollen Bogen zu einem kleinen Seitentisch neben der Tür, griff nach zwei ledergebundenen Speisekarten und brachte sie an den Tisch. »Was darf ich zu trinken bringen?«, fragte er betont höflich, wobei er Kohlschuetter mit einem Gesichtsausdruck zwischen »Wenn der wieder meine Gäste beschimpft, schmeiße ich ihn raus« und »Ich setze ihn lieber gleich vor die Tür« anschaute.

Kohlschuetter schüttelte kaum merklich den Kopf, was so viel bedeuten sollte wie, dass sein Kollege sich ohnehin nicht daran erinnern konnte und, sich keiner Schuld bewusst, friedlich bleiben würde. Dann bestellte er sich ein großes Wasser.

Bernsen, der nicht von seiner Karte hochgeschaut hatte, brummte etwas von einem halben Liter Pils.

»Frisch gezapft gibt es bei uns nur Radeberger. Das ist eine *ost*deutsche Brauerei«, entgegnete der Wirt kampfeslustig.

Bernsen stieg nicht darauf ein, sondern klappte die Karte mit einem lauten Knall zu und bestellte Rotbarschfilet in Eihülle gebraten auf Weißwein-Sahnesoße mit Reis und einem kleinen Salat. Kohlschuetter überschlug aus Gewohnheit für den Bruchteil einer Sekunde die Kalorien, dann dachte er an Manuela und orderte ein argentinisches Rumpsteak mit Pfeffersoße und Pfefferkruste, dazu Pommes frites und ebenfalls einen kleinen Salatteller. Nach diesem nervenaufreibenden Tag konnte ihm heute sogar sein BMI den Buckel herunterrutschen. Zufrieden schlug er die »Thüringer Allgemeine« auf.

»Nur ein Wort …«, flüsterte der Wirt ihm zu und machte mit der flachen Hand eine Geste vor seinem Hals, die keine Fragen offenließ. Mit schnellem, federndem Schritt zog er von dannen, um kurz darauf zurückzukommen und die georderten Getränke kraftvoll vor den beiden Kommissaren abzustellen.

Bernsen fasste nach seinem Glas, schaute irritiert auf den goldenen Aufdruck mit dem Namen der Brauerei, prostete Kohlschuetter zu und trank es in großen Schlucken leer. Ein »Ahh, noch eins, bitte« beendete den Vorgang. »Das tat gut nach diesem beschissenen Tag«, sagte er und wischte sich mit dem Handrücken den Schaum von der Oberlippe. »Ich kann sie jetzt noch nicht anrufen. Das wäre unklug. Schließlich kann sich das Blatt morgen früh schon gewendet haben.«

»Wie das denn? Der Dreifachmord in Kindelbrück ein fataler Irrtum? Wundersame Selbstanzeige des Mörders oder was?« Kohlschuetter schaute sich interessiert um. Die kleine Terrasse, die an die rechte Außenseite des Restaurants grenzte, war von allerlei groß gewachsenen Grünpflanzen umschlossen, was erklärte, warum sie ihm nicht schon vorhin von draußen aufgefallen war. In ihrer Mitte stand ein mannshoher Oleander, der über und über mit zartrosa Blüten bestückt war. Dahinter hatte man drei Tische zu einer kleinen Tafel zusammengeschoben, was vermuten ließ, dass weitere Gäste erwartet wurden. Die meisten der übrigen Tische waren mit angeregt plaudernden Gästen besetzt. Nur etwas abseits saß ein junges Pärchen, das sich mehr mit seinem Essen als mit sich zu beschäftigen schien. Kohlschuetter dachte wieder an Manuela und an das Tofugeschnetzelte, das sie nun allein essen durfte. Bedächtig zog er sein Handy aus der Jeans, um ihr wenigstens eine Nachricht zu schreiben. »Wichtige Ermittlungsarbeit«, lautete die beste Ausrede der Welt, und per SMS war der Widerhall erträglich, sollte Manuela ihn deswegen anzicken wollen.

Der Wirt kehrte mit einem frisch gezapften Bier für Bernsen zurück und tauschte das leere gegen das volle Glas.

Bernsen ignorierte ihn wie auch Kohlschuetter und fuhr mit seiner Selbstberuhigung fort. »Morgen reicht vollkommen aus. Morgen Abend. Dann wissen wir mehr.«

Kohlschuetter schwieg dazu, wohl wissend, dass es vollkommen abwegig war, an eine Blitzaufklärung dreier Morde zu glauben. Sollte sich Bernsen das ruhig einreden, wenn es ihn tröstete. Er würde sich in diese alberne Ehekiste seines Kollegen nicht einmischen.

Bernsen setzte das zweite Bier an, hielt jedoch inne. »Wenn ich es mir recht überlege, könnten ja auch Sie meine Frau anrufen. Sie könnten sagen, dass ich beim Einsatz verletzt wurde und ein paar Tage länger in Thüringen bleiben muss.« Er hüpfte aufgeregt auf seinem Stuhl auf und ab, so als hätte er gerade die Idee des Jahrtausends gehabt. Er lächelte selig. »Ein Streifschuss – oder nein, da bleibt eine Narbe. Ein Messerstich ist leider auch unvergänglich.« Er überlegte. »Jetzt habe ich es. Ein schweres Trauma durch die Begegnung Auge in Auge mit dem ruchlosen Jack the Ripper von Kindelbrück. Irgendetwas Psychisches. Das sieht man nicht. Und die Rotfeder müsste sich um mich sorgen. Das würde die ganze Angelegenheit denkbar erleichtern.« Ein unterdrückter Rülpser beendete den Satz. »Sie können ja auch mal mitdenken.«

Kohlschuetter traute seinen Ohren nicht. Perplex schob er die »Thüringer Allgemeine«, in der er geblättert hatte, beiseite und schaute seinen Kollegen schweigend an. Drehte der jetzt komplett durch? Nach einer Weile sagte er belustigt: »Dann wird sie herkommen und nach Ihnen sehen wollen. Mit Bernd.«

Bernsen riss erschrocken den Kopf nach oben. Seine Kiefermuskulatur spannte sich. »Meinen Sie?« Er schien nachzudenken, mit düsterem Blick. Doch schlagartig hellten sich seine Gesichtszüge wieder auf. »Nein. Niemals. Sie verträgt die Luft im Osten nicht. Und auch Bernd würde sie das hier *niemals* zumuten. Dann müsste ich schon sterben. Dann vielleicht.«

So einen Blödsinn hatte Kohlschuetter schon lange nicht mehr gehört. Nicht mal im Traum dachte er daran, Frau Bernsen dieses Märchen zu erzählen. Erstens machte man mit so etwas keine Witze, schon gar nicht in ihrem Beruf. Und zweitens wäre es ja noch schöner, wenn er das Ungleichgewicht in der symbiotischen Beziehung zwischen den Eheleuten Bernsen durch infame Lügen auch noch unterstützen, im schlimmsten Fall damit sein Einverständnis zur Unterdrückung des männlichen Geschlechts signalisieren würde. Dann hielt er sich doch lieber ganz raus. Irgendwann würde Bernsen schon lernen, dass man als Mann eigene Prioritäten haben und diese auch offen und ehrlich äußern durfte. Ohne näher auf den Vorschlag seines Kollegen einzugehen, wechselte er das Thema.

»Also, was haben wir? Drei männliche Leichen, die allesamt nur mit einem Handtuch bekleidet an verschiedenen Orten in derselben Stadt gefunden wurden. Das Handtuch ist immer vom selben Fabrikat, weiß und groß, also ein Badetuch oder so etwas. Die Männer wohnten alle in Bilzingsleben, starben aber in Kindelbrück. Enrico Machte ertrank im Gründelsloch. Höchstwahrscheinlich nicht freiwillig, da kein normaler Mensch dort schwimmen geht und seine Klamotten bislang nicht auffindbar sind. Für mehr werden wir auf Kalders Obduktionsergebnis warten müssen. Martin Deller ist in der ULO-Anlage des Kindelbrücker Obstbaus erstickt. Den Umständen zufolge ebenfalls eher unfreiwillig. Und Dieter Blähmann lag übel zugerichtet in der Truhe von St. Ulrich. Der hat sich definitiv nicht aus freien Stücken dort hineinbegeben. Also ganz klar Mord in mindestens einem Fall.«

Bernsen hatte aufmerksam zugehört und hin und wieder genickt. »Wenn Sie mich fragen, wurden alle drei ganz sicher ermordet. Und das von ein und derselben Person. Die Handtücher sind absolut kein Zufall. Dass die Typen alle nackt sind, auch nicht. Was immer das zu bedeuten hat. Zumal ich mir bei Deller und Blähmann nicht erklären kann, warum die beiden sich so dermaßen schlecht gekleidet in eine Apfellagerung beziehungsweise, was noch viel schlimmer ist, in eine Kirche begeben haben sollten. Es sei denn, die Typen waren nicht bei klarem Verstand.«

»Das verstehe ich eben auch nicht.« Kohlschuetter trank einen Schluck von seinem Wasser. »Warum zieht ein Mörder seine Opfer aus? Das weist auf ein Sexualdelikt hin.«

»Gibt es dafür Anhaltspunkte?«

»Bisher nicht.«

»Vielleicht hat es einen tieferen Sinn?« Bernsen schaute immer wieder sehnsüchtig zur Tür des Restaurants, als könnte dadurch sein Abendessen schneller gebracht werden.

»Was meinen Sie?«

»Na ja, die Männer starben in Kindelbrück. Sie waren aber alle Bilzingslebener. Und sie waren zum Zeitpunkt ihres Ablebens nackt. Womöglich gibt es zwischen den Dörfern eine Fehde. Das sollten wir mal checken. Könnte doch sein, dass die Bilzingslebener die Kindelbrücker im Wettschwimmen besiegt haben und Letztere sich nun dafür rächen wollen oder so. Vielleicht war es auch ein Streit, und irgendetwas ist aus dem Ruder gelaufen. Sie wissen schon, was ich meine.« Das Radeberger floss in großen Schlucken Bernsens Kehle hinab.

»Hm, möglich. Kindelbrück ist übrigens eine Stadt.« Kohlschuetter dachte nach. Der Kindelbrücker Bürgermeister schien ganz vernünftig zu sein. Mit dem sollten sie morgen früh gleich als Erstes noch einmal reden. Ein Streit zwischen den Kommunen wäre nichts Ungewöhnliches. Dass so etwas in einem Serienmord endete, allerdings schon.

Bernsen wischte sich den Schaum vom Mund. »Ich rufe morgen früh mal diesen Süß an. Der muss es doch wissen«, sagte er.

Kohlschuetter zog den Mund breit. Manchmal konnte man

doch tatsächlich den Eindruck gewinnen, er und Bernsen seien ein eingespieltes Team. Doch sein Lächeln verflüchtigte sich sogleich wieder. »Je länger ich darüber nachdenke, umso komplizierter erscheint mir die ganze Geschichte.«

»Das merke ich auch, ohne nachzudenken«, entgegnete Bernsen überheblich.

Kohlschuetter verdrehte die Augen. »Die Spurenlage ist jedenfalls desaströs. Am Gründelsloch nichts, vor allem keine Klamotten. In der Obstbude dagegen wimmelte es nur so von Fingerabdrücken. Allerdings nur außen an der Sicherheitstür. Auf der Innenseite haben Susis Leute keine brauchbaren Spuren gefunden.«

»Er hat sich nicht selbst dort eingesperrt«, sagte Bernsen bestätigend.

»Nein, das können wir wohl ausschließen.« Kohlschuetter hatte Bernsen bereits im Wagen über die Vorab-Diagnose des Notarztes aufgeklärt. Jetzt ließ er sich den Teil des Gespräches mit dem Prokuristen erzählen, den er verpasst hatte.

»Es gibt nur drei Techniker mit einem Schlüssel für die ULO-Anlage, und einer davon ist im Urlaub?«, fragte Kohlschuetter nach. »Wissen wir, wo?«

»Nein. Angeblich eine Flugreise. Die Telefonbefragung des Mannes hebe ich mir für morgen auf, sofern er in den Ferien überhaupt zu erreichen ist. Das würde den Kreis der Verdächtigen etwas einschränken, einer weniger, der einen Schlüssel für die Lagerhallen hatte.«

»Der Täter hat vielleicht keinen Schlüssel gebraucht. Sein Opfer hatte schließlich selbst einen, und der ist, wie es scheint, verschwunden.« Kohlschuetter nahm die dunkelgrüne Serviette, die vor ihm lag, und legte sie sich auf den Schoß. Dann begann er, mit dem Besteck zu spielen. »Herbert Klauning, der Zeuge vom Gründelsloch, und Frank Müller aus dem Obstbau kennen sich übrigens ziemlich gut. Sie sind Skatbrüder.«

»Ach so? Na ja, mag sein, dass es ein Zufall ist. So viele Einwohner hat Kindelbrück ja nicht«, antwortete Bernsen und tat es Kohlschuetter mit seiner Serviette gleich.

»Versuchen wir mal, die Tatzeitpunkte näher einzugrenzen. Enrico Machte wurde gestern Nachmittag zuletzt gesehen, und zwar in der Fischgaststätte, in der er bedient hat. Er hatte um siebzehn Uhr Feierabend.«

»Und Martin Deller ist gegen achtzehn Uhr von der Obstbude abgehauen«, ergänzte Bernsen.

»Sie wurden demnach etwa zur selben Zeit das letzte Mal gesehen. Das heißt, der Tod beider Männer muss irgendwann zwischen ihrem Feierabend und heute Vormittag eingetreten sein«, sagte Kohlschuetter.

Bernsen nickte. »So weit war ich schon vor sechs Stunden.«

»Und Dieter Blähmann?«

»Tja. Das müssen Sie mir sagen. Sie kleben doch an Susilein dran wie eine Schmeißfliege an einem Plumpsklo«, entgegnete Bernsen schroff.

»Sehr schöner Vergleich, Kollege. Sehr schön«, moserte Kohlschuetter. »Sie hätten sich aber sicherlich keinen Zacken aus der Krone gebrochen, wenn Sie ihrem Resümee vorhin in der Kirche ebenfalls ein wenig Aufmerksamkeit geschenkt hätten. Der Notarzt ging von stumpfer Gewalt, wahrscheinlich durch einen Sturz aus der Höhe, als Todesursache aus. Da die Kollegen auf dem Fußboden winzige Reste von Blut gefunden haben, nahm Susi an, dass Blähmann von der Empore gefallen sein könnte. Zumindest wäre das eine Option. Tatsächlich haben die Kriminaltechniker an der Empore direkt über der Truhe absolut keine Fingerabdrücke gefunden.«

»Nicht ungewöhnlich, wenn man bedenkt, dass die freiwillige Putzkolonne tags zuvor das Gotteshaus gewienert hat.«

»Schon. Das Holz scheint dort oben allerdings auf nur einem Meter Breite abgewischt worden zu sein. Weiter hinten wimmelte es nur so von Spuren.«

»Also stimmt die Vermutung. Der Typ wurde von der Empore gestoßen. Aber das macht doch mehr Sauerei als die paar Blutspritzer auf dem Fußboden«, hakte Bernsen nach.

»Ganz genau. Der Mörder hat hinter sich aufgeräumt und Empore und Fußboden blank gewienert – nur dass er nicht mit

Susis Luminolspray gerechnet hat. Die Wischspuren waren unter dem UV-Licht eindeutig –«

»Ja, ja, Wundersusi findet alles.«

Kohlschuetter ignorierte den Einwurf. »Blähmann wurde mit an Sicherheit grenzender Wahrscheinlichkeit in der Kirche umgebracht. Er erlitt einen Genickbruch und war sofort tot. Die Totenstarre war komplett ausgeprägt, also muss auch er mindestens sechs Stunden vor unserem Eintreffen umgebracht worden sein. Der oder die Täter haben die Leiche dann an Ort und Stelle entsorgt. Die Sitzkissen, die in der Truhe lagen, haben sie fein säuberlich in der hinteren Ecke der Sakristei aufgestapelt.«

»Ordentlich, ordentlich. Da war jemand sehr sorgfältig.«

Kohlschuetter sortierte das Besteck von rechts nach links und von links wieder nach rechts. Sein Magen knurrte. »Das akkurat gefaltete Handtuch auf den Hüften des Toten unterstreicht diese Annahme.«

»Mord mit Sinn für Ordnung und Sauberkeit, mal was anderes.«

»Aber bei den beiden anderen doch nicht«, widersprach Kohlschuetter irritiert.

»Wieso nicht? Alles fein säuberlich abgewickelt, kein Gemetzel, keine Spuren, keine Zeugen. Nicht zu vergessen die schönen weißen Handtücher. Quasi die grenzenlose friedvolle Lauschigkeit.«

»Na, ganz so würde ich es nicht ausdrücken. Und unser letzter Toter passt da auch nicht so ganz rein.«

»Natürlich«, empörte sich Bernsen ob der Widerworte, »zugegeben, der oder die Mörder hätte ihm noch das Blut abwaschen können –«

»So, hier einmal das Steak, leicht blutig, wie gewünscht.« Unbemerkt war der Wirt an ihren Tisch getreten und stellte einen gut gefüllten Teller vor Kohlschuetter ab. Der machte angesichts des Timings ein verdutztes Gesicht. »Und das Rotbarschfilet für den Freund aller Ostdeutschen. Guten Appetit.« Etwas zu energisch platzierte der Wirt Bernsens Bestellung. Der streckte den Rücken durch und wackelte mit den Nasenflügeln. Beim

Anblick des goldgelb gebratenen Fisches leuchteten seine Augen wie die eines Kindes bei der Bescherung. Vorsichtig ließ er seine Gabel in die helle Soße gleiten, schob nur die Spitzen der Zinken in seinen Mund, schmatzte zweimal laut, als die feine Weißweinnote seine Geschmacksnerven erreichte, schüttelte ungläubig den Kopf und wiederholte das Ganze von vorn. Zwischendurch nuschelte er ein: »Ausgezeichnet. Einfach unglaublich.« Dann vermengte er den Reis mit der Soße und machte sich über das Fischfilet her.

»Wie Butter. Der Fisch ist wie Butter«, sagte er mit vollem Mund. Ein dreckiges Lachen folgte. »Das kriegt meine Rotfeder im Leben so nicht hin.«

Nachdem Bernsen sein Essen ausgiebig getestet hatte, schaute er neugierig auf Kohlschuetters Teller. Darauf befand sich ein ansehnliches Stück Rindfleisch, das scharf angebraten und mit etwas grob gemahlenem grünem Pfeffer überzogen war. Es lag in einer dunklen Soße, die mit ganzen Pfefferkörnern durchzogen war. Daneben türmte sich ein Haufen filigraner goldgelber Pommes frites.

»Guten Appetit«, sagte Kohlschuetter und griff nach seinem Besteck. Das Wasser lief ihm im Mund zusammen. Gierig spießte er ein Kartoffelstäbchen auf und schob es in seinen Mund. Ein feiner Geschmack nach frittierten Kartoffeln, auf den Punkt gewürzt, machte sich auf seiner Zunge breit. Fast schon andächtig begutachtete er das Steak. Schließlich wagte er den ersten Schnitt. Das zartrosafarbene Fleisch mit der dicken Pfefferkruste hielt, was seine Optik versprach. In Kombination mit der Soße war es einfach nur ein Gedicht. Kohlschuetter verfluchte innerlich jeglichen noch so empfehlenswerten Fleischersatz dieser Welt. Er zog einen geistigen Schlussstrich unter fade Eiweißdrinks, geschmacklose Salatblätter, die ihr Dressing nur im Vorbeigehen gesehen hatten, und die Entbehrungen einer kohlenhydratarmen Ernährung. Hin und wieder schloss er die Augen und kaute angetan.

Der Wirt kam zurück und blickte, ohne ein Wort zu sagen, auf das fast leere Bierglas von Bernsen. Der griff danach, leerte es und reichte es ihm. Kurz darauf stand der dritte halbe Liter Radeberger vor dem vollkommen von seinem Essen hypnotisierten Kommissar. Er aß mit einer Hingabe, die Kohlschuetter schmunzelnd zur Kenntnis nahm.

»Das haben Sie vorhin übrigens sehr gut gemacht, das mit dem Pfarrer«, sagte er zwischen zwei soßendurchtränkten Pommes.

»Hm«, brummte Bernsen schmatzend. »Einfach mal quatschen können, das hilft.«

»Wir wären sonst nicht so weit.«

»Hm.« Bernsen kaute genussvoll.

Wenn er nicht darüber reden will, soll es eben so sein, dachte Kohlschuetter. Es gibt ja Menschen, die können mit Lob nicht umgehen beziehungsweise es ist ihnen unangenehm. Vielleicht gehörte Bernsen dazu. Dann sollte er es besser dabei bewenden lassen. In die Tiefen der Psyche seines Kollegen wollte er nun wirklich nicht eindringen. Das, was von allein an die Oberfläche drang, reichte ihm vollkommen. Lieber widmete er sich nun dem kleinen Salatteller, der zu dem Steak gereicht worden war.

Da wurden im Speiseraum des Restaurants auf einmal Stimmen laut, und es näherte sich eine kleine, auffällig gekleidete Gruppe angeregt miteinander schwatzender Menschen. Vollkommen mit sich beschäftigt, gingen sie auf die Terrasse und steuerten auf die vorbereitete Tafel zu. Die metallenen Füße der Biergartenstühle schabten geräuschvoll über die Pflastersteine, als sie sich setzten. Nur der Platz an einer der Stirnseiten der Tischreihe blieb leer.

Der Wirt eilte mit einem dicken Stapel Speisekarten herbei, und kurz nach ihm betrat ein Mann in Jeans und schwarzer Fransenlederjacke den Biergarten, der die anderen schon von Weitem freudig begrüßte und dann leichtfüßig den freien Platz ansteuerte. Seine gekräuselten Haare trug er kurz und strubbelig ins Gesicht drapiert. Er blinzelte herzlich und etwas verwegen in die Runde und stieß einen kraftvollen Lacher aus, als die anderen sich in gespielter Ehrerbietung bei seinem Eintreffen erhoben.

Bernsen ließ sein Fischmesser auf den halb leer gegessenen Teller fallen und starrte den Mann mit weit aufgerissenen Augen an. »Das ist doch nicht möglich. Das … das gibt es doch nicht«, stammelte er aufgeregt.

Kohlschuetter schaute erst auf seinen Kollegen und dann auf den Neuankömmling. Er hatte keine Ahnung, was Bernsen meinen könnte.

»Das ist Frank Schöbel, der Schlagersänger«, brachte Bernsen gerade noch so heraus, ehe er sich fast den Hals verrenkte, um den Gast weiterhin ansehen zu können.

Kohlschuetter zuckte mit den Schultern. »Und?«

»Wir sind in der Stammkneipe von Frank Schöbel! Wenn ich das meiner Rotfeder erzähle.« Bernsens Körperhaltung blieb unverändert, er schien sich nicht einmal ansatzweise dafür zu schämen, dass er die Leute am Nachbartisch so ungeniert anstarrte. Die schienen glücklicherweise nichts davon zu bemerken. Ohne seinen Blick von Schöbel abzuwenden, streckte Bernsen seinen Arm nach hinten und suchte sein Bierglas. Kohlschuetter reichte es ihm, bevor er noch in die Reste seines Abendessens langte. Bernsen trank und gierte weiter.

»Der Schöbel ist doch gar nicht aus Sömmerda. Der wird hier bloß einen Auftritt gehabt haben«, sagte Kohlschuetter, den das Ganze absolut kaltließ. Schöbel gehörte nicht zu seinen Favoriten, auch wenn er ihn schon aus dem DDR-Fernsehen kannte. Abgesehen davon hätte er es beim besten Willen nicht beschwören können, dass es sich bei diesem Herrn wirklich um den bekannten Schlagerstar handelte. »Finden Sie den gut?«

»Der ist der Hammer. Meine Rotfeder und ich haben alle seine Platten«, nuschelte Bernsen.

Alle Platten, dachte Kohlschuetter und verkniff sich das Lachen. »Na dann los, holen Sie sich ein Autogramm. Das lässt Ihre Rotfeder bestimmt dahinschmelzen, und Sie brauchen sich über den verpatzten Urlaub keine Gedanken mehr zu machen.«

Bernsen drehte sich abrupt um, und Kohlschuetter konnte förmlich sehen, wie es in seinem Gehirn ratterte. Dabei zeigten die eineinhalb Liter Bier ihre Wirkung. Bernsen sah etwas derangiert aus. »Autogramm, ja, genau. Frank Schöbel«, wiederholte er beinahe unerträglich langsam.

Der Wirt, der am Tisch nebenan zwischenzeitlich die Getränkebestellungen aufgenommen hatte, warf im Vorbeigehen einen Blick auf Bernsens halb leeres Glas und grinste kaum merklich. Kurz darauf kam er mit einem vollen Tablett zurück und stellte ein frisch gezapftes Pils vor Bernsen ab. Der machte keinerlei Anstalten, es abzulehnen, und schlang die Reste seines Essens hinunter, wobei sein Kopf immer wieder nach hinten schnellte, damit er bloß nichts verpasste. Der prominente Gast nahm seine ganze Aufmerksamkeit in Anspruch.

»Es wundert mich, dass Sie ausgerechnet auf einen ostdeutschen Künstler stehen«, sagte Kohlschuetter mit süffisanter Miene. Er legte sein Besteck auf dem leeren Teller ab und tupfte sich mit der Serviette die Mundwinkel sauber. Dann warf er den grünen Zellstoff ebenfalls auf den Teller und schaute Bernsen an.

»Wie? Ich? Auf wen?«, fragte der, ohne herzusehen, weil er immer noch unentwegt den prominenten Gast anstierte.

»Na, den da drüben. Ihr Idol ist ein Ossi, wie Sie so schön sagen würden.« Kohlschuetter trank sein Wasser aus und gab dem Wirt per Handzeichen zu verstehen, dass er gern noch ein weiteres hätte. Der Pfeffer hatte es in sich.

»Der?« Bernsen fuhr herum und schaute Kohlschuetter an, in seinem Blick das nackte Entsetzen. Mit dem rechten Daumen deutete er hinter sich in Richtung des großen Tisches. »Das wüsste ich aber«, platzte er viel zu laut heraus. »So ein Ausnahmekünstler stammt *niemals* aus dem Osten.« Dann fasste er nach seinem Glas. »Fisch will schwimmen. Prost.« Ein Rülpser.

Das kann ja heiter werden, dachte Kohlschuetter amüsiert. Hauptsache, sein angetrunkener Kollege quatschte nicht noch den vermeintlichen Schöbel blöd an. Wie Bernsen auf den Dreh kam, dass der ein Westdeutscher sein könnte, war ihm schleierhaft. Vielleicht einfach nach dem Motto »Alles was gut ist, kann nur aus dem Westen kommen«? Wenn der gute Bernsen sich damit mal nicht irrte.

Der Wirt kam zurück, um die leeren Teller abzuräumen.

»Sagen Sie mal, mein Freund, der Mann da drüben«, lallte Bernsen und wiederholte den anstandslosen Zeig mit dem Daumen, »der da, der ist doch nicht von euch, stimmt's?« Mit seiner anderen Hand griff er nach dem schwarzen Hemdsärmel des Wirtes.

Der stutzte. Es folgte ein Blick zum Nebentisch. Dann fror seine Mimik ein. »Das meint der doch jetzt nicht ernst?«, fragte er Kohlschuetter und machte sich von Bernsen los.

Kohlschuetter winkte beschwichtigend ab. »Mein Kollege hat da nur jemanden verwechselt. Wir würden dann die Rechnung nehmen.«

»Und ich noch ein Bier«, ergänzte Bernsen. »Und dann erklären Sie bitte meinem jungen unerfahrenen Kollegen hier, dass der Frank Schöbel da drüben ein Kind der alten Bundesrepublik ist.«

»Frank Schöbel ein Wessi«, knurrte der Wirt. »Und Marianne und Michael sind Brüder.«

Am Nachbartisch steckten die Köpfe allesamt in den aufgeschlagenen Speisekarten; es hatte sich eine angeregte Unterhaltung über die Zubereitung von echter ungarischer Gulaschsuppe entsponnen. Niemand bemerkte das Interesse, das ihr Erscheinen bei mindestens einem der umsitzenden Gäste hervorgerufen hatte.

»Brüder? Sehen Sie, das wusste ich nun wieder nicht. Aber bei den Bayern, na ja, die haben es doch so mit der Familie.« Bernsen starrte wieder zu dem anderen Tisch hinüber, und Kohlschuetter fiel auf, dass er beim Sitzen inzwischen ziemlich viel Schlagseite hatte.

Der Wirt griff nach den leeren Tellern und drehte ab. »Manchmal könnte man meinen, ich betreibe keine Kneipe, sondern eine Sozialstation für austherapierte Psychopathen«, hörte Kohlschuetter ihn im Weggehen sagen.

»Ich denke, Kollege, wir sollten dann mal langsam aufbrechen. Wir haben morgen einen harten Tag vor uns«, meinte Kohlschuetter, nachdem er die Uhrzeit auf seinem Smartphone gecheckt hatte.

»Erst, wenn Sie zugeben, dass der Schöbel …«, lallte Bernsen.

Der Wirt kam zurück und brachte die Rechnung, eingeklemmt in eine weiße Stoffserviette und auf einem kleinen Teller liegend. »Das Bier braucht der nicht mehr. Das trinkt Frank Schöbel.«

Kohlschuetter nickte erleichtert und bezahlte. Ehe er sich's versah, war Bernsen aufgestanden und hatte auf unsicheren Beinen die benachbarte Tafel erreicht.

»Wie ein Stern in einer Sommernacht …«, grölte er ohne Rücksicht auf die eigentliche Melodie des Schlagers den belustigt dreinblickenden Gästen entgegen. Kohlschuetter sprang an seine Seite, fasste nach seinem Oberarm und brachte ihn auf dem schnellsten Wege und unter erheblicher Gegenwehr zum Auto. Dort sackte Bernsen auf dem Beifahrersitz in sich zusammen und schlief auf der Stelle ein.

Der Wirt, der den beiden in kurzem Abstand gefolgt war, wahrscheinlich, um einer weiteren Belästigung seiner Gäste vorzubeugen, steckte amüsiert den kahlen Kopf durch das geöffnete Beifahrerfenster und wies Kohlschuetter an: »Die Besten kommen aus dem *Osten*, sagen Sie ihm das, und zwar täglich.«

VIER

»Meinst du, er lebt noch?«

»In Anbetracht der Gesichtsfarbe würde ich es verneinen.«

»Aber er scheint noch zu atmen.«

»Bist du sicher?«

»Sicher nicht. Was machen wir mit ihm?«

»Liegen lassen.«

»Aber der Geruch ist doch jetzt schon unerträglich.« Susi rümpfte angewidert die Nase.

Kohlschuetter ging zu seinem Schreibtisch, zog die unterste Schublade auf und holte eine XXL-Flasche Raumspray hervor. Damit lief er einmal quer durch das Büro, den Daumen fest auf den Sprühkopf gedrückt. Bernsens Teil des Zimmers benetzte er dabei besonders großzügig. Als er fertig war, schwebte eine Wolke aus Zitronenduft, die es mit jeder Plantage im spanischen Santomera hätte aufnehmen können, in dem kleinen Raum. Die Flasche landete unüberhörbar in dem dunkelgrünen Ablagekästchen mit dem Aufdruck »Posteingang« auf Bernsens Schreibtisch.

»Aah«, stöhnte Bernsen. Er lag mit geschlossenen Augen so weit wie möglich zurückgelehnt in seinem Bürostuhl. Auf dem Kopf trug er eine etwas zu enge hellblaue Schirmmütze, die er zum Schutz vor dem Tageslicht tief ins Gesicht gezogen hatte und unter der sein flachsblonder Wuschelkopf wie eingequetscht wirkte. Den Schirm, der um ein Haar seine Nasenspitze berührte, zierte ein aufgestickter Seehund, über dessen Kopf zwei rote Herzen schwebten. »Seehundstation Norddeich«, stand in fetten Buchstaben darüber. Da erst Mittwoch war, trug er das Fischerhemd der letzten beiden Tage, dessen Ärmel nicht wie sonst akkurat nach oben gekrempelt waren, sondern lang an seinen schlaff über die Stuhllehnen baumelnden Armen herunterhingen. Seine Birkenstocksandalen lagen, die Sohlen nach oben zeigend, auf seinem Schreibtisch direkt neben der Tastatur des Computers, auf der seine übereinandergeschlagenen nackten

Füße ruhten. Rundherum türmten sich Akten, zwischen denen immer mal wieder eine alte Nordsee-Fischtüte samt passenden Servietten und Dutzende leere Aufschnittpackungen hervorguckten. Eingerahmt wurde das Ganze von mehreren leeren Eins-Komma-fünf-Liter-Flaschen Coca-Cola, einem Topf mit einer vollkommen vertrockneten Orchidee darin, an deren braunem Stängel ein speckiger Wimpel von Werder Bremen baumelte, und einem alten, komplett eingestaubten kleinen Transistorradio, das es irgendwann in den neunziger Jahren zu kaufen gegeben hatte. Jede Menge beschriebene Notizzettel, benutzte Papiertaschentücher, Tankquittungen, Gutscheine eines Pizzalieferanten und ein ratternder Tischventilator, der den unordentlichsten Schreibtisch der Erfurter Polizeiinspektion in regelmäßigen Abständen etwas lebendiger machte, komplettierten das Bild.

»Ich kann nicht behaupten, dass die Zitrone den Alkoholdunst in diesem Zimmer überdeckt. Im Gegenteil, die Mischung ist zum Gotterbarmen«, sagte Susi mit angewidertem Gesichtsausdruck. »Mit was um alles in der Welt hast du ihn gestern abgefüllt? Ihr habt drei Todesfälle aufzuklären, Mann.«

Kohlschuetter zog energisch beide Augenbrauen nach oben und drückte sich den Zeigefinger auf die muskulöse Brust. »Ich? Der hat sich aus nackter Angst vor seiner Rotfeder ganz allein die Kante gegeben, mit gerade mal vier großen Bier, wohlgemerkt. Woher soll ich wissen, dass er nichts verträgt?«, entgegnete er wütend. Er lief um die beiden Schreibtische herum zum Fenster, ließ die elektronische Jalousie nach oben fahren und öffnete es. Die gleißende Morgensonne durchflutete den Raum.

»Licht aus«, nuschelte Bernsen. Dann verfiel er wieder in den Dämmerzustand, den er, seit er um kurz nach sieben in der Dienststelle angekommen war, eingenommen hatte. »Licht aus«, brabbelte er erneut.

»Es spricht«, witzelte Susi. »Wenn *das*«, sie deutete mit dem Kopf auf den verkaterten Bernsen, »euer Chef mitbekommt, gibt es Ärger. Die Sache mit den drei Morden läuft schon auf allen Radiosendern. Ihr habt nicht viel Zeit. Das ist alles ein bisschen zu fett für das provinzielle Thüringen. Außerdem haben die Medien Sommerloch, da werden sie jedes noch so kleine Detail mit Vergnügen ausschlachten. In eurer Haut möchte ich in den kommenden Tagen bestimmt nicht stecken. Solltet ihr nicht bald einen Erfolg vorweisen können, landet der Fall bei unserer Spezialtruppe im Landeskriminalamt. Dann dürfen dein Komapatient und du von draußen zugucken.«

»Das weiß ich selbst«, platzte Kohlschuetter ungehalten heraus. Er biss sich auf die Unterlippe. Susi hatte verdammt recht. Der Druck auf sie war enorm. Aber das musste sie ihm ja nicht auch noch so schonungslos an den Kopf knallen.

Dabei war er gestern Abend trotz des Schocks, den drei Tote auf einen Streich auch bei einem Kriminalbeamten auslösen konnten, noch so guter Dinge gewesen. Natürlich kam seine Unsicherheit ab und zu wieder hoch. Er war noch nicht lange in diesem Geschäft, und ihm fehlte schlichtweg die Erfahrung, vor allen Dingen im Hinblick auf einen mysteriösen Dreifachmord, bei dem er sich zum jetzigen Zeitpunkt nicht einmal ansatzweise erklären konnte, in welchem Verhältnis zueinander die Opfer standen. Nur dass es ein solches Verhältnis geben musste, davon war er überzeugt. Aber er war clever. Ehrgeizig und engagiert. Und er hatte Bernsen.

»Ich will meine Ruhe.« Bernsen veränderte seine Fußstellung. Er schmatzte zweimal unappetitlich und fing leise an zu schnarchen.

Susi schaute erst auf Bernsen und dann wieder auf Kohlschuetter. »Das ist kein Grund, sich im Ton zu vergreifen. Hier, dein Bericht. Ich habe mir deswegen die halbe Nacht um die Ohren geschlagen«, sagte sie schroff. Sie drückte Kohlschuetter mit zusammengekniffenen Augen die Akte in die Hand und verschwand eilig aus dem Büro. Der Gegenzug, den sie beim Hinausgehen verursachte, ließ die Tür lautstark hinter ihr ins Schloss fallen.

»Aah«, meldete sich Bernsen.

»Scheiße!«, fluchte Kohlschuetter. Er hatte Susi nicht vor den Kopf stoßen wollen. Aber der Streit gestern Abend mit Manuela, dieser Fall und Bernsens Zustand lösten bei ihm nicht gerade Hochgefühle aus. »Danke, dass du extra vorbeigekommen bist, und bis gleich«, rief er ihr noch nach, wohl wissend, dass sie ihn nicht mehr hören konnte. Dann schlug er mürrisch den Bericht der KTU auf.

Zum ertrunkenen Enrico Machte gab es keine neuen Erkenntnisse. Seine Klamotten blieben verschwunden. Die Erde an den zugänglichen Uferbereichen des Gründelsloches war so platt getrampelt gewesen, dass die Kollegen keine Fußspuren hatten aufnehmen können. Im Mülleimer, den Herbert Klauning glücklicherweise noch nicht geleert gehabt hatte, waren ein paar leere Bierdosen, jede Menge Zigarettenstummel, Zellstofftaschentücher, eine angefangene Tüte Chips und zu Kohlschuetters Erstaunen zwei gebrauchte Kondome gefunden worden. Ob sie von Enrico Machte stammten, würde sich zeigen. Kohlschuetter hoffte insgeheim, dass es so war, denn dann hätten sie zumindest einen Anhaltspunkt mehr in diesem verzwickten Fall. Er blätterte weiter.

Martin Deller, das Opfer aus der Apfellagerung, hatte definitiv nicht im Heizhaus des Kindelbrücker Obstbauunternehmens geduscht. Diese vage Hoffnung auf eine vernünftige Erklärung zumindest seiner Nacktheit hatte sich also zerschlagen. Aber was hatte er dann nach Feierabend bei den Obstbauern gemacht? Auch was seine Sachen und vor allem den Schlüssel für die Lagerhallen anging, hatten die Kollegen nichts gefunden. Jede einzelne Apfelkiste hatten sie kontrolliert.

Kohlschuetter schüttelte den Kopf. Susi war aber auch wirklich unerbittlich, wenn es um ihren Job ging. Ansonsten leider auch. Hatte sie ihm eigentlich gesagt, mit wem sie gestern Abend ins Kino gehen wollte? Natürlich nicht. Und danach zu fragen hatte sich nicht ergeben. Schlussendlich hatte sie die Verabredung ohnehin sausen lassen müssen und sich dafür seinetwegen durch tonnenweise Elstar und Delbarestivale Sissired gewühlt. Von den Untersuchungen in St. Ulrich ganz zu schweigen. Und sie hatte ihm den Bericht persönlich gebracht. Das war noch nie vorgekommen. War es möglich, dass sie nun doch langsam seinem unbändigen Charme erlag und die Sache mit dem Kinodate nur erfunden hatte, um ihn eifersüchtig zu machen? Derartige Manöver kannte er zur Genüge bei den Frauen. Ja, das musste es sein. Und er Idiot hatte es versaut. »Alles nur wegen Manuelas Einzugsplänen und diesem beschissenen Fall«, schimpfte er leise.

»Aah.«

»Ja genau, und wegen Mister Zweipromille.« Er schaute kurz zu seinem Kollegen rüber, der wieder zu schnarchen anfing, und las weiter.

Blähmanns Blutgruppe stimmte mit den gefundenen Spritzern auf dem Boden der Kirche überein. Das bestätigte ihre Theorie vom Sturz von der Empore. Er war demnach nicht nur in der Kirche entsorgt, sondern auch darin umgebracht worden. St. Ulrich lag im Gegensatz zu den beiden anderen Fundorten direkt im Zentrum der Stadt. Mit etwas Glück hatte einer der Anwohner etwas bemerkt. Er musste dem schleunigst nachgehen.

Susi hatte Blähmanns Fingerabdrücke an den Lichtschaltern und an der nördlichen Eingangstür gefunden. Der Aussage des Pfarrers zufolge hatte der Mann am Montagabend mit seinem Damenkränzchen die Kirche geputzt. Und dann? Es wurde Zeit, dass sich die Rechtsmediziner meldeten. Er brauchte dringend die genauen Todeszeiten und am besten auch gleich ein paar Erklärungen zu den Ursachen.

Kohlschuetter legte Susis Bericht zur Seite. Er dachte nach und versuchte, die nächsten Schritte zu planen. Eine Rücksprache mit seinem Teamkollegen war ja offenkundig ausgeschlossen. Sie hatten drei Tote ohne Papiere. Bei Machte und Deller hatten mehrere Leute auf Anhieb deren Identität bestätigen können. Angeblich lebten beide Männer allein. Die Adressen lagen vor. Kohlschuetter kramte den Zettel von Bea und die von Molter hervor, die Bernsen ihm gegeben hatte, griff nach der Computermaus und klickte sich durch das Einwohnermeldeamtsregister, auf das alle Polizeiinspektionen zugreifen konnten. Sicherheitshalber ließ er noch einmal beide Namen durch das Programm laufen, um die Angaben zu überprüfen. Alles korrekt.

Das dritte Opfer, Dieter Blähmann, war vom Pfarrer identifiziert worden. Der hatte jedoch nichts weiter zu dem Mann sagen können, als dass dieser sich in seiner Kirchengemeinde entsprechend seinem Glauben und aus Einsamkeit heraus engagierte. Eine Adresse hatte er nicht genannt. Keine dreißig Sekunden später hatte Kohlschuetter Blähmann in der Datenbank gefunden. »Ach du dickes Ei«, entfuhr es ihm.

Unter der Adresse war noch eine zweite Person gemeldet. Gerda Blähmann. Ihrem Geburtsdatum nach zu urteilen, konnte es sich bei der Dame nur um Dieter Blähmanns Mutter handeln. Hoffentlich hatte die arme Frau die Schreckensnachricht nicht schon aus dem Radio oder gar auf der Straße erfahren. So ein Mist. Wieso hatte er sich auch von dem »einsamen Schäfchen«, wie der Pfarrer den Toten tituliert hatte, leiten lassen? Ein guter Polizist hätte das gleich hinterfragt und nicht einfach so hingenommen. »Die Angehörigen sind unverzüglich zu informieren«, hatte sein Ausbilder immer gesagt. Und jetzt das. Bei Dellers Schwester waren sie gestern Nachmittag gewesen. Sie hatten die Frau zwar nicht angetroffen, aber einen Zettel mit der dringenden Bitte um Rückruf hinterlassen. Der stand noch aus.

Sie mussten so schnell wie möglich nach Bilzingsleben, um Frau Blähmann aufzusuchen, und am besten auch gleich noch mal bei der Schwester von Deller in Kindelbrück vorbeischauen. Danach waren die Wohnungen der anderen beiden Opfer zu sichten. Und die Damen, die mit Dieter Blähmann geputzt hatten, mussten befragt werden.

Eilig blätterte Kohlschuetter in seinem Notizbuch nach den Namen, die der Pfarrer ihm diktiert hatte. Dann sprangen seine Finger über die Tastatur, und der Computer spuckte eine Adresse nach der anderen aus. Als Kohlschuetter gerade dabei war, die Namen der drei Ermordeten der Vollständigkeit halber auch noch durch die Polizeidatenbank zu jagen, flog mit einem Ruck die Bürotür auf.

»Morgen!« Eine kleine, ziemlich korpulente Frau kam, ohne Kohlschuetter eines Blickes zu würdigen, hereingeschossen und steuerte schnurstracks auf Bernsen zu. Sie trug eine weiße knielange Kittelschürze, die über ihrem ausladenden Gesäß so gefährlich spannte, dass sie hinten deutlich kürzer war als vorn. Ihre nackten, auffallend behaarten Beine, die sie allem Anschein nach schon ihr ganzes Leben sorgsam vor der Sonne schützte, stachen darunter hervor. Die Füße steckten bar jeden Strumpfes in ebenfalls weißen Plastiklatschen, was bei jedem ihrer Schritte ein unangenehmes Sauggeräusch an ihren Fußsohlen verursachte. Auf ihren fleischigen Armen trug sie ein großes silbernes Tablett, das etwas Schlagseite bekam, als sie es mit der einen Hand losließ, um Bernsens Aktenberge beiseitezuschieben. Nachdem das geschehen war, platzierte sie es mit Schwung auf seinem Schreibtisch. »Friedhelm Bernsen. Sie müssen etwas essen«, piepste sie angestrengt laut. »Unser Land braucht Sie.«

Kohlschuetter, der das Schauspiel regungslos von seinem Platz aus beobachtet hatte, traute seinen Augen und Ohren kaum. Bernsens breite Nase fing unter der Schildmütze tatsächlich an zu wackeln.

»Was haben Sie mir denn mitgebracht, meine Liebe?«, erkundigte er sich mit rauer Stimme. Offenkundig war der Kollege des Sprechens wieder fähig. Allerdings konnte Kohlschuetter nicht erkennen, ob er auch seine Augenlider wieder bewegte. Der Seehund verwehrte den Blick.

»Hering in Aspik, Matjes, Rührei mit Räucherforelle, der Lachs war leider aus, drei Brötchen, Butter, eine Kanne Kaffee mit Milch ohne Zucker, eine Flasche Wasser, ein Schweinsohr zum Nachtisch. Ach, und natürlich ein ordentliches Stück Ihrer Lieblingswurst. Die echte Knackwurst von ›Die Thüringer‹, die mögen Sie doch so gern«, sagte sie, und Kohlschuetter meinte zu hören, dass die Stimme der Dame dabei nervös zitterte.

Quasi in Zeitlupe fasste Bernsen nach seiner Mütze und schob sie nach hinten. Neugierig scannte er die soeben angekündigten Speisen. »Jaah«, stöhnte er sodann freudig, nachdem er alles genau so vorgefunden hatte, wie es ihm aufgezählt worden war. Er schwang mit erstaunlicher Schnelligkeit die Beine vom Tisch herunter, knallte die Latschen auf den Fußboden, schob die Füße hinein, rückte seinen Stuhl zurecht und schaute die Dame erwartungsvoll an. Mit flinken Händen baute sie sein Frühstück vor ihm auf. Nachdem alles äußerst einladend angerichtet war, griff sie in ihre Schürzentasche und zog zwei Aspirin plus C hervor. Sie drückte die Tabletten aus der Verpackung in ein Glas, öffnete die Flasche und goss Wasser darüber. Während sie anfingen zu sprudeln und sich das Wasser in eine milchig-trübe Flüssigkeit verwandelte, schob sich Bernsen einen dicken Happen vom Aspikhering in den Mund. Kohlschuetter, der so früh am Morgen nicht einmal das Stück Knackwurst herunterbekommen hätte, schluckte angewidert.

»Sehr gut, meine Liebe. Aber Sie wissen schon, dass ich mein Thüringer Waldquell am liebsten medium trinke«, schmatzte Bernsen mit vollem Mund.

Die kleine Frau lief knallrot an. »Ich … ja, ich weiß, aber das war aus«, stammelte sie aufgelöst und trippelte dabei von einem Bein aufs andere. »Entschuldigung.«

Bernsen schien sie nicht zu hören. Er drückte seinen Daumen in eines der Brötchen und riss es durch Schieben und Zerren längsseitig auf. Zwei rosa Matjesfilets landeten zwischen den beiden Hälften. Dann kaute er zufrieden.

»Ich komme dann nachher wieder, um das Geschirr abzuholen. Guten Appetit«, piepste die Frau sichtlich betroffen und verschwand so schnell, wie sie gekommen war.

Kohlschuetter saß schweigend hinter seinem Schreibtisch und beobachtete den Kollegen. Was auch immer hier gerade abgegangen war, es hatte dazu geführt, dass Bernsen sich wieder am Alltag der Thüringer Kriminalpolizei beteiligen konnte. Damit bestand ja noch Hoffnung für den heutigen Tag.

»Auch eins?« Bernsen hielt ein zweites soeben fertiggestelltes Matjesbrötchen in die Luft. »Sind ausgezeichnet.«

Kohlschuetter winkte hastig ab.

Bernsen biss kraftvoll in das Brötchen. »Oder lieber von der Wurst? Die ist wirklich spitze«, nuschelte er.

»Nein danke«, antwortete Kohlschuetter leicht gereizt. Sein Blick fiel auf den halben Knackwurstring, dessen würzig-rauchiger Geruch eine interessante Liaison mit dem Duft des

Fischbrötchens einging. Bernsen musste einen wirklich robusten Magen haben – und alle Zeit der Welt. »Ich will ja nicht drängeln, aber wir müssen dringend nach Bilzingsleben. Wenn Sie Ihr Katerfrühstück bitte zügig beenden könnten?«

»Neidisch?«, fragte Bernsen zwischen zwei großen Schlucken Kaffee, mit denen er geräuschvoll die Fischreste zwischen seinen Zähnen herauszuspülen versuchte. »Bloß noch das Ei, wo sich die Liese schon solche Mühe gemacht hat. Hauptsache, es ist nicht wieder versalzen. Die Knackwurst von ›Die Thüringer‹ packe ich ein. Als Wegzehrung.« Ohne mit der Wimper zu zucken, fummelte er unter einem Aktenstapel eine Serviette mit Nordsee-Logo hervor und wickelte die Wurst darin ein. »An ein Butterbrotpapier hätte Liese aber schon denken können.«

Kohlschuetter schaute ihn mit großen Augen an. Liese hieß sie also, die Frau, die gerade eine Mordermittlung gerettet hatte. »Sie wollen bei den Temperaturen eine Wurst im Auto bunkern?«

Bernsen hielt einen Moment inne. »Sie haben recht. Schade drum. Ich hebe sie mir für das Abendessen auf.« Sichtlich erfreut über diese Aussicht zog er die oberste Schublade an seinem Schreibtisch auf und legte die Wurst hinein.

Kohlschuetter schüttelte den Kopf.

»Jetzt gucken Sie doch nicht so. Es fällt eben auf, wenn ich mal nicht pünktlich zum Frühstück in der Kantine der BePos bin.«

»In der Kantine der Bereitschaftspolizei?« Kohlschuetter riss der Geduldsfaden. »Sie wollen mir doch wohl nicht erzählen, dass diese Frau um kurz nach sieben am Morgen mit einem schweren Tablett auf dem Arm einen halben Kilometer Fußmarsch durch die Stadt zurückgelegt hat, weil sie es einfach nicht ertragen konnte, dass Friedhelm Bernsen kein Frühstück bekommt?«

Er erhielt keine Antwort. Bernsen kaute und grinste nur selbstzufrieden.

***

Das Dorf Bilzingsleben, in dem an einem Mittwochvormittag nicht mehr oder weniger los war als in jeder anderen kleinen

Gemeinde Thüringens, lag verschlafen am Ufer der Wipper. Der schmale Fluss, der unweit von hier die Muschelkalkfelsen der Hainleite durchbrach, umrundete den Ort von Norden her kommend fast vollständig und verlieh ihm dadurch seine natürlich begrenzte, nahezu kreisrunde Siedlungsstruktur. Das einstige Wehrdorf bestach schon lange nicht mehr durch seine mittelalterlichen Schutzanlagen, die früher seinen besonderen Status als Stammsitz derer von Bültzingslöwen, ein thüringisches Uradelsgeschlecht, sicherten, sondern durch seine idyllische Lage und einen herrlichen Blick in das Thüringer Becken. Ferner, und dies wog ungleich mehr, verfügten die Bilzingslebener über die tradierte liebenswerte Eigensinnigkeit, mit Stolz und Findigkeit alles daranzusetzen, sich von anderen Gemeinden zu unterscheiden. Das über die Jahrhunderte gelebte Anderssein, die besondere Stellung dieses kleinen, 1174 erstmals erwähnten Bauerndorfes, hatte sich bis heute im Selbstverständnis der Menschen erhalten und schien so tief zu sitzen, dass nichts und niemand es erschüttern konnte.

Kohlschuetter drosselte das Tempo und fuhr in Bilzingsleben ein.

»Was ist das denn?«, fragte Bernsen und zeigte auf ein großes Hinweisschild am Straßenrand, auf dem ein Urmensch abgebildet war. »Ein Hinweis auf die Bewohner?« Er lachte laut.

»Auf die früheren«, antwortete Kohlschuetter grinsend. »Hier muss es eine archäologische Ausgrabungsstätte, ein Museum oder so etwas geben.«

Das Dorf war wie ausgestorben, nur ein einziger Mensch war zu sehen. Der alte Mann im Rollstuhl, auf dessen Knien eine karierte Wolldecke lag, stand mit seinem Gefährt mitten auf dem Gehweg vor einem Hotel und fuchtelte aufgeregt mit den Armen. Kohlschuetter trat auf die Bremse. Der Wagen kam vor dem Alten zum Stehen, und Kohlschuetter betätigte den elektrischen Fensterheber. Der Mann hatte sein Winken ruckartig eingestellt und schaute die beiden Polizisten mürrisch an. Es war der Vater von Klaus Fischer, dem Inhaber der Waldgaststätte Cleric, bei dem sie gestern mittaggegessen hatten. Der alte Herr schien schon eine geraume Zeit hier auf sie gewartet zu haben, um ihnen etwas mitzuteilen, denn er murmelte ein knurriges »Na endlich« und kam ohne Umschweife zur Sache.

»Gerda Blähmann wohnt da unten«, er zeigte in die Richtung, aus der die Kommissare gerade gekommen waren. »Sie hat noch keine Ahnung, ist schon ein bisschen … na ja, Sie wissen schon.« Er bewegte die rechte Handfläche vor seinem Gesicht hin und her. »Außerdem geht sie nie ins Dorf. Das Haus vom Deller finden Sie da«, ein Daumenzeig nach hinten folgte, »aber erschrecken Sie bloß nicht. Und das von dem armen Enrico«, er seufzte, »steht immer der Nase nach am Ende des Dorfes.« Er hielt einen Moment inne und fuhr sich mit der Zunge über die trockenen Lippen, sprach aber in resolutem Ton weiter, ehe einer der beiden Kommissare etwas erwidern konnte. »Und nur dass eines klar ist, mein Junge hat zwar einen an der Waffel, aber mit den drei Kerlen hat er nichts zu tun. Dass Sie mir bloß nicht auf dumme Gedanken kommen.« Der Rollstuhl fing leicht an zu wackeln, so sehr zappelte er darin herum. »Wir sind hier gelandet, weil er den Samariter spielen wollte, weiß der Teufel, was bei seiner Erziehung damals falsch gelaufen ist. Aber das kriegen Sie bei einem so alten Knacker ja nicht mehr raus. Außerdem sind die hier ansonsten alle bekloppt, aber das werden Sie schon noch merken.« Er nickte energisch, so als wollte er seine Worte damit unterstreichen, löste die Handbremse an seinem Rollstuhl, setzte mit erstaunlich kraftvollem Griff einen halben Meter zurück, drehte um und fuhr davon. »Wäre ich nur in Hamburg geblieben«, hörten sie ihn beim Wegfahren schimpfen.

»Na ja, dann werden wir Herrn Fischer junior nachher erst recht noch mal einen Besuch abstatten«, meinte Kohlschuetter süffisant und wendete den Wagen in der Einfahrt zum Hotel, in das der Alte gerade verschwunden war.

Bernsen nickte geistesabwesend und stellte erstaunt fest, dass das Frühstück aus der Bereitschaftspolizeikantine wahre Wunder bei der Restalkoholbekämpfung bewirkte. Er fühlte sich erstaunlich fit und im Kopf klar genug, um seinem Umfeld wieder die erforderliche Aufmerksamkeit zuteilwerden zu lassen. Auch wenn er keine Ahnung hatte, was der Kollege Kohlschuetter gerade von sich gegeben hatte. Der Auftritt des alten Mannes beschäftigte ihn weitaus mehr. Der alte Fischer erinnerte ihn nämlich an seinen längst verstorbenen Vater und ihr schwieriges Verhältnis zueinander. Hinz Bernsen, der groß gewachsene, kräftige Feuerwehrmann, der am 31. Januar 1953 zu den unermüdlichsten und tapfersten Helfern der großen Nordsee-Sturmflut gehört hatte und dafür vom Bundeskanzler Adenauer sogar persönlich ausgezeichnet worden war. Gegen ihn war der kleine Polizist Friedhelm ein Niemand gewesen, die Schande der Fluthelferdynastie Bernsen. Und das war er auch geblieben, selbst als Kriminalhauptkommissar mit Buschzulage. Erst recht, da er sich am 9. November 2007, als der Orkan Tilo die Bremer Weserpromenade flutete, in Erfurt aufgehalten hatte. Das hatte ihm sein Vater nie verziehen. Glücklicherweise war das von Xaver verursachte Hochwasser im Jahr 2013 nicht nur für Bremen, sondern auch für ihn selbst folgenlos geblieben. Sein Vater hatte das schon nicht mehr erlebt. Geblieben war Bernsens wie eingebranntes schlechtes Gewissen bei jeder Sturmflut an der Deutschen Bucht, deren Folgen er nicht im selbstlosen Einsatz bekämpfen konnte, auch wenn das von einem Polizisten im Dienst des Freistaates Thüringen niemand erwartete. Was aber noch weitaus schwerer wog, war sein zeit seines Lebens schwelendes Minderwertigkeitsgefühl, das nicht allein, wie man vielleicht annehmen konnte, durch seinen kleinen Wuchs, sondern gleichermaßen aus seinem so implementierten Vaterkomplex heraus entstanden war und das er durch seine bärbeißige, zuweilen unmögliche Art zu übertünchen versuchte. Was ihm, wenn man den Kollegen der Erfurter Polizeiinspektion und allen, die ihn näher kennenlernen durften, Glauben schenkte, ganz vortrefflich gelang.

Er war mit den Gedanken noch bei der alten Feuerwehruniform seines Vaters, die seine Rotfeder vor Jahren unter verstärktem Einsatz von Mottenkugeln in den Keller verfrachtet hatte, als Kohlschuetter bereits den Wagen vor dem Haus der Blähmanns geparkt hatte und ausgestiegen war. Sein penetrantes Klopfen gegen die Scheibe des Beifahrerfensters brachte Bernsen dazu, hektisch den Wagen zu verlassen, ohne seine Sonnenschutzprozedur durchzuführen.

»Nehmen Sie wenigstens diese alberne Mütze ab. Sie sehen so schon zum Fürchten aus.« Kohlschuetter stand auf dem Gehweg vor einer heruntergekommenen und überaus niedrigen Hauseingangstür, die nicht so aussah, als könnte er hindurchtreten, ohne den Kopf einziehen zu müssen, und drückte auf das vergilbte Klingelschild mit dem Namen »Blähmann«.

»Ich möchte Sie mal sehen, wenn Sie eine solche Nacht hinter sich haben.« Bernsen erinnerte sich mit Grauen an die Stunden in seinem Schlafzimmer zurück. Ein entsetzlicher Traum hatte ihn heimgesucht, von einem nackten Frank Schöbel, der seine Rotfeder, die nichts als ein knallrotes Badehandtuch um ihre Brüste trug, im Arm hielt und sie zum Traualtar der St.-Ulrich-Kirche in Kindelbrück führte, wobei er mit schriller Stimme immer wieder den Refrain von »Heißer Sommer« kreischte. Am Altar waren die beiden vom Pfarrer erwartet worden, der wie auf Droge durch das Gotteshaus tänzelte und mit Äpfeln jonglierte. Als einer der Äpfel zu Boden fiel und frisches Blut herausspritzte, war Bernsen schweißnass aufgewacht. Auch jetzt noch überkam ihn bei dem Gedanken daran ein Schaudern. Was war er froh gewesen, als er realisiert hatte, dass er allein in seinem Bett lag und weder Frank Schöbel noch seine Rotfeder zugegen waren und dass seine jämmerlichen Kopfschmerzen nicht von einem Schlag mit Schöbels Gitarre, sondern von den Biermengen, die er gestern Abend in Sömmerda zu sich genommen hatte, herrührten. Innerhalb von Sekunden war der Film des gestrigen Tages vor seinem geistigen Auge abgelaufen, einschließlich der alles in den Schatten stellenden Sorge, dass er womöglich nicht pünktlich in seinen diesjährigen Sommerurlaub starten konnte. Getrieben von dieser Befürchtung hatte er sich ungeachtet seines erbärmlichen Zustandes in die Polizeiinspektion begeben, um so schnell wie möglich die Ermittlungsarbeit wiederaufzunehmen. Von dem Punkt an bis zu seinem opulenten Morgenmahl erinnerte er sich an nichts, was ihn jedoch nicht weiter beunruhigte. Kohlschuetter hätte niemals zugelassen, dass ihn der Chef so sah, davon war er felsenfest überzeugt, auch wenn er den Jungspund aufgrund seiner ständigen, überaus lästigen Streberei für ziemlich seltsam hielt. Von den ostdeutschen Allüren mal ganz abgesehen. Aber immerhin waren ja sogar die Ossis lernfähig, irgendwie, und er würde sich den Kollegen schon noch hinbiegen.

Bernsen schob die Schirmmütze nach hinten, kniff die rot geränderten, glasigen Augen zusammen, krempelte zügig seine Hemdsärmel nach oben und begutachtete den brüchigen Fassadenputz und die abgeplatzte Farbe an den Fensterrahmen des schmalen, einstöckigen Einfamilienhauses.

Er wollte gerade anfangen zu meckern, dass er seine Zeit auch nicht im Lotto gewonnen hatte, da öffnete eine hagere Frau mit auffallend runzeliger Haut und einem leicht ängstlichen Blick die Tür. Ihre strähnigen grauen Haare hatte sie zu einem Dutt zusammengesteckt, wobei ein nicht unerheblicher Teil durchgeflutscht sein musste, denn der hing ihr lose bis auf die linke Schulter. Sie trug eine lange geblümte Schürze, die fast bis zu ihren Waden reichte und aus deren rechter Tasche ein Rosenkranz hing. Ihre Füße steckten in einem Paar abgewetzter Flanellhausschuhe. Sie hatte Kohlschuetter nur mit einem flüchtigen Blick gestreift und starrte unentwegt auf Bernsen.

»Ich würde Ihnen ja etwas Geld geben, aber ich habe selbst nicht viel«, erklärte sie mit hoher Fistelstimme. »Etwas zu essen kann ich Ihnen aber gern holen.«

Bernsen schaute irritiert an sich herab, richtete dann ein wenig den Kragen seines Hemdes, zog es am Saum nach unten, um die Falten etwas zu glätten, und bedeutete Kohlschuetter mit einem verlegenen Kopfnicken, dass er doch bitte das Reden übernehmen sollte.

Der Kollege brachte Frau Blähmann mit seiner ruhigen, verbindlichen Art und unter Zuhilfenahme seines Dienstausweises tatsächlich dazu, sie ins Haus zu lassen. Allerdings schien sie noch immer zu denken, dass zumindest einer von ihnen ihre Hilfe nötig hatte, denn sie führte sie in die Küche, ließ sie Platz nehmen und schob jedem einen Teller mit frisch geschmierten Fettbroten hin, die sie, den beiden Tassen und der Kaffeekanne auf dem Tisch nach zu urteilen, eigentlich als Frühstück für sich und ihren Sohn zubereitet hatte.

Der Raum war sehr ordentlich, aber mehr als ärmlich eingerichtet. Das Mobiliar bestand eigentlich nur aus einem windschiefen Spülschrank, dessen Emaillebecken von Kratzern übersät war und über dem ein alter Kunststoffboiler unentwegt rauschte, einem fleckigen Gasherd, auf dem zwei graue Aluminiumtöpfe standen, und mehreren zusammengewürfelten billigen Küchenmöbeln, deren Kunststoffoberflächen ebenso tiefe Risse zeigten wie ihre Polsterung. Neben der Tür hing ein großes hölzernes Kreuz, um dessen Jesusfigur ein verblasster gelbgrünlicher Zweig geschlungen war, der, den wenigen verbliebenen Blättern nach zu urteilen, von einem Buchsbaum stammen musste. Direkt darunter hielten vier Reißzwecken einen Malitex-Wandkalender an der abgenutzten Raufasertapete, auf dessen altem, schwerem Stoff lediglich noch eine »1988« und die verblichene Andeutung eines sowjetischen Floraldrucks an das entsprechende Jahr erinnerte. Frau Blähmann schien das Relikt aus dem VEB Malitex Hohenstein-Ernstthal in Ehren zu halten und regelmäßig zu waschen. An der Sonne, die ihren Weg durch das kleine, mit Kakteen zugestellte Kastenfenster nur mühsam fand, konnte es jedenfalls nicht liegen, dass die einstige »Bückware«, wie man schwer zu erstehende Güter in der ehemaligen DDR genannt hatte, so blass geworden war. Denn auch an einem sonnigen Tag wie diesem konnten die Blähmanns nicht auf das künstliche Licht der Neonröhre über der Arbeitsplatte verzichten.

Das einzig Moderne in diesem Raum war ein großer Kühlschrank, an dem ein auffallend neues und dicht beschriebenes Kalenderblatt des Monats August klebte, das Bernsen interessiert beäugte. Während er das tat, erklärte Kohlschuetter der alten Frau einfühlsam den Grund für ihr Kommen. Als er geendet hatte, schaute sie ihn eine Weile mit entsetztem Gesichtsausdruck an. Dann schob sie noch einmal den Teller mit den Broten in seine Richtung, nickte ihm auffordernd zu, zog den Rosenkranz aus ihrer Tasche und begann, inbrünstig mit geschlossenen Augen ein Gebet zu murmeln.

Bernsen musterte sie verstohlen und winkte Kohlschuetter zu sich heran, um ihm den Plan am Kühlschrank zu zeigen. Fein säuberlich und mit spitzer Bleistiftmine war darauf an jedem Montag einer der Namen der umliegenden Kirchen vermerkt. Dahinter standen Uhrzeiten sowie die vier immer gleichen weiblichen Vornamen mit den dazugehörigen Handynummern. In den nächsten beiden Wochen fand sich hinter dem Namen der einen oder anderen Dame ein kleines Fragezeichen, wobei die Einträge keine Systematik erkennen ließen.

»Montag, achtzehn Uhr, St. Ulrich, Magda, Ute, Sandra, Jenny«, las Bernsen laut. »Und dann um zwanzig Uhr Sauna.«

»Den ersten Termin kennen wir ja. Die Namen der Damen auch.« Kohlschuetter zog sein Notizbuch aus der Hosentasche, blätterte, bis er den Eintrag gefunden hatte, und nickte nach einem kurzen Abgleich bestätigend. »Die Putzkolonne, von der der Pfarrer sprach. Hatte ich eigentlich schon erwähnt, dass die Damen alle in Kindelbrück leben? Und die toten Jungs sind sauber, was unser Strafregister angeht.«

»Hatten Sie nicht, aber das hilft uns jetzt auch nicht weiter«, antwortete Bernsen, ohne die Augen von dem Kalender zu lassen.

»Es sieht ganz so aus, als hätte Dieter Blähmann auch in Bilzingsleben, Frömmstedt, Kannawurf und Riethgen geputzt«, bemerkte Kohlschuetter, nachdem er die Kalendereinträge überflogen hatte.

»Richtig. Und er hat das Ganze, wenn ich das hier richtig deute, obendrein auch noch organisiert. Er war sozusagen der Dispatcher.«

Kohlschuetter blickte Bernsen überrascht an. »Wie kommen Sie denn auf dieses Wort? Dispatcher, das habe ich zuletzt bei meinem Vater in der LPG Leimbach gehört.«

Bernsen zuckte ratlos mit den Schultern.

»Das ist ein typisches DDR-Wort, eigentlich ein sowjetischer Anglizismus, eine Berufsbezeichnung für jemanden, der die Prozesse und Abläufe und damit die Planerfüllung kontrolliert. Im Westen war das doch gar nicht so verbreitet, oder?« Kohlschuetter grinste.

Bernsen machte ein Gesicht, als würde er sich am liebsten die Haare raufen. »Ich wusste es. Jetzt fange ich schon an zu quatschen wie die Ossis. Wer weiß, was als Nächstes folgt. Wahrscheinlich zwinge ich bald jedem bei der Begrüßung meinen Händedruck auf oder bringe, wenn ich irgendwo eingeladen bin, meine Pantoffeln mit«, jammerte er.

»Da Sie nie irgendwo eingeladen sind, würde ich mich deswegen nicht sorgen«, entgegnete Kohlschuetter trocken. Er schob die Magnete beiseite, die das Kalenderblatt hielten, und nahm es vom Kühlschrank. »Wir sollten das mitnehmen.« Als er Bernsens irritierten Blick sah, ergänzte er: »Als Beweismittel.«

»Ich dachte schon, na ja, ihr aus dem Osten könnt doch alles gebrauchen.«

Kohlschuetter wollte gerade etwas Bissiges entgegnen, als das Beten verstummte.

»Mein Dieter war ein ganz Guter. Immer im Dienst unseres Herrn«, sagte Frau Blähmann salbungsvoll. Ihre Stimme klang nun erstaunlich fest.

Das sind wir auch, dachte Bernsen. Nur heißt unserer Chef und schikaniert seine Mitarbeiter. »Was hat Ihr Sohn denn mit dem Putzdienst in den Kirchen verdient?«, wollte er wissen.

Frau Blähmann öffnete die Augen weit und schaute die Kommissare empört an. »Den Lohn Gottes.« Sie bekreuzigte sich und begann dann freimütig und mit Stolz in der Stimme zu erzählen. Trotz der schrecklichen Nachricht schien ihr Mitteilungsbedürfnis ungebrochen zu sein.

Dieter Blähmann hatte 1994 mit gerade einmal dreiundzwanzig Jahren seinen Job in der Kindelbrücker Kofferfabrik, einem Traditionsunternehmen, das seit 1911 am Standort Reisegepäck fertigte und seine Produkte zu DDR-Zeiten in alle Welt exportiert hatte, verloren und war seither arbeitslos gewesen. Angeblich hatte er nach dem Konkurs des Unternehmens mehrfach versucht, in anderen Bereichen unterzukommen, doch das war jedes Mal daran gescheitert, dass er nicht die geeignete Qualifikation mitbrachte, weil seine Vorgesetzten beim VEB Dieter Blähmanns Managementfähigkeiten unterschätzt und ihm die Übernahme von Leitungsfunktionen verwehrt hatten.

Mutter und Sohn lebten fortan von Sozialhilfe beziehungsweise seit einigen Jahren von ihrer schmalen Rente aus der stundenweisen Beschäftigung in ebenjener Kofferfabrik und von Hartz IV. Ihr Leben hatten beide der Kirche gewidmet, wobei Gerda Blähmann sich nicht erinnern konnte, wann genau ihre Frömmelei angefangen hatte.

Dass sie ihren Dieter in dessen Kindheit weder taufen noch konfirmieren ließ, das wusste sie noch genau und begründete es mit den damaligen sozialistischen Lebensverhältnissen, die einem Atheisten bessere Karrierechancen boten. Mit denen sei es nach dem Ende der DDR aber ohnehin vorbei gewesen, und so konnte ihr Dieter sich genau wie sie seiner wahren, all die Jahre unterdrückten Bestimmung, nämlich dem christlichen Glauben, widmen. Was er als treibende Kraft bei sämtlichen Kirchenreinigungsaktionen, beim Schmücken der Gotteshäuser zu Feiertagen, bei der Organisation von Gebetskreisen oder christlichen Krabbelgruppen und bei ausgiebigen Spendensammlungen auch tat. Wegen seines zeitaufwendigen Engagements in der Gemeinde sei ihm, so beteuerte Frau Blähmann, keine Zeit für eine Frau oder intensive Freundschaften geblieben. Auch sein Privatleben war Gott gewidmet. Nur montags ging er sommers wie winters hier in Bilzingsleben im Landhotel »Altes Pfarrhaus« in die Sauna. An diesem Abend, vorgestern, hatte Gerda Blähmann ihren Sohn auch das letzte Mal gesehen. Dass er zwei Nächte nicht nach Hause gekommen war, hatte sie nicht weiter beunruhigt, da er im Sommer des Öfteren seine Tage im Wald verbrachte und gelegentlich vor dem Altar der Bilzingslebener St.-Wigberti-Kirche schlief. Angeblich, und darauf beharrte sie, sei dies aber seine einzige kirchliche Schlafstätte gewesen.

»Wenn Sie mich fragen, hatte der voll einen an der Klatsche. Wer schläft denn in einer Kirche? Und haben Sie das ganze Zeug in seinem Zimmer gesehen?«, schimpfte Bernsen, als sie eine halbe Stunde später mit zwei dicken, in Alufolie eingepackten

Fettbroten das Haus der Blähmanns wieder verlassen hatten und im Auto saßen. »Das sah ja fast wie im Petersdom aus.«

Kohlschuetter nickte nur. Er schien zu überlegen.

Bernsen schwieg nun ebenfalls und dachte darüber nach, wieso man sich als überdurchschnittlich intelligenter Mann, so hatten es zumindest Blähmanns Schul- und Facharbeiterzeugnis bescheinigt, ohne körperliche Gebrechen und sonstige Auffälligkeiten schon in jungen Jahren damit begnügte, vom Staat zu leben und in eine fast schon wahnhafte Frömmigkeit abzudriften. Außerdem fragte er sich, was das für ein Mensch gewesen sein musste, der ein überlebensgroßes Triptychon mit handgemalten Bibelszenen in seinem Schlafzimmer aufstellte, von den Dutzenden Jesusbildchen, Kreuzen in allen Größen und Farben sowie den zahlreichen Kerzen mal ganz abgesehen. Auf einmal schien es ihm gar nicht mehr so abwegig, dass Blähmann ab und zu vor einem Altar geschlafen hatte. Die Kirchenatmosphäre seiner eigenen vier Wände, so mutmaßte Bernsen, war ihm dann höchstwahrscheinlich zu popelig vorgekommen, und er hatte eine stärkere Dröhnung gebraucht. Wie immer es auch gewesen war, Bernsen empfand es als eine Ironie des Schicksals, dass Blähmann ausgerechnet in einer Kirche umgebracht worden war, konnte sich aber keinen Reim darauf machen.

»Vielleicht hat er am Montag ja ausnahmsweise in St. Ulrich campiert«, sagte Kohlschuetter. »Dort könnte er überrascht und für einen Einbrecher gehalten worden sein.«

»Hat Ihre Susi Kampfspuren in der Kirche gefunden? Denn man kann ja wohl davon ausgehen, dass so ein großer Kerl sich gewehrt und, noch viel wichtiger, seine Kirche verteidigt hat. Oder wenigstens seine Hose. Er wird ja nicht nur mit einem umgebundenen Handtuch dort gepennt haben? Wie ich Susi kenne, hat sie den Bericht heute früh schon fertig gehabt, und *Sie* haben ihn bestimmt intensiv gelesen.«

»Nichts gefunden«, brummte Kohlschuetter und parkte den Wagen vor dem Haus von Enrico Machte, in dem die KTU, den Autos mit Erfurter Kennzeichen nach zu urteilen, bereits zugange war. Er griff hinter sich, wo der Bericht der Kriminaltechnik lag, den er vor dem Losfahren auf die Rückbank geworfen hatte, und reichte Bernsen die Akte, die dieser im Schnelldurchgang überflog.

***

Als sie das kleine, unscheinbare Haus mit dem verwilderten Vorgarten betraten, wimmelte es im Erdgeschoss nur so von Kollegen in weißen Tyvekanzügen, die den Kommissaren freundlich zunickten, sich ansonsten aber nicht weiter stören ließen. Das Innere des Hauses stand im auffälligen Gegensatz zum äußeren eher maroden Eindruck. Die Zwischenwände in der unteren Etage waren vollständig entfernt worden, sodass ein rund sechzig Quadratmeter großer Raum entstanden war, der durch seinen mit mattschwarzen Fliesen ausgelegten Fußboden und die grellweißen Wände ausgenommen edel wirkte. Die spärliche Möblierung bestand aus einem breiten Bett mit einer bis an die Zimmerdecke reichenden lederbezogenen Rückwand, einem ebenso ausladenden XXL-Sofa, einer mindestens sechs Meter langen Küchenzeile, die an Elektrogeräten alles aufwies, was der Markt an Hochpreisigem zu bieten hatte, und einer kleinen, direkt gegenüber befindlichen Bar, deren Spirituosenangebot eine ganze Fußballmannschaft lahmlegen konnte und neben der vier verchromte Hocker standen. Hin und wieder klickte der Auslöser eines Fotoapparates und leuchtete gleichzeitig irgendwo in einer Ecke ein Blitzlicht auf, das fast das gesamte Zimmer für Sekunden ausleuchtete. Obwohl es helllichter Tag war und die Sonne ebenso kräftig wie schon in den letzten Tagen schien, ließen die schmalen, mit schwarz glänzenden Aluminiumjalousien verhangenen Fenster kaum Licht herein.

Bernsen kniff die Augen zusammen. »Beim besten Willen, Kollegen, wieso macht ihr denn nicht das Licht an? Also wirklich, so kann man doch nicht arbeiten.« Er drehte sich um, erspähte eine lange Schalterreihe direkt neben der Eingangstür und drückte schwungvoll einen nach dem anderen nach unten.

Schlagartig herrschten in dem Raum Lichtverhältnisse, die

an die kalte, gleißende Beleuchtung eines OP-Saales erinnerten, was dazu führte, dass man nun den überdimensionalen Flachbildfernseher an der Wand gegenüber des Bettes sehen konnte, der sich durch die Stromzufuhr automatisch angeschaltet hatte und ein flackerndes Kaminfeuer zeigte, das bei diesem grellen Licht jedoch extrem schwer zu erkennen war. Dazu dröhnte eine abscheuliche Musik durch das ganze Haus, deren Ursprung nicht genau zu lokalisieren war. Die Jalousien bewegten sich ratternd nach oben, und eine Discokugel in der Deckenmitte begann sich zu drehen, wobei deren Farbspiele bei dem Flutlicht ebenfalls effektlos blieben.

»Scheiße«, schrie Bernsen, während er versuchte, das Chaos zu beseitigen, und wie wild auf sämtliche Schalter hämmerte, um den zu finden, der das Licht anließ, aber die Musik abstellte. Nach mehreren Versuchen gelang es ihm. Neugierig inspizierte er die Wohnung. »Was ist das denn?«

Hinter dem Sofa war ein zwei Meter hoher und mindestens drei Meter breiter Glaskasten in die Wand eingelassen, der in einem angenehm warmen Licht ausgeleuchtet war. Darin befand sich ein blattloser, stark verzweigter, dicker Ast, um den ein Tau geschlungen war, das hin und wieder einen fetten Knoten aufwies. Der Ast erstreckte sich über die gesamte Breite der Vitrine. Auf dem Boden lag eine dicke Schicht Rindenmulch, in die in der äußeren rechten Ecke ein rundes, flaches Tongefäß von vielleicht dreißig Zentimetern Durchmesser eingedrückt war, das allem Anschein nach Wasser enthielt. Dahinter lag ein dicker Felsbrocken aus Muschelkalk, der erstaunliche fossile Einschlüsse hatte.

Bernsen stand, die Hände in die Hüften gestemmt, mit suchendem Blick vor dem Terrarium. Kohlschuetter stellte sich neben ihn und beäugte den Glaskasten ebenfalls interessiert. »So sieht also die Wohnung eines finanziell klammen Aushilfskellners aus«, meinte er. »Respekt.«

Bernsen knurrte zustimmend. »Aber wieso ist das Terrarium leer?«

»Vielleicht ist es nur eine Attrappe?«

»Und dann stellt er einen Napf mit Trinkwasser rein? Blödsinn.« Bernsen bückte sich und rüttelte vorsichtig an der Öffnungsklappe, die sich an der Unterseite des Glaskastens befand und von außen mit einem Riegel verschlossen war.

»Sieht aus wie für eine Riesenschlange. Vielleicht hat sie sich unter dem Rindenmulch verkrochen«, mutmaßte Kohlschuetter beiläufig.

Bernsen zog abrupt die Hand zurück. »Und wenn sie abgehauen ist?« Fast schon panisch drehte er seinen Kopf nach allen Seiten, trat zwei Schritte vom Sofa weg, schaute zur Decke, auf den Fußboden und dann mit weit aufgerissenen Augen zu Kohlschuetter.

»Klar doch. Und nachdem sie gegangen ist, hat sie ihr Zuhause ordnungsgemäß von außen abgeschlossen«, lästerte Kohlschuetter und deutete auf den Riegel am Terrarium. Er beugte sich nach vorn, sodass seine Nase fast das Glas berührte, und sagte mit leichter Verwunderung: »Sieh an, einen Abschiedsbrief hat sie auch hinterlassen.«

Ganz unten in einer Astgabelung, halb verdeckt von aufgewühltem Mulch, lag ein mittelgroßes hellgrünes Post-it. Kohlschuetter streifte sich einen Gummihandschuh über, öffnete die Klappe, fasste vorsichtig in das Terrarium und griff nach dem Zettel. »Ich bin dann mal weg. Deine Boa constrictor imperator«, stand in schwarzen Buchstaben darauf zu lesen. Jemand hatte sich die Mühe gemacht, die Worte aus der Zeitung auszuschneiden. Nicht, wie man es von anonymen Schreiben vielleicht erwartete, aus fetten, bunt gedruckten Überschriften irgendwelcher Zeitschriften, sondern aus einem ganz normalen Zeitungsartikel. Neun einzeln ausgewählte und neu aneinandergesetzte Worte in Schriftgröße neun oder zehn, die so akkurat ausgeschnitten und aufgeklebt waren, dass es schon fast lächerlich wirkte. Kohlschuetter fotografierte den Zettel mit seinem Handy, dann reichte er ihn einem der Kollegen von der KTU, damit dieser ihn in ein Beweismitteltütchen steckte.

»Da hat sich wohl jemand einen bösen Scherz erlaubt?«, sagte Bernsen unschlüssig. Es war mehr eine Frage als eine Feststellung.

»Ich kann mir auch keinen Reim darauf machen. Vielleicht weiß das hiesige Veterinäramt mehr. Da müssen die exotischen Viecher doch angemeldet sein«, antwortete Kohlschuetter nachdenklich.

»Wenn ihr hier fertig seid, solltet ihr euch mal die obere Etage angucken«, bemerkte Susi, die gerade durch die Hintertür eintrat.

»Da hat sich doch nicht etwa die Schlange versteckt?«, fragte Bernsen ängstlich.

Susi lächelte. »Die Transportbox, die er dort aufbewahrt, ist leer, keine Sorge. Aber da oben sollte demnächst sicherlich so etwas wie ein Spa-Bereich entstehen. Sauna, Infrarotkabine, Whirlpool. Alles, was man sich denken kann, und noch originalverpackt.«

Kohlschuetter nickte und ging an ihr vorbei auf die Tür zu.

»Der Weg nach oben führt über eine wackelige Außentreppe und ist ziemlich halsbrecherisch. Du solltest aufpassen«, riet sie ihm, während sie schon den Inhalt der Spülmaschine kontrollierte.

Bernsen drehte den Kopf zur Seite und kommentierte Susis besorgten Ratschlag mit einem Augenrollen. Dann tänzelte er auf die TV-Wand zu. Einer der Kollegen, der gerade ein am Bettrand stehendes Glas auf Fingerabdrücke untersuchte, lachte aus voller Kehle, verstummte jedoch schlagartig, als ihn Susanne Summers eisiger Blick traf.

Als Kohlschuetter kurze Zeit später wieder nach unten kam, saß Bernsen auf dem Bettrand und starrte gebannt auf den riesigen Bildschirm, auf dem eine junge Frau mit silberfarbener Bubikopfperücke gerade Freude daran zu haben schien, sich intensiv an Körperstellen einzuölen, die man normalerweise nicht zu Gesicht bekam. Ihre tiefrot geschminkten Lippen waren leicht geöffnet, und ab und zu raunte sie ihrem imaginären Beobachter etwas zu. Als sie gerade ihren Hintern, auf dem ein neckischer Leberfleck zu sehen war, in die Kamera hielt, endete der Film abrupt.

»So 'n Mist, Kabelsalat«, fluchte Bernsen, der bis dahin nicht bemerkt hatte, dass Kohlschuetter wieder neben ihm stand, angesichts seines Kollegen nun aber hektisch aufsprang und vor dem in die Wand eingelassenen DVD-Regal geschäftig auf und ab lief. Kohlschuetters belustigtes Grinsen ließ ihn hastig nach einer Handvoll DVDs greifen, die er dann, als wären es heiße Kartoffeln, auf das Bett feuerte. »Bis auf ein paar Actionkracher nichts als Pornos. Das muss alles konfisziert werden, alles.«

Kohlschuetter nickte bedächtig, wobei ihm die Schadenfreude ins Gesicht geschrieben stand. »Da der Schweinskram einem Norddeutschen verständlicherweise nicht liegt, sollte das wohl besser einer der schamlosen ostdeutschen Kriminaltechniker machen.«

Bernsen schmetterte ein viel zu lautes »Gut« heraus und ging in zügigen Schritten in Richtung Haustür. »Wenn Sie dann so weit sind? Wir können. Schließlich wartet auch noch das Haus von Martin Deller auf uns.«

Kohlschuetter, der das Grinsen immer noch nicht aus dem Gesicht bekam, folgte ihm leise pfeifend hinaus.

***

Kohlschuetter hatte zwar nicht mitgezählt, aber seit er mit Bernsen auf dem Parkplatz des Landhotels »Altes Pfarrhaus« stand, waren gut ein Dutzend Leute zu ihnen an den zivilen Dienstwagen getreten, um sie nach der Uhrzeit zu fragen, ihnen Hilfe mit dem vermeintlich liegen gebliebenen Wagen anzubieten oder sie einfach nur anzustarren. Einer hatte sogar ihr Autokennzeichen notiert und sie mit erhobenem Zeigefinger darauf aufmerksam gemacht, dass das Parken den Gästen des Hotels vorbehalten war.

Irgendwann war der Zustrom an Menschen aus unerklärlichen Gründen versiegt, und Kohlschuetter hatte alle Fenster des Wagens heruntergelassen, die Lehne seines Sitzes leicht nach hinten gestellt und sich bequemer hingesetzt. Bernsen saß mit verschränkten Armen neben ihm, machte laute Atemübungen und starrte mit ausdruckslosem Gesicht und nach vorn geschobener Unterlippe Löcher in die Luft.

Das Landhotel bestand aus einem gelb getünchten zweigeschossigen Fachwerkhaus, an dessen Rückseite sich ein Neubau anschloss, der auf der Innenhofseite über einen im bayerischen Stil gezimmerten Holzlaubengang inklusive der dazugehörigen roten Geranien verfügte. Dieser Freiluftkorridor führte zu einem Teil der angebotenen Hotelzimmer, und man konnte an seinem hellen honiggelben Holz erkennen, dass er noch nicht lange Wind und Wetter ausgesetzt war. Unterhalb der Balustrade lagen zwei auf unterschiedlichen Höhen angeordnete Terrassen, die sich bis zu einem weiteren, aber deutlich kleineren Nebengebäude auf der gegenüberliegenden Seite hinzogen. Unterhalb der zweiten Terrasse begann der Garten des Hotels, der aus einer über die gesamte Breite der Gebäude lang gezogenen Rasenfläche bestand, die bis zu einer Feldsteinmauer reichte, vor der ein ovaler Pool in die Erde eingelassen war. Zwei strohblonde Jungs tobten darin herum, bewarfen sich gegenseitig mit Wasserbomben und quietschten freudig. Nur wenige Schritte entfernt stand ein von fetten Phoenixpalmen in Terrakottakübeln flankiertes hölzernes Poolhäuschen, in dem ein Mann hantierte, der den hellen Haaren nach zu urteilen der Vater der Kinder sein musste. Immer wieder kam er herausgelaufen, um prüfend auf das hellblaue Wasser zu schauen und dann mit einem Schulterzucken wieder zurück ins Häuschen zu gehen. Irgendwann, als er gerade wieder darin verschwunden war, fing das Wasser im Pool an, Wellen zu schlagen. Es dauerte einen Moment, bis er es bemerkte, dann rannte er mit einem lauten Jubelschrei zum Beckenrand und hüpfte beherzt hinein, derweil ihn die Jungs mit einer Salve Wasserbomben begrüßten.

Kohlschuetter, der das alles vom Parkplatz aus beobachtete, musste grinsen. Mit dem gesteigerten Geräuschpegel trat eine ältere Frau aus einem der Zimmer auf den Laubengang des Hotels, warf den Badenden einen unfreundlichen Blick zu, knallte mit heftigem Schwung ein Paar Wanderschuhe in die Geranienkästen, sodass die Blütenblätter hinabrieselten, und verschwand wieder im Haus. Kurz darauf erhob sich ein Herr, der auf der oberen Terrasse Zeitung gelesen hatte, ging mit schlurfenden

Schritten hinüber und entfernte die Schuhe aus der Blumenpracht. Dabei schüttelte er ärgerlich den Kopf.

»Sehen Sie den? Das ist doch der Fischer aus der Kneipe gestern«, sagte Kohlschuetter verwundert. Was hat der hier zu suchen?

»Ich erhole mich noch«, brummte Bernsen vom Nachbarsitz. Dann bewegte er schwerfällig den Kopf und schaute zum Hotel rüber. »Ja, den kenne ich, das ist der mit den leckeren Forellen.«

Daran erinnert er sich, dachte Kohlschuetter. »Geht es Ihnen besser?«, fragte er dennoch mit leicht besorgtem Unterton. Dabei beäugte er seinen Kollegen prüfend.

Bernsen griff nach der leeren Wasserflasche in der Türablage, musterte sie enttäuscht und schleuderte sie mit einer schnellen Handbewegung hinter sich in den Fußraum. »Diese gruselige Schau nach Art der Körperwelten-Ausstellung, das hat mein vom Stress geschwächter Körper einfach nicht ausgehalten.«

Kohlschuetter konnte das gut nachvollziehen. Er hätte es auch als widerwärtig empfunden, versehentlich mit dem Gesicht voraus in ein an den Hinterpfoten aufgehängtes gehäutetes Kaninchen zu laufen, an dem gefühlte Millionen Schmeißfliegen saßen und dessen süßlicher Geruch darauf schließen ließ, dass die hohen Temperaturen der letzten Tage den natürlichen Verwesungsprozess deutlich beschleunigt hatten. Das war mehr, als ein von übermäßigem Bierkonsum geschwächter Magen vertragen konnte.

Doch das Haus von Martin Deller, von dem sie gerade gekommen waren, hatte noch mehr Absonderlichkeiten aufgewiesen als nur dieses vergessene, in der Waschküche hängende Schlachttier. Der Techniker der Kindelbrücker Obstbau e. G. musste eine ganz eigene Vorstellung vom Sinn des Lebens gehabt haben, anders war das, was sie vorgefunden hatten, kaum zu erklären. Bereits am Hauseingang, den man nur über einen kleinen Hof erreichen konnte, der bis auf einen schmalen Pfad mit verrostetem Altmetall zugestellt war, hatten sich mit einer Gartenschnur zusammengeknotete Zeitungs- und Prospektstapel getürmt, die in Zweierreihen auch den schlauchartigen Hausflur säumten. Immer dann, wenn zwei gegenüberliegende Stapel die gleiche Höhe aufgewiesen hatten, waren mit Pfandflaschen gefüllte Wäschekörbe darauf abgestellt gewesen. Kohlschuetter hatte sich bei diesem Anblick sofort an die Sero-Sammlungen in seiner Kindheit erinnert gefühlt. Als Thälmann-Pionier war er mit seinen Freunden einmal im Monat durch die Nachbarschaft gezogen, um Gläser und Altpapier zu sammeln und zur Sekundärrohstoff-Annahmestelle zu bringen. Das Geld, das sie damit verdient hatten, war von ihrer Schule für kranke Kinder in Angola gespendet worden.

Martin Deller hatte auch gesammelt, den in seinem Küchenschrank aufbewahrten Quittungen und Korrespondenzen zufolge allerdings nicht für die Dritte Welt, sondern für eine Holzschnitzerarbeit, die er der Gemeinde Bilzingsleben hatte schenken wollen. Bei dem Kostenvoranschlag für einen lebensgroßen Holzweihnachtsmann hatte sich auch eine detaillierte Auflistung seiner Altpapiereinnahmen befunden, der zufolge er nur noch die zum Kaufpreis verhältnismäßig geringe Differenz von dreihundert Euro hatte aufbringen müssen. Allein mit der Veräußerung des gebündelten Papiers, das Kohlschuetter und Bernsen im Flur, im Wohnzimmer und in der Waschküche, in der Bernsen dann das Malheur mit dem Karnickel passiert war, vorgefunden hatten, wären die Bilzingslebener um eine Attraktion reicher gewesen. Auch wenn das Geschenk die beiden Kommissare vor ein nächstes Rätsel stellte, denn wer bedachte schon eine Gemeinde, deren Name nicht gerade Himmelpfort oder Drøbak lautete, mit einer derartigen Figur?

In besagtem Schrank hatten abgesehen von der Buchhaltung für den hölzernen Santa jedoch noch weitere Beweise für Dellers Wohltätigkeit gegenüber seinem Dorf geschlummert. Üppige Geldspenden für die Sanierung des Spielplatzes, diverse Maurerarbeiten, Zäune, Vorhänge für das Bürgerhaus, zwei Dutzend Weihnachtsmannkostüme für den Kindergarten und noch vieles mehr. Deller hatte alles fein säuberlich notiert und mit Kopien der entsprechenden Zeitungsartikel, die ihn als großen Gönner priesen, abgeheftet. Die Originale hatte er gerahmt und an der

Wand über der Kücheneckbank aufgehängt. Kohlschuetter hatte die Spendensumme im Kopf überschlagen und war allein im laufenden Jahr auf rund fünfundzwanzigtausend Euro gekommen – und sie hatten gerade mal August. Den Zahlen nach war Deller, was seinen Heimatort anging, komplett verschwenderisch gewesen, hatte sich selbst aber kaum etwas gegönnt. Zumindest war den Kommissaren nichts aufgefallen, was einen gegenteiligen Eindruck gemacht hätte. Dellers Wohnungseinrichtung war auf dem Stand der frühen neunziger Jahre, ebenso der Inhalt seines Kleiderschrankes, wenn man von seinen Arbeitshosen absah, der alte Golf vor der Tür, die Videosammlung, sogar das Super-Mario-3-Nintendo, bei allem war die Zeit stehen geblieben. Nach dem ersten Eindruck zu urteilen, hatte er seit rund fünfundzwanzig Jahren nichts Neues angeschafft, zumindest nichts Wesentliches.

»Der Deller hat an allem gespart, nur an seinem Bilzingsleben nicht«, überlegte Kohlschuetter laut. »Wieso macht man so etwas? Meinen Sie, der verdient bei den Apfelleuten so viel, dass er sich das leisten kann?« Er griff sich in den verspannten Nacken und schaute in Richtung Fischer, der wieder in seine Zeitung vertieft auf der Terrasse saß.

»Ich würde mir meinen Kaninchenbraten jedenfalls immer aus der Tiefkühltruhe im Supermarkt holen, so viel Geld hätte ich. Abgesehen davon, dass ich nie wieder einen essen werde.« Bernsen schnaufte angeekelt.

»Gut. Dann hätten wir das ja schon mal geklärt«, entgegnete Kohlschuetter mit leichter Ironie in der Stimme. »Und sonst? Was denken Sie?«

»Wenn die in der Obstbude so viel verdienen, dass der Deller die gesamte Gemeinde sponsern kann, dann knalle ich dem Chef heute noch meine Kündigung auf den Tisch und reihe mich bei denen ein.«

»Da wird der Chef sich aber freuen«, nuschelte Kohlschuetter. »Und die Obstleute erst.«

»Wir müssen uns die Bankkonten anschauen. Kontoauszüge hatte Ihre Liebste ja noch nicht gefunden. Aber wenn Sie mich fragen, stinkt das von vorn bis hinten. Martin Deller und insbesondere Enrico Machte haben komplett über ihre Verhältnisse gelebt.« Bernsen räusperte sich und schmatzte mehrfach hintereinander laut. »Meine Zunge klebt am Gaumen. Ich brauche Wasser«, sagte er leidend.

»Sie könnten geerbt haben. Immerhin sind die Eltern der beiden tot«, wandte Kohlschuetter ein, wobei er Bernsens Verdurstungsnummer großzügig überging.

»Kontenüberprüfung, sage ich doch.« Bernsen zog sein Handy aus der Hosentasche und wählte. »Das kann die gute Claudi schnell mal für uns in die Wege leiten.«

»Die Sekretärin des Chefs? Sind Sie verrückt? Wenn der mitbekommt, dass wir seinen Drach…«, Kohlschuetter biss sich auf die Zunge, »… seine Sekretärin anstellen. Außerdem macht die das nie.« Er dachte an Bernsens schwieriges Verhältnis zum Chef, das nicht nur vom schnoddrigen Verhalten des Kollegen herrührte, sondern auch mit der für einen Kriminalhauptkommissar ungewöhnlichen Arbeitseinstellung bezüglich Überstunden und pünktlichem Feierabend zusammenhing. Der Chef würde, sollte er es bemerken, die Inanspruchnahme seiner Sekretärin niemals tolerieren.

»Solange man uns keine eigene Sekretärin zuteilt, nehme ich seine. Ganz einfach. Die Thüringer Polizei ist unterbesetzt, da braucht es eine effiziente –« Bernsen brach ab, da Claudis kreischende Stimme auch ohne Freisprechanlage weithin hörbar durch den Dienstwagen schallte. Mit säuselnder Stimme trug er seine Bitte vor. Keine Minute später steckte er sein Handy zufrieden lächelnd zurück in die Hosentasche. »Und jetzt schauen wir uns in dem Hotel um. Vielleicht liefert uns die Saunageschichte ja endlich mal eine heiße Spur.«

Kohlschuetter und Bernsen nahmen den Weg durch den Garten, wobei Bernsen es sich nicht verkneifen konnte, eine kleine Schleife zu den Badenden zu laufen, beide Hände in das Poolwasser zu stecken und sich das Gesicht und den Hals damit zu benetzen. Dann schlenderte er gemächlich zur Terrasse, auf der sich Kohlschuetter bereits angeregt mit Klaus Fischer unterhielt.

»Ihnen gehört also auch dieses Hotel?«, fragte Kohlschuetter gerade, als Bernsen sich grußlos neben ihn auf einen Stuhl warf.

»Ja. Elf Zimmer, Übernachtung mit Frühstück, und für die Halbpension kommen die Gäste raus zur Fischgaststätte«, antwortete Fischer stolz. »Über den Sommer sind wir meistens komplett ausgebucht.«

»Und Sauna?«, wollte Bernsen knapp wissen.

»Ja, natürlich, da drüben.« Fischer deutete auf das kleine Nebengelass an der Parkplatzseite. »Wird gut angenommen.« Auf seinem Gesicht zeigte sich keine Regung. Fast lautlos hatte er die »Thüringer Allgemeine« zusammengefaltet und auf dem Tisch abgelegt. Als eine seiner Mitarbeiterinnen aus der Hintereingangstür trat, winkte er sie heran und bestellte Wasser und Kaffee für sich und die Kommissare.

»Die Sauna ist öffentlich, sie wird also nicht nur von den Hotelgästen genutzt?«, erkundigte sich Kohlschuetter, der darüber nachgrübelte, wie jemand in diesem gottverlassenen Nest ein Restaurant und ein Hotel kaufen und das dann anscheinend auch noch mit Erfolg führen konnte. Was um alles in der Welt lockte die Gäste und Touristen ausgerechnet nach Bilzingsleben? Ihm fiel nur die liebliche Landschaft ein, aber die hatte man doch überall in Thüringen. Unsicher, ob ihm hier irgendetwas entgangen war, musterte er Fischer mit prüfendem Blick.

Bernsen schaute sich neugierig um. »Wie verrückt muss man denn sein, um das in so einer Gegend zu riskieren?«

Ihm war also offenbar das Gleiche durch den Kopf gegangen.

»Ziemlich verrückt, würde ich sagen. Ich bin aber dazu gekommen wie die Jungfrau zum Kind. Das erklärt vielleicht, warum ich noch bei klarem Verstand bin.« Fischer grinste verschmitzt, ließ sich allerdings nichts weiter entlocken. Tiefenentspannt rührte er in dem Kaffee, den seine Mitarbeiterin gerade gebracht hatte.

»Sie wissen von den drei Toten in Kindelbrück«, stellte Kohlschuetter fest. Der Buschfunk hier draußen funktionierte so erstaunlich gut, dass er daran keinen Zweifel hatte. Wenn Vater Fischer schon frühmorgens deswegen an der Straße stand, brauchte es keine weiteren Worte.

Fischer schaute Kohlschuetter nur unverwandt an.

Der fuhr fort. »Enrico Machte war Ihr Aushilfskellner. Kannten Sie die anderen beiden Männer auch?«

»Ja, natürlich. Martin Deller war unser aller Wohltäter, etwas einfach, aber gutherzig, durch und durch fleißig und immer dabei, wenn es um Bilzingsleben ging.« Er trank von seinem Kaffee. »Na ja, und Dieter Blähmann ... Ich würde sagen, er war ... sperrig, in seiner ganzen Art, wenn Sie wissen, was ich meine. Ein anstrengender Umstandskasten, ohne Esprit und Leidenschaft, außer natürlich für seine Kirche, und da konnte er nervtötend pedantisch sein. Ich hatte aber kaum Kontakt zu ihm, solche Menschen treiben mich in den Wahnsinn.«

»Was denken Sie, hatten Martin Deller, Dieter Blähmann und Enrico Machte gemeinsam?«, fragte Bernsen wie beiläufig dazwischen. Dabei umklammerte er seine Kaffeetasse mit beiden Händen, so als wärmte er sich an einem Becher Glühwein auf dem Weihnachtsmarkt.

Fischer zuckte mit seinen schmalen Schultern. Mit seinem Handrücken wischte er sich den Schweiß von der Stirn und überlegte einen Moment. »Nichts, eigentlich überhaupt nichts. Nur dass sie alle aus Bilzingsleben stammen, würde ich sagen.«

»Waren die Männer wohlhabend oder vielleicht ihre Familien?«, wollte Kohlschuetter wissen.

Fischer lachte laut auf. »Du liebe Güte. Das müssten die dann aber gut versteckt haben. Doch wer weiß, möglich ist heutzutage ja alles. Man sieht den Leuten die Dicke ihres Bankkontos ja nicht zwingend an.« Er lehnte sich zurück, legte die Arme auf den Stuhllehnen ab und machte dabei insgesamt den Eindruck, als könnte ihn nichts überraschen.

»Na ja, wenn man sich die vielen Spenden von Herrn Deller ansieht, kann er so arm nicht gewesen sein. Und die Hütte von Enrico Machte ist auch nicht übel. Der muss satt bei Ihnen verdient haben, möchte man meinen«, warf Bernsen ein.

Fischer verlor zum ersten Mal seine entspannte, beinahe gleichgültige Gelassenheit, er schaute ehrlich irritiert. »Ich zahle meinen Leuten Tarif, auch das Trinkgeld dürfen sie behalten, aber reich wird davon keiner, vor allen Dingen nicht als Aushilfe. Was immer er also Ihrer Meinung nach an Reichtümern besessen hat, durch den Job bei mir wird er es nicht erworben haben. Und was Martin Deller angeht, habe ich mir nie Gedanken gemacht, wo er die Kohle hernimmt. Da werde ich ja nie fertig. Einen reichen Eindruck machte er jedenfalls nicht. Aber was geht mich das an? Entscheidend ist doch nur, dass sich hier bei uns in Bilschlem was dreht.«

Bernsen, der sichtlich unzufrieden mit dem Informationsfluss war, kaute mürrisch an seinen Fingernägeln. »Wo dreht es sich?«, blaffte er überheblich.

»In Bilzingsleben«, antworte Kohlschuetter, ehe Fischer etwas erwidern konnte.

»War ja klar, dass Sie den Slang verstehen«, raunte ihm Bernsen mürrisch zu.

Kohlschuetter blickte ergeben in den strahlend blauen Himmel und versuchte, ein paar durch die Lüfte segelnde Vögel auszumachen. Die Launen seines Kollegen konnte er ignorieren. Nach einer kurzen Pause wandte er sich wieder Fischer zu und sagte: »Können Sie mir erklären, was eigentlich an Bilzingsleben so besonders ist? Sie sollten es wissen, Sie scheinen hier ja quasi eingebürgert worden zu sein.«

Fischer nickte, kam aber nicht dazu, etwas zu antworten, denn in der Tür war auf einmal sein Vater aufgetaucht, der lauthals zeterte, da sich eines der Bänder des Fliegenvorhangs in seinem Rollstuhl verfangen hatte und ihn daran hinderte, seine Position zu verändern, wenn er nicht die Aufhängung aus dem Türrahmen reißen oder die Treppe hinunterstürzen wollte.

»Tja, die Seele guckt ihm aus den Ohren, wie es bei Wilhelm Busch so schön heißt«, bemerkte Fischer spöttisch lächelnd.

»Das habe ich gehört!«, keifte sein Vater. »Es ist halb zwölf durch und Zeit für mein Mittagessen. Was kochst du heute?«

»Vater, ich habe einen Job und keine Zeit, deinetwegen stundenlang am Herd zu stehen«, entgegnete Fischer. »In zehn Minuten muss ich raus ins Restaurant.«

»Aber hier in diesem Kaff deine Zeit vergeuden, das kannst

du.« Der Alte wandte sich den Polizisten zu. »Sie wollten wissen, was hier so besonders ist? Nichts, überhaupt nichts. Seit irgendein ganz Schlauer in einem Steinbruch ein paar Knochen eines Urmenschen ausgebuddelt hat, über den die hier vorher alle mit ihren Traktoren gerumpelt sind, meint eine Ansammlung von Größenwahnsinnigen, die Entstehung der Menschheitsgeschichte müsste neu geschrieben werden, und nennen sich die Nachfahren des Homo erectus bilzingslebenensis. Weil dieser Quatsch aber keine Sau jenseits der Gemarkung hier interessiert, rammeln die einmal im Jahr zu Hunderten in Weihnachtsmannkostümen dort raus an die Steinrinne, dieses Urmenschenaquarium, und machen sich mit allerlei anderem Gedöns wichtig.«

Kohlschuetter schmunzelte. Dass dieses verschlafene Nest so viel zu bieten hatte, erstaunte ihn. Und Ideen hatten die hier, das musste man ihnen lassen.

Nach einigem Hin und Her riss das Band ab und gab den Rollstuhl frei. Der Alte bedachte seinen Sohn mit einem entschiedenen Blick. »Du nimmst mich mit raus und machst mir einen ordentlichen Teller mit deinem Wildschinken und mit Salami, aber wehe, du knauserst wieder. Ach, und einen schönen Saale-Unstrut-Wein könnte ich dazu vertragen.« Er rollte weiter und verschwand aus ihrem Blickfeld. Dabei schimpfte er: »Mit Enrico wäre mir das nicht passiert. Der könnte mir jetzt ein Bigos machen.«

»Enrico war nicht zum Kochen, sondern zum Servieren da«, rief Fischer ihm genervt hinterher. Dann wandte er sich wieder den Kommissaren zu. »Na ja, im Kern wissen Sie jetzt, was uns von anderen Dörfern unterscheidet, allerdings hätte ich es etwas freundlicher formuliert. Ein Alleinstellungsmerkmal zu haben und für sich zu nutzen ist das A und O im ländlichen Raum.« Er blickte zufrieden in die Runde und schien vom Auftritt seines Vaters in keiner Weise irritiert zu sein.

»Noch mal zurück zu der Sauna«, hob Bernsen an.

»Ich kann sie Ihnen gern zeigen.« Fischer stand auf, hielt inne, und als er sah, dass die Kommissare sich ebenfalls erhoben, ging er langsam zu dem Anbau hinüber. »Wie gesagt, im Grunde kann sie jeder nutzen, wir bitten aber um Voranmeldung. Heute liegen erst am Abend welche vor. Kein Wunder bei dem Wetter.«

»Gehörte einer der drei Toten zu Ihren regelmäßigen Saunagästen?« Kohlschuetter warf Bernsen einen verstohlenen Blick zu.

Fischer, der dies bemerkt zu haben schien, verzog den Mund. »Ach, wissen Sie, davon habe ich keine Ahnung«, wiegelte er ab. »Die Anmeldeliste führt mein Personal.« Sie betraten den durch einen mannshohen Sichtschutz vom Poolbereich abgegrenzten Garten des Wellnessbereiches. »Das hier ist der Ruheraum im Grünen.« Er zeigte auf eine eher unscheinbare, aber sehr gepflegte Holzhütte etwas abseits des Eingangs. »Und dort geht es in die ehemalige Scheune. Darin finden Sie die finnische Sauna, das Tauchbecken, eine Infrarotkabine und eine kleine Bar. Schauen Sie sich nur um.« Ohne ein weiteres Wort drehte er ab und verschwand.

Kohlschuetter und Bernsen sahen sich verwundert an, nahmen dann aber die einzelnen Räume in Augenschein. Bernsen verzog sich zunächst auf die Herrentoilette im Erdgeschoss, und Kohlschuetter stieg die steile Treppe hinauf zur Bar. Es dauerte nicht lange, da kam Fischer an der Seite einer Mitarbeiterin zurück. Bernsen war gerade damit beschäftigt, auf dem Fußboden kniend den Inhalt eines in dem großzügigen Eingangsbereich befindlichen Sideboards zu durchwühlen.

»Mit umschauen meinte ich nicht Privatsphäre verletzen. Dafür braucht man meines Erachtens einen Durchsuchungsschluss und einen konkreten Verdacht«, sagte Fischer spitz und mit einer gewissen Erregung in seinem Blick. Die Frau, die neben ihm stand und das Reservierungsbuch des Hotels unter dem Arm hatte, trat unsicher von einem Bein auf das andere.

Bernsen ließ von dem Schrank ab, erhob sich, schaute Fischer durchdringend an und entgegnete frech: »Wer sagt Ihnen, dass ich den nicht habe?«

Fischers Blick gefror, schweigend nickte er seiner Mitarbeiterin zu. Die schluckte und sagte dann mit zittriger Stimme: »Dieter Blähmann, Martin Deller und Enrico Machte waren montags regelmäßig zum Saunieren bei uns, immer abends um acht.« Sie holte angestrengt Luft. »Diesen Montag auch.«

»Da brat mir doch einer einen Storch«, jauchzte Bernsen. »Haben Sie die Herren selbst gesehen?«

Kohlschuetter, der das Gespräch von der Treppe aus mitangehört hatte, kam nach unten gelaufen.

»Ja, ich habe sie hereingelassen«, antwortete sie zögerlich.

»Und dann? Kam noch jemand dazu? Wann sind die Männer gegangen?«, fragte Kohlschuetter, der erleichtert war, nun endlich einen Anhaltspunkt zu haben.

Die Mitarbeiterin senkte ihren Kopf. »Ich weiß es nicht, ich war eine Weile weg.« Ein schüchterner Blick traf ihren Chef. »Es lagen keine weiteren Anmeldungen vor, und die Männer kannten sich ja aus. Meine Tochter hatte doch in Kannawurf im Künstlerhaus einen kleinen Auftritt, und da bin ich rübergefahren. Wie hätte ich wissen sollen, dass …« Sie schloss betroffen die Lider. »Als ich gegen halb elf zurückkam, war keiner mehr da. Ich bin dann in die Sauna, um alles wiederherzurichten. Für den nächsten Morgen muss –«

»Das heißt, die Sauna war die ganze Zeit unbeaufsichtigt? Niemand sonst hatte Dienst?«, fragte Bernsen dazwischen.

»Es ist nie durchgängig Personal da, die Sauna ist ja nicht groß, und den meisten Gästen genügt eine kurze Einweisung. In der Waldgaststätte ist zurzeit außerdem mächtig Betrieb, sodass ich eine Mitarbeiterin abziehen musste. So viel Personal haben wir nicht, das muss man ja auch erst einmal finden«, erklärte Klaus Fischer.

»Ist Ihnen etwas aufgefallen? Lagen vielleicht irgendwo noch Sachen herum?«, wollte Kohlschuetter von der Mitarbeiterin wissen.

Sie schüttelte den Kopf. »Nichts, da war nichts.« Sie hielt einen Moment inne, rieb sich die Stirn, als könnte sie so die Erinnerung beschleunigen. »Etwas war aber anders als sonst. Genau.« Sie lächelte, erleichtert darüber, dass sie doch etwas beitragen konnte. »Der Getränkekühlschrank war leer. Dabei hatte ich ihn erst am Nachmittag aufgefüllt.«

»Das heißt?« Kohlschuetter verstand das Problem nicht, ein Saunabesuch machte nun mal durstig.

»Zwei Kästen Thüringer Waldquell, etliche Bier, schwarzes Köstritzer und auch helles, einige Flaschen Saale-Unstrut-Wein, Vita Cola, mindestens zweimal anderthalb Liter, und jede Menge Orangensaft, einfach so verschwunden. Und wissen Sie, wo ich das Ganze dann gefunden habe?« Sie schaute von einem zum anderen. »In der Infrarotwärmekabine. Zuerst habe ich gedacht, die beiden Lausebengel von unseren schwedischen Gästen haben sich einen Streich mit mir erlaubt, aber die sind am Montag den ganzen Tag nicht hier gewesen.«

»Das ist in der Tat etwas ungewöhnlich«, kommentierte Bernsen mit hochgezogener Augenbraue, während Kohlschuetter nicht deuten konnte, ob er das wirklich so meinte. »Noch etwas?«

Sie überlegte einen Moment. »Es war nicht aufgeräumt. Die benutzten Gläser, die Handtücher … Dieter macht sonst immer alles ordentlich, bevor sie gehen. Manchmal wischt er sogar durch.« Ein sanftes Lächeln umspielte ihre Mundwinkel, es verschwand aber sofort wieder. »Es sah irgendwie so aus, als hätten die drei es eilig gehabt zu gehen. Ich kann immer noch nicht glauben, dass so etwas Schreckliches …« Sie schluchzte auf.

»Es ist alles in Ordnung, Sandra«, sagte Fischer beruhigend.

»Na ja, wie man's nimmt.« Bernsen bückte sich zum Schrank hinunter und zog einen Stapel weiße Badehandtücher heraus. »Wenn das hier die hoteleigenen Saunatücher sind, wohl eher nicht.«

FÜNF

Bernsen schlug die Beifahrertür des Dienstwagens kraftvoll zu und marschierte im Stechschritt über den Kindelbrücker Marktplatz. Zwischen den parkenden Autos hindurch ging er auf ein zweigeschossiges Wohn- und Geschäftshaus aus den siebziger Jahren zu. Unschlüssig blieb er einen Moment stehen, schaute sich suchend um und stieg dann zielsicher eine breite Steintreppe hinauf, die über ein schmales Plateau zu ein paar Geschäften und dem eigentlichen Eingang des Gebäudes führte. Oben angekommen, tat sich vor ihm unter zwei schattenspendenden Markisen so gut wie alles auf, was der Blumenhandel im Sommer zu bieten hatte. Gefüllte weiße Geranien wechselten sich mit tiefvioletten Fuchsien, zierlichen Lobelien und satten Begonien ab, die allesamt von zwei ausladenden Engelstrompeten, Dutzenden Plastiktöpfen mit dichtwüchsigem Lampenputzergras und Hortensien in allen Farben überragt wurden. Dazwischen fand sich allerlei »Gartenkrimskrams«, wie Bernsen es gern nannte, von steinernen Vogeltränken über Windlichter bis hin zu dunkelbraunen verrosteten Beetzäunen.

Er stoppte vor einem ausladenden Korb mit einer leuchtend blauen Hortensie, deren Blüten fast den Durchmesser eines Handballs erreichten, und überlegte. Fleurop könnte seiner Rotfeder morgen ein paar Blumen übergeben, mit kleinem Gruß von ihm, quasi als Einstimmung auf den bevorstehenden Urlaub. Aber nicht so einen läppischen Strauß, sondern am besten etwas Buschiges im Topf, das dann garantiert zu dem anderen Grünzeug auf ihren Balkon wandern und sie die gesamte Blühdauer an seinen Liebesgruß erinnern würde. Das könnte ihm schon im Voraus Punkte bringen, und der verspätete Start nach Bongsiel wäre damit abgemildert. Zumindest bestand die Chance, dass es so war.

Nahezu euphorisch über diesen genialen Einfall bückte er sich nach dem Preisschild eines entsprechend dicht gewachsenen

Exemplars, fand es im Blättergewirr, schreckte zurück, als hätte ihm jemand eiskaltes Wasser ins Gesicht gespritzt, und fluchte.

Ein junger Mann trat aus dem Laden und bot ihm seine Hilfe an.

Bernsen schaute irritiert. Den Typ hatte er schon mal irgendwo gesehen. Er überlegte angestrengt, vergaß darüber zu antworten und schüttelte nur unwillig den Kopf.

Mit einem freundlichen Gruß entfernte sich der Mann wieder. Bernsen blickte ihm nach, bis er zurück ins Blumengeschäft gegangen war. Mir wird es schon noch einfallen, dachte er und widmete sich gedanklich wieder seiner Frau und der Blumenproblematik.

Wenn er es sich recht überlegte, brachten ein paar Blumen bei einer so stolzen Frau wie seiner Rotfeder überhaupt nichts. Vor allen Dingen dann nicht, wenn sie dahinterkam, dass er auf diese Weise den verkackten Urlaubsstart wettmachen wollte. Er entschied, dass so etwas Profanes wie eine Grünpflanze dafür kaum ausreichen würde. Damit könnte alles nur noch schlimmer werden, sie könnte sich hinters Licht geführt vorkommen, manipuliert, bestochen, für dumm verkauft. Das brachte nur noch mehr Ärger. Erst recht, wenn die Blumen nicht lange hielten, was bei der Hitze nicht ausgeschlossen war. Noch dazu standen sie im Topf, *im Topf*, wie hatte er nur auf so eine bescheuerte Idee kommen können? Der blöde Rüde zielte doch mit Vorliebe auf alles, was von ihm kam. Da war er konsequent. Wie im Bremer Bürgerpark, da konnte er nicht am Spielplatz vorbeigehen, ohne direkt neben der Schaukel sein Geschäft zu verrichten, weil er spürte, dass das verboten war und dass Herrchen die Hundetüten vergessen hatte. Bernsen wusste nur allzu gut, welche Auswirkungen die mangelnde Reißfestigkeit von Zellstofftaschentüchern hatte, vor allem bei einer ausgeprägten Futterunverträglichkeit. Mann, war er froh, dass der Pudel keine Dogge war.

Er kochte innerlich bei dem Gedanken an Bernd. Und beim Gedanken an den Aal, den er am Freitag mit Sicherheit verpassen würde, den verzwickten Fall, bei dem sie nur mühsam vorankamen, den besserwisserischen, mimosenhaften Jungspund, der ihm permanent in seine Ermittlungsmethoden reinquatschte, und beim Gedanken an den Apfel. Dieser verfluchte Apfel, den er gestern bei der Kindelbrücker Obstbau e. G. mitgenommen hatte und der seinen angesichts der bislang ausgebliebenen Mittagsmahlzeit knurrenden Magen hatte beruhigen sollen. Stattdessen hatte er ihm vorhin die Krone auf einem Eckzahn entschärft, ausgerechnet auch noch bei einem handfesten Streit mit Kohlschuetter.

Bernsen ging in das Haus, nahm die Treppe in den ersten Stock und betrat die gut gefüllte Zahnarztpraxis Süß. Nach einer Diskussion mit der Sprechstundenhilfe, die Bernsen mittels seines auf den Tresen geknallten Dienstausweises für sich entschied, führte die Mitarbeiterin des Zahnarztes ihn zähneknirschend ins Behandlungszimmer. Kurz darauf betrat Roland Süß den Raum, stockte, als er Bernsen erkannte, grüßte dann freundlich und band sich einen Mundschutz um.

Bernsen legte sich ungefragt auf den Behandlungsstuhl. »Wie auch immer Sie es machen, so kann ich unmöglich mit meiner Frau in den Urlaub fahren. Sie hasst schlechte Zähne. Abgesehen davon, dass sie mir die Geschichte mit dem Apfel niemals glauben wird. Sie denkt garantiert, ich habe mich geprügelt. Ach, und viel Zeit habe ich auch nicht, ich bin quasi nur in der Mittagspause. Die Pflicht ruft. Also machen Sie schnell«, sagte er unverfroren. Dann lehnte er den Kopf zurück und öffnete den Mund, so weit er konnte.

Roland Süß, der die Ansage gänzlich unbeeindruckt aufzunehmen schien, beugte sich tief über Bernsen und betrachtete ausgiebig dessen Gebiss. Dabei murmelte er: »Die drei Leichen, verstehe.«

Bernsens Oberkörper schnellte nach oben. »Meine Zähne sind tipptopp gepflegt. Alles echt, na ja, bis auf die eine oder andere Krone. Nix Leichen«, widersprach er erregt.

Süß legte wortlos die Fingerspitzen seiner rechten Hand auf Bernsens Brust und drückte ihn sanft zurück in den Stuhl. »Ihre Zähne sind einwandfrei, bis auf das kleine Malheur. Ich sprach von den drei toten Männern«, sagte er mit ruhiger Stimme.

Bernsen entspannte sich etwas und atmete beruhigt aus. Wenn seine Rotfeder auf eines achtete, dann waren es seine Zähne – und natürlich die Fußnägel, aber die konnte er besser verstecken.

Süß widmete sich wieder seiner Arbeit und redete dabei weiter. »Das ist unglaublich, hier bei uns in Kindelbrück, und dann handelt es sich auch noch ausgerechnet um Bilzingslebener. Das gibt noch mehr Gerede.«

»Wie meinen Sie das?« Bernsen bekam die Worte mit offenem Mund nur schwer verständlich heraus, zumal zwei gummibehandschuhte Finger gerade am Stumpf seines Eckzahns wackelten. Just in dem Moment, als sie sich aus seiner Mundhöhle entfernten und er ein weiteres Mal fragen wollte, tauchte eine Spritze vor seinen Augen auf, die ihn verstummen ließ und sogleich einen ziemlich unangenehmen Schmerz in seinem Oberkiefer verursachte. Er stöhnte laut auf.

»Na ja, schlimmer als Ihre Arbeit kann das auch nicht sein«, entgegnete Süß lax. Dann schob er Bernsen eine Zange in den Mund. »Wobei ich mich wirklich frage, warum die drei Männer ausgerechnet bei uns gestorben sind. Unsere Stadt hat es mit ihrer desolaten Haushaltslage ohnehin schon schwer, als Bürgermeister weiß ich das aus erster Hand. Und mal ehrlich, dann liegen die auch noch bei unseren Highlights …« Süß hielt inne und schaute Bernsen mit seinen stechenden Augen sorgenvoll an. »Das Naturdenkmal Gründelsloch als *die* touristische Attraktion, die St.-Ulrich-Kirche von 1440 und unser traditionsreichstes Unternehmen und wichtigster Arbeitgeber, der Obstbau, halten Sie das für einen Zufall?« Er wartete Bernsens Antwort nicht ab. Der hätte auch gar nichts erwidern können, denn er litt noch unter dem Betäubungsschmerz. »Unsere Wahrzeichen wurden durch drei grausame Morde beschmutzt. Das machen die doch mit Absicht«, fügte Süß kaum hörbar an.

Doch Bernsens Ohren funktionierten einwandfrei. »Sie meinen, jemand ermordete diese Menschen absichtlich an diesen Orten, um Ihrer Stadt zu schaden?«, presste er mühevoll hervor. Ein unangenehmes Geräusch ließ ihn zusammenzucken.

Süß antwortete nicht, konzentriert entfernte er die Reste der alten Krone von Bernsens Zahn.

»Ah, schaden?«, leierte Bernsen erneut.

»Was weiß denn ich …« Süß standen die Schweißperlen auf der Stirn. »Wir wollen doch alle nur das Beste für unsere Kommunen. Nun, der eine hat dabei mehr Glück als der andere. Was soll man da machen? Lange Zeit hatten wir die Nase vorn, inzwischen ist es andersrum. Am Können liegt es jedenfalls nicht.«

Bernsen spürte, wie sein Kopf glühte. »Bilzingsleben hatte also mehr Glück?«

»Möglich. Ein paar seltene Urmenschenknochen, für die sich die halbe Welt interessiert, findet nicht jeder. Ironie des Schicksals, dass die Steinrinne früher zur Gemarkung Kindelbrück gehörte.« Süß sagte dies nicht ohne einen bitteren Unterton in seiner Stimme. »Und engagierte Förderer liegen auch nicht auf der Straße, nirgendwo.« Er seufzte.

Bernsen nahm das mit Verwunderung zur Kenntnis. Dass die Ausgrabungsstätte so besonders war, musste ihm irgendwie durchgeflutscht sein. Und ganz offensichtlich war sie den Kindelbrückern ein Dorn im Auge. Wieso sonst sollte Süß sofort darauf zu sprechen kommen? Auch die Sache mit den Förderern war auffällig. Obwohl es den Verdacht eher nach Kindelbrück lenkte als auf dessen Gegner. Einer der Unterstützer Bilzingslebens, Martin Deller, fiel ja nun für alle Zeit aus. Schon möglich, dass hier ein Kindelbrücker aus lauter Neid auf den Nachbarort seine Finger im Spiel hatte. Aber warum stürzt man jemanden, der nichts weiter tut, als Gotteshäuser zu putzen, von einer Kirchenempore? Und ertränkt einen pornosüchtigen Aushilfskellner?

»Wissen Sie, Kindelbrück lag im Mittelalter an der Via Regia. Wir sind nicht irgendein unwichtiges Landstädtchen. Der Weg von Erfurt …«, er fixierte Bernsen mit seinem Blick, »nun, wie Ihnen bekannt sein dürfte, war unsere jetzige Landeshauptstadt damals eines der wichtigsten Handelszentren in Europa, und der Weg nach Hamburg, die Salzstraße, ging über Kindelbrück.« Der ansonsten so ruhige Süß, der längst von Bernsens Gebiss abgelassen hatte, redete sich in Rage. »Schauen Sie sich allein unser Rathaus an, die alten Bürgerhäuser. Selbst zu DDR-Zeiten hatten wir etwas zu bieten. Wir müssen uns nicht verstecken, vor niemandem.« Er schnaufte. »Und wir müssen uns nicht auf der Nase herumtanzen lassen.«

»Kannten Sie Martin Deller und Dieter Blähmann?«, fragte Bernsen, der froh war, sich wieder normal artikulieren zu können.

»Deller nur flüchtig. Eigentlich bloß aus der Zeitung und vom Hörensagen.« Süß widmete sich wieder seiner Arbeit. »Den Blähmann kenne ich aus der Kirche, der war ein sehr Engagierter. Und dass ein Bilzingslebener für uns Kindelbrücker putzt, hatte schon was. Das ist die richtige Hackordnung.« Süß grinste frech. Er schien seinen Groll schlagartig vergessen zu haben.

Bernsen konnte mit weit geöffnetem Mund als Reaktion nur blinzeln und überlegte, was er davon halten sollte. Dass die Kommunen sich gegenseitig beäugten und miteinander wetteiferten, das kannte er aus dem Westen. Konkurrenz belebte nun mal das Geschäft. Mitunter trieb sie auch seltsame Blüten. So hatte es in der Vergangenheit bestimmt schon öfter Dörfer gegeben, die sich spinnefeind waren, gerade hier in Thüringen mit seiner Kleinstaaterei. Bernsen fiel ein, dass ihm Kohlschuetter irgendwann einmal etwas darüber erzählt hatte – wie zu so vielem, von dem er nur am Rande was mitbekam, weil er beim Heimatgefasel seines Kollegen die Ohren meistens auf Durchzug stellte. Es musste bei den Ermittlungen zum Fall mit dieser Fürstensache in Rudolstadt gewesen sein. Angestrengt durchforstete er seine Erinnerungen. Es war um die heute noch spürbaren Folgen der Kleinstaaterei gegangen. Dann wusste er wieder, was Kohlschuetter gesagt hatte. Genau. Die Kleinstfürstentümer, aus denen später Thüringen entstanden war, hatten den nachfolgenden Generationen eine einzigartige kulturelle Vielfalt hinterlassen. Das hatte Bernsen damals selbst noch deutlich erkennen können. Allein das alte Residenzschloss des ehemaligen Fürstentums Schwarzburg-Rudolstadt, die Heidecksburg, war der Hammer gewesen. Doch eigentlich war es um etwas anderes gegangen. Wie hatte es der Kollege so schön formuliert? »Der Geist des provinziellen Kirchturmdenkens«, und irgendwie bekam er das Gefühl nicht los, dass es sich bei diesem Fall genau darum handelte. Jeder kochte sein eigenes Süppchen. Der gemeine Thüringer blieb stets auf seiner Scholle, denn die war per se die beste, schönste und wichtigste. Und wehe, jemand stellte das in Frage, dann setzte es Ärger.

»Gibt es derzeit irgendwelche Unstimmigkeiten, vielleicht sogar eine alte Fehde zwischen Ihrer Stadt und Bilzingsleben?«, fragte er den Bürgermeister, nachdem dieser ihm signalisiert hatte, dass er den Mund wieder schließen durfte.

Süß schaute ihn entgeistert an. »Nein. Nicht einmal in unserer Historie ist so etwas je vorgekommen. Das wüsste ich. Wie kommen Sie denn darauf?«

***

Kohlschuetter war, nachdem er Bernsen beim Zahnarzt abgesetzt hatte, noch einmal zum Haus von Martin Dellers Schwester gefahren. Der Zettel, den sie gestern Nachmittag an ihrer Haustür hinterlassen hatten, klebte unverändert dort. Frau Deller schien nicht nach Hause gekommen zu sein. Unzufrieden und auch ein bisschen besorgt hatte Kohlschuetter bei den Nachbarn geklingelt, die ihm jedoch glaubhaft versicherten, dass Frau Deller für zwei Tage nach Leipzig zu einer Freundin gefahren war und heute Abend zurückerwartet wurde.

In gemächlichem Tempo fuhr er nun durch die schmalen Seitenstraßen Kindelbrücks, genoss die kühle Luft der im Dienstwagen bis zum Anschlag aufgedrehten Klimaanlage und die wenigen entspannten Minuten des Alleinseins. Zwischen ihm und Bernsen herrschte seit ihrem Besuch im Landhotel »Altes Pfarrhaus« dicke Luft. Gut, der Kollege hatte die Handtücher gefunden und damit einen wichtigen Puzzlestein in diesem Fall gesetzt, aber eine Hausdurchsuchung ohne richterlichen Beschluss war kein Pappenstiel, zumal von Gefahr im Verzug keine Rede sein konnte, auch wenn Bernsen das vehement behauptet hatte. Was bitte sollte in dem Moment die Gefahr gewesen sein? Dass Klaus Fischer heimlich alle Beweismittel, also die Handtücher, entsorgt, um nicht unter Mordverdacht zu geraten, *nachdem* er sie in die Sauna geführt und dort sogar allein gelassen hatte? Diese Schildbürgernummer konnte Bernsen doch nicht allen Ernstes durchziehen wollen. Und wie er diesen Fischer wegen der Liste mit den Namen seiner Hotelgäste angegangen war. Einfach unmöglich. Kohlschuetter schnaufte, noch immer wütend über die Borniertheit seines Kollegen, als das Klingeln seines Handys ihn aus seinen Gedanken riss. Nicht schon wieder Manuela, dachte er in böser Erwartung, die Vorwürfe wegen seines Zuspätkommens am gestrigen Abend reichten ihm noch. Doch der Blick auf das Display beruhigte seinen Puls. Melanie Anders, die attraktive Rechtsmedizinerin aus Jena, versuchte, ihn zu erreichen. Na endlich. Jetzt würde hoffentlich etwas Tempo in den Fall kommen. Erfreut fuhr er rechts ran und nahm den Anruf entgegen.

»Hallo Herr Kohlschuetter, Professor Kalder möchte Sie sprechen. Es geht um die drei Toten, die Sie in …«, sie machte einen Moment Pause, und Kohlschuetter hörte sie blättern, »Kindelbrück gefunden haben. Ich stelle Sie jetzt durch, aber nicht wundern«, beschied sie ihn hörbar genervt und so kurz angebunden wie immer.

»Machen Sie jetzt schon das Fräulein vom Amt für ihn?«, lästerte Kohlschuetter provozierend. Er wusste, dass die ehrgeizige Frau Dr. Anders eigentlich schon lange das rechtsmedizinische Institut in Jena übernehmen wollte, ein Vorhaben, bei dem ihr der vehemente Pensionsverweigerer, ihr Chef Professor Kalder, seit Jahren einen Strich durch die Rechnung machte. Und als ob das nicht reichen würde, bekam sie als seine wichtigste Kollegin auch noch die volle Breitseite seiner Alterserscheinungen, die bei einem über Achtzigjährigen nicht gerade knapp ausfielen, zu spüren. Seine ausgeprägte Schwerhörigkeit, die ihre Stimmbänder mitunter erheblich strapazierte und jede Rücksprache mit ihm zum Marktschreierwettbewerb werden ließ, den man im gesamten Institut mühelos mitverfolgen konnte, war dabei wohl eines der größten Probleme. Kohlschuetter hatte bei seinen Telefonaten mit Kalder selbst schon so einige Verständnishürden nehmen müssen. Er wusste nur zu gut, was die zugeknöpfte Frau Anders auszuhalten hatte.

»Sehr witzig«, konterte sie schnippisch. Dann ertönte eine in Kohlschuetters Ohren unangenehm klingende Pausenmusik, die nahezu umgehend von einem heftigen Scheppern abgelöst wurde, das sich anhörte, als sei gerade eine ganze Ladung Untersuchungsbesteck auf dem Fliesenboden gelandet. Eine Frauenstimme fluchte im Hintergrund. Er vernahm ein tiefes Räuspern. Dann meldete sich der Professor. Kohlschuetter begrüßte ihn freundlich, wobei er die Worte betont laut und deutlich formulierte, sodass die Passanten vor dem Kindelbrücker Dönerladen, vor dem er parkte, stehen blieben und ihn komisch ansahen.

»Nun ja, Freund Kohlschuetter«, hob der Professor an.

Auch wenn Frau Dr. Anders soeben genau das Gegenteil nahegelegt hatte, war Kohlschuetter nun tatsächlich etwas verwundert. Das erste Mal, seit sie sich kannten, hatte der Professor seinen Namen richtig ausgesprochen. Irgendetwas musste passiert sein.

»Nun ja, ich wollte Ihnen die vorläufigen Ergebnisse zu Ihren drei toten Bilzingslebenern durchgeben. Dass es mir noch mal gelingen würde, gleich mehrere direkte Nachfahren des Homo erectus bilzingslebenensis persönlich zu treffen, hätte ich nie für möglich gehalten.« Er kicherte albern. »Sie müssen wissen, dass ich vor vielen Jahren einmal das Vergnügen hatte, mir bei einem Jenenser Professorenkollegen die dort gefundenen Hominidenreste anzusehen. Vierhunderttausend Jahre alte Schädelfragmente vom Stirn-, Hinterhaupts- und Scheitelbein sieht auch ein eingefleischter Rechtsmediziner nicht so oft.« Kalder lachte hochtönend. »Sehr beeindruckend. Wussten Sie, dass der Homo erectus bilzingslebenensis bereits ein über tausend Kubikzentimeter großes Gehirn besaß? Damit stellt er den Prototyp des Homo erectus in Europa dar. Und übertrifft die Gehirnmassen mancher unserer Zeitgenossen um ein Erhebliches.« Jetzt kriegte er sich mit dem Lachen kaum noch ein. »Na ja, das war, zugegeben, etwas verwegen. Wie Sie wissen, entscheidet die Masse des Gehirns nicht über den Intellekt.«

Kohlschuetter wusste das nicht, und momentan stand ihm auch nicht der Sinn nach den weitschweifigen Vorträgen des Professors. Der Chef erwartete heute Abend erste Ergebnisse, und die Blöße, nichts vorweisen zu können, wollte er sich beim besten Willen nicht geben. »Herr Professor, bitte, das ist alles sehr interessant, aber –«

»Nun ja, ich weiß, ich weiß. Diese Toten sind nicht Ihr Spezialgebiet. Also, was habe ich für Sie?« Papier raschelte. »Enrico Machte, ein knackiger junger Bursche, kerngesund, wenn er nicht ertrunken wäre. Was hatte der für eine herrliche Ertrinkungslunge, wie im Lehrbuch. Das Gewebe war durch das Süßwasser so stark überbläht, dass es mir beim Öffnen des Brustkorbes fast entgegensprang. Darüber hinaus wimmelte es unter dem Lungenfell nur so von verwaschenen Blutungen –«

Kohlschuetter schluckte. Dieses Bild würde er heute nicht mehr aus dem Kopf bekommen, so viel war sicher. »Demnach deutet nichts auf einen Herzstillstand hin? Von wegen Schock, der Notarzt sagte so etwas«, fragte er hastig dazwischen, um den Professor von einer noch ausführlicheren Beschreibung abzubringen.

»Nun ja, nein, überhaupt nichts. Aber warum schreien Sie denn so? Das ist äußerst unangenehm für meine empfindlichen Ohren.«

Heute ist wirklich so einiges anders, dachte Kohlschuetter verdattert.

»Der Bursche ist ertrunken. Es gibt keine Spuren körperlicher Gewalt. Ob er ermordet wurde oder einfach nur Pech hatte, kann ich Ihnen nicht sagen, vielleicht wissen wir nach der toxikologischen Untersuchung mehr. Ach, und das Sperma aus dem Kondom, das die Kollegen am Leichenfundort sichergestellt haben, nun ja, es stammt zweifelsfrei nicht von diesem jungen Mann. Eigentlich schade für ihn, wo er sich doch in der Blüte seiner Jahre befand.« Der Professor kicherte leise. »Der zweite Tote, Martin Deller, also wirklich, das ist aber mal eine Fülle von Material …« Kalder schien sich diebisch zu freuen, wobei Kohlschuetter nicht genau deuten konnte, ob der Professor

Dellers Übergewicht oder die hohe Anzahl an Leichen meinte. »Nun ja, der ist einwandfrei erstickt. Allerdings hat er unter den Umständen nicht viel davon gemerkt. Die Sauerstoffkonzentration in einer ULO-Anlage ist zu gering, aber das wissen Sie sicherlich. Bei einem Mann, den ich vor zwanzig Jahren einmal auf dem Tisch hatte – ein ziemlich heikler erotischer Unfall, würde ich es nennen –, hat es schon etwas länger gedauert.« Der Professor kicherte nun lauter. »Seine Freundin hatte ihn nackt in den Kleiderschrank gesperrt, um ihn zu bestrafen, nehme ich an. Etwas zu lange für die Sauerstoffverhältnisse dort. Womöglich hatte er eine härtere Strafe verdient, oder sie hat ihn schlichtweg vergessen. Das kann passieren.«

Kohlschuetter fragte sich, ob der gute alte Kleiderschrank als Versteck für heimliche Liebhaber nicht vielleicht doch zu gefährlich war, im doppelten Sinne. Glücklicherweise war er bisher nie in so eine Situation gekommen, denn liierte Frauen waren für ihn tabu.

»Nun gut, das ist lange her. Ihr Herr Deller hat, wie gesagt, nicht gelitten. Er wird der Sache eher euphorisch entgegengesehen haben, was bei Sauerstoffmangel ohne CO_2-Anreicherung im Blut nicht untypisch ist. Da man ausatmen kann, bleibt die quälende Atemnot aus. Deswegen unternehmen diese Menschen zumeist keine Selbstrettungsversuche.«

»Das würde erklären, warum er die Tür nicht von innen geöffnet hat, obwohl das ohne Probleme gegangen wäre«, murmelte Kohlschuetter in Gedanken.

»Nun ja, das ist möglich«, antwortete Kalder.

Kohlschuetter zuckte ertappt zusammen. Der Professor verstand heute jedes Wort. Er musste also aufpassen, was er sagte. »Keine Hinweise auf eine andere Todesursache?«

»Nun ja, nein. Nichts. Eine Fettleber und ein paar geschädigte Gefäße hätte ich noch anzubieten, bei dem Übergewicht bleibt das nicht aus, aber nichts davon hat zum Tod geführt. Die Hirnschwellung und die Lungenüberblähung unterstreichen den Erstickungstod, wobei die allein nicht beweiskräftig genug sind. Aber bei den Umständen, wie gesagt …«

»Und Dieter Blähmann?«, erkundigte sich Kohlschuetter, als ein Piepton seines Handys einen eingehenden Anruf ankündigte.

»Nun ja, die Nummer drei im Bunde. Kohlschuetter, Kohlschuetter, da hat man Ihnen aber dieses Mal ein dickes Ei gelegt oder besser gesagt drei.« Wieder kicherte Kalder wie ein kleines Schulmädchen. »Nun ja, ich will Sie nicht auf die Folter spannen, Dieter Blähmann ist an den Folgen des Sturzes gestorben, stumpfe Gewalt. Die aufgeplatzte Haut und der zertrümmerte Schädel mit Zerreißungen der Kopfschwarte sprechen eine eindeutige Sprache. Das gebrochene Genick sowieso. Er war sofort tot, da er wirklich unglücklich gefallen ist. Man kann so etwas auch überleben.«

»Also nichts, was wir noch nicht wussten«, bemerkte Kohlschuetter. »Welche Todeszeitpunkte haben Sie ermittelt?«

»Nun ja, zwischen zweiundzwanzig und vierundzwanzig Uhr am Montagabend.«

Kohlschuetter horchte auf. »Für alle drei?«

»Nun ja, ja. Und ich habe noch etwas für Sie. Alle drei hatten riesige Mengen Apfelsaft im Magen.«

»Wie bitte? Apfelsaft?«

»Nun ja, ganz eindeutig. Naturtrüber Apfelsaft.«

***

»Wie jetzt, Apfelsaft?«, wollte Bernsen wissen. Man sah ihm die Irritation an. Mit beiden Händen umklammerte er den in Alufolie eingewickelten Döner, den ihm Kohlschuetter gerade überreicht hatte.

Kohlschuetter kaute bereits. »Noch mal zum Rekapitulieren. Machte, Deller und Blähmann waren am Montagabend zusammen in der Sauna im Landhotel. Dort trafen sie sich seit etwa zwei Jahren regelmäßig. Sie saunierten, redeten, tranken gemeinsam Apfelsaft …«

»… und klauten beim Gehen die Saunatücher. Wie lange dauert eigentlich so ein Saunagang? Sie wissen so etwas bestimmt. Sie sind doch auch so einer.« Bernsen hielt das Dönerpaket unter seine Nase, roch daran und leckte sich erwartungsfroh über die Lippen.

»Acht bis fünfzehn Minuten. Im Normalfall macht man drei Gänge, mit Ruhezeiten dazwischen, vielleicht zwei Stunden insgesamt«, antwortete Kohlschuetter. Dann biss er wieder in sein Fladenbrot.

Bernsen nickte und wollte die Folie öffnen, um es ihm gleichzutun. Dann hielt er inne. »Moment mal, wo haben die denn den Apfelsaft her, aus der Infrarotkabine? Den Getränkekühlschrank hatten doch die Heinzelmännchen ausgeräumt. Nimmt man sich bei *so etwas*«, den kauenden Kohlschuetter traf ein abwertender Blick, »selbst was zu trinken mit?«

»Nein, normalerweise nicht«, antwortete Kohlschuetter, nachdem er runtergeschluckt hatte. »Vielleicht haben sie die versteckten Getränke gefunden? Oder sie selbst aus dem Kühlschrank weggeschafft, warum auch immer? Vielleicht, um ihr eigenes Zeug zu lagern. Bei der Sparsamkeit von Deller und Blähmann würde es mich jedenfalls nicht wundern, wenn einer der beiden den Saft ins Hotel geschmuggelt hätte. Vielleicht haben sie ihn auch erst nachträglich von zu Hause geholt, weil nichts vorrätig war.«

»Und in Ermangelung eines anständigen Bierchens haben dann alle drei das Zeug gezischt.« Bernsen betastete vorsichtig seinen Mund, wohl um zu testen, ob die Betäubung langsam nachließ. Er stoppte, als hätte ihn irgendetwas aus seinen Gedanken gerissen, und stierte mit scheelem Blick auf Kohlschuetters Döner. Nach einer Weile fragte er: »Wie lange sitze ich schon hier?«

»Höchstens zehn Minuten.« Kohlschuetter wischte sich mit der Serviette etwas Soße aus den Mundwinkeln.

»Ich darf aber eine Stunde lang nichts essen. Bei dem Hunger. Der wäre erträglicher, wenn ich meine Wurst hätte mitnehmen dürfen.«

»Um die dann auch eine Stunde lang anzustarren? Sie werden das schon schaffen.«

»In fünfzig Minuten ist der Döner doch kalt, Mensch«, meckerte Bernsen und hielt Kohlschuetter das Silberfolienpaket entgegen.

»Dann legen Sie ihn halt auf die Motorhaube«, blaffte Kohlschuetter zurück.

»Nee, nee, schon in Ordnung. Das war echt nett von Ihnen, an mein Mittagessen zu denken, macht nicht jeder«, erwiderte Bernsen ungewohnt kleinlaut. Er drehte und wendete das Paket in seinen Händen und begutachtete es ausgiebig, so als könnte er durchs Anschauen den Geschmack erahnen. »Ihr Ossis seid schon hilfsbereit, da kann man nichts sagen. Gefühl fürs Soziale und die Gemeinschaft habt ihr. Echte Kameraden eben.«

Kohlschuetter, der gerade noch einmal herzhaft in sein Mittagessen beißen wollte, hielt inne und schaute Bernsen verblüfft an. Wenn der Kollege sich in psychosozial angemessenem Umgang übte und ihm in Bezug auf Ostdeutsche sogar ein Lob über die Lippen kam, dann musste er unterzuckert, ernsthaft krank oder von undefinierbaren Kräften geleitet sein. »Arbeitet der Süß mit Hypnose?«

Bernsen knispelte vorsichtig an der Folie. »Nee, wieso?«

»Ich dachte nur, die Oxytocinausschüttungen könnten Ihre erstaunliche Metamorphose erklären«, murmelte Kohlschuetter.

»Haben Sie eine neue Freundin, die Krankenschwester ist?«, fragte Bernsen frech, ohne sein Essen aus den Augen zu lassen, doch Kohlschuetter überhörte das. Manuela hatte ihm einmal etwas über Glückshormone beim Sport erzählt. Oxytocin war eines davon, und er hatte sich den Begriff gemerkt, weil es das sexuelle Verlangen und auch das soziale Verhalten beeinflusste. Manuela hatte ihm auch berichtet, dass es bei Hypnosen zu einer verstärkten Oxytocinausschüttung kam, was seiner Ansicht nach erklärte, warum Claudia Schiffer früher mal mit David Copperfield liiert war. Freiwillig konnte sie doch unmöglich mit einem wie dem zusammen gewesen sein. Manuela war eine interessante Gesprächspartnerin, wenn es um den menschlichen Körper ging.

Kohlschuetter erschrak. Jetzt hatte Manuela schon so viel Raum in seinem Leben eingenommen, dass er während des Jobs über ihre Gespräche nachdachte. Das ging eindeutig zu weit. Zu viel Nähe, viel zu viel Nähe. Er musste das ändern, dringend sogar.

»Hm, wie lange sitze ich schon hier?«, fragte Bernsen und holte ihn in die Realität des Dienstwagens zurück.

»Fünfzehn Minuten?«

»Egal, muss reichen.« Wie besessen wickelte Bernsen seinen Döner aus, biss gierig hinein und schmatzte hörbar. »Ist ganz weich.« Er schluckte, dann stöhnte er selig. »Das brauchte mein Blutzuckerspiegel. Und jetzt wieder zu unserem Fall. Was hat das Fossil zum Todeszeitpunkt gesagt?«

Kohlschuetter berichtete detailliert, was Professor Kalder noch herausgefunden hatte. Bernsen hörte sich alles an und nickte hin und wieder kauend.

»Die drei kannten sich gut. Männer, die jeden Montag zusammen in die Sauna gehen, kennen sich gut. Da scheint ihre Verbindung zu liegen.« Bernsen nickte selbstbestätigend. »Sie waren ein Saunagrüppchen, so etwas soll es auch beim männlichen Geschlecht geben, wobei mir persönlich dazu nur Schwulenmacke einfallen würde, das wäre dann aber auch eine Verbindung.« Zufrieden wiegte er den Kopf hin und her. »Sieh mal einer an. Da gehen drei Dorfburschen regelmäßig zusammen in die Sauna. Was alles so möglich ist, wenn auf dem Lande die Kneipen sterben. Da satteln die Ossis einfach auf Wellness um, klar, zusammen nackt irgendwo zu sitzen kostet euch ja keine Überwindung, und es erhält die sozialen Kontakte. Allemal gesünder, als sich die Kante zu geben, ist es sowieso, wo ihr doch im Osten nachweislich anfälliger für die Alkoholsucht seid.« Er zog an einem zwischen den Fladen heraushängenden Stück Fleisch. »Haben wir schon was Neues von Susilein?« Ein dicker Haufen Weißkraut landete auf seiner Hose. »Schiet!«

»Die kleinen Sünden bestraft der liebe Gott sofort, die großen richtet am Freitag die Rotfeder«, kommentierte Kohlschuetter süffisant, wobei er sich fragte, wie der Kollege nur immer auf einen solchen Schwachsinn kam. Genervt knüllte er das Dönerpapier zusammen. »Hm.«

Er hatte Susi gleich nach seinem Telefonat mit Kalder zurückgerufen, und sie war ziemlich mies drauf gewesen. Was ihn nicht wunderte, denn die Spurenlage war wenig motivierend.

»Kein Bargeld, keine Sparbücher«, berichtete er. »Nur ein paar Kontoauszüge bei Dieter Blähmann, ganz ordentlich, aber auf den ersten Blick unspektakulär. Das Guthaben auf seinem Girokonto liegt im zweistelligen Bereich. Enrico Machte schien es mit den Finanzen nicht so genau zu nehmen. Im ganzen Haus gab es keinen einzigen Kontoauszug. Martin Deller hat den Kollegen im Gegenzug eine schöne Sisyphusarbeit beschert. Hunderte unsortierte Blätter, wobei es ganz danach aussieht, als hätte er über Monate keinen einzigen Euro abgehoben. Allerdings kann Susi nicht ausschließen, dass Auszüge fehlen. Die Kollegen sind weiterhin dran. Ach so, Deller hat sein Haus letzten Monat der Gemeinde Bilzingsleben überschrieben und dafür ein lebenslanges Wohnrecht bekommen. Der Notarvertrag liegt bei uns im Büro auf dem Fax. Was die Fingerabdrücke angeht, bei den Blähmanns im Haus gab es nur seine und die seiner Mutter. Bei Deller ebenfalls keine fremden Spuren, komplette Fehlanzeige. Nur bei Machte haben die Kriminaltechniker Abdrücke gefunden, die nicht zu ihm gehören, und zwar jede Menge. Von Blähmann und Deller waren aber keine dabei. Susi hat versprochen, die Spuren heute noch durch unsere Datenbank zu jagen. Vielleicht bringt das ja was. In Dellers Auto war auch nichts. Der frömmelnde Blähmann hat wohl nie eines besessen, und der Aushilfskellner Machte muss seinen 1er BMW gerade verkauft haben, zumindest steht das in dem Kaufvertrag, den Susi in seinem Haus gefunden hat. Die Summe, die er für die alte Kiste bekommen hat, erklärt aber keinesfalls die horrenden Ausgaben für seine Wellnessetage. Ach, und Susi ist bei unserem Terrarienfreund auf noch etwas gestoßen: Er muss im Hof ein Feuer aus dem Verpackungsmaterial seiner Möbel gemacht haben. Die Kollegen haben halb verbrannte Pappe und, siehe da, auch ein verkohltes Post-it gefunden, wieder mit Zeitungsschnipseln beklebt. Susi will sehen, ob sie die Schrift wieder lesbar machen kann, wird aber 'ne Weile dauern.«

Bernsen lehnte sein Haupt gegen die Kopfstütze. »Meinen Sie, der Machte ist erpresst worden?«

»Sieht danach aus. Was das Spiel mit seinem Haustier soll, ist mir aber nicht klar. Ich hoffe nur, es ist nicht gefährlich.«

»Hm. Wer kidnappt schon eine Schlange? Man muss damit rechnen, dass man gebissen wird.« Bernsen zuckte mit den Schultern. »Ich verstehe das nicht, die Kerle haben sich nie gegenseitig besucht, gingen aber wöchentlich zusammen in die Sauna? Die Homos werden auch immer seltsamer.« Er pflückte das Weißkraut von seinem Bein und steckte es in den Mund. »Und was ist mit Apfelsaft, hatten die Apfelsaft im Haus?«

»Das konnte sie mir auf Anhieb nicht sagen. Sie wird aber einen Kollegen bitten nachzusehen. Momentan durchforstet sie das Landhotel, immerhin fehlen uns noch die Klamotten aller drei Opfer, auf die Sie bei Ihrem illegalen Einsatz ja auch nicht gestoßen sind. Und übrigens, der *Biss* einer Würgeschlange wäre längst nicht das Schlimmste.«

»Fangen Sie schon wieder damit an?«, fragte Bernsen mit vollem Mund. »Ich bin rekonvaleszent und darf nicht aufgeregt werden.«

»Weil man Ihnen ein Kronenprovisorium verpasst hat?«, spottete Kohlschuetter. »Seien Sie froh, dass der Fischer cool geblieben ist. Wenn er es sich überlegt und Sie beim Chef anschwärzt, haben Sie ein Problem. Mit Ihrer Schnüffelei haben Sie gegen das Gesetz verstoßen.« Kohlschuetter knetete das Papier so fest in seinen Händen, dass seine Fingerknöchel weiß wurden.

»Pah, das ist doch nur wieder Ihr Scheiß-Obrigkeitsdenken. Was ist denn dabei, wenn ich mal einen Blick in den Schrank einer *öffentlichen* Sauna werfe?«, echauffierte sich Bernsen. »Diese kleinkarierte Denke macht mich wahnsinnig. Bei jeder Lappalie machen Sie sich ins Hemd. So funktioniert Polizeiarbeit vielleicht auf der Polizeischule in Meiningen, aber nicht im wahren Leben. Haben Sie noch nie im Hotel in die Schränke geguckt?«

Kohlschuetter lenkte ein. Womöglich hatte er es mit seiner Vorsicht ja tatsächlich etwas übertrieben. Natürlich war der

Saunaschrank gewissermaßen ein öffentlicher Bereich, und wer bekam schon ein Verfahren an den Hals, weil er sich in einem Hotel etwas umschaute? Aber er wollte eben alles richtig machen. Handwerkliche Fehler konnte er sich nicht leisten, nicht, wenn er bei der Thüringer Polizei noch etwas werden wollte. Außerdem empfand er dieses Vorgehen als für einen Polizeibeamten unangemessen, zumal Bernsen sich auch noch vom Hotelbesitzer hatte erwischen lassen. »Okay, vielleicht nicht gerade ein Gesetzesverstoß, aber peinlich in jedem Fall.«

»Ich scheiß auf peinlich. Freitag neunzehn Uhr Bongsiel, klar?« Bernsen wischte sich mit dem Handrücken über den Mund und schmiss wütend das zerknüllte Dönerpapier hinter sich auf die Rückbank. »Schade ist nur, dass der Fischer am Montagabend beim Vorstand des Fördervereins Steinrinne Bilzingsleben war und bis weit nach Mitternacht im Bürgerhaus gesessen haben will. Wenn das stimmt, scheidet er als Verdächtiger aus. Dabei hatte ich den schon im Visier, auch wenn er ein Wessi ist.«

»Ich weiß. Noch dazu ist Fehlanzeige, was weitere Verdächtige angeht.«

»Dann frage ich mich, was Sie die ganze Zeit gemacht haben, während ich stundenlang bei dem Süß unter dem Messer gelegen habe? Sogar unter Schmerzen habe ich den noch befragt. Leider ohne einen zündenden Erfolg. Die Diskrepanzen zwischen den Kommunen scheinen eher unterschwellig zu sein, zumindest ließ der Süß sich nichts Konkretes entlocken.« Bernsen zuckte mit den Schultern. »Wobei das für ein Verbrechen ja manchmal schon genügt. Und zwischen Kindelbrück und Bilzingsleben liegt etwas in der Luft, da bin ich mir sicher. Meiner Meinung nach hat das was mit diesem Urmenschenquatsch zu tun, von dem der alte Fischer sprach.«

»Müssen Sie denn immer so übertreiben? Stundenlang. Unter Schmerzen. Meine Güte. Friedhelm Bernsen alias Chuck Norris, der Mann, der Bienen isst, wenn er Honig haben will.« Kohlschuetter nahm zwei Erfrischungstücherpäckchen aus dem Seitenfach der Fahrertür, reichte eines Bernsen, öffnete das andere und wischte sich die Hände ab. »Ich habe zwar keinen neuen Verdächtigen, aber dafür war ich bei Dieter Blähmanns Putzmädels.« Er berichtete von seinen Gesprächen mit den Frauen aus der Kirchenputzkolonne. Nach den Telefonaten mit Kalder und Susi hatte er eine nach der anderen aufgesucht. Wider Erwarten waren alle vier zu Hause gewesen. Es handelte sich um sehr freundliche, unauffällige, mitten im Leben stehende Kindelbrückerinnen zwischen dreißig und fünfzig Jahren, von denen Kohlschuetter Jenny und Sandra, die Namen hatte er sich gemerkt, als ausgesprochen attraktiv empfunden hatte. Als engagierte Christinnen wollten die Frauen etwas für das Gemeinwohl tun und genossen gleichzeitig die Abwechslung und den gegenseitigen Austausch, die ihre montäglichen Treffen mit sich brachten.

Kohlschuetter hatte erfahren, dass Dieter Blähmann tatsächlich die Putzeinsätze koordinierte, da er die Zweitschlüssel zu den Gotteshäusern besaß und auch sonst ein Faible für alles Organisatorische hatte. Reihum hatten die Frauen dafür den Fahrdienst übernommen, wobei er immer als Letzter zugestiegen war und sklavisch darauf bestanden hatte, vorn zu sitzen und pünktlich um zwanzig Uhr am Landhotel »Altes Pfarrhaus« wieder abgesetzt zu werden. Alle Frauen hatten sich gegenüber Kohlschuetter über diese Eigenart lustig gemacht, konnten aber ansonsten nichts Negatives über Blähmann sagen. Im Gegenteil, der Tod ihres »Didis«, wie sie ihn liebevoll nannten, schien sie alle bis ins Mark zu erschüttern. Eine äußerte sogar, dass sie nun befürchtete, die gesamte Gruppe könnte auseinanderfallen, wobei sie bitterlich weinte. Seine Frage nach Blähmanns Feinden hatte keine der Frauen beantworten können, da dieser angeblich sehr zurückgezogen und in gänzlicher Eintracht mit den christlichen Geboten gelebt hatte. Die Namen der beiden anderen getöteten Bilzingslebener sagten ihnen nichts. Blähmann hatte wohl nie über seine Saunakumpels gesprochen. Am Montag waren sie alle in der Kindelbrücker St.-Ulrich-Kirche gewesen und hatten Blähmann rechtzeitig am Landhotel abgeliefert. Eine von ihnen war danach noch zur Probe der Bilzingslebener Theatergruppe gefahren. Die hatte, wie auch das Treffen des Fördervereins Steinrinne, im Bürgerhaus der Gemeinde Bilzingsleben stattgefunden und war gegen dreiundzwanzig Uhr mit einem Glas Prosecco beendet worden, das die Dame wiederum mit den Herren des Fördervereins, darunter übrigens auch Klaus Fischer, zu sich genommen hatte. Fischers Alibi war damit wasserdicht. Kohlschuetter hatte mit dem Vorsitzenden des Theatervereins telefoniert, der die Angaben bestätigen konnte. Und weil Bernsen länger beim Zahnarzt gewesen war als vermutet, hatte er auch gleich noch im Kindelbrücker Gasthaus »Drei Lilien« das Alibi der Skatbrüder Herbert Klauning und Frank Müller überprüft und bestätigt bekommen.

»Warum bringt man ein Saunagrüppchen um? Was haben die Typen denn nur gemacht, verdammt noch mal?« Bernsen drehte das ungeöffnete Tütchen mit dem Erfrischungstuch in seinen Händen. »Das sieht doch alles stinknormal aus. Gut, vielleicht ein wenig schräg, wenn man die einzelnen Hobbys betrachtet. Deller macht auf Selbstkasteiung zugunsten seines Heimatdorfes, wobei dies den gesammelten Zeitungsartikeln nach nicht ganz so selbstlos, sondern immer mit Blick auf sein Renommee geschehen ist. Blähmann sucht seinen Lebensinhalt im Christendasein, ist aber ansonsten grau wie eine Kirchenmaus. Und Machte steht auf schöner Wohnen mit gefährlichen Tieren und auf ausschweifende Partys, bei denen der eine oder andere sicher auch seine Pornosammlung bestaunen durfte, auffällig genug war sie ja.«

Kohlschuetter stierte durch die Frontscheibe des Dienstwagens, an dem gerade eine schicke Brünette vorbeilief. »Das ist alles nichts Verwerfliches«, sagte er geistesabwesend. »Wir sollten noch mal ins Hotel fahren. Vielleicht hat ja einer der Gäste etwas bemerkt. Da unsere drei Toten dort das letzte Mal gesehen wurden, sollten wir sie befragen.«

Bernsen pfefferte das unbenutzte Erfrischungstuch zurück ins Handschuhfach, wischte sich mit den Händen über die Oberschenkel und unterdrückte einen Rülpser. Im Wagen machte sich ein unangenehmer Geruch nach Knoblauch breit. »Aber irgendetwas müssen die Kerle doch an sich gehabt haben. Warum bringt man die sonst um?«

»Mir fällt nur eins ein.« Die Frau war jetzt außer Sichtweite, und Kohlschuetter blickte naserümpfend auf seinen Kollegen.

»Und was?«

»Sie waren Bilzingslebener.«

***

Die Hitze lag drückend über den Feldern. Auf der Landstraße zwischen Kindelbrück und Bilzingsleben war kein einziges Auto unterwegs. Nur der dröhnende Motor eines Mähdreschers, dessen Schneidwerk sich Meter für Meter durch ein dicht gewachsenes goldgelbes Ährenfeld mit Wintergerste fraß, war zu hören. Der Staub, den er hinter sich aufwirbelte, zog wie ein grauer Nebelschleier über das Feld und die Straße bis hin zu den gegenüberliegenden Obsthainen. Kohlschuetter, der vermeiden wollte, dass der Schmutz in den Dienstwagen gelangte, oder schlimmer, in seine gegelten Haare, tastete nach dem elektrischen Fensterheber. Da es so heiß war, dass der Fahrtwind nicht ausreichte, um die schwülwarme Luft im Dienstwagen etwas abzukühlen, nutzte er die Gelegenheit, um die Klimaanlage erneut in Betrieb zu nehmen. Sofort stellte sich bei ihm das Gefühl ein, wieder durchatmen zu können.

An ihrer höchsten Stelle machte die Straße eine scharfe Rechtskurve, und es tat sich ein herrlicher Blick ins Wippertal auf. Kohlschuetter hatte wohl einen Moment zu lange die Aussicht genossen, da überraschend das Blaulicht eines Polizeiautos vor ihnen auftauchte. Er bremste scharf. Die Kollegen standen mitten auf der Fahrbahn, und Kohlschuetter hatte Mühe, das Fahrzeug nicht zu touchieren. Quer davor parkte in einem Feldweg ein weißer Lieferwagen, dessen untere Längsseite an die Zeichnung eines Zebras erinnerte. Sie wurde begrenzt durch einen fetten, leuchtend gelben Streifen. Darüber prangte irgendein durch den davorstehenden Streifenwagen zum größten Teil verdeckter Schriftzug mit einer Art Logo. An der Frontseite des Lieferwagens lehnte ein Mann und diskutierte nachdrücklich gestikulierend mit den beiden uniformierten Beamten. Etwas abseits stand eine junge Frau, die einen Schäferhund an der Leine hielt und die Männer vollkommen verstört beobachtete.

»Das sieht irgendwie seltsam aus, meinen Sie nicht?«, fragte Kohlschuetter und stoppte am Straßenrand.

Bernsen nickte energisch. »Wenn die jetzt noch eine vierte Leiche gefunden haben, flippe ich aus.« Mit einem Satz war er aus dem Auto gesprungen und eilte mit schnellen Schritten auf die Kollegen zu.

Kohlschuetter stellte den Motor ab und folgte ihm.

»Gibt es hier ein Problem?«, polterte Bernsen, noch ehe sie die Gruppe erreicht hatten. Mit dem Dahinrinnen der Stunden bis zu seinem Urlaubsbeginn lagen seine Nerven immer mehr blank.

»Keines, für das wir Zuschauer brauchen. Fahren Sie einfach weiter und halten Sie keine Maulaffen feil«, antwortete der Mann ungehalten, ehe die beiden Polizisten etwas erwidern konnten. Dann wandte er sich wieder den Uniformierten zu. »Einer von euch muss mir jetzt helfen. Wenn wir weiter so rumquatschen, haut die noch ab, Mann.«

Kohlschuetter schaute zu der sichtlich verängstigten Frau hinüber, die den Fahrer des Lieferwagens nicht aus den Augen ließ. Er zog seinen Dienstausweis und hielt ihn in die Runde. »Mein Kollege hat Sie was gefragt.«

»Na super, dann bin ich mal gespannt, ob ihr Jungs von der Kripo mehr Arsch in der Hose habt«, entgegnete der Mann nicht wesentlich freundlicher und warf den uniformierten Beamten einen frechen Blick zu. »Wenn wir noch länger warten, habt ihr nämlich womöglich bald eine weitere Leiche. Die wurde dann zur Abwechslung erwürgt.« Die Kollegen schauten nur mit ausdruckslosen Augen auf Kohlschuetter und schienen nicht so recht zu wissen, was sie sagen sollten.

»Jetzt mal Klartext, Meister«, forderte Bernsen, dem das Ganze mal wieder zu lange dauerte. An die Frau gewandt, rief er: »Werden Sie von diesem Mann bedroht?«

Die Frau rührte sich nicht und schaute Bernsen nur mit weit aufgerissenen Augen an.

»Häh?«, blaffte der Mann sichtlich erregt. »Wieso sollte ich die denn bedrohen? Ich kenne die doch nicht mal. Jetzt macht aber mal einen Punkt. Sehe ich irgendwie seltsam aus, oder was? Oder liegt das an der Hitze?«

Bernsen musterte den Mann abschätzend und zuckte mit den Schultern.

»Die Frau hat auf dem Feld dahinten eine Riesenschlange gefunden«, mischte sich einer der Beamten ein. »Sie lebt. Und wir würden wegen der Betäubung gern auf den Amtstierarzt warten. Der wollte schon vor einer Viertelstunde hier sein. Struppi 33, also Herr Stengler, will die Schlange aber *sofort* aufnehmen.«

»Und das macht Struppi 33 auch«, insistierte der Mann entschieden. Er wandte sich wieder Bernsen und Kohlschuetter zu. »Thüringer Tierrettungsdienst, Jörg Stengler, für alle im Landkreis aber nur Struppi 33. Es handelt sich um eine ausgewachsene Boa constrictor imperator, also eine Würgeschlange, etwa zwei Meter lang, ungiftig, aber trotzdem nicht ungefährlich, vor allem für kleine Kinder. Sie liegt da vorn und sonnt sich«, er deutete in Richtung eines Gestrüpps, »könnte es sich aber jeden Moment anders überlegen. Und wenn die in dem Grünzeug verschwindet, macht da keiner mehr hinterher. Ich jedenfalls nicht, ich bin doch nicht bekloppt. Auf freiem Feld können zwei erwachsene Männer das Vieh leicht einfangen, aber nicht in unwegsamem Gelände, am besten noch, wenn die von einem Ast baumelt wie im Tarzanfilm. *Ich* will die nicht als Halskrause haben. Die quetscht mich zusammen, und die Polizei, dein Freund und Helfer, steht daneben und glotzt zu, wie ich blau anlaufe.«

Die Uniformierten traf ein abschätziger Blick. Dann drehte er ab, öffnete die Seitentür seines Lieferwagens, wühlte eine Weile in einer Kiste herum und zog schließlich zwei Paar Handschuhe und einen Sack heraus, den er Bernsen freudestrahlend in die Hände drückte.

»Für eine Würgeschlange braucht man keine Betäubung, wenn man nicht vollkommen weich in der Rübe ist. Wie stellt ihr euch das überhaupt vor, Jungs? Mit dem Betäubungsgewehr draufhalten«, er kniff das linke Auge zu und streckte Daumen und Zeigefinger seiner rechten Hand ab, wie es kleine Jungs tun, die Indianer und Cowboy spielen, »und peng? Tja, das wird ein glatter Durchschuss. Abgesehen davon müsstet ihr erst einmal einen Tierarzt finden, der das auch kann. Hier in der Pampa wird das schwer. Mit dem Betäubungsgewehr umgehen lernt man nun mal nicht auf dem Rummelplatz. Zwei in sich ruhende, mutige Männer reichen da vollkommen aus.« Er grinste Bernsen auffordernd an.

»Dafür kommt nur mein junger Kollege in Frage«, entgegnete der und trat instinktiv einen Schritt zurück.

Kohlschuetter spürte, wie sich alle Blicke auf ihn richteten. Das erste Mal überhaupt verfluchte er seinen Job und die Tatsache, dass ihn seine berufliche Neugier in diese Situation gebracht hatte. Andererseits war er sich aber fast sicher, dass es sich bei der Boa dort vorn um die verschwundene Schlange von Enrico Machte handelte. Und Stengler schien schon öfter auf Schlangenjagd gewesen zu sein, jedenfalls machte er einen zu allem entschlossenen Eindruck. Kohlschuetter schaute auf Bernsen, zu Stengler und dann in Richtung Feld.

»Gut, das hätten wir geklärt«, verkündete Stengler und begann damit, Kohlschuetter unter Einsatz beider Hände den Ablauf der Aktion zu erklären. Dabei sprach er im Gegensatz zu vorher mit vollkommen ruhiger, abgeklärter Stimme, was auf Kohlschuetter, der Mühe hatte, seine Anspannung zu verbergen, tatsächlich beruhigend wirkte. Schließlich streifte er sich ein Paar der Schutzhandschuhe über, die Stengler ausgiebig mit Desinfektionsmittel behandelte, damit die Schlange nicht zufällig etwas zu riechen bekam, was sie an Futter erinnerte, und versuchte, den Gedanken an die Dönerbude, deren Geruch er unweigerlich am gesamten Körper haben musste, zu verdrängen. Sein Blick streifte Bernsens Jeans, auf deren rechtem Bein ein dicker Weißkrautfleck prangte. Er feixte innerlich bei der Vorstellung, wie die Boa wohl auf seinen Kollegen reagieren würde. Dann desinfizierte er die Handschuhe von Stengler, und gemeinsam begaben sie sich mit langsamen Schritten auf das Feld.

Stengler pfiff ein leises Lied, um das Tier auf sich aufmerksam zu machen. Auf keinen Fall durfte die Boa erschreckt werden, denn ihr Biss war zwar nicht giftig, aber nichtsdestotrotz schmerzhaft.

Die Schlange lag zusammengerollt im vertrockneten Gras und rührte sich nicht. Erst als sie direkt neben ihr standen, fing sie an zu züngeln. Stengler warf Kohlschuetter einen kurzen Blick zu, dann beugte er sich nach unten, legte behutsam seine Hand auf ihren Körper und begann, sie zu streicheln. Mit der rechten Hand fasste er das obere Drittel ihres Körpers, während er mit der anderen nach dem unteren Viertel griff. »Niemals direkt am Kopf anfassen, sondern etwas dahinter. Und an einer zweiten Stelle weiter hinten am Körper. Die wiegen gut und gern drei Kilogramm, und wenn Sie die nur an einer Stelle festhalten, könnte das einem so großen Tier das Genick brechen«, sagte er leise. Dann hob er die Schlange langsam an und ließ sie vorsichtig, mit dem Kopf zuerst, in den Sack gleiten, den Kohlschuetter ihm hinhielt. Keine zwei Minuten später war die Boa constrictor sicher im Einsatzfahrzeug der Tierrettung verstaut.

Stengler nickte Kohlschuetter anerkennend zu. »Sauber die Nerven behalten.«

»Mit einem Profi wie Ihnen …«, entgegnete Kohlschuetter, dem das Herz noch immer bis zum Hals schlug, erleichtert.

Stengler grinste frech und legte seine Hand auf Kohlschuetters breite Schulter. »Ich kannte Boas bisher auch nur aus dem Zoo.«

Kohlschuetter schaute ihn entsetzt an.

»Ich kläre jetzt mit dem Veterinäramt, wem das Tierchen entglitten ist, und dann mache ich das Arschloch zur Sau. Exoten halten, aber den Deckel vom Terrarium nicht ordentlich zumachen. Arschgeigen«, blaffte Stengler, ohne auf sein Geständnis weiter einzugehen.

Kohlschuetter reichte ihm die Handschuhe und seine Visitenkarte. Er würgte an einem Kloß in seinem Hals. »Die Schlange wurde höchstwahrscheinlich entführt beziehungsweise entwendet und hier ausgesetzt. Der mutmaßliche Halter, ein gewisser Enrico Machte aus Bilzingsleben, ist dafür allerdings … nun, sagen wir es mal so: nicht mehr haftbar zu machen. Bitte rufen Sie mich aber an, wenn Sie mehr wissen.«

Stengler zog die rechte Braue nach oben. »Entwendet, die Schlange? Du lieber Gott, wie viele Wahnsinnige gibt es denn auf dieser Welt? Und ich bin mittendrin.« Er hielt einen Moment inne und schaute Kohlschuetter mit ernstem Gesicht an. »Dann muss der Dieb entweder vollkommen irre oder rotzcool gewesen sein. Eine Boa constrictor lässt sich nicht so einfach klauen.« Das letzte Wort zog er künstlich in die Länge. »Sie sehen doch, wie viel Schiss schon die Blau-Weißen in den Gamaschen hatten. Na, was soll's, ich muss das jedenfalls ordnungsgemäß melden. Reptilnapping, ich hau mich weg.« Er verabschiedete sich unter schallendem Gelächter und sprang in sein Auto.

Kurz darauf waren auch die Kollegen vom Streifendienst und die Frau mit dem Hund verschwunden. Nur Bernsen und Kohlschuetter blieben allein am Straßenrand zurück.

»Wenn ich meiner Rotfeder erzähle, dass wir eine drei Meter lange, ausgewachsene Boa constrictor einfangen mussten, um ein ganzes Dorf vor dem Würgetod zu bewahren, bringt mir das locker einen Tag Nachsicht beim Urlaubsstart.«

»*Wir*, genau«, antwortete Kohlschuetter, zog sein T-Shirt nach oben und wischte sich damit den Schweiß aus dem Gesicht. Der Dönergeruch nahm ihm fast den Atem.

***

»Nichts.«

»Wie, nichts? Das geht doch nicht. Irgendwo müssen die doch –«

Susi neigte den Kopf leicht zur Seite, kniff die Augen zusammen und schaute Bernsen wütend an. »Noch mal zum Mitschreiben, weil Sie es sind: Wir haben die Klamotten der Toten *nicht* gefunden.« Den letzten Satz formulierte sie überdeutlich und nicht gerade leise. »Neben einigen Fingerabdrücken, die eindeutig den drei Männern zuzuordnen sind, gibt es eine Fülle von weiteren Spuren, die wir noch auswerten müssen. Da das ein Wellnessbereich ist, wundert mich das jedoch nicht. Und bevor Sie fragen: Im gesamten Landhotel gab es keinen Apfelsaft, der ist angeblich schon seit letzter Woche aus, und niemand hat daran gedacht, welchen aus der Waldgaststätte zu holen. Die Gäste trinken ohnehin lieber Orangensaft zum Frühstück, wurde mir gesagt. Jedenfalls hat das Hotel den Getränkelieferanten gewechselt, und die neue Bestellung ist noch nicht eingetroffen. Ansonsten gibt es nichts! Soll ich das für Sie noch einmal buchstabieren?«

»Habt ihr auch den Müll kontrolliert?«, fragte Bernsen hartnäckig nach. Es musste doch irgendwas geben, das ihnen helfen konnte, diesen Fall zu lösen. »Es soll ja schon mal vorgekommen sein, dass Täter die Beweismittel in der Restmülltonne entsorgen.« Er wippte ungeduldig auf seinen dünnen Beinen auf und nieder.

Susi drehte sich zackig um und ließ ihn ohne ein weiteres Wort stehen.

»Die können doch nicht schon nackt hierhergekommen sein? Leute, das könnt ihr mir doch nicht erzählen. Hallo!«, rief Bernsen ihr ratlos nach. Mit verzweifelter Miene stand er vor dem Eingang zum Wellnessbereich des Landhotels und hoffte auf ein Wunder. Spätestens in vierundzwanzig Stunden müsste er seiner Rotfeder die Verspätung beichten, und sie hatten so gut wie nichts, was auch nur den Hauch einer Chance auf ein pünktliches Aalessen in Bongsiel bot.

»Morgen früh um acht sind wir beim Chef zum Rapport einbestellt«, sagte Kohlschuetter, der wie gebannt auf die Kurznachricht auf seinem Handy stierte, die er gerade von Claudi erhalten hatte. »Ich weiß überhaupt nicht, was wir dem erzählen sollen. Nicht eine heiße Spur, ach, was sage ich, nicht mal irgendeine Spur.« Er raufte sich die gegelten Haare. »Wenn wir den Fall abgeben müssen, flippe ich aus.«

»Ihre Sorgen möchte ich haben«, murmelte Bernsen, ließ sich ungehalten auf einen der Terrassenstühle fallen und grübelte angestrengt darüber nach, was ihnen bei diesem Fall entging. Dass es irgendetwas geben musste, stand außer Zweifel. Wieder und wieder rekapitulierte er die Ereignisse. Die drei Männer hatten am Montag um zwanzig Uhr in der Sauna gesessen, die Zeugenaussagen und die Spuren belegten das. Als die Mitarbeiterin des Hotels, die die Männer sich selbst überlassen hatte, gegen halb elf zurückgekommen war, hatte sie schon niemanden mehr angetroffen. Eigentlich logisch, denn laut Rechtsmedizin starben alle drei in der Zeit zwischen zweiundzwanzig Uhr und Mitternacht, jedoch nicht in Bilzingsleben, sondern in Kindelbrück, auch daran gab es keinen Zweifel. Wie aber waren die Männer dorthin gelangt? Blähmann und Machte hatten kein Auto besessen, die Schrottlaube von Deller stand auf seinem Hof in Bilzingsleben und wies ausschließlich seine Fingerabdrücke auf. Keine Faserspuren, nicht mal ein Haar oder ein Hautpartikel der beiden anderen Männer hatte die KTU darin gefunden. Damit waren sie also ganz offenkundig nicht nach Kindelbrück gefahren.

»Der Mörder muss die drei hier im Landhotel abgeholt haben«, sagte Bernsen unvermittelt. »Sie sind zu ihm ins Auto gestiegen, haben ihn vermutlich sogar gekannt.« Er kratzte sich das unrasierte Kinn. »Wie ging es weiter? Er fuhr mit ihnen nach Kindelbrück und brachte einen nach dem anderen um. Wo, das hatte er sich vorher genau überlegt. Er wusste, dass Martin Deller und Dieter Blähmann die Schlüssel zu der ULO-Anlage beziehungsweise der Kirche bei sich trugen. Die brauchte er nämlich für seinen Plan. Alles genau durchdacht. Und die einzelnen Tatorte hatten alle etwas mit den Toten zu tun, oder beinahe, denn bei Machte erschließt sich mir das noch nicht, aber bei den anderen beiden fällt es unschwer auf.«

»Es müssen mindestens zwei Täter sein«, murmelte Kohlschuetter in Gedanken versunken, während er auf seinem Handy herumdrückte. »Drei erwachsene Männer lassen sich doch nicht einfach so ermorden, und schon gar nicht warten sie seelenruhig, bis sie an der Reihe sind.«

»Richtig. Jemand muss zuerst zwei und dann einen von ihnen in Schach gehalten haben, möglicherweise mit einer Waffe. Fessel- und Knebelspuren haben wir doch nicht gefunden, oder?« Bernsen kippelte unruhig auf dem Stuhl hin und her.

»Nein, nichts dergleichen.« Kohlschuetter ließ das Handy in die Gesäßtasche seiner Jeans gleiten, lehnte sich an das Geländer und verschränkte die Arme vor der Brust. Seine ansonsten so wachen blauen Augen wirkten müde, fast schon ein wenig resigniert. »Dazu müsste ein Täter irgendwo gewartet haben, vermutlich im Wagen, während der andere mit dem jeweiligen Opfer zum Tatort ging. Spielen wir das einmal durch. Wir laden die Männer im Hotel ein. Zehn Minuten brauchen wir bis Kindelbrück. Zuerst zum Obstbau, Tor öffnen, einfahren, ich warte im Auto und richte die Knarre auf Blähmann und Machte. Die beiden haben Todesangst. Sie zerren unterdessen Deller zur Lagerhalle, schließen auf, stoßen ihn hinein, verriegeln alles und steigen wieder zu mir und den anderen in den Wagen, auf geht's zum Gründelsloch, Sie laufen mit Machte durch den kleinen Park und werfen ihn ins Wasser, während ich –«

»Die Kerle müssen schon nackt ins Auto verfrachtet worden sein, mit dem Handtuch um die Hüften«, warf Bernsen ein. »In Ihrer Rekonstruktion des Tathergangs bleibt kaum Spielraum zum Ausziehen, zeitlich gesehen. Und die Morde mussten schnell vonstattengehen, zumal es drei hintereinander waren. Außerdem wäre die Nacktheit nicht notwendig gewesen. Nur zweckmäßig.«

Kohlschuetter nickte zustimmend. »Wobei man sagen muss, dass drei Männer mit Badetuch nicht gerade unauffällig sind, auch nicht nach Einbruch der Dunkelheit.« Er atmete tief.

»Hm, trotzdem hatten die Täter keine Zeit, darauf zu warten, dass die drei Männer sich wieder anziehen. Sie haben sie direkt aus der Sauna geholt, schnappten sich ihre Klamotten und hauten mit ihnen ab.«

»Die Kleidung haben sie vermutlich nur mitgenommen, damit wir ihnen nicht sofort auf die Schliche kommen«, überlegte Kohlschuetter laut. »Obwohl es dann sicherlich schlauer gewesen wäre, sie sie wieder anziehen zu lassen. Es war doch klar, dass wir danach suchen würden. Und wieso haben sich die Typen nicht gewehrt? Der Machte war ein kräftiger Bursche, so einer lässt sich doch nicht einfach ins Gründelsloch schubsen.«

»Drei oder mehr Täter?«, fragte Bernsen, während er versuchte, mit seinem Fingernagel die Reste des Weißkrautes von der Jeans zu kratzen. »Erst der Milchkaffee und dann auch noch der Döner. Das lohnt sich«, murmelte er vor sich hin.

»Wenn Sie noch drei Wochen Sand, Salzwasser, Hundesabber und Aalfett abwarten, könnten Sie noch mehr Waschmittel sparen«, bemerkte Kohlschuetter spitz.

Bernsen schaute empört auf. »Nee, nee. Nicht die eigenen Mängel den anderen ankreiden. Friedhelm Bernsen ist alles, aber nicht knauserig. Wohingegen jeder weiß, dass ihr Ossis vor Geiz sterbt.« Er hob abwehrend die rechte Hand. »Ihr könnt nichts dafür, schon klar. Wenn man in einem permanenten Mangelzustand aufwächst, hält man seine Siebensachen zusammen, das prägt. Vor allem, wenn der ausgehungerte Russe vor der Tür steht und nach dem Marmeladenbrötchen giert. Aber nicht so, Kollege, nicht so. Nicht eure Kolchosensozialisation den armen Westdeutschen auf die Backe schmieren.«

»Wie bitte, welche Sozialisation?« Kohlschuetter lachte gequält auf. »Ich fasse es nicht. Deswegen habe ich also allein seit gestern dreimal das Essen für Sie bezahlt?«

Bernsen wollte gerade etwas darauf erwidern, als ein groß gewachsener, schlanker Mann mit strohblonden Haaren auf die Terrasse trat.

»Sind Sie die Herren von der Polizei, die mit uns sprechen wollten? Herr Fischer sagte so etwas«, fragte er in gutem Deutsch mit schwedischem Akzent. Auf seinem Gesicht lagen tiefe Sorgenfalten. Dicht hinter ihm tauchte eine Frau auf, die mit festem Griff rechts und links von sich je einen blonden Jungen am Arm hielt, wofür sie einiges an Kraft aufwenden musste, denn die beiden Rabauken waren schwer im Zaum zu halten. Immer wieder stießen sie ihre Mutter an, zeigten auf den Pool und schimpften lautstark in ihrer Muttersprache. Es handelte sich um die beiden, die sich am Vormittag im hoteleigenen Pool eine Wasserbombenschlacht geliefert hatten und die auch jetzt augenscheinlich lieber im Wasser als auf der Terrasse spielen wollten.

»Ja, Sie sind Familie Galström?«, wollte Kohlschuetter wissen.

Der Mann nickte, kam auf die Sitzgruppe zu, zog den Stuhl neben Bernsen zu sich heran und gab seiner Frau zu verstehen, dass sie sich daraufsetzen sollte. Sie entließ die beiden Jungs aus ihrem Griff, jedoch nicht, ohne vorher intensiv auf sie einzureden. Unbeeindruckt von den mütterlichen Belehrungen stoben die Burschen davon.

Während sich Frau Galström schüchtern neben Bernsen niederließ, lehnte sich ihr Mann schräg hinter ihr an die Balustrade, wie um den Überblick zu behalten. Bernsen und Kohlschuetter verständigten sich mit einem schnellen Blick, woraufhin Bernsen das Gespräch übernahm und den ahnungslosen Urlaubern ohne Umschweife die Sachlage darlegte. Frau Galström wurde weiß um die Nasenspitze und schaute immer wieder unsicher zu ihrem Mann. Als Kohlschuetter dem Paar die Bilder präsentierte, die er von den drei toten Männern gemacht hatte, legte sie die Hand vor ihren Mund und schloss die Augen.

»Den haben wir gesehen«, sagte Herr Galström ohne zu zögern und zeigte auf Enrico Machte. »Am Sonntagabend im Freibad in Kindelbrück. Er hat sich dort mit einer Frau gestritten, eine schöne mit langen schwarzen Haaren, die wie eine Mähne aussahen. So etwas sieht man nicht oft. Die Haare, meine ich.« Er errötete leicht und blickte verlegen zu seiner Frau.

Sie schien das nicht zu bemerken. »Wie furchtbar«, jammerte sie, den Tränen nahe.

»Wie sah die Frau genau aus?«, fragte Bernsen nach.

Der Schwede überlegte einen Moment. »Älter als er und, na ja, wie sagt man? Dick? Aber sehr hübsch.«

»Haben Sie die anderen beiden Männer auch gesehen?«

Galström schüttelte bedauernd den Kopf. Und auch die Frage, ob ihnen die drei Männer am Montagabend im Hotel begegnet waren, verneinte das Paar. Dafür erfuhren die Kommissare, dass die Familie zwei Wochen Urlaub im Landkreis Sömmerda machte. Auf das Landhotel »Altes Pfarrhaus« waren sie zufällig im Internet gestoßen, von dem Dorf Bilzingsleben hatten sie nie zuvor gehört. Dagegen schien Herr Galström auf dem Gebiet historischer Schusswaffen sehr bewandert zu sein. Ausschweifend und mit leuchtenden Augen schilderte er die Funktionsweise des von Johann Nikolaus Dreyse 1827 in Sömmerda entwickelten

Zündnadelgewehrs, das den Preußen im Deutschen Krieg von 1866 bedeutende Vorteile verschafft hatte und auf dessen Spuren die Familie im diesjährigen Sommerurlaub wandelte. Voller Begeisterung berichtete er von ihrer ersten Tour in das ehemalige Wohnhaus von Dreyses im Zentrum Sömmerdas, das heute ein technisches Museum und die Stadtbibliothek beherbergte und entgegen seiner Annahme leider am Montag geschlossen hatte, weshalb sie das repräsentative Haus nur von außen bewundern konnten und den restlichen Tag auf den Wunsch seiner Frau hin in Bad Frankenhausen verbrachten. Das leidenschaftliche Interesse, das Herr Galström für besagtes Zündnadelgewehr aufbrachte, schien bei Frau Galström eher dem Bauernkrieg und dem Wirken Thomas Müntzers zu gelten.

Da die beiden zehnjährigen Söhne nach einem Nachmittag im Panorama Museum mit dem darin befindlichen Bauernkriegspanorama, ein von dem Maler Werner Tübke in elf Jahren Arbeitszeit erschaffenes Panoramabild, das zu den größten Tafelbildern der Welt zählt, nur mit einem Abstieg in die benachbarte Barbarossahöhle, eine von weltweit zwei existierenden Anhydritbeziehungsweise Gipshöhlen, und einer anschließenden Pizza zu besänftigen gewesen waren, hatte der Tagesausflug sich bis in die späten Abendstunden hingezogen, und Familie Galström war erst weit nach zweiundzwanzig Uhr wieder im Hotel eingetroffen. Bei ihrer Rückkehr war ihnen nichts Ungewöhnliches aufgefallen. Der laute Fernseher eines Rentnerehepaares im Nachbarzimmer hatte Frau Galströms Nerven überstrapaziert, sodass ihr Mann das Zimmer noch einmal für fünf Minuten verlassen hatte, um Abhilfe zu schaffen, dann war die Familie schlafen gegangen.

Für Bernsen und Kohlschuetter gab es an alledem nichts zu deuteln. Lediglich die Tatsache, dass die Familie nicht in Sömmerda Quartier bezogen hatte, in unmittelbarer Nähe zu Nikolaus von Dreyses Wirkungsstätte, irritierte Bernsen ein wenig. Die Erklärung der Mutter, dass zwei zehnjährige Knaben in einem Landhotel mit Pool und Garten besser aufgehoben waren als in der Stadt, überzeugte jedoch auch ihn. Mit dem Hinweis auf die gute regionale Küche im Sömmerdaer »Thüringer Hof«, den Kohlschuetter den freundlichen Schweden noch mit auf den Weg gab, verabschiedete sich die Familie zu einem erneuten Besuch in der Kreisstadt.

»Schade, dass der Fischer hier keine Überwachungskameras hat«, erklärte Bernsen angesichts der wenig ergiebigen Befragung. Es war bereits die dritte gewesen, doch weder das dynamische Radfahrerpärchen aus Brandenburg, das sie zuerst befragt hatten, noch das Rentnerehepaar aus Ingolstadt hatte den Montagabend im Hotel verbracht, und entsprechend wusste keiner etwas Interessantes zu berichten. »Dann könnten wir jetzt quasi Feierabend machen.«

Kohlschuetter wischte sich mit der Hand über den muskulösen Bauch. Womöglich machte der Döner seinen Eingeweiden zu schaffen. »Hm. Das mit dem Zündnadelgewehr wusste ich überhaupt nicht, sehr interessant. Da müssen erst ein paar Schweden kommen, damit ich mehr über meine Heimat erfahre.«

»Na ja, dann muss man sich in seiner Freizeit eben nicht nur der holden Weiblichkeit widmen, sondern sich auch mal ein bisschen kulturell umtun«, frotzelte Bernsen, der absichtlich noch ein bisschen lauter sprach, als er Susi aus dem Wellnessbereich kommen sah. Ohne auf ihn oder Kohlschuetter zu achten, lief sie schnellen Schrittes durch den Garten hinüber zum Parkplatz, auf dem der Wagen der KTU stand.

»Sagt der Mann, der seit achtunddreißig Jahren über denselben faden Deich latscht …«, entgegnete Kohlschuetter ruppig, beendete die kleine Plänkelei jedoch abrupt, als dieselbe ältere Dame wie am Vormittag aus einem der Zimmer auf den Laubengang trat, um ihre Wanderschuhe in die Geranienkästen zu stecken.

»Hallo Sie, wir würden gern einmal mit Ihnen reden«, rief Bernsen ihr zu, der sie ebenfalls bemerkt hatte.

Die Dame schaute nicht einmal auf, drehte ab und ging zurück in ihr Zimmer. Mit einem lauten Knall fiel die Tür hinter ihr ins Schloss.

»Haben Sie das gesehen? Ich wette, die ist aus dem Osten. So maulfaul und störrisch sind nur die ostdeutschen Weiber«, motzte

Bernsen. Er sprang auf, nahm die drei Stufen zum Laubengang mit einem Satz und hämmerte energisch mit der Faust gegen die Zimmertür.

Minuten vergingen. Irgendwann öffnete ein älterer Herr in einem karierten Hemd und khakifarbenen knielangen Wanderhosen die Tür. Seine Miene hätte dazu getaugt, kleine Kinder zu erschrecken. Die seiner Frau, deren Kopf hinter ihm auftauchte, stand der seinen in nichts nach. Bernsen leierte dennoch seinen Spruch hinunter und bat darum, eintreten zu dürfen.

»Nein«, kreischte die Alte, bevor ihr Mann den Mund aufmachen konnte.

»Nein«, bestätigte er die Meinung seiner Frau.

»Gut«, sagte Bernsen einlenkend und bat stattdessen darum, dass ihm das Paar auf die Terrasse folgen möge.

Auch dies schien nicht im Sinne der beiden zu sein, denn sie rührten sich nicht vom Fleck und schauten Bernsen nur abschätzig an. Gegenüber seiner zweiten freundlichen Bitte zeigten sie sich ebenfalls immun.

»So, die Herrschaften, in zwei Minuten sitzt ihr da unten und macht eine Aussage, sonst begleitet ihr mich nach Erfurt in die Polizeiinspektion. Für solche Sperenzien habe ich keine Zeit«, blaffte er schließlich in einem Ton, bei dem seine Kollegen nicht mal mehr mit der Wimper gezuckt hätten, der bei den beiden Hotelgästen aber eine Art Panik auslöste.

Das Gesicht der Frau lief knallrot an, und sie keifte mit schwäbischem Dialekt, dass die Spuckefäden flogen. »Na, wer hatte wieder recht? Das bringt hier nichts, das habe ich dir gleich gesagt. Viel zu gefährlich. Wären wir lieber nach Italien gefahren.« Wie eine Furie sauste sie durch das Zimmer, bückte sich unter den Schreibtisch, zog hektisch eine Reisetasche hervor und kippte sie auf dem Teppich aus. Etliche Schuhpaare fielen heraus.

»Deine Adiletten sind im Bad«, bemerkte der Mann lakonisch, ohne sich überhaupt nach ihr umgedreht zu haben. Mit dem Zimmerschlüssel in seiner Hand war er augenscheinlich bereit, Bernsen ohne Widerstand zu folgen.

»Sodom und Gomorrha«, kreischte sie aus dem Badezimmer,

kam mit rosafarbenen Badelatschen an den nackten Füßen zurück und schaute Bernsen fragend an, wohl in der Hoffnung, dass sich sein Anliegen nunmehr erledigt hatte.

»Nach Ihnen«, sagte er und wies den beiden mit der Hand den Weg hinunter zur Terrasse.

Kaum dass sie unten angekommen waren, begann eine Klagearie, die sich gewaschen hatte.

»Wenn wir das gewusst hätten, wären wir nie hergekommen, aber wir haben schon voll bezahlt, den Urlaub abzubrechen können wir uns nicht leisten, unzumutbar, während der Mörder hier noch frei herumläuft …«, jammerte sie in einem Tonfall, der mit jedem Wort schriller zu werden schien. »Schreckliche Sitten sind das …«

»Wir sind zum Wandern hier, seit Samstag. Ein Tipp von unserem Faschingsverein, im Osten soll die Natur noch unberührter sein«, ergänzte ihr Mann in breitem Schwäbisch stoisch, als sie ihn endlich zu Wort kommen ließ.

Kohlschuetter präsentierte schweigend die Bilder der Toten.

Daraufhin verlor sie vollkommen die Nerven. »Pervers, nur pervers. Siehst du?« Sie schubste ihn an der Schulter an. »Ekelhaft ist das hier. Von wegen Erholung pur im Grünen, eine widerwärtige Schweinerei, sonst nichts.«

Bernsen und Kohlschuetter schauten sich angesichts der vollkommen überzogen wirkenden Reaktion nur verständnislos an.

»Sag *du* doch auch mal was«, fauchte sie ihren Mann an.

»Wir haben nichts gesehen«, sagte der und war seiner Körpersprache nach zu urteilen im Begriff, die Unterhaltung für beendet zu erklären. Offensichtlich bereitete ihm das Gespräch Unbehagen.

»Genau, also zumindest nichts Wichtiges«, bestätigte sie aufgeregt und nickte energisch. Etwas zu energisch für Bernsens Begriffe. Dessen Blick verfinsterte sich.

»Das kann ich besser beurteilen, glauben Sie mir.«

Einige von Bernsen ausgesprochene Unfreundlichkeiten später stellte sich heraus, dass die renitente schwäbische Dame sehr wohl etwas gesehen hatte, nämlich den halb nackten Martin

Deller auf dem Weg zur Ruhezone im Garten, am Montagabend kurz vor einundzwanzig Uhr. Just um diese Zeit waren die beiden nämlich von ihrer Abendrunde um das Dorf zurückgekehrt, auf der sie, wie schon die Tage zuvor, Rast auf der Friedhofsbank gemacht hatten, um sich dort eine Banane zu teilen. Wieder im Hotel angekommen, hatte sie ihre Wanderschuhe zum Lüften in die Geranien gesteckt, als Deller gerade durch den Garten marschiert war. Angesichts des erlittenen Schocks beim Anblick des halb nackten saunierenden Mittfünfzigers mit untersetzter Statur wollte sich die Dame an der Saunarezeption beschweren und einen Preisnachlass heraushandeln, was nur daran scheiterte, dass die Hotelmitarbeiterin zu der Zeit in Kannawurf weilte. Ihren Mann hingegen hatte das alles vollkommen kaltgelassen. Er habe sich damit begnügt, so giftete sie, das Zimmer zweimal abzuschließen und es sich mit einer im ALDI erworbenen Büchse Bier auf dem Sofa bequem zu machen.

Das war das höchste der Gefühle, was die Schwaben über, wie sie sagten, ihr Privatleben preisgeben wollten. Die Befragung endete abrupt, indem die beiden grußlos wieder in ihrem Zimmer verschwanden.

»Zeitverschwendung«, konstatierte Kohlschuetter frustriert.

»Das wird sich noch zeigen«, entgegnete Bernsen salomonisch. »Lassen Sie uns noch die beiden allein reisenden Herren machen, dann sind wir durch. Es waren doch zwei? Von den maulfaulen Schwaben lasse ich mir jedenfalls nicht den Tag versauen.«

»Komisch, ich dachte, zumindest die Frau wäre ganz sicher eine Ostdeutsche …«, bemerkte Kohlschuetter breit grinsend.

»Schon mal was von der Abwanderung junger Frauen aus dem Osten gehört? 1990 bei der Umsiedelung war die vielleicht um die vierzig. Nach fünfundzwanzig Jahren spricht man sogar den schwäbischen Dialekt«, redete sich Bernsen raus.

»Na, dann dürften Sie ja nun bald perfekt im Thüringischen sein«, antwortete Kohlschuetter. Gleichzeitig zog er sein vibrierendes Handy aus der Hosentasche und warf einen Blick auf das Display, bevor er ranging.

Bernsen begab sich auf die Suche nach einer Hotelmitarbeiterin, um die Zimmernummern der beiden Gäste, deren Namen er schon wieder vergessen hatte, zu erfragen. Er fand die angesichts der Ereignisse noch immer bedrückte Frau in der Küche bei den Vorbereitungen für das Frühstück des nächsten Tages. Bereitwillig half sie ihm weiter, und er verschwand in Richtung der Zimmer, um die beiden Herren zu befragen.

Kurz darauf stand er unverrichteter Dinge wieder auf der Terrasse, wo Kohlschuetter gerade eifrig eine SMS in sein Mobiltelefon tippte. Als er die Nachricht abgeschickt hatte, lenkte er seinen Blick auf Bernsen und sagte: »Frau Deller ist nun zu Hause. Sie wartet auf uns, allerdings scheint sie noch keine Ahnung vom Tod ihres Bruders zu haben.«

»Und ich habe seit Stunden nichts gegessen.«

»Matthias, bitte. Das ist für uns alle eine sehr unschöne Angelegenheit, aber drei grausame Morde sind, gerade in unserer Gegend, doch wohl schlimmer als die Tatsache, dass dir dein Hauptsponsor abhandengekommen ist.«

»Stimmt schon, aber du hast gut reden. Du hattest ja nie einen, also kannst du auch keinen vermissen. Was soll nur aus meinem Bilschlem werden ohne Martin?«

»Also wirklich, was ist das denn für eine Logik? Und mal ehrlich, Roland hat recht, die Verbrechen sollten uns eher zu denken geben.«

»Genau, ich hatte heute schon etliche aufgeregte Bürger zur Sprechstunde im Gemeindeamt. Keine Ahnung, was ich denen sagen soll.«

Just in dem Moment, als Bernsen und Kohlschuetter die Terrasse des Hotels verlassen wollten, kamen vier aufgeregt miteinander diskutierende Männer um die Ecke gebogen. Einer von ihnen, Roland Süß, Bürgermeister und Zahnarzt der Stadt Kindelbrück, erblickte sie, kam direkt auf sie zu und reichte ihnen die Hand. Die anderen Herren folgten ihm zunächst, blieben dann aber mit etwas Abstand unschlüssig stehen.

»Kollegen, das sind die beiden Kriminalhauptkommissare, die in den schrecklichen Mordfällen bei uns ermitteln«, sagte Süß zu den drei Männern. »Und das sind die Bürgermeister von Bilzingsleben, Frömmstedt und Kannawurf. Riethgen weilt gerade auf Mallorca und ist heute nicht dabei.«

Die Dorfoberhäupter von Kannawurf und Frömmstedt nickten verhalten. Der Bilzingslebener dagegen trat vor und schüttelte den beiden Kommissaren kraftvoll die Hand. »Matthias Bogk. Schön, dass Sie da sind und aufpassen, dass mir nicht alle meine Schäfchen geschlachtet werden«, platzte er nervös zwinkernd und mit viel zu hohem Tempo heraus. »Das wäre schlecht für mein Bilschlem.«

Der große, stattliche Mann mit dem etwas höher liegenden Haaransatz und der schmalen, dunkel gerahmten Brille trat unsicher von einem Bein auf das andere. Er trug ein kurzärmeliges kariertes Hemd, das über seinem runden Bauch gefährlich spannte und dessen Hirschhornknöpfe unter diesen Umständen ganze Arbeit leisteten, und machte einen gutmütigen, wenn auch ziemlich aufgewühlten Eindruck.

»Sein Vater war Schäfer«, bemerkte der Mann aus Frömmstedt lapidar mit einem fast schon entschuldigenden Unterton in seiner Stimme.

»Wenn dein Mokchen leer wäre, wärst du deinen Job los, genau«, ergänzte der Kannawurfer Bürgermeister sichtlich amüsiert.

»Macht euch noch lustig. Ihr würdet doch als Allererste die Hochzeitspolka tanzen. Reicht es nicht, wenn die Roten uns mit ihrer Gebietsreform ans Leder wollen, muss auch noch Bilschlem ausgerottet werden?«, entgegnete Matthias Bogk in vorwurfsvollem Ton.

»Also wirklich«, rügte Süß seine Kollegen, indem er von einem zum anderen Bürgermeister guckte und den Blick schlussendlich auf die Kommissare richtete.

»Von ausrotten kann keine Rede sein, bei aller Tragik«, wehrte Kohlschuetter ab. »Mir ist schon klar, was so eine Mordreihe in einer ländlichen Gegend wie dieser auslösen kann. Ich bin mir aber auch sicher, dass wir die Verbrechen schnell aufklären werden und bald wieder Ruhe in Ihre Gemeinden einziehen wird.« Das war eine reine Beschwichtigung, da er davon innerlich überhaupt nicht mehr überzeugt war. Dafür gaben die einzelnen Puzzleteile in seinem Kopf noch nicht mal ansatzweise ein Bild ab.

Bernsen seufzte laut bei dem Wort »schnell«.

Die Männer murmelten etwas Zustimmendes.

»Vielleicht könnten Sie uns dabei behilflich sein?«, fragte Kohlschuetter in die Runde. »Uns ist noch nicht klar, was die drei Opfer miteinander verbindet.«

Die Bürgermeister von Kannawurf und Frömmstedt zuckten mit den Schultern. Sie kannten keinen der Ermordeten persönlich, wenn überhaupt, dann nur flüchtig von ein, zwei oberflächlichen Begegnungen, und konnten keine Aussage machen. Bogk hielt sich einen Moment zurück, dann platzte er heraus: »Das waren Bilzingslebener!«

»Das ist quasi eine eigene Rasse«, kommentierte der Kannawurfer.

»Alleinstellungsmerkmal, zumindest ein gefühltes«, ergänzte Frömmstedt.

Der Kindelbrücker Süß grinste nur.

Kohlschuetter, der die Bürgermeister aufmerksam beobachtete, waren die feinen Zwischentöne nicht entgangen. Ihm war nur noch nicht klar, inwieweit das Geplänkel dem Spaß unter Männern diente oder ob sie es hier mit dem Revierverhalten konkurrierender kommunaler Oberhäuptlinge zu tun hatten, wie es im kleinstaatlich geprägten Thüringen häufiger vorkam. »Sagen Sie, was machen Sie eigentlich hier?«, erkundigte er sich und schaute Süß an. »Als Sie vorhin sagten, dass Riethgen heute nicht dabei sein kann, hörte sich das nach häufigeren Zusammenkünften an?«

»In der Tat. Wir Bürgermeister gehen jeden Mittwoch zusammen in die Sauna. Politische Diskussion, ein bisschen Tratsch und ein Bier, manchmal auch zwei«, bestätigte Süß.

Bernsen beugte sich etwas vor. »Kommunale Arbeitstreffen in der Sauna … Vielleicht verlegen die demnächst auch noch die Bürgersprechstunde ins Freibad oder die Gemeinderatssitzungen in den Puff«, raunte er in Kohlschuetters Ohr und ergänzte: »Das nenne ich mal eine sinnvolle Nutzung der Infrastruktur. Der Osten lässt es sich gut gehen. Alle Wetter. Und dabei immer nobel. Während bei uns im Westen ganze Autos in den Löchern auf den Straßen verschwinden.«

Kohlschuetter schmunzelte.

»Nichts für ungut, die Herren«, hob Bernsen an, »aber was haben die drei Opfer außer ihrer ›Rasse‹ noch gemeinsam? Herr Bogk, Sie kennen doch bestimmt alle Ihre Schäflein?«

»Na, Mensch, woher soll ich das denn wissen? Dieter war seltsam. Seit die Kofferbude dichtgemacht hat, saß der bloß zu Hause bei seiner Mutter. Zwei linke Hände, und alles Daumen.« Bogk lachte bedauernd. »Und nichts von der Welt gesehen, da wird man doch komisch. Vollkommen naiv war der, wie vom Mond gefallen. Eigentlich dachte ich immer, er sei schwul, aber ich glaube, Dieter wusste nicht einmal, dass es so etwas gibt.« Er überlegte einen Moment. »Na ja, und Enrico war ein schlauer Bursche, seit dem Tod seiner Mutter drehte er allerdings total ab. Früher habe ich geglaubt, der macht irgendwann rüber in den Westen, um ordentlich Geld zu verdienen. Hat mich ehrlich gewundert, dass er im Dorf geblieben ist. Das war ihm doch immer alles zu öde hier.« Bogk lächelte versonnen. »Aber beim Weihnachtsmannlauf, da war er mit Herzblut dabei. Mit Jens May von Antenne Thüringen stand er auf dem Ü-Wagen. Da ging dann jedes Mal die Post ab. Und Martin, auf Martin lasse ich nichts kommen, so viel ist sicher. Doch mehr, na ja, mehr weiß ich nicht. Man kennt sich eben so auf dem Dorf, da trinkt man auch mal zusammen ein Bier, aber Gemeinsamkeiten?« Bogk schüttelte unwirsch den Kopf.

»Ein Bier, aha. Oder vielleicht einen Apfelsaft in der Sauna?«, fragte Bernsen lauernd.

»Auch das«, antwortete Bogk unbedarft. Ganz offensichtlich hatte er keinen Schimmer, worauf Bernsen hinauswollte. Stattdessen machte er erst einmal seiner Sorge Luft. »Ohne den Martin Deller bin ich als Bürgermeister doch wie kastriert. Ausgerechnet der. Schließlich hat er die ganze Chose hier bezahlt. Ohne zu murren, ganz im Gegenteil, glücklich war der, seinem Dorf etwas zurückgeben zu können. Richtig glücklich …« In schier grenzenloser Verzweiflung starrte er auf den Terrassenboden.

»Warum hat er das eigentlich gemacht, so wohlhabend war er doch nicht, oder?«, wollte Kohlschuetter wissen. »Und ist es nicht eher ungewöhnlich, sein Haus schon zu Lebzeiten seiner Gemeinde zu vermachen?«

Die drei anderen Bürgermeister schauten erstaunt auf Bogk.

»Nee, nicht wohlhabend, und trotzdem immer großzügig. Der Martin war einfach ein guter Mensch. Das ist echt ein Verlust. Und dann stirbt er nicht einmal bei uns in Bilschlem.« Ein eisiger Blick in Richtung Roland Süß. Der fing ihn auf und reagierte sichtlich beleidigt.

»Jetzt mach aber mal halblang, Matthias. Meinst du, ich wollte auch nur eine von euren Leichen in meiner Stadt haben?«

»Ich will die renitenten Bilzingslebener nicht einmal lebendig«, murmelte der Frömmstedter Bürgermeister verhalten.

»Genau«, pflichtete ihm der aus Kannawurf bei.

»Ihr seid doch alle nur neidisch«, fauchte Bogk erbost. »Weil wir mit unseren paar Leutchen richtig was auf die Beine gestellt haben. Unsere Steinrinne ist weltweit bekannt. Bilzingsleben hat einen Namen unter den renommiertesten Historikern. Da könnt ihr lange dümpeln, vor allem du, Roland.«

Süß schluckte überrascht, und man sah ihm an, dass er diese Sprüche leid war. »Weißt du, Matthias, nur weil irgendwann einmal ein paar Waldelefanten auf ihrer Durchreise ein paar schlecht verdauliche Knochen in einen alten Steinbruch geschissen haben, musst du hier nicht ständig auf dicke Hose machen«, entgegnete er mit ruhiger Stimme.

»Die werden die Schädelstückchen auf ihrem Friedhof aufgelesen und selbst da draußen verbuddelt haben«, frotzelte der Kannawurfer Bürgermeister übertrieben.

Sein Kollege stieg sogleich darauf ein. »Die Knochen hat Matthias von seinem ersten Italienurlaub mitgebracht. Demnächst verkaufen sie uns das da draußen dann als Limes. Nur damit sie wieder wichtig sind …«

Sie lachten gackernd.

Bogk atmete schneller. Sein Gesicht war rot angelaufen. »Pah, alles wissenschaftlich nachgewiesen und echt. Ihr könnt mich mal, ihr Neidhammel. Wenn Kindelbrück nicht ständig pleite wäre, hättet ihr heute die Ausstellungshalle und den weltweiten Ruhm. Aber nein, gebettelt habt ihr, dass wir euch den Steinbruch abkaufen.«

»Das war 1780, wen interessiert das heute noch?« Süß lächelte mitleidig, was den Bilzingslebener nur noch mehr auf die Palme brachte.

»Na ja, euch ja offensichtlich schon, sonst würdet ihr ja nicht immer wieder damit anfangen«, blaffte Bogk in die Bürgermeisterrunde.

»Ich möchte die Herren ja nicht stören, aber hatte Herr Deller irgendetwas mit Ihrem Urmenschen zu tun, also mit dieser Steinrinne, von der hier alle reden?«, fragte Bernsen unvermittelt dazwischen.

Kohlschuetter schaute ihn erstaunt von der Seite an. Auf die Idee war er noch gar nicht gekommen, aber es könnte etwas daran sein. Möglicherweise ging es um eines oder gleich zwei der klassischen Motive, um Geld und Neid, und die Lösung lag bei dieser Ausgrabungsstätte. Betrug mit archäologischen Schätzen kam öfter vor, als man im Allgemeinen dachte. Sicherlich waren da jede Menge öffentliche Gelder geflossen. Und Dellers private Mittel höchstwahrscheinlich auch. Was, wenn die Missgunst wegen dieser Ausgrabungsstätte so groß war, dass jemand einen der Hauptsponsoren um die Ecke brachte? Er spann den Faden weiter. Was, wenn es den Mördern nur um Deller gegangen war und dessen Saunakumpels sich zufällig zur falschen Zeit am falschen Ort aufgehalten hatten? Oder sie wussten über irgendwas Bescheid und wollten auspacken? Bernsen könnte mit der Verbindung zur Steinrinne mal wieder den richtigen Riecher haben. Dieser alte Fuchs.

Bogk schaute auf. Seine Gesichtsmuskeln entspannten sich für den Bruchteil einer Sekunde, dann verkrampften sie erneut. »Martin hat den neu gemachten Feldsteintorbogen mit dem schmiedeeisernen Tor bezahlt«, antwortete er kleinlaut. »Und der alte Zaun wäre als Nächstes dran gewesen.«

Seinen Bürgermeisterkollegen blieb der Mund offen stehen. Ihre Gedanken standen ihnen quasi auf die Stirn geschrieben. Mit einem derartigen Ausmaß von Dellers Großzügigkeit hatte wohl keiner von ihnen gerechnet. Doch niemand sagte ein Wort.

»Und die wissenschaftlichen Arbeiten? Hatte Deller irgendetwas mit den Forschungen da draußen zu tun?«, hakte Bernsen nach. »Da wird doch noch gegraben, oder?«

Bogk verneinte Letzteres. »Für das nächste halbe Jahr wollte er uns das Gehalt eines Archäologen zahlen, eine Halbtagsstelle. Die Universität Jena weigert sich beharrlich, noch weiter zu graben. Den Sensationsfund hat Professor Mania in den 1970er-Jahren gemacht, bis 2002 kamen siebenunddreißig Funde menschlicher Überreste von mindestens drei Individuen dazu. Für die Wissenschaftler ist die Fundstelle damit erledigt.«

»Aber für Sie nicht?«, wollte Kohlschuetter wissen.

»Stellen Sie sich doch mal vor, wir finden einen kompletten Menschen, also so etwas wie damals der Ötzi in den Alpen. Das wäre für Bilzingsleben wie ein Sechser im Lotto«, erklärte Bogk sichtlich geknickt darüber, dass dieser Traum nunmehr in weite Ferne gerückt war.

»Ich habe es immer gewusst, die in Bilzingsleben sind alle komplett größenwahnsinnig«, bemerkte der Frömmstedter Bürgermeister.

»Oder einfach nur extrem geschäftstüchtig«, sagte Süß anerkennend.

»Wer wusste von diesen Plänen und vor allem von Dellers mehr als großzügigem finanziellen Engagement da draußen?«, erkundigte sich Bernsen, der aber offenkundig nicht mehr ganz bei der Sache war, sondern seine Aufmerksamkeit auf eine auf seinem Mobiltelefon aufblinkende Nachricht gerichtet hatte.

»Eigentlich nur ich«, antwortete Bogk, dem man nun deutlich ansehen konnte, dass er nicht wusste, welchem Zweck diese Fragen dienten, dass er dadurch aber noch mehr Ungemach für seine kleine Gemeinde befürchtete.

Kohlschuetter hatte ein Einsehen mit dem Mann. Er bedankte sich bei den Bürgermeistern für die Hilfe und wies sie freundlich darauf hin, dass die Sauna aufgrund der andauernden Ermittlungsarbeiten heute nicht benutzt werden konnte. Die Männer beschlossen daraufhin, der Waldgaststätte Cleric einen Besuch abzustatten und ein Bier auf den Schock zu trinken. Geschlossen gingen sie zurück zum Parkplatz. Bürgermeister Bogk folgte seinen Kollegen mit hängenden Schultern, Bernsen und Kohlschuetter liefen neben ihm.

»Kennen Sie eigentlich die Schwester von dem Deller? Die ist doch auch eine Bilzingslebenerin?«, fragte Kohlschuetter, als sie die Stufen zum Garten hinuntergingen.

Bogk winkte energisch ab. »Sie *war* eine Bilzingslebenerin, die wollte lieber in die Stadt, nach Kindelbrück. Ein furchtbares Weib, ganz anders als ihr Bruder. Die beiden haben sich gehasst.« Er hielt einen Moment inne und grinste zufrieden. »Dafür erbt die keinen Cent.« Wieder etwas mehr mit sich und der Welt im Reinen, verabschiedete er sich und stieg zu Roland Süß ins Auto.

»Was das Erben angeht, hat er wohl recht«, murmelte Bernsen und hielt Kohlschuetter sein Handy unter die Nase.

Der las die Nachricht und schaute seinen Kollegen erstaunt an. »Das wird ja immer besser. Ihre Claudi hat es echt drauf.«

SECHS

Bernsen und Kohlschuetter diskutierten lautstark, als das Ortsschild von Kindelbrück in Sichtweite kam. Die Dämmerung war längst über die liebliche Landschaft des Thüringer Beckens hereingebrochen. Die Luft roch nach der Hitze des langsam zu Ende gehenden Tages, nach frisch gemähten Stoppelfeldern und trockenem Gras. In den Lichtkegeln der Autoscheinwerfer tanzten unzählige Mücken, von denen sich hin und wieder eine durch die offenen Fenster des Wagens in den Innenraum verirrte und zielsicher auf Bernsens nackten Unterarmen landete, der mit lautem Fluchen und einem gezielten Schlag seiner flachen Hand reagierte. »Normalerweise sind Sie doch der Süße«, kommentierte er jeden neuen Insektenangriff. Da ihr angeregtes Gespräch dadurch immer wieder unangenehm unterbrochen wurde, ließ Kohlschuetter irgendwann wütend die Fensterscheiben nach oben fahren. Sein Gemütszustand war allerdings nicht der Unterbrechung, sondern in erster Linie der Tatsache geschuldet, dass er sich trotz der neu gewonnenen Erkenntnisse noch immer keinen wirklichen Reim auf die Vorgänge im Zusammenhang mit den Morden an den drei Bilzingslebenern machen konnte.

Claudi, die Sekretärin des Chefs, hatte, wie von Bernsen erbeten, die Konten der Opfer überprüft und Nennenswertes dabei zu Tage gefördert. Dieter Blähmann, dessen ordnungsgemäß abgeheftete Auszüge seines Sparkassen-Girokontos von Susis Leuten bereits in dessen Wohnung gesichtet worden waren, war arm wie eine Kirchenmaus gewesen. Die einzigen Eingänge stammten vom Jobcenter Sömmerda und betrugen rund vierhundert Euro monatlich. Über weitere Konten, auch bei anderen Banken, verfügte Blähmann nicht. Bei Enrico Machte verhielt es sich ähnlich. Auch sein Konto wies kein nennenswertes Guthaben auf, allerdings hatte er ein regelmäßiges Gehalt von seinem Arbeitgeber bezogen, und diverse Grundkosten, also Wasser, Strom, Steuern und Versicherungen, erschienen als Abbuchungen. Die horrenden Handwerkerkosten, die in seinem Haus stecken mussten, und die teuren Anschaffungen tauchten überraschenderweise nicht auf. Bei Martin Deller wurde es schließlich interessant. Sein Girokonto wies regelmäßige Lohneingänge von seinem Arbeitgeber und einige Lastschrifteneinzüge für laufende Kosten auf, allerdings hatte Deller in der letzten Zeit kaum mehr als hundert Euro monatlich abgehoben, sodass die Habensumme auf fast sechstausend Euro angewachsen war. Wie er mit hundert Euro vier Wochen lang auskommen konnte, war Kohlschuetter schleierhaft. Noch erstaunlicher fand er jedoch die Tatsache, dass Deller seit etwas mehr als zwei Jahren jeden Monat per Dauerauftrag genau tausend Euro von seinem Girokonto auf ein Konto der Gemeinde Bilzingsleben überweisen ließ.

»Ob seine Schwester erfreut darüber war, dass ihr Bruder sein Geld für die Gemeinde ausgegeben hat?«, fragte Bernsen, als sie vor der Wohnung von Edelgard Deller hielten.

»Von der Sache her geht sie das ja nichts an«, entgegnete Kohlschuetter. »Aber wir werden es wohl gleich erfahren.«

Martin Dellers Schwester bewohnte eine kleine Wohnung in der zweiten Etage eines Mehrfamilienhauses im Zentrum von Kindelbrück. Bernsen und Kohlschuetter hatten kaum den Klingelknopf gedrückt, da summte auch schon der Türöffner, und als die schwere Haustür hinter ihnen ins Schloss gefallen war, ertönte von oben die freundliche Stimme einer Dame, die darum bat, das ungewischte Treppenhaus zu entschuldigen.

Edelgard Deller stand, umhüllt von einer Wolke süßlichschweren Parfüms, im schmalen Flur und schaute mit einer Mischung aus Sorge und Neugier über das Treppengeländer zu Bernsen und Kohlschuetter herunter. Sie war eine auffallend anziehende Frau von Anfang fünfzig, wobei Kohlschuetter nicht genau sagen konnte, ob dies einer natürlichen Schönheit und guten Genen oder ihrem extrem gepflegten Äußeren verbunden mit einem extravaganten Kleidungsstil geschuldet war. Ihre knallroten dicken Locken lagen gleich lodernden Flammen um ihr ovales, angenehm gebräuntes Gesicht, das durch eine dezentere Verwendung von Make-up womöglich noch gewonnen hätte. In ihrem üppigen Dekolleté ruhte eine schwere Goldkette. Daran hing ein mit eingravierten Rosenranken verziertes Amulett, das ausgezeichnet mit den zahlreichen breiten Goldringen an ihren Fingern harmonierte.

Unter Andeutung eines Lächelns bat sie die Kommissare herein, nahm sich aber die Freiheit, vorauszutänzeln – anders hätte man ihren Gang nicht beschreiben können. Das bis zum Boden reichende knallbunte wallende Seidengewand, das sie trug, umspielte ihre überaus weiblichen Formen sanft bei jedem ihrer wogenden Schritte.

Kohlschuetter rümpfte die Nase, denn der intensive Duft, den er bereits im Hausflur gerochen hatte, verstärkte sich nach dem Betreten der Wohnung um ein Vielfaches. Bernsen hingegen, der, seinen Blicken nach zu urteilen, offenkundig eine Schwäche für die Dame hatte, schien sich daran nicht zu stören. Er folgte Edelgard Deller mit einem Gesichtsausdruck, der irgendwo zwischen Faszination und grenzenloser Ergebenheit lag, ins Wohnzimmer und wandte den Blick erst wieder ab, als Kohlschuetter der Frau die furchtbare Nachricht überbracht hatte und die bis dahin vollkommen Ahnungslose in fürchterliche Tränen ausbrach. Prompt widmete er sich dem Zeitungsstapel auf dem Couchtisch. Heulende Frauen ließen ihn ganz offenkundig kalt.

»Martin, mein lieber Bruder«, greinte die Deller herzzerreißend, und ihr attraktives Gesicht verzog sich zur klagenden Grimasse. »Ich habe doch sonst niemanden mehr«, brachte sie noch gequält hervor, dann schlossen sich ihre Lider, und sie sackte bewusstlos auf ihrem Sessel zusammen. Bernsen sprang ihr zur Seite und konnte sie gerade noch auffangen, ehe sie seitwärts auf den Fußboden rutschte. Mit einem Arm umfasste er ihre fleischigen Schultern, um sie in aufrechter Position zu halten, und versuchte, sie mit der Hand seines anderen Armes durch ein kräftiges Tätscheln ihrer Wangen wieder aufzuwecken. Kohlschuetter alarmierte zunächst den Notarzt und schaute sich dann, unter dem Vorwand, ihr ein Glas Wasser aus der Küche holen zu wollen, unauffällig in ihrer Wohnung um.

Die Zimmer waren über den kleinen Flur miteinander verbunden, indem alle Türen, sogar die des Badezimmers, zugunsten von orange-braunen Holzperlenvorhängen ersetzt worden waren. Frau Deller lebte ganz offensichtlich allein, zumindest deuteten ein penibel geglättetes Kissen samt dazugehöriger Decke auf dem schmalen schmiedeeisernen Bett und die fehlenden Kosmetikartikel mit dem Aufdruck »for men« im Badezimmer darauf hin. Darüber hinaus war ihr Geschmack bei Einrichtungsdingen viel zu speziell, als dass sich ein Mann darin wohlfühlen könnte. Exorbitant verwendete blau-weiße Mosaikornamente zierten die Wände, die Möbel und sogar den Toilettensitz, allerorten kombiniert mit farbenfrohen Katzendarstellungen jeglicher Art. Vervollständigt wurde das Gruselensemble durch dicke Kunstpalmen in Terrakottatöpfen, bestickte Sofakissenbezüge und flauschige Teppiche, die letzteren beiden ebenfalls in Blau-Weiß.

Auf Kohlschuetter wirkte das alles wie die noble Variante der »Mallorca Kollektion« von Esprit, die er im Original schon bei Nadine, der Vorgängerin von Manuela, einfach nur scheußlich gefunden hatte. Eine künstlich nachgemachte Urlaubsatmosphäre war einfach nicht sein Ding. Frau Deller hingegen schien zu den Damen zu gehören, die das mochten, wesentlich mehr gab ihre Wohnung auf den ersten Blick jedoch nicht über sie preis. Einzig und allein ein paar Schwarz-Weiß-Fotos, die Kohlschuetter an einer Wand im Wohnzimmer entdeckte, machten ihn stutzig. Das erste zeigte die junge Edelgard Deller mit ein paar Frauen an einer Art Werkbank, umgeben von Dutzenden Reisekoffern. Auf einem anderen stand sie mit stolz erhobenem Kopf und einer geblümten Kittelschürze bekleidet vor einem Fabriktor. Das dritte Bild war für Kohlschuetter jedoch das interessanteste. Die Deller, diesmal in heller Bluse zum kurzen Rock, lächelte in die Kamera, während neben ihr der ehemalige Thüringer Ministerpräsident Bernhard Vogel und ein fremder Herr mit getönter Brille einen mit der deutschen und der amerikanischen Flagge bedruckten Koffer in die Höhe hielten. Demnach musste es in Kindelbrück nach der Wende zumindest kurzzeitig einen Investor für die Kofferfabrik gegeben haben. Anders war das Bild nicht zu deuten. Nur konnte davon schon wenig später keine Rede mehr gewesen sein.

Dem Foto zufolge hatte Edelgard Deller also bis nach der Wende zur Belegschaft des traditionsreichen Unternehmens gehört. Kohlschuetter grübelte darüber nach, als die Türklingel ertönte und ihn aus seinen Gedanken riss. Kurz darauf stand der Notarzt im Zimmer, der sich lautstark über die Geruchsbelästigung und deren Folgen für den menschlichen Kreislauf ausließ und dann die zwar wieder ansprechbare, aber immer noch vollkommen unter Schock stehende Frau Deller mit ins Kreiskrankenhaus nach Sömmerda nahm.

»Schickes Rolf-Benz-Sofa, finden Sie nicht?«, bemerkte Kohlschuetter, als sie die Wohnungstür hinter sich zuzogen.

»Schicke Frau«, entgegnete Bernsen immer noch angetan. »Die üppigen Formen und dieser betörende Duft.«

»Seltsame Vorlieben haben Sie.« Kohlschuetter grinste in sich hinein. Man sollte es nicht meinen, aber der gute Friedhelm war offenbar doch nicht so resistent gegenüber dem weiblichen Geschlecht, wie er immer tat. Wenn das die Rotfeder wüsste, wäre der verpatzte Urlaubsstart sein geringstes Problem.

»Haben Sie bei Ihren illegalen Schnüffeleien in den Privatgemächern der Angehörigen unseres Mordopfers etwas Brauchbares gefunden?«, wollte Bernsen spitzzüngig wissen.

Kohlschuetter schaute ihn irritiert an. Er war fest davon überzeugt gewesen, dass Bernsen das während seines Erste-Hilfe-Programms nicht mitbekommen hatte. »Die Deller war früher ebenfalls in der Kofferfabrik beschäftigt, demnach müsste sie Dieter Blähmann gekannt haben«, entgegnete er unsicher.

»Hm. Da haben die beiden ja noch eine Gemeinsamkeit.«

»Wie meinen Sie das?«

»Unter dem Stapel Zeitungen auf dem Wohnzimmertisch guckte die Ecke eines Schreibens vom Jobcenter Sömmerda hervor. Frau Deller ist Hartz-IV-Empfängerin. Nur war mir ihre Aufmachung dafür etwas zu fett, allein der Schmuck, den sie trug. Und die Wohnungseinrichtung war auch nicht gerade billig.«

Kohlschuetter musterte Bernsen erstaunt von der Seite. Der Kollege war doch immer für eine Überraschung gut. Dabei hätte er schwören können, dass Bernsens nüchterner Blick auf die Umstände durch seine galoppierenden Sexualhormone gerade komplett vernebelt gewesen war. »Ihr Bruder hat das Elternhaus behalten, er wird ihr das Erbe ausbezahlt haben«, entgegnete er, geplättet von Bernsens Scharfblick.

»Möglich, aber Sie haben das Haus gesehen. Wie weit kommt man mit den paar Kröten, die das wert ist? Abgesehen davon ist das zehn Jahre her.«

»Vielleicht gehörte noch Land dazu und Wald. Auf dem Dorf haben die doch alle ein paar Parzellen Grund und Boden.«

Bernsen schwieg. Erst als sie in Sömmerda auf die Autobahn nach Erfurt auffuhren, murmelte er noch einmal leise etwas vor sich hin.

»Edelgard Deller.«

Dann schlief er ein.

***

»Als Sie gestern Abend sagten, Sie würden noch mal ins Büro wollen, bin ich nicht davon ausgegangen, dass Sie Ihr Apartment gekündigt haben«, sagte Kohlschuetter, als er am nächsten Morgen um kurz vor halb acht das gemeinsame Dienstzimmer in der Erfurter Polizeiinspektion betrat und Bernsen an seinem Schreibtisch vorfand. Der Kollege hatte die Reste des gestrigen Frühstücks etwas beiseitegeschoben und starrte im Schein der Schreibtischlampe mit zerknirschtem Gesicht auf den Bildschirm seines Computers. Hinter ihm ratterte die Kaffeemaschine. Der angenehme Duft, der daraus aufstieg, vermischte sich mit dem Geruch nach vertrockneten Heringsresten und der fiesen, abgestandenen Luft eines Raumes, in dem jemand in den Klamotten vom Vortag die Nacht verbracht hatte, ohne die Fenster auch nur ein einziges Mal zu öffnen.

Da Bernsen überhaupt keine Reaktion zeigte, sondern nur wie besessen auf seine Tastatur einhämmerte, ging Kohlschuetter hinüber zur Fensterreihe, ließ die Jalousien hochfahren und riss zwei der vier Flügel weit auf, um die angenehme Frische des Morgens hineinzulassen. Kurz darauf erstarb das Klappergeräusch, und der Drucker ging an.

»Der Bericht für den Chef ist fertig«, sagte Bernsen mit belegter Stimme. »Wollen Sie auch eine Tasse?« Ohne die Antwort abzuwarten, stand er auf, nahm zwei Pötte mit lächelnden Seehunden von einem Sideboard, blies heftig hinein, um den Staub zu beseitigen, und goss sie randvoll mit dampfendem Kaffee.

Kohlschuetter nickte, erstaunt über die ihm bislang gänzlich verborgen gebliebenen Teamqualitäten seines Kollegen, von denen er so angetan war, dass er die fragwürdigen hygienischen Zustände unkommentiert überging. Schließlich würde der heiße Kaffee, so hoffte er zumindest, einen Großteil der angesammelten Bakterien vernichten. Bei der Übergabe achtete er jedoch darauf, Bernsens Gesicht nicht allzu nah zu kommen. Denn dass der Kollege heute schon eine angemessene Mundhygiene betrieben hatte, bezweifelte er angesichts der in Bernsens Büroschrank fehlenden diesbezüglichen Grundausstattung. Und dass er bloß ein ungewohnt früher Vogel war und zu Hause genächtigt hatte, davon war eher nicht auszugehen. Die Kaffee- und Weißkrautflecken auf seiner Jeans und das knittrige Fischerhemd konnten nicht unbedingt als Indiz für die Vermutung herhalten.

»Haben Sie tatsächlich die Nacht hier verbracht?«

»In sechsunddreißig Stunden erwartet mich –«, hob Bernsen an.

»Ich weiß«, unterbrach ihn Kohlschuetter. »Kurze Lagebesprechung, bevor wir zum Chef müssen?« Er trank einen Schluck von dem Kaffee, fuhr sich mit der Zunge über die leicht verbrannten Lippen, setzte sich auf seinen Platz und schaute den Kollegen erwartungsvoll an. Der lehnte vor ihm am Schreibtisch, schlürfte hörbar das heiße Getränk und begann, im Stakkato aus seinem Bericht zu zitieren.

»Drei männliche Leichen, halb nackt aus einer Sauna entführt, Gemeinsamkeiten: Bilzingslebener, weißes Badetuch, unverdauter Apfelsaft, Tatort Kindelbrück. Parallelen beim Tathergang:

zeitliche Nähe der Morde, Fundort gleich Tatort, keine Zeugen, Zusammenhang zwischen Tatort und Biografie der Opfer in zwei Fällen –«

»Biografie?«, unterbrach ihn Kohlschuetter.

Bernsen kratzte sich energisch an der Nase. »Ruhe! Wenn Sie an meinen protokollarischen Qualitäten etwas auszusetzen haben, machen Sie den Scheiß das nächste Mal selbst.«

Habe ich doch bisher immer, dachte Kohlschuetter, verkniff sich aber eine entsprechende Bemerkung. Schließlich wollte er Bernsen nicht gleich bei dessen erstem Ermittlungsbericht demotivieren.

»Wissen Sie eigentlich, dass der überwiegende Teil der Polizeiarbeit am Schreibtisch stattfindet? Ganze Nächte schlagen sich aufrechte Polizeibeamte in Thüringen um die Ohren, um das aufzuschreiben, was subversive kriminelle Elemente ihren Mitmenschen antun«, belehrte ihn Bernsen wichtigtuerisch.

Na, dann hat er das jetzt nach über vierzig Jahren bei der Polizei auch endlich mal mitbekommen. Kohlschuetter nahm einen Schluck von seinem Kaffee und schaute Bernsen erwartungsfroh an.

»Ungewöhnliche Hobbys«, fuhr Bernsen fort. »Begleitendes Merkmal: Schlangenentführung mit Erpressung eines Opfers … ach so, das können Sie ja noch nicht wissen.« Bernsen schaute Kohlschuetter mit einem Anflug von Genugtuung an. »Ihr Täubchen hat letzte Nacht ebenfalls Dienst geschoben und das verkohlte Schreiben aus Enrico Machtes Lagerfeuer enträtselt.« Er sprang auf, beugte sich zu seinem Schreibtisch hinüber, griff nach einem Blatt in einer Klarsichthülle und hielt es Kohlschuetter direkt vor die Nase. Es war nicht mehr das originale Post-it, sondern ein Ausdruck von dessen Rekonstruktion. Wie bei dem Zettel im Terrarium waren die Worte im Ganzen aus der Zeitung ausgeschnitten worden.

»Du bekommst dein Haustier erst wieder, wenn ihr macht, was wir sagen. Sollte es vorher an einem Kindergarten vorbeikommen, ist das euer Problem«, las Kohlschuetter laut vor. »Ihr, wir, euer, interessant«, konstatierte er. »Was hat dieser Jörg

Stengler von der Tiernotrettung gesagt? Für Kinder kann die Boa lebensgefährlich sein. Das nenne ich mal skrupellos, meine Fresse.«

»Hat aber nicht genug Eindruck gemacht, wenn Sie mich fragen, sonst hätten die Erpresser nicht zum Äußersten gehen müssen, und Machte, Blähmann und Deller würden noch leben.« Bernsen fuhr bei geöffnetem Mund mit der Zunge über seine Zähne, als wollte er den Zahnbelag entfernen.

Kohlschuetter beobachtete ihn dabei und überlegte, ob er dem Kollegen eine Zahnbürste aus seinem Schrank geben sollte, verwarf diesen Gedanken aber zügig wieder, um Bernsen nicht unnötig auf die Palme zu bringen. Schließlich konnte er überaus empfindlich reagieren, wenn irgendjemand sich anmaßte, ihn zu bevormunden. Das durfte nur seine Rotfeder. »Hm. Da Machte den Zettel verbrannt hat, haben die Angesprochenen die Drohung offenkundig nicht allzu ernst genommen, was wiederum den Schluss zulässt, dass sie dem Absender diese Art Spielchen nicht zugetraut haben. Und in der Kita wurde die Boa dann ja letztlich auch nicht gefunden.« Er nahm einen großen Schluck Kaffee. »In Bilzingsleben wusste man doch, dass Machte eine Schlange hielt, oder?«

»Mit Sicherheit hat sich das rumgesprochen, vor allem innerhalb eines Jahres«, murmelte Bernsen, der sich wieder in seine Aufzeichnungen vertieft hatte.

Kohlschuetter zog die Stirn kraus. »Woher …«

»Das Veterinäramt in Sömmerda ist ab sieben besetzt. Das Tierchen war legal erworben worden und ist seit einem Jahr ordnungsgemäß gemeldet, sozusagen ein waschechter Bilzingslebener«, sagte Bernsen breit grinsend. »Und ja, was Sie sagten, denke ich auch. Entweder waren der Machte und seine Saunakumpels richtig abgebrüht, oder sie haben ihren Erpressern die Nummer schlicht nicht zugetraut.« Er räusperte sich und zitierte weiter aus seinem Bericht. »Kontenbewegungen der Opfer unauffällig, kein Anhaltspunkt für eine Straftat, häusliche Umstände dem Einkommen angemessen, Ausnahme Enrico Machte, Geldbeschaffung noch unklar –«

»Wie der Deller die Kohle für sein großzügiges Mäzenatentum aufgebracht hat, wissen wir auch noch nicht«, wandte Kohlschuetter ein. »Zumindest bei seinem jüngsten Investitionsvorhaben hätten die Kosten seine Mittel sicherlich weit überstiegen.«

Bernsen schaute grimmig auf. »Das habe ich auch geschrieben.«

»Dann müssen Sie es auch sagen. Weiter.«

»Apfelsaft weder im Landhotel noch bei den Opfern zu Hause auffindbar. Herkunft unklar«, knurrte Bernsen.

Kohlschuetter stolperte auch hier über die Formulierung, schwieg aber vorsichtshalber.

Bernsen hob ruckartig den Kopf. »Ach, das hatte ich auch noch nicht erwähnt, oder?« Wieder dieses schelmische Grinsen. »Der Apfelsaft im Magen der Toten war mit einem starken Beruhigungsmittel versetzt.«

Kohlschuetter verschluckte sich fast an seinem Kaffee. »Wie bitte?«

»Ich dachte mir, das Fossil in Jena leidet bestimmt an seniler Bettflucht, und habe ihn um kurz vor sechs angerufen. Wie erwartet, war er schon im Institut, wahrscheinlich nutzt er die Zeit vor Morgengrauen, um die Unterlagen der Anders zu verstecken, zuzutrauen wäre es dem Alten.« Bernsen lachte. »Na ja, die Ergebnisse der toxikologischen Untersuchung lagen vor. Die drei Männer waren stark sediert, aber nicht bewusstlos, sondern, ich würde sagen, gefügig gemacht. Das Erstaunliche ist, dass es sich bei dem Beruhigungsmittel um ein Medikament aus der Tiermedizin handelt. Acepromazinmaleat, ein Wirkstoff, der für den Menschen nicht zugelassen ist. Kalder wollte sich noch mal schlaumachen und ruft uns an. Das glaubt man wirklich nicht, der hört ja neuerdings wie ein Luchs.« Bernsen gluckste zufrieden.

»Der Täter muss Machte, Deller und Blähmann präparierten Saft untergeschoben haben. Und er muss die Reste, sollte es welche gegeben haben, hinterher wieder mitgenommen haben, ebenso die leeren Flaschen oder Tetra Paks. Susi hat doch nichts dergleichen gefunden, oder?«

»Nein. Und genau das ist die Frage, die wir dringend lösen sollten: Wie sind unsere drei Saunagänger an den Stoff gekommen? Der Mörder hätte ihre eigenen Vorräte vergiften können, aber das wäre zu unsicher gewesen, was, wenn sie sich an dem Abend stattdessen für Wasser entschieden hätten? Er hätte außerdem hinterher noch mal einbrechen müssen, um die Reste zu entsorgen. Im Landhotel gab es wegen der Lieferschwierigkeiten nichts, was man hätte präparieren können. Könnten sie vorher vielleicht noch auf einen Saft in einer Kneipe gewesen sein?«

Kohlschuetter dachte nach. »Blähmann nicht. Den haben seine Frauen direkt vor dem Landhotel abgesetzt. Und dass die Kerle vor ihrem Treffen irgendwo jeder für sich Apfelsaft getrunken haben, glaube ich nicht, das wäre ja wirklich ein erstaunlicher Zufall.«

Bernsen machte ein nachdenkliches Gesicht, dann schlug er sich mit der flachen Hand gegen die Stirn. »Und wir haben uns die ganze Zeit gefragt, wieso sich drei kräftige Kerle einfach so zum Ermorden abführen lassen. Die Jungs waren breit. Mensch.« Er lächelte zufrieden, sprang hinter seinen Schreibtisch und ergänzte eilig den Bericht.

»Aber war das nicht bereits klar, als Sie sagten, die wären betäubt gewesen?«, fragte Kohlschuetter verwundert.

»Menschenskind, jetzt seien Sie mal nicht so kleinkariert. Haben Sie nur drei Stunden geschlafen, noch dazu bei Claudi im Büro auf dem unbequemen Sofa?«, empörte sich Bernsen lautstark.

Kohlschuetter überlegte. Bisher war ihm nie aufgefallen, dass die Sekretärin des Chefs über ein Sofa in ihrem winzigen Büro verfügte. Der Einzige, der so etwas hatte, war der Chef. Bernsen hatte doch nicht allen Ernstes im Büro des Chefs genächtigt? Na, hoffentlich bekam der das nie heraus.

»Der Apfelsaft muss von den Tätern stammen«, hob Bernsen an, »und er wurde den Männern in der Sauna verabreicht. Die Mörder haben ihn ins Landhotel gebracht. Und um sicherzugehen, dass die Kerle nichts anderes trinken, haben sie den Getränkekühlschrank leer geräumt und ausschließlich das präparierte Zeug dort deponiert. Zwei Stunden Sauna machen durstig, die Chance, dass die zu dem Saft greifen, war immens hoch, zumal niemand vom Hotel da war, der etwas anderes hätte bereitstellen können. Und die Flaschen konnten sie samt der Klamotten hinterher schnell wieder einpacken, erst recht, wenn die Opfer komplett benommen geduldig auf ihren Abtransport warteten.«

»Ist das Betäubungsmittel frei verkäuflich? Was hat Kalder zur Dosierung gesagt?«, erkundigte sich Kohlschuetter nervös. Endlich zeichnete sich eine heiße Spur in diesem verzwickten Fall ab.

»Das Fossil blickt es noch nicht ganz, ruft uns aber sofort an. Das sagte ich bereits, Kollege.« Bernsen stand von seinem Schreibtisch auf, ging zum Drucker, legte Papier nach und wartete, bis der überarbeitete Bericht herauskam.

Kohlschuetter murmelte etwas Unverständliches.

»Tatmotiv unklar, Racheakt zwischen Bilzingsleben und Kindelbrück nicht auszuschließen, Zusammenhang mit archäologischer Ausgrabungsstätte in Bilzingsleben noch zu überprüfen, Hauptverdächtige: Edelgard Deller.«

»Was?« Kohlschuetter schoss von seinem Bürostuhl hoch, wobei er sich fast die Reste seines Kaffees über das Hemd kippte. »Das müssen Sie mir jetzt aber erklären.«

Bernsen ging zurück zu seinem Schreibtisch, beugte sich darüber und bewegte die Maus, sodass der Bildschirmschoner verschwand und die Uhrzeit sichtbar wurde. »Erst ist der Chef dran. Auf dem Weg dorthin habe ich noch etwas Zeit, mir ein passendes Motiv für Dellers Schwester auszudenken. Ohne eine dringende Tatverdächtige kann ich morgen aber doch unmöglich pünktlich starten.«

***

»Ich habe Ihnen doch gleich gesagt, der Chef frisst das nicht.«

»Ich will das nicht hören.« Bernsen schmollte mit einer Miene, die nicht im Geringsten einem über Sechzigjährigen, sondern eher einem fünfjährigen Mädchen entsprach. Dabei hatte er sich nichts vorzuwerfen. Er hatte wenigstens versucht, sich und den Kollegen Superschlau nach fast zwei Tagen Ermittlungsarbeit nicht allzu blöd dastehen zu lassen, während dieses Greenhorn ja schon beim ersten Wort des Chefs klein beigeben musste. Natürlich hatte er keine stichhaltigen Beweise für seinen Verdacht, aber wenigstens hatte er einen. Mister Muskelprotz konnte nicht einmal das vorweisen.

Edelgard Deller hatte den Nervenzusammenbruch vorgetäuscht, das stand für Bernsen tausendprozentig fest. Die Weiber hatten ihm noch nie etwas vormachen können, außer vielleicht seine Rotfeder, aber die war von einem ganz besonderen Schlag. Wie damals, als sie den blöden Köter angeschleppt hatte. Ohne sein Wissen, von seiner Zustimmung ganz zu schweigen. Und das ihm, einem militanten Ich-mag-keine-Tiere-außer-Fische-Typ. Er hatte nur erlaubt, dass Bernd mit ins Schlafzimmer durfte, weil sie ihm hoch und heilig versicherte, dass der Pudel nur auf Probe bei ihnen wohnte, zwei Tage, übers Wochenende maximal. Dabei hätte er doch gleich darauf kommen können. Niemand kaufte eine Hundegrundausstattung im Wert von vierhundert Euro, füllte einen Anmeldebogen für die Hundeschule aus und bestellte sich eine Hundefuttervertreterin ins Haus, wenn er oder sie nur ein Achtundvierzig-Stunden-Frauchen war. Und von wegen, Bernd hätte sich innerhalb von zwei Tagen so auf das neue Herrchen fixiert, dass er das Haus Bernsen nur unter schweren traumatischen Erfahrungen wieder hätte verlassen können. Seine Rotfeder wusste eben genau, wie sie seinen Widerstand brechen konnte. Aber nur sie. Edelgard Deller hingegen machte ihm nichts vor. Die Aussagen vom Bilzingslebener Bürgermeister Bogk und diesem Schimanski-Polen aus dem Obstbau waren klar und deutlich gewesen: Martin Deller und seine Schwester Edelgard hassten sich. Wieso sollte die aufgedonnerte Ziege dann bei der Nachricht von seinem Ableben in eine unendliche Traurigkeit verfallen? Blödsinn. Das war eine Masche, um von sich abzulenken. Zumal auch ihre Unwissenheit nur gespielt gewesen war. Am Dienstag hatten binnen einer Stunde ganz Bilzingsleben und Kindelbrück von den Morden gewusst. Und ausgerechnet die dralle Edelgard wollte nichts gehört haben, weil sie verreist war und die Kindelbrücker keine Handys kannten? Nee, nee, nicht mit ihm.

»Keiner ihrer Kindelbrücker Bekannten hat sie benachrichtigt, aus Rücksicht auf ihren Kurzurlaub?« Als er dieses Gelaber des Chefs gehört hatte, waren seine Nackenhaare in Habachtstellung gegangen. Faule Ausreden. Natürlich hatte er keine Ahnung, warum sie ihren Bruder und dessen Saunakumpels um die Ecke bringen sollte, aber das würde er noch herausbekommen. Heute. Mehr Zeit blieb ihm ohnehin nicht.

»Eine Tatverdächtige ohne passendes Motiv ist keine Tatverdächtige«, sagte Kohlschuetter ruhig. »Die Frau ist ein unbeschriebenes Blatt, ohne Vorstrafen, nichts. Sie haben es doch vorhin selbst gesehen. Sogar bei der Arge, alles sauber. Gut, sie hat bis 1994 mit Blähmann zusammen in der Kofferfabrik gearbeitet, aber das ist nicht illegal. Maximal eine Verbindung, an der wir noch einmal ansetzen können.« Kohlschuetter sprach, ohne Luft zu holen. »Dass Bruder und Schwester sich nicht leiden können, kommt in den besten Familien vor, deswegen bringt man niemanden um. Manchmal zugegebenermaßen schon, vielleicht wegen Erbstreitigkeiten. Das erklärt aber nicht die anderen beiden Morde.« Er notierte das Stichwort »Abfrage beim Notar« in seinem Notizbuch. »Ich finde verdammt noch eins keinen Ansatzpunkt, Mann.«

»Ich will das nicht hören. Geben Sie mir die Butter«, wiederholte Bernsen störrisch.

Kohlschuetter folgte seiner Bitte wortlos und reichte ihm ein kleines abgepacktes Butterstückchen über den Tisch.

»Ich komme nicht an das Rührei«, maulte Bernsen.

»Zu viel Ei ist ungesund.« Kohlschuetter schob ihm den Teller mit dem Rührei über den Tisch. Dabei stieß er gegen drei kleine Schälchen mit selbst gemachter Marmelade, die sich Bernsen vom Frühstücksbuffet des Landhotels »Altes Pfarrhaus« geholt hatte. Eines davon fiel um. Bernsen richtete es wieder auf und schaute Kohlschuetter griesgrämig an. Der löffelte seinen Joghurt mit frischen Früchten, den ihm die Mitarbeiterin gerade gebracht hatte, und machte auf Schönwetter. »Das Frühstück hier ist lecker, gute Idee von Ihnen.«

Diese harmoniebedürftigen Ossis, dachte Bernsen und grinste unwillkürlich in sich hinein. Spannungen können die einfach nicht aushalten. Aber da musste der Kollege durch. Schließlich hatte er es verbockt, hätte der nur einen Moment mitgespielt, bräuchte er sich heute Abend nicht diesem grauenvollen Telefonat mit seiner Rotfeder zu stellen. Nicht einmal das wollte Kohlschuetter für ihn übernehmen. Stinksauer schaufelte er sein Rührei in sich hinein. Er würde sich noch eine Portion bestellen, nur damit dieser Schlauberger sich ausgiebig über die Schädlichkeit von Cholesterin aufregen konnte. Und dann würde er beweisen, dass Edelgard Deller etwas mit den Morden an den drei Bilzingslebenern zu tun hatte, und wenn es das Letzte war, was er tat.

»Bernsen, Mensch, jetzt nehmen Sie es doch nicht so schwer. Der Urlaub ist doch nicht gestrichen, nur verschoben«, sagte Kohlschuetter und schob ihm auch den Wurstteller über den Tisch.

»Gestrichen. Pah. Ich pfeife drauf«, sagte Bernsen kauend, wobei ein Fetzen Rührei auf der roten Tischdecke landete. Er beugte sich leicht über den Tisch zu Kohlschuetter. »Wir werden die ganze Zeit beobachtet, schräg hinter Ihnen, aber nicht rumdrehen«, raunte er, ohne dabei großartig die Lippen zu bewegen.

Kohlschuetter drehte leicht den Kopf in Richtung Nachbartisch. Dort saßen zwei junge Männer und unterhielten sich angeregt über Funde aus dem Paläolithikum. Es fielen Ortsnamen wie Weimar-Ehringsdorf, Neumark-Nord und Königsaue.

Bernsen schüttelte den Kopf. »Nicht die beiden Labertaschen, das Schwabenpaar von gestern, schräg dahinter. Die schweigen sich nicht nur schon die ganze Zeit beharrlich an, die sehen auch ziemlich verstört aus.« Er richtete sich auf und sagte für den gesamten Frühstücksraum hörbar: »Schatzi, kann ich bitte die Milch haben?«

Kohlschuetter streckte intuitiv die Hand nach dem Kännchen aus, stockte und schaute Bernsen verdutzt an. Zeitgleich schepperte hinter ihm Geschirr, und das laute Schaben von Stuhlbeinen auf dem Fußboden war zu hören.

»Am Montag diese schamlose … Na ja, das hat mir ja schon gelangt, aber nun ist es genug. Hier bleibe ich keine Minute länger. Jetzt auch noch Schwule. Und gleich zwei Paar«, schimpfte der Mann in schönstem Schwäbisch und verließ wutschnaubend den Raum.

Die Unterhaltung zur Altsteinzeit brach abrupt ab, und die beiden Männer am Nebentisch rissen entsetzt die Köpfe nach oben.

»Heinz, bitte«, jammerte seine Frau und rannte ihm nach. Ganz offensichtlich war sie von dem Temperamentsausbruch ihres Mannes überrascht worden und schämte sich nun vor den anderen Gästen.

»War das notwendig, um Ihre Laune anzuheben?«, fragte Kohlschuetter vorwurfsvoll.

Bernsen zuckte nur mit den Schultern und schob sich die letzte Gabel Rührei in den Mund. »Notwendig nicht, aber amüsant«, antwortete er, wischte sich mit der Handfläche ein paar Brötchenkrümel vom Mund und stand auf. »Ich muss aufs Klo, und Sie bestellen mir noch ein Rührei.« Mit schnellen Schritten verließ er den Frühstücksraum.

Als er den Flur des Landhotels betrat, stand das Paar heftig streitend auf dem Laubengang. Sie keifte: »Jetzt brauchst du auch nicht mehr so zu tun. Dich stört das alles hier doch überhaupt nicht. Im Gegenteil. Denk bloß nicht, dass ich vergessen habe, wie du dich am Montagabend aufgeführt hast, du brünstiger Bock …« Sie entdeckte Bernsen in der geöffneten Hintereingangstür, lief knallrot an und biss sich auf die Lippen.

Bernsen hielt direkt auf sie zu, sein Interesse war geweckt. »Behinderung der Polizeiarbeit ist strafbar«, sagte er wie nebenbei. Dann schaute er den Mann mit durchdringendem Blick an. »Wenn ich mich richtig erinnere, hat Sie der halb nackte Saunagänger am Montag doch überhaupt nicht interessiert. Es war Ihre Frau, die sich darüber furchtbar echauffiert hat, richtig?«

Der Mann nickte zögerlich.

»Ihnen ist das alles egal. Ihre Frau ist die Verklemmte. Stimmt's?« Bernsen fing an, energisch mit dem rechten Fuß zu wippen. Es wurde Zeit, dass er die letzten beiden Tassen Kaffee wegschaffte.

Die Frau wollte protestieren, doch ein Blick von Bernsen genügte, und sie schwieg.

Der Mann nickte erneut.

»Bis gerade eben habe ich geglaubt, Sie würden sich mit Ihrer Show da drinnen bei Ihrer Frau einschleimen wollen, immerhin herrscht bei Ihnen beiden ja ganz unverkennbar dicke Luft. Jetzt werde ich aber das Gefühl nicht los, dass da mehr ist.« Er hob abwartend eine Augenbraue und musterte den Schwaben siegessicher.

Der kämpfte mit sich, sagte aber kein Wort.

»Feigling«, fauchte seine Frau und wandte sich Bernsen zu. »Mein Mann stiert nach anderen Frauen.« Sie atmete geräuschvoll aus. »Nun ist es raus, kann ja auch jeder wissen, ist ohnehin offensichtlich.« Dann formten sich ihre Augen zu schmalen Schlitzen. »Es geht Sie trotzdem nichts an.«

»Was war am Montagabend los, dass Sie beide schon die ganze Woche darüber streiten?«, fragte Bernsen mit Nachdruck in der Stimme. »Um den halb nackten Mann im Garten ging es doch mit Sicherheit nicht.«

»Eine, na ja, Sie wissen schon, eine von diesen sexbesessenen Hyänen war da«, platzte die Frau heraus.

»Ihr Mann hat sich eine Prostituierte ins Hotel bestellt?«, hakte Bernsen nach, wobei er die Frau zu seiner eigenen Belustigung absichtlich falsch verstand.

Dem Grinsen des Mannes nach zu urteilen, gefiel ihm der Gedanke. Erst als ihn der giftige Blick seiner Frau traf, senkten sich seine Mundwinkel wieder, und er sagte: »Das war eine sehr nette Frau, und sie gehörte zum Personal.«

»*Personal*, klar, das hat auch was zu sagen. Hier im Osten«, empörte sie sich, wobei sie despektierlich ihre Nase rümpfte. »Die war *so eine*.«

Bernsen runzelte die Stirn und dachte an die Mitarbeiterin

des Hotels, die am Montag Dienst gehabt hatte. Was könnte der Schwabe wohl gemacht haben, dass er dieses Donnerwetter verdiente? Abgesehen davon hatte die Mitarbeiterin nun wirklich nicht wie sexbesessen ausgesehen und sich auch überhaupt nicht so benommen. Man musste schon ziemlich beschränkt sein, wenn man das dieser zurückhaltenden Frau andichten wollte. »Wann haben Sie die Dame denn gesehen?«, fragte er nun deutlich ernster.

»Gegen halb acht. Wir wollten gerade zu unserer Abendrunde starten. Da kam sie mit einem Beutel Flaschen, um die Getränke im Wellnessbereich aufzufüllen.«

Bernsen unterbrach das Fußwippen und schaute den Mann mit großen Augen an.

»Die Tasche habe ich ihr getragen, weiter nichts«, sagte der kleinlaut.

»Diesem schwarzhaarigen Vamp mit dem Schlafzimmerblick und den riesigen … das glaubst du doch selbst nicht!«, keifte seine Frau.

Die einzige Mitarbeiterin des Hotels, die Bernsen kannte, hatte blondes kurzes Haar und keine riesigen was auch immer. Und auch bei den Bedienungen in der Waldgaststätte war keine mit einem solchen Äußeren dabei gewesen. »Geht es auch etwas genauer?«

Die Frau winkte angeekelt ab. »So wie die eben alle aussehen.«

»Wie, will ich wissen, und zwar sofort«, polterte Bernsen.

Die Wangen der Frau begannen zu glühen. »Etwa eins fünfundsechzig groß, ausladende Rubensfigur, eine wilde, unfrisierte Lockenmähne, dunkelroter Lippenstift, viel zu grell, wenn Sie mich fragen, enge Jeans, auch überhaupt nichts für diese Figur, aber von Pepe, und einen Gang, als hätte sie es nur darauf abgesehen, dass ihr die Männer auf den dicken Hintern glotzen.«

»So dick war der nun auch nicht«, widersprach ihr Mann.

»*Du* brauchst dir darüber keine Gedanken zu machen. Streich das Bild aus deinem Kopf, umgehend, sonst tu ich es«, fauchte sie aufgebracht. Dann sagte sie mit der überheblichen Miene einer

Henkerin, die ihre Konkurrentin auf dem Schafott hat: »Und zu viel Parfüm trug sie auch, geradezu impertinent.«

Bernsen lobte sich insgeheim die Eigenschaft aller Frauen, ihre Geschlechtsgenossinnen besonders aufmerksam zu taxieren, vor allem dann, wenn sie so ganz und gar nicht dem eigenen Typ entsprachen und noch dazu um ein Männchen balzten. Dieses Revierverhalten erleichterte die Polizeiarbeit manchmal ungemein. Er überlegte einen Moment fieberhaft. Dann fragte er: »Schwarzhaarig? Gefärbt? Wie alt etwa?«

Sie stemmte empört die Hände in die knochigen Hüften. »Natürlich gefärbt, das sind die doch alle!«, blaffte sie.

Bernsen schaute sie strafend an.

Sie senkte den Kopf. »Mitte fünfzig, aber mindestens.«

»Höchstens«, korrigierte ihr Mann leise.

Ein erleichtertes Lächeln ging über Bernsens Gesicht. Wenn zutraf, was er dachte, würde er dem Kollegen Kohlschuetter von heute an jeden, aber auch wirklich *jeden* Ermittlungsbericht aufs Auge drücken. Als kleine Strafe für dessen devote Haltung gegenüber dem Chef. Und dafür, dass er seiner Rotfeder heute Abend trotzdem den verschobenen Urlaub beichten musste. Er hatte nämlich überhaupt keine Ahnung, warum Edelgard Deller die drei Morde begangen haben sollte. Und das auch noch als Schwarzhaarige, wo ihr doch Rot so ausgezeichnet stand.

***

»Auf dem Oberarmknochen eines Waldelefanten, liebe Freunde, glauben Sie mir, das ist eine Sensation, auf eben diesem Knochen haben die ersten Menschen von Bilzingsleben der Nachwelt eine Botschaft hinterlassen. Vor rund dreihundertsiebzigtausend Jahren. Diese sowie andere kulturelle Relikte des Urmenschen, seine Siedlungsspuren und natürlich die unzähligen Fossilfunde von Tieren und Pflanzen sind ein wahrer Schatz. Kaum irgendwo auf der Welt finden sich vergleichbare Fundstellen mit dieser Informationsbreite.« Er atmete tief in das Mikrofon, was ein unangenehmes Rauschen aus den Lautsprecherboxen bewirkte. »Nur durch diese Funde wissen wir, dass die Bilzingslebener schon vor dreihundertsiebzigtausend Jahren hier gesiedelt haben«, es folgte ein schnelleres Luftholen, »und sie haben kommuniziert.« Das letzte Wort schrie er fast.

Pause.

Ein Raunen ging durch die Zuhörerreihen in der Ausstellungshalle der Ausgrabungsstätte. Einige Gäste nickten sich anerkennend zu.

Der Redner hinter dem Stehpult sprach sichtlich euphorisch weiter, wobei er sich immer wieder dem Bild zuwandte, das ein Beamer riesengroß hinter ihm an die Wand warf. »Diese bewusst angebrachten Ritzungen, dünne Linien, die im rechten Winkel zueinander liegen, gehören damit zu den ältesten abstrakten Zeichen der Menschheitsgeschichte. Wie bedauerlich, dass wir nie erfahren werden, was die ersten Bilzingslebener uns damit sagen wollten.«

Ein Seufzer erfasste den Raum.

»Da wird einer auf einem Stück ausgekochtem Rinderknochen die Tage gezählt haben, die er noch hier in der Pampa ausharren musste. Vielleicht einer von den russischen Soldaten, die bei euch noch bis Anfang der 1990er an jeder Ecke stationiert waren«, nuschelte Bernsen dem neben ihm sitzenden Kohlschuetter wenig beeindruckt ins Ohr. »Hat ja dann im besten Fall auch schon siebzig Jahre auf dem Buckel, das Teil, nur ob sich dafür dieser Aufwand hier lohnt, na ja, ihr Ossis braucht eben euer Overstatement.«

Sie saßen inmitten von rund fünfzig internationalen Wissenschaftlern und Gästen der Abschlussveranstaltung des wissenschaftlichen Kolloquiums, das seit Dienstag auf der Steinrinne tagte. Gleich nach ihrem Frühstück im Landhotel »Altes Pfarrhaus« waren sie hierher aufgebrochen, um Martin Dellers Verbindungen zur Ausgrabungsstätte nachzugehen. Bernsen hatte darauf gedrungen, da er die Möglichkeit nicht außer Acht lassen wollte, dass die Morde in einem Zusammenhang mit den archäologischen Funden stehen könnten, dass sich also ein Streit um die Steinrinne zwischen Kindelbrück und Bilzingsleben entsponnen hatte, für den irgendjemand zu töten bereit war. In seiner Urlaubsnot war er sogar so weit gegangen, in Edelgard Deller eine vom Kindelbrücker Bürgermeister Süß engagierte Auftragsmörderin zu sehen, woraufhin Kohlschuetter ihn nur müde angelächelt hatte. In jedem Fall hatte sich die Fahrt in die eineinhalb Kilometer vom Dorf entfernte Ausgrabungsstätte gelohnt, denn als sie sich an der Hotelrezeption nach ihnen erkundigt hatten, waren die beiden Gäste des Hotels, deren Befragung noch ausstand, schon fort gewesen. Wie sich nach einem unverschämten Kommentar des Kollegen Kohlschuetter über Bernsens Rühreiappetit im Gespräch mit der Hotelmitarbeiterin jedoch herausstellte, waren die beiden Archäologen aus Halle am Montag eigens für dieses Kolloquium angereist, um hier in Bilzingsleben auf die internationalen Koryphäen auf dem Gebiet der Ur- und Frühgeschichte sowie der Archäologie zu treffen. Jetzt saßen die beiden Männer, die die Kommissare schon während des Frühstücks gesehen hatten, in der ersten Reihe und lauschten gemeinsam mit dem übrigen Publikum konzentriert dem Vortrag. Nur Bernsen, dem dieses intellektuelle Gequatsche um ein paar läppische Knochen auf den Keks ging, zappelte voller Ungeduld auf seinem Stuhl hin und her.

»›Sowjetsoldaten‹ lautete die richtige Bezeichnung, und die waren nicht *hier* stationiert«, flüsterte Kohlschuetter zurück. »Außerdem glaube ich nicht, dass die Crème de la Crème der Geschichtswissenschaft bei dieser Veranstaltung für ein paar Rinderknochen aufmarschiert. Ihr negatives Weltbild macht mich krank.«

»Na, na, na, wir wollen es ja nicht gleich übertreiben. Aber meinen Sie im Ernst, dass sich die ersten Menschen ausgerechnet im Osten angesiedelt haben? Da wollten doch nicht einmal die hin. Abgesehen davon denke ich, es wäre besser gewesen, ihr Thüringer hättet weiter mittels Waldelefantenknochen kommuniziert, das hätte dem Umfeld den gruseligen Dialekt erspart.« Bernsen grinste frech, während sich zwei Reihen vor ihnen Klaus Fischer auf den freien Platz neben Bürgermeister Bogk setzte. Er nickte Kohlschuetter und Bernsen zu, wobei er ein Gesicht machte, als hätte er Bernsens Unflätigkeit verstanden.

»Nehmen Sie es nicht so schwer, Kollege«, sagte Bernsen, als Kohlschuetter nicht antwortete. Er blies gelangweilt die Luft aus vollen Wangen aus, gähnte einmal kurz und schaute sich dann in der Ausstellungshalle um. Deren gewölbtes Dach ruhte auf einer beeindruckenden Holzkonstruktion, die nach drei Seiten durch riesige Glasflächen offen gehalten war. Wegen der sommerlichen Hitze hatte jemand die beiden Flügeltüren an der Frontseite, auf die graue schattenartige Umrisse einiger auserwählter Exemplare der urzeitlichen Fauna aufgeklebt waren, weit geöffnet. Rechts vom Eingang tat sich im Boden eine rechteckige Vertiefung von nicht geringer Größe auf, die komplett von einer halbrunden Glaskuppel geschützt wurde. Das Gebilde erinnerte ein wenig an eine Poolüberdachung, nur dass einen hier die aus dicken sandfarbenen Travertinschichten offengelegte Fundstelle des Homo erectus bilzingslebenensis erwartete. Um einen besseren Überblick zu haben, konnte man das Ganze auf einer verschiebbaren Metallbrücke überqueren. Daneben und davor standen einige Vitrinen, die ein paar der wichtigsten Funde zeigten.

Just als Bernsen in einem der Schaukästen den eingeritzten Waldelefantenknochen entdeckte, von dem der Redner gerade gesprochen hatte, fingen die Leute um ihn herum an zu klatschen. Offenkundig war der Vortrag beendet. Noch ehe sich die ersten erhoben, sprang er auf, lief schnurstracks auf die beiden Hotelgäste zu und erklärte ihnen kurz und bündig die Umstände seines Kommens. Die Männer machten betroffene Gesichter, begannen aber dann mit einer detaillierten Rekonstruktion ihres Aufenthaltes in Bilzingsleben. Zu Bernsens Leidwesen starteten sie am heutigen Donnerstag, und es dauerte eine Weile, bis sie nach all den erlebten Vorträgen, Diskussionen und interessanten Erkenntnissen des Kolloquiums, die sie allem Anschein nach immer noch verarbeiteten, am Montagabend angekommen waren.

»Wir waren so um kurz nach zehn wieder im Hotel, eingecheckt hatten wir ja schon am späten Nachmittag und sind dann los, um die ehemalige Grabungsstätte schon einmal ohne diesen ganzen Trubel zu besichtigen. Danach waren wir in Kindelbrück in den ›Drei Lilien‹ essen, das ist eine Kneipe neben dem Rathaus. Beinahe wären wir dort versackt. Der Skatrunde war ein Spieler abhandengekommen, und ich habe mich für eine Runde breitschlagen lassen«, berichtete der eine. »Na ja, jedenfalls, als wir gerade auf den Parkplatz zum Landhotel einbogen, kam ein Auto aus der Einfahrt herausgeschossen. Um ein Haar hätte es geknallt.« Der Mann schüttelte verständnislos den Kopf. »So ein paar Idioten.«

»Haben Sie die Leute im Wagen gesehen?«, hakte Bernsen nach.

»Unsere und deren Stoßstange trennten vielleicht zehn Zentimeter, bei dem Tempo, das die draufhatten. Ich würde sagen, vorn saßen zwei Frauen. Mehr habe ich nicht erkannt.« Er schaute unsicher zu seinem Kollegen, doch der reagierte nicht.

»Wie sahen die aus?«

»Puh«, entgegnete er betreten. »Sie müssen entschuldigen, aber in dem Moment habe ich darauf überhaupt nicht geachtet. Ich war dermaßen in Brass. Davon abgesehen war es ja schon ziemlich dämmerig.« Seine Wangen liefen dunkelrot an. Sicher ärgerte er sich, hier nicht besser aufgepasst zu haben.

»Automarke, Kennzeichen? Irgendetwas?«, fragte Bernsen ungeduldig. Wenn der Mann recht hatte und tatsächlich zwei Frauen um diese Zeit in wildem Tempo das Hotel verlassen hatten, manifestierte sich der Verdacht gegen seine Hauptverdächtige immer mehr. Nur wer war die zweite Frau, und warum hatten die beiden Weiber die drei Bilzingslebener entführt und umgebracht?

»Keine Ahnung, ich habe zurückgesetzt, den Wagen rausgelassen, und dann waren die auch schon weg.« Er wandte sich seinem Kollegen zu. »Hast du vielleicht …«

Der junge Kerl nickte schüchtern und antwortete mit weicher Stimme: »Mercedes G-Klasse, SÖM irgendetwas. Beide trugen schwarze Sonnenbrillen.«

»Genau. Und ich habe noch gedacht, kein Wunder, dass die mich nicht gesehen hat«, bestätigte der Erste.

Bernsen schaute von einem zum anderen. »Und trotz der Brillen sind Sie sich sicher, dass es Frauen waren?« Er würde sofort bei den Kollegen in Erfurt anrufen müssen, damit die einmal alle Halter dieser Fahrzeugmodelle mit Sömmerdaer Kennzeichen ermittelten. So viele konnte es bei der Preislage des Autos ja nicht geben.

Beide bejahten Bernsens Frage zögerlich.

Halbwegs zufrieden mit der Befragung verabschiedete sich Bernsen, um nach dem Kollegen Kohlschuetter Ausschau zu halten. Der stand zwischen dem Bilzingslebener Bürgermeister Bogk und Klaus Fischer und schien sich angeregt zu unterhalten. Bernsen zückte sein Handy und erledigte den Anruf. Dann schlenderte er einmal quer durch die Halle, warf hier und da einen Blick in die Vitrinen, kletterte auf die Brücke und erspähte in dem Travertin etwas, das er für einen urzeitlichen Farnwedel hielt. Als er alles gesehen hatte, ging er schnurstracks auf das noch im Aufbau befindliche Büfett zu. Eine Mitarbeiterin der Waldgaststätte Cleric, an ihrem bedruckten Polohemd unschwer zu erkennen, ordnete gerade die noch mit Klarsichtfolie bedeckten kalten Platten an. Bernsen bummelte an der langen Tafel vorbei, bis er einen großen Teller mit Forellenfilets entdeckte, blieb stehen, schaute auf die Frau, nickte mit dem Kopf wiederholt in Richtung Fisch, bis sie die Folie anhob und ihm auf einem Teller einige Filets reichte. Das Brot dazu stibitzte er sich aus einem Brotkorb, den eine andere Dame gerade hereintrug. Mit seiner Ausbeute setzte er sich auf den nächstbesten Stuhl, kaute genüsslich und beobachtete die anderen Gäste, denen eine Kostprobe dieses leckeren Essens noch nicht vergönnt war. Nachdem er fertig war, stand er auf, stellte den Teller auf seinem Stuhl ab und ging auf Kohlschuetter zu.

Er hörte noch, wie Kohlschuetter zum Abschied sagte: »Sie können stolz auf das alles hier sein, Herr Bogk. Bis gleich.« Dann liefen die Männer auseinander.

»Erst Sie«, blaffte er Kohlschuetter entgegen.

Der brummte nur und steuerte den Ausgang der Ausstellungshalle an. »Bogk beschwört, dass Edelgard und Martin Deller sich regelrecht gehasst haben. Das Ganze soll vor etwa zwei Jahren angefangen haben, davor waren die beiden noch ein Herz und eine Seele.«

»Also keine Erbkiste, die Mutter ist ja schon fast zehn Jahre tot«, sagte Bernsen unzufrieden.

»Nein. Angeblich war immer klar, dass Martin alles erben würde, da er als Einziger an Bilzingsleben hing. Seine Schwester wollte wohl lieber in die Welt hinaus und hat sich damals auszahlen lassen. Bogk kannte sogar die Summe. Na ja, bis Kindelbrück hat sie es ja immerhin geschafft. Ich schicke dem Notar trotzdem noch eine offizielle Anfrage, man kann ja nie wissen.«

Bernsen murmelte etwas von »Notarvertrag ansehen«. Seine Gedanken kreisten um die schöne Edelgard und darum, dass er ihr einfach nicht auf die Schliche kam.

»Das sagte ich gerade. Übrigens wusste nicht einmal der Gemeinderat, dass es dieses spezielle Unterkonto für die Zahlungen von dem Deller gab. Das war wohl als so eine Art Steinrinnen-Fördervereinkonto gedacht und basierte auf einer vertraulichen Abmachung zwischen ihm und Bogk. Weil er die Steinrinne gefördert hat, kann er also kaum gestorben sein. Und seine Schwester, nach der Sie sicherlich gleich fragen, hat sich für die Ausgrabungsstätte angeblich nie interessiert. Ansonsten passiert da draußen aus forschungstechnischer Sicht ja auch nicht mehr viel. Ich habe mich mit einem der hier vortragenden Professoren unterhalten. Einer privat finanzierten Grabung würde die Universität Jena unter Umständen zustimmen, aber die Kosten dafür belaufen sich auf um die Hunderttausende, weil das Ganze nur in professionelle Hände gelegt werden darf. Die Summe hätte selbst Martin Deller mit seinen Gehaltsschecks und seiner Altpapiersammlung nicht aufbringen können. Außerdem sagte mir der Professor, dass das Feld hier sozusagen abgegrast sei, man erwartet nichts Spektakuläres mehr. Der Ötzi ist also nichts als ein Wunschtraum des Bürgermeisters. Für Bilzingsleben ist das Gelände hier nur mehr aus touristischer Sicht interessant. Direkt am Radweg nach Kindelbrück gelegen, verirren sich ab und zu ein paar Geschichtsinteressierte hierher, und das regelmäßig stattfindende Kolloquium sorgt für weiterhin anhaltende

Schlagzeilen, immerhin ist dieser Fundort unter Historikern eine Sensation. Allerdings verschlingt die Unterhaltung der Anlage Unsummen, und die Eintrittsgelder reichen bei Weitem nicht aus, die Aufwendungen gegenzufinanzieren.«

»Der Bogk macht damit keinen Gewinn?«, fragte Bernsen ungläubig.

»Bilzingsleben hat das Ganze 2010 per Nutzungsvertrag auf den Landkreis übertragen, schlichtweg, weil es für eine kleine Gemeinde zu teuer ist. Mit Hilfe des Fördervereins finanzieren die noch ein paar Bautätigkeiten, aber ansonsten ist Bogk mit seiner Gemeinde raus.«

»Dann wollen die Kindelbrücker das doch auch nicht an der Backe haben«, konstatierte Bernsen.

»Eben. So schön wie Ihre Theorie auch war, sie macht keinen Sinn. Die Morde haben mit dem Urmenschen nichts zu tun. Und Edelgard Deller ist keine Auftragskillerin.«

»Das vielleicht nicht«, gab Bernsen zu und berichtete dann ausführlich, was die beiden im Landhotel logierenden Archäologen am Montagabend beobachtet hatten.

»Na, dann war meine Bitte um ein Bild von Edelgard Deller gar nicht schlecht«, bemerkte Kohlschuetter zufrieden.

Bernsen schaute ihn nur fragend von der Seite an.

»Wir treffen Bogk gleich im Gemeindeamt. Er hat ein Foto von Edelgard Deller, etwas mehr als zwei Jahre alt. Sie trägt zwar ein Weihnachtsmannkostüm, aber immerhin. Das sollte uns bei Ihren Schwaben nützlich sein. Bei den Archäologen dann wohl eher nicht.«

Schön, wenn ein junger, unerfahrener Kollege irgendwann zur Einsicht kommt, dachte Bernsen und marschierte voller Elan durch den schicken neuen Torbogen des Ausgrabungsgeländes und auf den davor parkenden Dienstwagen zu. Sein Mobiltelefon klingelte, und er kramte es umständlich aus seiner Hosentasche.

»Das Fossil ist dran«, informierte er Kohlschuetter nach einem kurzen Blick auf das Display. »Jetzt kommt doch noch Bewegung ins Spiel. Aalplatte, ich komme!« Er warf sich mit voller Wucht auf den Beifahrersitz des Autos, nahm den Anruf entgegen und drückte den Freisprechknopf, wobei er Kohlschuetter gönnerhaft zunickte. »Na, Herr Professor Kalder, wie sieht es aus?«, schmetterte er dem Rechtsmediziner euphorisch entgegen.

Der ging nicht näher auf die überschwängliche Begrüßung ein, sondern kam gleich zur Sache. »Also wegen des Acepromazins in den drei Mägen.« Er kicherte. »Wie ich schon sagte, ein hochwirksames Sedativum aus der Tiermedizin, das vor allem bei Katzen, Hunden und Pferden, weniger bei Rindern und Schweinen, wie mein Kollege mir versicherte, verwendet wird. Aber auch bei Zootieren wird das Mittel verabreicht, nun ja, nicht dass ich das noch vergesse.« Er räusperte sich. »Acepromazin gehört in die Gruppe der Phenothiazinderivate, die sedativ-hypnotisch wirken und zu einer Herabsetzung der Spontanmotorik führen. Welche Prozesse dabei im Körper ablaufen, ist noch nicht endgültig geklärt. Es spricht jedoch einiges dafür, dass unter anderem auch die Blockade des zentralen noradrenergen Systems für die Sedation verantwortlich sein könnte. Aber wie dem auch sei. Mein Kollege vermutet, dass die Getränke Ihrer drei Opfer mit Sedalin-Gel versetzt wurden. Das ist eine gelbe dickflüssige Masse, die sich in naturtrübem Apfelsaft ganz wunderbar auflösen lässt. Weder optisch noch geschmacklich dürfte das den bedauernswerten Männern aufgefallen sein. Nun ja, selbst wenn, wäre es danach aber schon zu spät gewesen. Acepromazin greift in die dopaminerge Reizübertragung ein und führt zu endokrinen Störungen wie vermehrter Prolaktinausschüttung –«

»Häh?«, blaffte Bernsen dazwischen.

»Nun ja, die Dopamin-2-Rezeptoren werden blockiert und das Erbrechen dadurch gehemmt. Selbst wenn die Herren sich hätten übergeben wollen, weil ihnen vielleicht bewusst geworden war, dass ihnen etwas verabreicht wurde, wäre das nicht passiert. Ein geschickter Schachzug des Mörders, denn hat das Opfer das Mittelchen einmal geschluckt, muss es da durch. Allerdings haben die drei Männer ihren Speiseröhren nach zu urteilen nicht das Bedürfnis gehabt, ihre Mägen per retrograder Peristaltik wieder zu entladen.«

»Wie stark ist die Betäubung?«, wollte Kohlschuetter wissen.

»Ach, junger Freund, Sie sind auch da, sehr schön«, bemerkte der Professor erfreut. »Wenn man es mit der Dosierung nicht übertreibt, können die Tiere … also, nun ja, Sie wissen schon, dann kann man noch laufen. Allerdings nur äußerst schwerfällig und verlangsamt. Viel eigener Wille oder gar Widerstand dürfte dabei aber nicht mehr zu erwarten gewesen sein. Die beeinträchtigte Kreislaufregulation, die mit einem deutlichen Blutdruckabfall einhergeht, ist für den Menschen sogar wirklich gefährlich. Man hätte die Männer ohne Probleme allein durch die Verabreichung des Mittels töten können. Den Aufwand, den Ihr Täter betrieben hat, brauchte es dabei überhaupt nicht. Aber er wird seine Gründe gehabt haben.«

»Fos… äh, Herr Professor, ist das Sedativum frei verkäuflich?«, fragte Bernsen.

»Nun ja, nein. Man bekommt es beim Tierarzt beziehungsweise auf Rezept von diesem. Sie sollten also nach einem Mörder mit einem Haustier, na ja, oder eben einem Zootier Ausschau halten.« Der Professor lachte nun herzerfrischend.

Da Kohlschuetter und Bernsen keine weiteren Fragen mehr an ihn hatten, verabschiedete er sich mit dem Hinweis, dass er nun für einige Tage zu einer Motorradtour in die Dolomiten fahren würde. Schweren Herzens, wie er versicherte, denn die Verhaftung des Serienmörders hätte er zu gern noch mitverfolgt. Falls bei der Ermittlungsarbeit weitere rechtsmedizinische Fragen aufkamen, sollten sich die beiden Kommissare vertrauensvoll an seine fleißige junge Assistentin wenden, die würde ganz sicher ihr Bestes geben. Dass Melanie Anders keineswegs seine Assistentin, sondern eine vollwertige Rechtsmedizinerin mit jahrelanger Erfahrung auf ihrem Gebiet war, hatte er trotz seines wie von Zauberhand erstarkten Gehörsinns anscheinend immer noch nicht mitbekommen.

Nachdem der Professor aufgelegt hatte, verfiel Bernsen in eine mitleiderregende Jammerei über den verpatzten Urlaubsbeginn, die darin endete, dass er allen über achtzigjährigen Rechtsmedizinern die Einreise nach Italien verwehren wollte, noch dazu, wenn sie auf einer Harley-Davidson daherkamen.

Irgendwann hatte dieser Anfall von Missgunst jedoch ein Ende, und er starrte geistesabwesend durch die von Insektenresten beschmutzte Windschutzscheibe. Kohlschuetter überprüfte derweil die Nachrichten auf seinem Handy.

»Haben wir bei Enrico Machte eigentlich auch Medikamente für seine Schlange gefunden?«, erkundigte sich Bernsen, der keine Chance auf einen rechtzeitigen Urlaubsbeginn unbedacht lassen wollte.

»Nicht dass ich wüsste«, erwiderte Kohlschuetter, ohne von seinem Mobiltelefon aufzublicken. »Eine andere Frage: Ist Ihnen bei Edelgard Deller etwas aufgefallen, das auf ein Haustier hindeuten könnte?«

Bernsen riss die Arme nach oben, ließ sie kraftlos auf seine Oberschenkel herabfallen und hüstelte verlegen.

SIEBEN

»Wir Norddeutschen sind einfach nicht für die Höhe geboren«, moserte Bernsen im Foyer des Kindelbrücker Rathauses.

»Ach nee, ich dachte, Generationen Ihrer Landsleute kletterten auf Schiffsmasten, um die Weltenmeere zu überblicken«, erwiderte Kohlschuetter genervt. Erst konnte der Kollege nicht schnell genug hierherkommen, und jetzt kniff er bei so etwas Mädchenhaftem wie der Besteigung des Kindelbrücker Rathausturms.

»Sind wir hier etwa auf der ›Gorch Fock‹?«, blaffte Bernsen ungehalten. »Außerdem sind es da oben gut und gern vierzig Grad, und das macht mein Kreislauf nicht mit, noch dazu, wenn ich nichts gegessen habe.« Mit hängenden Mundwinkeln drehte er Kohlschuetter den Rücken zu und betrachtete eine Bildtafel, die die wichtigsten historischen Daten zum Rathaus zeigte.

»Ist mit Ihrer Krone alles in Ordnung?«, erkundigte sich Roland Süß, der die beiden Kommissare am Eingang des Verwaltungsgebäudes, das vor einigen Jahren an das historische Rathaus angebaut worden war, erwartet hatte.

»Mit dem Essen klappte es zumindest zehn Minuten, nachdem er aus Ihrer Praxis gekommen war, schon wieder. Ein Norddeutscher ist eben zäh, aber nur, wenn er will.« Diese Frechheit hatte Kohlschuetter sich einfach nicht verkneifen können. Normalerweise war das nicht sein Stil, aber seit Süß vorhin angerufen hatte, drehte Bernsen am Rad. Erst war Kohlschuetter ihm zu langsam, dann wieder zu schnell gefahren, und die ganze Fahrt über wurde er nicht müde zu betonen, dass er den besseren kriminalistischen Riecher hatte. Na schön, die beiden schwäbischen Gäste im Landhotel hatten Edelgard Deller trotz Weihnachtsmannkostüm tatsächlich zweifelsfrei erkannt. Die Schwester eines ihrer Ermordeten hatte also am Montagabend aller Wahrscheinlichkeit nach den Apfelsaft in den Wellnessbereich des Hotels gebracht. Zumindest war sie kurz vor dem

Eintreffen von Machte, Deller und Blähmann mit Getränken dort gewesen. Eine astreine Spur, zugegeben. Nur ihr Motiv für die Morde war noch absolut unklar. Und wie bitte sollte man eine Mörderin überführen, wenn man ihr nicht einmal ein Motiv für die Tat unterstellen konnte?

Edelgard Deller war eine gänzlich unauffällige Frau, wenn man von ihrem Kleidungsstil absah. Sie musste finanzielle Probleme haben, gut, aber wenn man seit über zwanzig Jahren vom Amt lebte, war das kaum verwunderlich. Trotzdem, und das machte Kohlschuetter stutzig, deutete anhand ihrer Lebensumstände nichts darauf hin, dass sie zu knapsen hatte. Am Erbe ihrer Eltern konnte das, nach dem, was der Bilzingslebener Bürgermeister Bogk berichtet hatte, nicht liegen. Kohlschuetter tippte auf einen wohlhabenden Freund, der sie aushielt. Eine Befragung der Dame würde Licht ins Dunkel bringen. Wenn es allerdings nach Bernsen ging, sollten sofort die Handschellen klicken. Er drängte wie verrückt, um ja pünktlich in den Urlaub starten zu können. Ermittlungstaktisch war das unklug, nur bockte der Kollege, seit er ihm das auch schonungslos gesagt hatte, und weigerte sich, mit auf den Rathausturm zu klettern.

»Aber Sie hätten eine Stunde lang nichts essen dürfen«, sagte Roland Süß mahnend. Dann stieg er langsam die Treppen nach oben. »Wir können auch erst einmal nur bis in mein Büro gehen und eine kurze Pause machen«, erklärte er.

»Ich kann meinen Kollegen ja hinaufführen«, presste Kohlschuetter ungehalten hervor.

»Ich muss nicht in den Himmel steigen, um Jesus persönlich zu begegnen. Es reicht, wenn ich in den Blumenladen neben Ihrer Praxis gehe und mit dem Verkäufer spreche«, knurrte Bernsen und machte keine Anstalten, den beiden zu folgen. Während seiner kurzen Nacht auf dem Sofa in Claudis Büro war ihm eingefallen, wo er den Mann aus dem Floristikgeschäft, den er gestern so unhöflich hatte abblitzen lassen, schon mal gesehen hatte. Es war in der St.-Ulrich-Kirche gewesen, auf dem Altarbild.

»Es kommt schon mal vor, dass er wirres Zeug redet, durchaus auch öfter«, sagte Kohlschuetter an den Bürgermeister gewandt.

Süß, der auf einem der Treppenabsätze stehen geblieben war, lachte. »Nein, ganz und gar nicht. Der hiesige Florist hat für das Gemälde in unserer Kirche Modell gestanden. Sich von Jesus ein Bild zu machen ist nun mal nicht einfach. Auch für einen so geübten Künstler wie Herrn Adler nicht.«

Bernsen stutzte. »Ist das hier ein weitverbreiteter Nachname, oder meinen Sie den Bürgermeister Adler aus Weißensee?«

»Genau den meine ich. Er malt, seit er kein Bürgermeister mehr ist, noch produktiver als zuvor. Und, wie Sie an unserem Jesus sehen können, mit enormer Ausdruckskraft«, antwortete Süß. »Wenn Sie mir jetzt bitte folgen würden.«

Bernsen trottete Kohlschuetter und Süß ohne weiteren Widerspruch hinterher. »Der gute alte Adler«, rief er dabei immer wieder erfreut. »Wer hätte das gedacht?«

Der Weg führte in der obersten Etage des Rathauses durch ein kleines Zimmer, in dem meterhoch leere Aktenhüllen gestapelt waren. Von dort gelangte man über eine neue, offene Holztreppe in das Innerste des Turmes, wo die nachfolgenden Treppen nun immer steiler und schmaler wurden. Die Luft war stickig, es roch nach Staub und altem trockenem Holz. Alle vier Innenseiten des Aufgangs waren mit Brettern vertäfelt, die von dicken Balken gehalten wurden. Deren hohes Alter konnte man schon allein anhand ihrer dunklen Färbung und der gehauenen, unregelmäßigen Oberfläche gut erkennen. Nur ab und zu hatte jemand in der Holzvertäfelung ein paar neue helle Bretter eingesetzt, die schon von Weitem zwischen den Originalen herausstachen.

Auf dem letzten Zwischengeschoss direkt unter der Turmspitze führte die Stiege an einem zum Schutz vor Tauben und anderen Vögeln mit Maschendraht vergitterten Fensterloch vorbei, in dem eine messingfarbene kleine Glocke hing. Darüber durchschien das Tageslicht eines der vier großen Ziffernblätter der Turmuhr, die an dieser Seite eine Besonderheit aufwies. Über ihr befand sich rechts und links, etwa in der Diagonalen zur elf und eins auf dem Ziffernblatt, jeweils eine Öffnung. In der rechten steckte eine Kugel von etwa dreißig Zentimetern

Durchmesser, deren Innenseite golden glänzte. Dagegen gab es auf der linken Seite, und das zählte zu den Attraktionen des Rathauses, ein kleines Türchen, auf dem man von ihrer jetzigen Warte unter einem goldenen Sensenmann »Diese ist die letzte Stunde« entziffern konnte. Dahinter schloss sich ein aufwendiges mechanisches Gestänge an, das mit einem riesigen, hinter Glas stehenden Uhrwerk aus dicken rostfarbenen Zahnrädern verbunden war.

Bernsen blieb auf halber Treppe stehen und begutachtete die Konstruktion.

»Die Uhr, wie Sie sie heute sehen, ist von 1789. Angeblich sah die Vorgängerin genauso aus, nur wurde die 1771 beim großen Stadtbrand vernichtet«, erklärte Süß, der auf einer der oberen Stufen wartete. »Die Glocke schlägt die Viertel- beziehungsweise die vollen Stunden, während die Kugel die Mondphasen anzeigt.«

»Und Gevatter Tod auf dem Türchen meldet die neuen Leichen«, frotzelte Bernsen, während er ein paar Blätter aus dem Maschendraht pulte und sich jedes Mal diebisch freute, wenn er dabei mit dem Finger gegen die Glocke stieß und ein kaum hörbarer leichter Glockenschlag ertönte.

»Das Türchen öffnet sich täglich um elf und zeigt bis zwölf Uhr den Sensenmann mit dem Spruch«, antwortete Süß, ohne auf Bernsens flapsige Bemerkung zu reagieren.

»Sieht denn in der Nacht überhaupt jemand dieses Schauspiel der letzten Stunde?«, wollte Kohlschuetter wissen. Er staunte über die besondere Uhr und erinnerte sich, dass er ein ähnliches, aber viel größeres Exemplar einmal am Altstädter Rathaus in Prag gesehen hatte. Nur zeigten sich dem braven Volk dort nicht nur der Sensenmann, sondern noch einige Figuren mehr, auf die er sich gerade nicht besinnen konnte. Mit wem war er damals eigentlich in der Hauptstadt der Tschechen gewesen? Kohlschuetter brauchte einen Moment, um darauf zu kommen. Nadja, genau. Die scharfe Höherer-Dienst-Anwärterin aus der Polizeischule in Meiningen. Mann, hatte die immer einen Bierdurst gehabt. Er lächelte versonnen.

Süß räusperte sich. »Da nachts niemand hier heraufschaut, haben wir seit einigen Jahren die letzte Stunde auf die Zeit vor dem Mittagessen verlegt«, antwortete er.

»Die Ossis sind eben erfindungsreich«, murmelte Bernsen mehr zu sich selbst, in dem schmalen Treppenhaus aber dennoch deutlich hörbar. »Und sie schrecken vor nichts zurück. Die letzte Stunde vor das Mittagessen legen, wie bescheuert ist das denn?«

Süß und Kohlschuetter ignorierten Bernsens Worte geflissentlich. Sie stiegen die letzten paar Stufen zur oberen Plattform hinauf.

Dort lehnte Herbert Klauning mit leuchtend rotem glänzendem Gesicht am Uhrenkasten und schaute sie aus ängstlichen Augen an. Er schnaufte schwer, was in der unsäglichen Hitze unter dem dunklen Schieferdach des Rathausturmes nicht verwunderlich war. Vor ihm stand ein prall gefüllter blauer Müllsack, auf den er hin und wieder einen flüchtigen Blick warf, als wollte er sich versichern, dass er nicht abhandengekommen war.

Auch Süß machte nun eine besorgte Miene. »Herbert hat heute hier oben diesen Sack gefunden«, sagte er ernst. »Da ist die Kleidung der drei Ermordeten drin.« Dabei kratzte er sich den grau melierten Kinnbart.

»Hier oben?«, fragte Kohlschuetter ungläubig. »Als Sie vorhin sagten, Sie hätten etwas im Rathaus gefunden, habe ich an alles gedacht, nur nicht an das.«

Bernsen drückte sich an Kohlschuetter vorbei, nahm Klauning den Sack ab und durchwühlte ihn. Kurz darauf zog er eine Brieftasche heraus, in der der Ausweis von Dieter Blähmann steckte. Er hielt Kohlschuetter das Dokument direkt unter die Nase.

Herbert Klauning stammelte eine Erklärung. Wie sich herausstellte, war der Sensenmann den Kindelbrückern schon seit Dienstagmittag nicht mehr erschienen, und Herbert, der mit seinem Vierhundert-Euro-Job nur jeden Dienstag und Donnerstag Dienst im Rathaus hatte, war nun endlich nach oben gestiegen, um nach der Uhr zu sehen. Er tat das jeden Donnerstag, immer kurz vor Feierabend, da das Werk der alten Uhr nur etwa eine Woche lief und regelmäßig aufgezogen werden musste. Dabei hatte Süß ihm schon am Dienstag keine Ruhe gelassen und auf Erfüllung gedrängt. Ein Sensenmann, der sich nicht zeigte, war für den Bürgermeister absolut inakzeptabel. Das Problem lag dann allerdings nicht bei der Uhr, sondern bei dem Plastiksack, den jemand an der Mechanik befestigt hatte. Gevatter Tod war schlichtweg nicht gegen die Zugkraft des ungewohnten Gewichts angekommen.

Als Klauning zu Ende geredet hatte, schaute er Süß ehrpusselig an und sagte: »Roland, ich habe es ein paarmal probiert, der Sensenmann funktioniert wieder.«

Süß nickte, machte aber nicht den Eindruck, dass ihn das momentan besonders interessierte.

»Der Mörder hat also hier oben die Sachen seiner Opfer entsorgt«, konstatierte Kohlschuetter immer noch überrascht. »Und wenn Sie schon am Dienstag zur Uhr hochgestiegen wären, hätten Sie die Sachen gleich gefunden. Das hätte unsere Ermittlungsarbeit vielleicht etwas beschleunigt«, ergänzte er und bedachte Klauning mit einem vorwurfsvollen Blick.

Süß nickte zustimmend. »Ein defekter Sensenmann an unserem Rathaus ist kein Aushängeschild für unsere Stadt«, rügte er mit angesäuerter Miene.

»Das ist ein Satz, den man im Werbeprospekt bringen sollte. Traumhaft. Thüringen und seine Sensenmänner«, stichelte Bernsen.

Klauning blickte betreten zu Boden.

»Dann stellt sich doch die Frage, wie der Mörder ins Rathaus gekommen ist. Und warum versteckt er die Beweismittel ausgerechnet an diesem Ort?«, fuhr Kohlschuetter fort.

»Tja, das frage ich mich schon, seit Herbert mich angerufen hat«, entgegnete Süß. »Wieder bei uns in Kindelbrück und dann auch noch im Rathaus.« Er schüttelte entsetzt den Kopf.

Kohlschuetter sagte nichts. Er war sich sicher, dass dies, genau wie die Fundorte der Leichen, kein Zufall war. Dass sich aber jemand die Mühe machte, einen schweren Sack hier heraufzuschleppen und damit den Sensenmann außer Kraft zu setzen, dazu fiel ihm beim besten Willen nichts mehr ein. Die zügige

Entdeckung der Beweismittel war doch vorprogrammiert gewesen, da der defekte Sensenmann der halben Stadt auffallen musste. Dass es letztlich mehr als achtundvierzig Stunden gedauert hatte, grenzte schon an ein Wunder und hatte wohl eher etwas mit der Bequemlichkeit von Herbert Klauning zu tun. Entweder hatten sie es mit vollkommen dilettantischen Tätern zu tun, wogegen allerdings die Tatsache sprach, dass diese ansonsten keine Spuren hinterlassen hatten, oder die Mörder waren abgebrüht und gingen absolut gezielt vor.

Dieser Fall hatte etwas Spielerisches, so als ob sich jemand einen Spaß machte, und dabei war er auch noch irgendwie psychologisch tiefgründig. Nach Kohlschuetters Bauchgefühl ging es allerdings nicht darum, die Polizei an der Nase herumzuführen. Es sah für ihn eher so aus, als wollten die Täter ihre Opfer verhöhnen. Drei kräftige, erwachsene Männer mit Betäubungsmittel gefügig zu machen, sie nackt in den Tod zu schicken, die aufwendigen Tatorte ... Das hätte man doch alles einfacher haben können. Was hatte Kalder gesagt? Allein das Sedativum in Überdosis hätte für einen sicheren Tod ausgereicht. Warum also dieser Aufwand? Das Risiko, erwischt zu werden, war doch dadurch ungleich höher. Dafür musste es eine Erklärung geben, die Kohlschuetter zum jetzigen Zeitpunkt nur immer noch nicht aufgehen wollte.

»Wer hat die Schlüssel?«, fragte Bernsen, während er einen Gummihandschuh überstreifte und ein Teil nach dem anderen aus dem Sack zog, um es auf dem Glaskasten, der das Uhrwerk beinhaltete, abzulegen. Neben einer grünen Arbeitshose, die, dem Aufdruck nach zu urteilen, Martin Deller gehört haben musste, kamen Unterwäsche, Socken, Schuhe, ein Hemd und zwei T-Shirts, eine zerrissene Jeans, eine abgewetzte Chinohose, zwei Handys, drei Schlüsselbunde, zwei weitere Brieftaschen und ein iPod zum Vorschein. Offenkundig waren die Täter gründlich vorgegangen und hatten die Kleidung ihrer drei Opfer vollständig eingepackt. Bernsen hob die beiden Telefone auf, drückte unwirsch darauf herum und schimpfte. Die Akkus hatten den Geist aufgegeben.

Herbert Klauning trat nervös von einem Bein auf das andere. Der Schweiß rann in dicken Tropfen über sein rundes Gesicht. Sein Blick huschte flink von einem zum anderen, wobei er den Bürgermeister fast schon flehentlich ansah, so als müsste der ihn in irgendeiner Weise hier heraushauen.

»Wir haben drei Generalschlüssel, meinen, den des VG-Vorsitzenden und einen für die Kämmerin«, antwortete Süß, dem man ansehen konnte, dass ihm das alles hier nicht einerlei war.

Kohlschuetter nickte und bat darum, mit den beiden Letzteren sprechen zu dürfen, während Bernsen missmutig die persönlichen Sachen der Opfer einsammelte und den Sack schulterte. Dann stiegen sie die Treppen langsam wieder hinab, um sich unten angekommen im Büro des Bürgermeisters bei einem Glas Wasser zu erfrischen. Süß telefonierte derweil nach den Mitarbeitern des Rathauses. Herbert Klauning saß zitternd und mit gesenktem Kopf in der äußeren Ecke des Büros und starrte auf den Parkettfußboden.

»Ich verstehe das nicht, ich verstehe das alles wirklich nicht«, sagte Süß, nachdem er aufgelegt hatte. »Meinen Schlüssel habe ich immer bei mir. Und bevor Sie fragen, am Montagabend war ich beim Männergesangsverein Eintracht Kindelbrück 1875 auf ein Bier. Die haben in diesem Jahr ihr hundertundvierzigstes Jubiläum und proben derzeit besonders fleißig. Als Bürgermeister muss ich mich bei den Kameraden natürlich ab und zu sehen lassen, quasi als Anerkennung für ihr Engagement in unserer Stadt. Im Rathaus war ich das letzte Mal am Sonntag, um einige Papiere zu holen, die ich noch durcharbeiten musste, und habe es erst heute Morgen wieder betreten.«

»Sie stehen nicht unter Mordverdacht, Herr Süß, keine Sorge. Für mich stellt sich nur die Frage, wie die Täter auf den Turm hinaufgekommen sind«, sagte Kohlschuetter beschwichtigend. Sein Blick fiel auf Klauning. »Vielleicht hatten die Mörder ja einen Komplizen, der ihnen den Schlüssel zum Rathaus überlassen hat?«

Kohlschuetter war das seltsame Verhalten des Hausmeisters nicht entgangen. Unschlüssig, ob es sich nur wieder um eine

Überreaktion des zartbesaiteten Mannes handelte, wie sie sie am Dienstag am Gründelsloch erlebt hatten, oder ob Klauning etwas verbergen wollte, ließ er ihn nicht aus den Augen. Das löste bei dem Hausmeister jedoch nur noch mehr Aufregung aus, die sich in rasch aufeinanderfolgenden Schweißausbrüchen zeigte, die sein T-Shirt in kurzer Zeit wie eine nasse Stoffwindel aussehen ließen.

Süß sank vollkommen konsterniert in seinen modernen orangeroten Bürostuhl. Zeitgleich klopfte es an der Tür, und die herbeigerufenen Angestellten traten ein. Wie Kohlschuetter insgeheim vermutet hatte, konnten die beiden ihnen nicht weiterhelfen. Ihre Schlüssel gaben sie nie aus der Hand, den Turm hatten sie seit Wochen nicht betreten, was zumindest die Kämmerin mit ihrem Gipsbein mehr als deutlich untermauern konnte, und auch sonst war ihnen nichts Ungewöhnliches aufgefallen. Kohlschuetter notierte die Personalien, kündigte an, die Aussagen zu überprüfen, und verabschiedete die irritierten Mitarbeiter kurz darauf wieder.

Während der ganzen Zeit hatte Bernsen mit einem Wasserglas in seiner Hand vor einem der Fenster gestanden und schweigend auf den Marktplatz gestiert. Als die Tür ins Schloss fiel, drehte er sich langsam um und sagte: »Einen Einbruch hatten Sie nicht zufällig?«

Süß verneinte auch das mit einem Hinweis auf die Alarmanlage. Er warf Klauning dabei einen verstohlenen Blick zu. Der wich diesem aus und konzentrierte sich angestrengt auf seine Schuhspitzen.

»Als ich über Weihnachten im Skiurlaub in Österreich war, habe ich Herbert meinen General gegeben, damit er nach der Heizung sieht«, sagte Süß mit gedämpfter Stimme. »Die macht immer mal wieder Sperenzien, und ich wollte nicht, dass mir das Haus über die freien Tage einfriert. Dafür extra jemanden vom Bauhof abzustellen war mir zu aufwendig. Die Jungs müssen ja auch mal freihaben.« Er stockte, schaute betreten in die Runde und blieb mit seinem Blick an Klauning hängen. Der schien nicht einmal mehr zu atmen. »Herbert hat den Schlüssel beim Schneeschieben verloren.« Als hätte er ein lang gehütetes schreckliches Geheimnis preisgegeben, atmete er erleichtert aus.

Klauning stammelte etwas Unverständliches, ohne dabei hochzusehen.

»Sie haben die Schlösser nicht auswechseln lassen?«, fragte Bernsen einigermaßen verwundert.

Süß lief knallrot an und redete sich mit den horrenden Kosten für das Schließsystem heraus, die im Vergleich zu einem neu gemachten Schlüssel für das klamme Kindelbrück keine Alternative waren. Jegliche Sicherheitsbedenken schob er beiseite, denn er war davon ausgegangen, dass der Schneeflug die Schlüssel in irgendeine Kanalisation geschoben hatte und sie auf Nimmerwiedersehen verschwunden waren. Herbert Klauning finanziell dafür zur Verantwortung zu ziehen war ihm bei dessen Einkommensverhältnissen überhaupt nicht in den Sinn gekommen. Abgesehen davon hatte Herbert ihm einen Gefallen getan und konnte dafür unmöglich noch bestraft werden.

Die Frage, ob ein argloser Finder den Rathausschlüssel als solchen identifizieren konnte, verneinte Süß entschieden, wobei er sein Schlüsselbund aus der Hosentasche hervorzog, um einen optisch vollkommen gewöhnlichen Sicherheitsschlüssel, wie es ihn tausendfach gab, hochzuhalten. Selbst wenn also jemand den General im Schnee gefunden haben sollte, hatte er damit schlichtweg nichts anfangen können, es sei denn, er hatte beobachtet, wie Klauning ihn verloren hatte. Natürlich setzte das wiederum voraus, dass er den Hausmeister kannte und unbedingt einmal illegal das Kindelbrücker Rathaus betreten wollte. Alles in allem schien diese Theorie aber sehr unwahrscheinlich zu sein.

»Haben Sie dazu auch etwas zu sagen?«, fragte Bernsen nicht ohne einen gewissen Nachdruck an Herbert Klauning gewandt.

Der schaukelte aufgeregt auf seinem Stuhl hin und her. Dabei biss er sich immer wieder verlegen auf die Unterlippe, als ob er nach den richtigen Worten erst suchen müsste. Nach endlosen Sekunden erklärte er: »Der viele Schnee, meine Frau hat mich rausgeschickt, um zu fegen. Da war ich gerade vom Rathaus gekommen –«

»Sie haben den Schlüssel also gar nicht vor dem Rathaus verloren?«, fragte Kohlschuetter dazwischen.

Klauning schüttelte energisch den Kopf. »Auf der Straße vor unserem Haus. Den ganzen Schnee habe ich abgesucht, mir sind fast noch die Pfoten dabei erfroren«, jammerte er. »Aber Roland war nicht sauer.«

»Wann genau soll das gewesen sein?«, wollte Kohlschuetter wissen. Seine Stirn lag in dicken Falten, und er schaute Klauning mit durchdringendem Blick an.

»Na, am Heiligabend. Da war ich in der Früh noch im Rathaus.« Er guckte zu Süß, als sollte der seine Angaben bestätigen. Der Bürgermeister blickte jedoch nur teilnahmslos in die Runde.

»Und Sie sind sich sicher?« Kohlschuetter klang entschlossen.

Klauning nickte eifrig.

Er fixierte Klauning mit strengem Blick. »Was würden Sie sagen, wenn ich behaupte, dass es letztes Weihnachten in Thüringen keinen nennenswerten Schneefall gegeben hat, etwas Griesel, ja, aber nicht in den Mengen, die Sie beschreiben. Also, bei uns in Nordhausen war das zumindest so, und da ich an Weihnachten nach Oberhof zum Langlauf wollte und mangels Niederschlag nicht konnte, gehe ich mal davon aus, dass das im Thüringer Becken nicht anders war.«

Süß hob den Kopf und starrte Klauning entsetzt an. Man sah ihm an, dass er nicht wusste, was er davon halten sollte.

Über Bernsens Gesicht huschte ein schmales Lächeln. »Sieh an, sieh an. Haben wir ihn erwischt.«

Klauning, der sein Schaukeln kurze Zeit eingestellt hatte, begann nun unkontrolliert zu zappeln. Dabei rieb er sich immer wieder über die breiten Oberschenkel seiner Arbeitshose und scharrte mit den Füßen auf dem Parkett. Augenscheinlich kämpfte er mit sich. Als er nichts erwiderte, räusperte sich Bernsen laut.

Irgendwann öffnete er zaghaft den Mund. »Kein Schnee. Richtig. Der Schlüssel hing an einem Schlüsselband, das ich extra nur dafür besorgt hatte.« Er seufzte wehmütig. »Es steckte in meiner Hose, und die …« Er brach ab und verfiel in eine Art Schockstarre, die einige Minuten anhielt. Dann hob er mit fistelnder Stimme erneut an. »Die ist doch im Wagen geblieben, wie meine anderen Sachen. *Sie* muss sie genommen haben. Anders kann es gar nicht sein.« Nachdem er das gesagt hatte, sackte er vollkommen in sich zusammen.

»Sie?«, hakte Kohlschuetter nach.

Herbert Klauning schluckte laut. »Am zweiten Weihnachtsfeiertag war ich mit Edelgard verabredet, am Gründelsloch. Als ich nicht machen wollte, was sie gesagt hat, ist sie mit meinen Sachen weggefahren. Und ich bin allein da draußen zurückgeblieben.« Der letzte Satz hatte etwas Jammervolles.

»Wieso haben Sie die Sachen ausgezogen, mitten im Winter und am Gründelsloch?« Kohlschuetter konnte sich die Antwort fast schon denken, und wenn er Bernsens Mienenspiel richtig deutete, hatte der Kollege es ebenfalls mitgeschnitten und hatte damit einen Heidenspaß.

Klauning ereiferte sich, dass ihm die Spucke in dicken Fäden aus den Mundwinkeln hing. »Die Edelgard wollte mich doch überraschen. Für Weihnachten. Ich wusste ja nicht … Wo ich doch solche Angst vor dem Gründelsloch habe. Das wusste die genau. Und dann auch noch mit der Peitsche. Reinprügeln wollte sie mich, genau, reinprügeln. Und das soll dann noch Sex sein.« Deutlich leiser fügte er an: »Hundertundfünfzig rausgeschmissene Euro.«

»Satter Preis für Kindelbrück«, verkündete Bernsen mit einem schmutzigen Grinsen. »Sogar für Weihnachten. Dabei dachte ich immer, zu dieser Jahreszeit geben die Menschen gern. Quasi aus Mildtätigkeit.« Er zog seinen Mund noch breiter und bleckte die Zähne. Der Kollege war ganz in seinem Element.

Dem zurückhaltenden Süß dagegen stand die Fassungslosigkeit ins Gesicht geschrieben, wobei nicht zu deuten war, ob ihn die Höhe des Preises oder die Tatsache, dass auch seine kleine Stadt über das älteste Gewerbe der Welt verfügte, so mitnahm. Nachdem er den ersten Schock verdaut hatte, sagte er wie zu seiner Entschuldigung: »Aber angemeldet ist das nicht.«

»Haben Sie das öfter gemacht?«, fragte Kohlschuetter. »Ich meine, hat Edelgard Deller sich professionell prostituiert?«

»Mit Edelgard, ja, ja«, haspelte Klauning. »Die war aber auch …« Seine Gesichtsmuskeln entspannten sich ein wenig, vermutlich angesichts der Erinnerung an seine Liebesabenteuer.

»Keine Details«, wiegelte Kohlschuetter ab. Ihn beschlich die Sorge, dass seine Libido bei dem Kopfkino für alle Zeit Schaden nehmen könnte.

Süß schien das Gleiche zu denken, zumindest hatte er sich mit verzerrtem Mund abgewandt und hypnotisierte nun die Zierteller und Ehrenwimpel an seiner ansonsten kargen Bürowand.

»Also, mich würde das schon interessieren«, widersprach Bernsen. »Seit wann treffen Sie sich mit Edelgard Deller?«

Klauning überlegte einen Moment. »Seit fast zwei Jahren. Aber das mit dem Sadomaso war das erste Mal gewesen. Das hatte sie aus irgendeinem Buch.« Er nickte mit der Miene eines unschuldigen Kindes. Dann fügte er hinzu: »Ich lese ja nicht.«

»Isses wahr, ›Fifty Shades of Grey‹ in Kindelbrück, jetzt zerfetzt es mich gleich«, murmelte Bernsen, der sich das Lachen verkniff.

Klauning schaute ihn verständnislos an. »Wenn Edelgard mal nicht konnte, habe ich Hannelore genommen, aber wirklich nur, wenn es gar nicht anders ging. So Dürre sind mir nichts.« Um seine Abneigung zu unterstreichen, schüttelte er energisch den Kopf.

»Noch eine?«, entfuhr es Süß entsetzt. Er hatte die Augen weit aufgerissen und blickte bestürzt von Klauning zu den Kommissaren.

Herbert Klauning nickte eifrig. »Edelgard und Hannelore, aber Edelgard war besser, da hatte man richtig was in der Hand, und die konnte auch gut …«

»Nein! Schluss.« Kohlschuetter streckte ihm abwehrend die flache Hand entgegen. »Die beiden Frauen betrieben also gut gehende Prostitution, wenn ich Sie richtig verstanden habe?« Er hielt inne. »Hannelore und wie weiter?«

»Klefeld, Hannelore Klefeld«, raunte Herbert.

»Oh mein Gott.« Süß schlug sich verstört beide Hände vor das Gesicht.

Bernsen und Kohlschuetter wechselten einen schnellen Blick.

»Aber das ist doch die drahtige Sportlerin, die uns am Dienstag am Gründelsloch begegnet ist«, stellte Bernsen überrascht fest. »Die war doch eine der Zeugen am Tatort. Die Irre, die noch ins Gründelsloch hüpfen wollte, um das Handtuch herauszuholen.« Er jauchzte amüsiert auf.

Und die auf so obszöne Weise nach mir gegiert hat, dachte Kohlschuetter angewidert. Im Zusammenhang mit Hannelore Klefelds Nebenbeschäftigung löste diese Erinnerung ein beklemmendes Gefühl in ihm aus, das er lieber gleich verdrängte, ehe es sich in seinem Kopf breitmachte. Kohlschuetter war alles, nur nicht prüde, doch eine über fünfzigjährige Hure von der Gestalt und dem Wesen einer Hannelore Klefeld war zu viel für seinen guten Geschmack. Nichts gegen reife Frauen, aber bitte nicht so eine, und schon gar nicht gegen Geld. Er musterte Herbert Klauning. Bei Männern, denen sich nichts Besseres bot, mochte das eine Alternative sein. Oder bei jenen, die schon ewig verheiratet waren und nicht mehr zum Zug kamen. Sein Blick fiel auf Bernsen. Nicht jedoch bei Timo Kohlschuetter.

Klauning bestätigte, dass es sich um *die* Hannelore Klefeld handelte. Auch konnte er noch mindestens zehn weitere Kunden der beiden Kindelbrücker Liebesdamen aufzählen. Anscheinend half ihm das, von seiner eigenen Blamage abzulenken, denn er beruhigte sich zusehends. Schließlich schilderte er ganz ohne Nachfrage noch einmal absolut detailgetreu die Geschehnisse vom zweiten Weihnachtsfeiertag. Auch die Sache mit den Mon Chéri und Edelgards wüsten Beschimpfungen ließ er nicht aus. Er war sich außerdem sicher, dass jemand sie da draußen beobachtet hatte. In seiner Panik war er ausgerutscht und in das Gründelsloch gefallen. Für ein paar Sekunden wollte er in dem eiskalten Wasser sogar das Bewusstsein verloren haben. Wie er dann nach Hause gekommen war, daran konnte er sich kaum erinnern, so tropfnass und fast erfroren, wie er durch halb

Kindelbrück gestürzt war, noch dazu immer in der Angst, von irgendjemandem gesehen zu werden.

»Haben Sie Ihre Sachen beim nächsten Treffen denn nicht wiederbekommen? Spätestens da hätte Ihnen ja auffallen müssen, dass der Schlüssel nicht mehr da war«, wollte Bernsen wissen.

Kohlschuetter, dem die Frage auch auf der Zunge gelegen hatte, nickte ihm anerkennend zu.

»Silvester?« Herbert schien ein wenig baff. »Nein, wo Sie es sagen. Da habe ich gar nicht dran gedacht, war ja ohnehin nur eine Arbeitshose. Halb so wild.«

»Und der Schlüssel zum Rathaus, in dem jetzt die Kleidung von drei Ermordeten gefunden wurde«, ergänzte Bernsen salomonisch.

ACHT

Bernsen und Kohlschuetter rannten im Dauerlauf über den Gang der Station im Kreiskrankenhaus Sömmerda, auf der Edelgard Deller bis vor einer knappen Stunde gelegen hatte. Sie war auf ihren eigenen Wunsch entlassen worden, wobei der Arzt, mit dem die beiden Kommissare kurz gesprochen hatten, keinerlei Bedenken bezüglich ihres Gesundheitszustandes geäußert hatte. Im Eiltempo rasten sie das Treppenhaus des Krankenhauses hinunter, durch den Haupteingang und hinaus auf die Straße. Dabei wäre Bernsen fast in einen Mann hineingelaufen, der gerade mit einem Stapel Bücher unter dem Arm das benachbarte Sparkassengebäude angesteuert hatte.

Der weißhaarige Mann mit der dunkel gerahmten Brille und dem violett-weiß karierten Hemd blieb überrascht stehen und schaute den Kommissaren hinterher. Dabei formten seine Lippen die Worte »Friedhelm Bernsen«. Holk Maisel, der hiesige Buchhändler aus dem Schmökereck, hatte den Kriminalhauptkommissar, den er vor einigen Monaten vor einem Rausschmiss aus seiner Stammkneipe, dem »Thüringer Hof«, bewahrt hatte, sofort erkannt.

Bernsen hingegen hatte keine Augen für einen Passanten. Eilig sprang er auf den Beifahrersitz und hatte kaum die Autotür hinter sich geschlossen, als Kohlschuetter den Wagen auch schon mit quietschenden Reifen in der Einfahrt zum Krankenhaus wendete und, ohne auf die rote Ampel zu achten, Richtung Weißensee abbog. Hektisch ließ er die Seitenscheibe nach unten, fasste nach dem Blaulicht unter seinem Sitz und heftete es blinkend auf das Autodach. Dann griff er nach dem Gurt und schnallte sich an. So, wie der Kollege Kohlschuetter seinen Fuß gerade auf das Gaspedal drückte, konnte die Fahrt gefährlich werden.

»Die kann noch nicht weit sein«, sagte er, während er sich durch die SMS und E-Mails auf seinem Smartphone scrollte. Claudi war an den im Landkreis zugelassenen G-Klassen dran, und irgendwo musste doch eine Nachricht von ihr sein. Auf die Anfrage zum Erbe von Edelgard Deller, die Kohlschuetter vorhin dem Notar gemailt hatte, war auch noch die Antwort offen.

Nach der Aussage von Herbert Klauning hatten Bernsen und Kohlschuetter das Kindelbrücker Rathaus ziemlich schnell verlassen. Bei all dem, was sie gehört hatten, bestand nun kein Zweifel mehr. Edelgard Deller musste die Mörderin von Enrico Machte, Dieter Blähmann und sogar ihrem eigenen Bruder sein. Was die Frau zu dieser grausamen Tat getrieben und welche Rolle Hannelore Klefeld dabei gespielt hatte, stand zwar immer noch in den Sternen. Was die beiden Kommissare jedoch mit hundertprozentiger Sicherheit wussten, war, dass sich Edelgard Deller und ihre Freundin seit mindestens zwei Jahren in Kindelbrück und Umgebung prostituierten. Womöglich war den beiden Frauen dabei einiges aus dem Ruder gelaufen.

»Alles klar«, konstatierte Bernsen frohgemut, als er mit dem Lesen fertig war. »Edelgard Deller hat von ihrem Bruder beim Tod der Mutter zehntausend Euro bekommen. Das war alles. Nur für Sie zur Info, tote Spur, würde ich sagen. Aber jetzt kommt's, vier Mercedes G-Klasse, einer davon, na, raten Sie mal ...« Er schnalzte zufrieden mit der Zunge.

»... auf Hannelore Klefeld angemeldet«, ergänzte Kohlschuetter. »Warum auch nicht, erinnern Sie sich an das Rennrad, das war auch schon eines der besten Modelle, die der Markt zurzeit hergibt.« Der Motor heulte auf, und Kohlschuetter überholte auf Höhe des Busbahnhofes auf der Linksabbiegerspur einen Kleinwagen.

»Na ja, bei den Liebesdiensten kommt schon was rüber. Zumal die beiden vollreifen Schnecken ja auch nicht gerade billig waren.« Bernsen lachte dreckig. »Aber Sadomaso in Kindelbrück, das schlägt alles bisher Dagewesene.« Er drückte sich in seinen Sitz, umfasste mit der linken Hand den Gurt über seiner Brust und stemmte die rechte gegen die Armablage an der Beifahrertür. Entspannt atmete er durch. Auf der ganzen Linie hatte er mal wieder den richtigen Riecher gehabt, und das würden der Chef und sein Kollege Kohlschuetter jetzt sauber präsentiert bekommen. Gut, auf eine Verbindung zu Hannelore Klefeld wäre er im Leben nicht gekommen. Wie denn auch? Aber diese Edelgard mit ihrem aufdringlichen Augenrollen hatte schlichtweg überzogen, der vorgespielte Nervenzusammenbruch war dabei nur das i-Tüpfelchen gewesen. Wenn der Jungspund neben ihm den Ü-50-Weibern mal genauso viel Aufmerksamkeit widmen würde wie allen jüngeren, wäre ihm das höchstwahrscheinlich auch aufgefallen. Aber der bekam ja gleich die Flatter, wenn ihn zwei von Krähenfüßen umrahmte Augen nur etwas intensiver ansahen. Ein guter Ermittler sollte einfach seine privaten Präferenzen gänzlich draußen lassen und mitspielen. Das musste Kohlschuetter noch lernen. Und er würde es ihm beibringen. Bernsen schmatzte selbstgefällig. Davon abgesehen war Edelgard Deller wirklich ein scharfes Gerät.

Kohlschuetter räusperte sich mehrfach, als würgte er an einem Kloß in seinem Hals, und schoss mit überhöhter Geschwindigkeit aus Sömmerda heraus. Auf der Landstraße angekommen, reizte er die Kurvenlage des Opels bis auf das Letzte aus. Zwischen Sömmerda und Weißensee verschätzte er sich ein wenig und bretterte in vollem Tempo den Berg hinunter und über die Bahnschienen hinweg. Der Satz, den der Dienstwagen machte, war so enorm, dass Kohlschuetter mit seinem Kopf gegen das Wagendach stieß, während Bernsens ungekämmter Wuschelkopf nicht einmal die Verkleidung touchierte. Es folgte eine Vollbremsung am Ortsschild von Weißensee, die Bernsen einen heftigen Ruck versetzte, was ihn jedoch nicht weiter störte. Denn aufgrund einer plötzlichen Eingebung, die durch die Erschütterung ausgelöst worden sein mochte oder nicht, schrie er schon im nächsten Moment triumphierend: »Natürlich. Der Köter! Von dem Köter der Klefeld muss das Betäubungsmittel stammen.«

»Der Dobermann, Herr Lullus«, ergänzte Kohlschuetter mit starrem Blick auf die vor ihm liegende Ampel.

»Pah! Wen interessieren schon Hundenamen?« Schlimm genug, dachte Bernsen, dass die Viecher welche kriegen müssen, noch dazu, wenn sich Frauchen bemüßigt, auch noch einen Familiennamen hintenanzustellen. Bernd Bernsen. Niemand in der Familie Bernsen hatte jemals mit Vornamen Bernd geheißen. Seit 1640 konnte er das lückenlos nachweisen. Seine Vorväter waren doch nicht blöde. Bernd Bernsen, ein alliterativer Name im Stammbaum des stolzen Geschlechts der Fluthelferfamilie Bernsen? Das bewegte sich eindeutig auf dem Niveau von Micky Maus, Kater Karlo oder Lucky Luke. Dass er den Köter nicht unbedingt »Köter« rufen musste – wenn er ihn überhaupt ansprach –, das konnte er vielleicht noch einsehen, aber dass der Kerl *seinen* Nachnamen bekam, was eine genetische Verwandtschaft suggerierte, überstieg alle Grenzen.

»Lullus Klefeld«, murmelte Kohlschuetter unbedarft und beschleunigte, nachdem sie Weißensee passiert hatten, auf der Höhe des Gondelteiches.

Bernsen schaute mit nacktem Entsetzen im Blick zu seinem Kollegen rüber. Noch so einer, dachte er. Wer ist nun bekloppt, die anderen oder ich? »Haben Sie eigentlich ein Tier?«, fragte er widerwillig.

»Leider in Erfurt nicht mehr. Aber früher, zu Hause in Nordhausen, hatten wir zwei Hunde. Cora und Konrad, Mutter und Sohn. Harzer Füchse.« Seine Stimme hatte auf einmal etwas Sanftes.

Bernsen verdrehte die Augen. Hätte er das nur nicht angesprochen.

»Ich mag Tiere gern. Schon immer. Wissen Sie, was mein größter Wunsch war, als die Mauer fiel?«, fragte er, ohne den Blick von der Straße zu lassen.

Ich will es gar nicht wissen, dachte Bernsen. »Bananen? Coca-Cola? Raider?«, leierte er herunter.

»Wieso meinen Sie eigentlich, bei den Ossis geht es immer nur um Konsum?«, fragte Kohlschuetter ungehalten, erzählte dann aber ohne Pause weiter. »Ich wollte endlich einmal den Vogelpark Walsrode besuchen. Nur ein Mal. Seit mir mein Westonkel irgendwann deren Hochglanzprospekt mitgebracht hatte, habe ich mir nichts sehnlicher gewünscht, als durch diese Anlage mit ihren Tausenden bunten Vögeln zu laufen. Das alte Heft habe ich übrigens immer noch.«

Dieser Aufbewahrungstick ist aus den Ossis einfach nicht rauszukriegen, dachte Bernsen. Fehlte nur noch, dass Kohlschuetter die Quarkbecher auswusch, um sein Essen darin einzufrieren. Zuzutrauen wäre es ihm. Gegen seine Sozialisierung kam man nicht an, vor allem die sturen Ossis nicht.

»Und?« Bernsen klammerte sich an den Haltegriff oberhalb der Beifahrertür, während die Obsthaine der Kindelbrücker Flur an ihnen vorbeiflogen. Die Fenster des Dienstwagens hatte er wieder geschlossen, nachdem er das Blaulicht auf dem Dach platziert hatte. Bei dem Tempo wäre der Durchzug schlichtweg zu stark gewesen, und er wollte sich so kurz vor dem Urlaub nicht noch eine Erkältung einfangen.

»Gleich am 10. November 1989 waren wir dort«, verkündete Kohlschuetter stolz. »Vom Begrüßungsgeld hat mein Vater den Eintritt bezahlt. Pommes mit Majo und Ketchup aus kleinen Tüten gab es auch. Das werde ich im Leben nicht vergessen. Das Scheiß-Gefühl, im Rathaus von Walsrode anzustehen, um sich den blauen Schein zu holen und sich einen Stempel in den Personalausweis drücken zu lassen, auch nicht. So etwas Peinliches aber auch. Wie die Almosenempfänger, dabei hatten sich die DDR-Bürger gerade selbst ihre Freiheit erkämpft.«

Bernsen schnaufte. Rund zwei Milliarden D-Mark für Vögel, Pommes und Ketchup in Portionsbeuteln, was kostet die Welt? Obwohl der Rest der Ossis für das Begrüßungsgeld hundertprozentig ins Bananenregal gegriffen hatte. Über die Sinnhaftigkeit dieses Geschenkes konnte man sich trefflich streiten. Satte Finanzspritze für den westdeutschen Einzelhandel würde er es nennen. Aber dass sich die Ossis dabei blöde vorgekommen sein könnten, die Idee war ihm noch nie gekommen. Blöd war das doch eigentlich nur für die Wessis, die das alles hatten bezahlen müssen. Oder nicht?

Kohlschuetters nächstes Bremsmanöver holte ihn aus seinen Überlegungen. Sie hatten den Kindelbrücker Marktplatz erreicht. Mit quietschenden Reifen kam der Wagen hinter zwei parkenden Autos zum Stehen.

»Sehen Sie die G-Klasse bei der Deller vor der Tür? Die hauen ab, Mensch!«, schrie Kohlschuetter, sprang aus dem Wagen und rannte los. Bernsen griff sich seine Dienstwaffe aus dem Handschuhfach, stieg aus, knallte die Autotür schwungvoll zu, lief einmal um den Wagen, schloss die offen stehende Fahrertür, drückte den Zentralverriegelungsknopf auf dem Zweitschlüssel in seiner Hosentasche und folgte dem Kollegen in einigem Abstand. Er hatte keine Lust, dass hier nachher irgendeiner im Dienstwagen saß, der da nicht hingehörte. Im schlimmsten Fall vielleicht noch auf seinem Platz. Er hasste es, wenn fremde Leute auf seinem Platz saßen. Außerdem hatte der Kollege Kohlschuetter ohnehin die längeren Beine und die bessere Kondition, noch dazu bei dieser erdrückenden Hitze. Die Jugend musste ja auch etwas für sich haben.

»Bleiben Sie stehen!«, rief Kohlschuetter rund zwanzig Meter, bevor er den Mercedes-Geländewagen erreicht hatte.

Doch Hannelore Klefeld dachte nicht daran, seiner Aufforderung Folge zu leisten. Sie riss der vollkommen verstört dreinblickenden Edelgard Deller die Reisetasche aus der Hand, warf sie auf die Rückbank, stieß ihre Freundin in den Wagen, schob schwungvoll die Tür zu und sprang auf den Fahrersitz. Sekunden später brauste der Mercedes vom Kindelbrücker Marktplatz und in Richtung Sömmerda davon.

»Scheiße.« Kohlschuetter stoppte, schaute dem Auto hinterher und rannte dann zurück in Richtung Dienstwagen. Der fuhr bereits schnurstracks auf ihn zu, ohne dass Bernsen Anstalten machte, das Tempo zu reduzieren, um ihn einsteigen zu lassen.

»Auch das noch«, fluchte Kohlschuetter, riss die Beifahrertür auf und hechtete in das fahrende Auto. »Zwei Sekunden halten wäre doch bestimmt drin gewesen, Kollege«, japste er.

»Ich wollte nur sehen, ob Sie es noch draufhaben«, konterte Bernsen, ohne auf die rote Fußgängerampel zu achten. Über die Freisprechanlage war die Stimme eines Kollegen von der Sömmerdaer Polizeidienststelle zu hören. Bernsen forderte Verstärkung an. Dann rasten sie auch schon aus Kindelbrück heraus.

»Und wieso meinen Sie, dass die beiden käuflichen Schnecken jetzt die Mücke machen wollen?«

»Herrgott, wie oft soll ich es denn noch sagen? *Sie* hatten recht«, leierte Kohlschuetter. Er schaute irritiert zum Fahrersitz herüber. »Auf was sitze ich hier eigentlich?«

»Auf meiner Knarre«, entgegnete Bernsen cool. Der Tacho hatte die zweihundert erreicht. Die Rücklichter des Mercedes waren zum Greifen nah. »Na wartet, ihr Weiber, so nicht, euch schiebe ich von der Straße.«

»Entsichert?«, fragte Kohlschuetter fast schon panisch. Dabei hob er seinen Hintern nach oben, zog die Pistole darunter hervor und prüfte den Sicherungshebel. Erleichtert atmete er auf.

Bernsen beschleunigte. »Gleich habe ich euch«, presste er heraus.

Kohlschuetter griff hektisch zum Haltegriff oberhalb der Tür. »Das glaube ich nicht. Brems!«, schrie er aus Leibeskräften. Da quietschten bereits die Reifen des Opels, und sein Gurt blockierte unsanft.

Direkt vor dem Geländewagen der beiden Damen war, aus einem Feldweg kommend, ein Traktor aufgetaucht, der zwei Hänger mit Wassertanks hinter sich herzog. Wie zur Entschuldigung hob der Fahrer die linke Hand, nickte kurz und tuckerte quer über die Fahrbahn, um auf der anderen Seite in den nächsten Landwirtschaftsweg einzufahren.

Kohlschuetter sprang aus dem Auto und rannte zu den Flüchtigen, während Bernsen den Opel von der Straße brachte und hinter dem Mercedes der Frauen parkte. Die beiden saßen kreidebleich auf ihren Sitzen. Der Dobermann, der neben Edelgard Deller auf der Rückbank saß, schien sich in seinem Anschnallgurt etwas verdreht zu haben und schüttelte sich benommen, als Kohlschuetter die Fahrertür aufriss.

»So, da Sie ja offensichtlich unversehrt sind, dürfen Sie jetzt einmal alle beide aussteigen«, befahl er knapp. Mit einem Blick auf den Hund fügte er hinzu: »Herr Lullus bleibt drin.«

NEUN

Dicke Blutstropfen fielen auf Bernsens Fischerhemd. Wutschnaubend drückte er das Taschentuch, das ihm Kohlschuetter gerade gegeben hatte, unter seine Nase. Die hämmerte erbarmungslos. Doch gegen den Schmerz, der von seiner Männlichkeit ausging, von der er sich nicht sicher war, ob sie sich jemals wieder erholen würde, war das überhaupt nichts. Nach dem Tritt hatte er einige Minuten gebraucht, um wieder atmen und sein Umfeld wahrnehmen zu können. Kohlschuetter hatte diese wild gewordene Hyäne unterdessen gebändigt und mit Handschellen an das Lenkrad ihres Autos gefesselt.

Er hätte wissen müssen, dass man mit dieser Frau nicht reden konnte, was für eine blöde Idee, es zu versuchen. Wie eine Furie war sie auf ihn zugeschossen, um ihn mit Boxschlägen zu malträtieren und ihm schließlich diesen fiesen Fausthieb zu verpassen. Was hatte die denn für einen Schlag drauf, Mensch? Er hatte einen Moment zu lange gezögert, aber einer Frau das Schultergelenk zu verdrehen bereitete ihm immer etwas Bauchschmerzen, auch wenn sie eine Mörderin war. Stattdessen hatte er es auf die sanftmütige Tour versucht und ihre Handgelenke festgehalten, dabei aber ihr Knie übersehen.

»Meine Anwälte werden Sie fertigmachen«, keifte Hannelore Klefeld, während sie sich wie wild gegen ihren Abtransport durch zwei Sömmerdaer Bereitschaftspolizisten wehrte. »Von mir hören Sie kein Sterbenswörtchen, nichts, überhaupt nichts.«

Edelgard Deller hingegen saß vollkommen aufgelöst auf Bernsens Platz im Dienstwagen und heulte wie ein Schlosshund. »Noch ein Jahr und wir wären in Mallorca gewesen«, jammerte sie immer wieder. »Dann hätte ich mir die Eigentumswohnung auf der Insel leisten können und mein neues Leben, fernab von diesem Mief hier. Martin hat alles kaputt gemacht.« Schwarze Rinnsale aus Kajalstift, Mascara und Tränenflüssigkeit liefen über ihre Wangen. Die schöne Edelgard verlor zusehends ihre Maske.

»Was meinen Sie damit, er hat alles kaputt gemacht?«, wollte Kohlschuetter wissen. Er stand neben der offenen Wagentür und schaute Frau Deller unverwandt an.

»Unser Geschäft.« Sie seufzte schluchzend. Dann klappte sie die Sonnenblende runter. Dutzende Gutscheine von der Nordsee, die Bernsen dahinter gesammelt hatte, landeten auf ihrem Schoß. Mit zackigen Handbewegungen beförderte sie das Papier in den Fußraum. Dann begutachtete sie ihre verschmierte Schminke im Spiegel. »Die Frauen von denen waren jünger und nicht so teuer. Die ganze Stammkundschaft haben sie uns abspenstig gemacht. Nur Herbert nicht.« Sie lächelte gequält. »Der war mir treu.«

Bernsen humpelte vorsichtig etwas näher heran, um das angehende Geständnis nicht zu verpassen. Beim Blick auf die Gutscheine auf der Fußmatte verfinsterte sich seine Miene hinter dem blutdurchtränkten Taschentuch. »Wollen Sie damit sagen, Enrico Machte, Martin Deller und Dieter Blähmann waren Zuhälter?«, fragte er ungläubig. Der nasale Klang in seiner Stimme war nicht zu überhören.

Sie nickte zaghaft. Dann schüttelte sie energisch ihre rote Lockenmähne. »Dieter nicht. Der kam hin und wieder zu Hannelore, aber mit dem konnte sie ja nichts verdienen. So einem armen Schwein kann man doch für die natürlichste Sache der Welt nichts abknöpfen. Und Naturalien, na ja …« Sie zuckte mit den Schultern. »Der Dieter konnte ja nicht einmal einen Fahrradschlauch aufziehen.«

Kohlschuetter warf Bernsen einen schnellen Blick zu. »Ihr Bruder und Machte haben eigene Nutten auf den Strich geschickt und Ihnen damit den Markt versaut. Und deswegen mussten sie sterben? Dann verstehe ich aber nicht, wieso Dieter Blähmann auch tot ist.«

Sie hob und senkte den Kopf wie in Zeitlupe. »Dieter hatte einfach Pech. Er war ja immer bei der Saunarunde dabei. Und das war die einzige Gelegenheit, Enrico und Martin zusammen anzutreffen. Die hatten ja sonst nie was miteinander zu tun, schon damit es nicht auffiel.«

»Ich kapier das nicht«, blaffte Bernsen. »Was hatte Blähmann dann mit den beiden zu schaffen? Warum war er auch in der Sauna?«

Eine neue Weinattacke schüttelte ihren Körper. »Montags hatte Dieter doch immer seine Putzrunde. Und er hat das wirklich ehrlich gemeint. Diese vier Huren aber nicht. Die brauchten die Treffen, um sich abzusprechen und dem ahnungslosen Dieter das Geld zu übergeben. Eine Tüte Plätzchen für den alleinstehenden Martin, eine Tupperdose Selbstgekochtes für die arme Waise Enrico. Die waren erfindungsreich.«

»Die putzenden Christinnen?« Kohlschuetter schaute bass erstaunt zuerst auf Edelgard, dann auf Bernsen und wieder zurück.

»Und Sie meinen wirklich, Dieter Blähmann hat nichts davon mitbekommen, dass er so schamlos ausgenutzt wurde?«, hakte Bernsen nach.

»So naiv, wie der war? Er dachte vielleicht, Enrico und Martin seien seine Freunde, und die Sache mit den geputzten Kirchen hat ja auch reibungslos geklappt.« Das Heulen endete, und sie kramte in ihrer Handtasche. »Dabei waren das bestimmt jede Woche gut und gern zweitausend Euro.« Ein tiefer Seufzer und ein neuer Tränenausbruch folgten.

»Nicht schlecht«, bemerkte Bernsen anerkennend, wobei er feststellte, dass er das Hochziehen seiner linken Augenbraue in diesem Zustand lieber bleiben lassen sollte.

Sie seufzte noch einmal und tupfte sich dabei immer wieder hektisch mit einem Taschentuch über die Augen.

»Wie haben Sie die drei Männer umgebracht?«, wollte nun Kohlschuetter wissen.

Edelgard Deller erzählte alles so, wie Kohlschuetter und Bernsen den Tathergang bereits rekonstruiert hatten. Dass sie beim Bereitstellen des Apfelsaftes von zwei Hotelgästen angesprochen wurde, hatte sie in ihrer Gutgläubigkeit überhaupt nicht als tragisch empfunden. Hannelore Klefeld hingegen, die wohl deutlich kaltschnäuzigere und intelligentere der beiden Frauen, hatte ihr die Hölle deswegen heißgemacht und wollte das Ganze abbrechen. Doch da war es schon zu spät gewesen. Edelgard hatte den Wutausbruch auch nicht tragisch genommen und ihn

Hannelores Eifersucht zugeschrieben. Die war in ihrer Eitelkeit nämlich schwer gekränkt gewesen, weil der beste und treuste Kunde Herbert Klauning die dralle Edelgard bevorzugte. Das hatte ihm, als kleine Rache sozusagen, den Sack mit der Kleidung der Opfer auf dem Rathausturm eingebracht. Hannelore hatte ihm die Morde in die Schuhe schieben wollen und gehofft, dass dies und der verlorene Rathausschlüssel für einen Verdacht gegen Klauning ausreichen würden. Als Hannelore Klefeld dann aber am Nachmittag den Klaunig über den Marktplatz laufen sah, obwohl der Sensenmann mittags bereits wieder zur letzten Stunde erschienen war, wusste sie, dass die Beweismittel zwar gefunden worden waren, der einfältige Hausmeister aber nicht verdächtigt wurde. Daraufhin hatte sie Edelgard Deller eilig aus dem Krankenhaus abgeholt, um mit ihr zu fliehen.

»Aber wieso haben Sie sich die Mühe gemacht und sind mit den Männern nach Kindelbrück gefahren?«, fragten Kohlschuetter und Bernsen beinahe unisono.

Edelgards Tränen waren mittlerweile versiegt. Allem Anschein nach wog der Verlust des geplanten neuen Lebens schwerer als die Ermordung dreier Menschen. Sie zuckte unbedarft die Schultern. »Das hat sich Hannelore ausgedacht. Erst haben wir Enrico zum Gründelsloch gebracht. Das knackige Kerlchen war einfach zu fit, und Hannelore hatte Angst, dass er das Beruhigungsmittel von Herrn Lullus besser wegsteckt als die anderen und wieder aufwacht. Wir wussten, dass Enrico die Quelle fast so sehr hasste wie Herbert. Er war wohl als Kind einmal hineingefallen. Außerdem hatte Hannelore irgendwo gelesen, dass Wasserleichen untergehen. Dann wäre er ja erst einmal weg gewesen.« Während sie den Tathergang mechanisch herunterrasselte, schaute sie stur geradeaus durch die Windschutzscheibe. Fast konnte man den Eindruck bekommen, dass sie die Morde nicht wirklich berührten. »Dann war Martin dran.« Sie schluckte. »So, wie der seine Äpfel geliebt hat, konnte der nur beim Obstbau sterben. Und Dieter, na ja, Dieter, für den kam nur die Empore der Kirche in Frage. Wie will man in einem Gotteshaus denn ansonsten auch jemanden umbringen? Haben Sie sich darüber einmal Gedanken gemacht? Den Gefallen, bei Gott zu sterben, waren wir ihm schuldig. Er hatte ja nichts mit den Geschäften der anderen beiden zu tun. Und die Truhe war das perfekte Versteck, zumal der nächste Gottesdienst erst wieder am Sonntag ist.«

»Aber wieso nach Kindelbrück?«, hakte Bernsen nach. Die naive Gelassenheit der attraktiven Edelgard erstaunte ihn zunehmend.

Sie schaute die Kommissare aus leeren Augen an. »Na, sollte etwa der Ruf Bilzingslebens unter den Morden leiden?«

***

Bernsen betrat beschwingt das Büro in der Erfurter Polizeiinspektion, schmetterte entgegen seiner sonstigen Gewohnheit einen euphorischen Morgengruß, schleuderte temperamentvoll eine gut gefüllte weiße Plastiktüte mit Nordsee-Logo auf seinen Schreibtisch, schwang sich übermütig auf seinen Schreibtischstuhl und schaute Kohlschuetter mit gönnerhafter Miene an. Dann hantierte er an dem alten Transistorradio, das vor ihm stand, bis er einen Thüringer Sender gefunden hatte, und lehnte sich entspannt zurück. »Jeden Moment müssen die Nachrichten kommen. Bin gespannt, ob sie mich erwähnen, also uns«, sagte er zufrieden grinsend.

Er trug ein frisch gestärktes weißes Fischerhemd, dessen Streifen noch in einem kräftigen Dunkelblau strahlten, und eine Jeans, die er, dem an der rechten Tasche baumelndem Preisschild nach zu urteilen, soeben erst gekauft hatte. Ihn umgab der Duft eines etwas strengen Rasierwassers, von dem er reichlich Gebrauch gemacht hatte. Seine Haare ließen eine gewisse Art von Frisur erkennen, soweit das bei dem Lockenkopf möglich war, zumindest hatte er sie gekämmt. Über seine Nase zog sich ein dicker Bluterguss, der bis zu den Augen reichte und ihn ziemlich entstellte, ihn aber nicht weiter zu stören schien.

»Zur Feier des Tages spendiere ich Ihnen ein Lachsbrötchen, mit Ei.« Bernsen lächelte und kramte in der Plastiktüte. »Dann gehen wir noch schnell Ihr Geschriebenes durch, und ich düse los. Der Urlaub ruft.« Freudestrahlend reichte er Kohlschuetter das Mitbringsel über den Schreibtisch.

Der stand auf, lehnte sich über seinen Computer, nahm Bernsen das mit einer fettdurchtränkten Serviette umwickelte Essen ab und legte es auf dem vor ihm stehenden Teller mit geschälten und geviertelten Äpfeln und Kiwis ab.

»Und? Wie weit sind Sie mit dem Ermittlungsbericht für den Chef? Und bitte erwähnen Sie darin, dass ich bereits am Mittwoch auf Edelgard Deller als Mörderin hingewiesen habe.« Bernsen fläzte sich in seinem Stuhl und kaute genussvoll an einem Krabbenbrötchen. »Ist der Kaffee schon fertig?« Er schaute zu seiner Kaffeemaschine, in der noch der kalte Rest vom Mittwochmorgen stand.

»Ganz der Alte«, bemerkte Kohlschuetter. »Wie kommen Sie eigentlich darauf, dass ich gerade an dem Bericht sitze?« Er griff nach einem Apfelstückchen und biss hinein.

»Ein eifriger Polizist wie Sie?« Bernsen schob sich genießerisch eine einzelne Krabbe in den Mund und beäugte neugierig Kohlschuetters Obstteller. »Manuela hat wohl heute kein Frühstück gemacht? Eiweißdrink ausgegangen? Sie essen doch nie im Büro.«

»Seit wann nehmen Sie an meinen Lebensgewohnheiten Anteil?«, fragte Kohlschuetter unwirsch.

»Immer, mein Lieber, immer«, schmatzte Bernsen. Dabei griff er nach dem zweiten Brötchen, das noch in der Tüte steckte. Der Duft eines säuerlichen Bismarckherings machte sich im Raum breit.

»Manuela ist nicht mehr«, entgegnete Kohlschuetter knapp. Er war darüber sogar ein bisschen erleichtert. Während der arbeitsreichen letzten drei Tage, in denen er kaum vor zweiundzwanzig Uhr zu Hause gewesen war, hatte sich Manuelas Drängen nach seinem Wohnungsschlüssel nahezu täglich gesteigert. Sie war sogar so weit gegangen, ihm demonstrativ jeden Abend eine Schüssel mit Salat oder einen Teller mit Tofuburger und Ökopommes auf der Fußmatte vor seiner Wohnungstür anzurichten, um die Dringlichkeit ihres Wunsches zu unterstreichen. Eine seiner Nachbarinnen, eine ältere Dame aus dem Parterre, hatte ihm einen Rührkuchen gebacken und ihn danebengestellt. Die beiden Studenten neben ihm waren so freundlich gewesen, das Ensemble mit Servietten und einer Flasche Bier zu komplettieren, jeden Abend, und die Mieterin von gegenüber hatte dem Ganzen mit einem Teelicht die Krone aufgesetzt.

Das halbe Haus hatte sich eine Woche lang über dieses Spielchen zwischen Manuela und ihm amüsiert, nur dass keiner seiner Nachbarn ahnen konnte, dass es hierbei um Kohlschuetters Heiligstes ging.

Schlussendlich, nachdem Kohlschuetter am gestrigen Abend ein fleischloses Gyros vorgefunden hatte, dessen Duft einem bereits am Hauseingang wie eine Wand entgegengeschlagen war, dabei wohnte er im Dachgeschoss, hatte er sich umgedreht und war direkt wieder gegangen, um die Sache zu beenden. Manuela hatte ihr Beziehungsaus so sehr mit Fassung getragen, dass ihn heute Morgen um kurz nach acht der Anruf des Geschäftsführers seines Fitnessstudios ereilt hatte, der ihm wenig freundlich mitteilte, dass Kohlschuetters Mitgliedausweis ab sofort gesperrt war.

»Na ja.« Bernsen zuckte nur mit den Schultern. »Wie weit ist denn nun der Bericht?«, quengelte er.

»Fast fertig, schließlich sitze ich schon seit acht hier, im Gegensatz zur Shoppingqueen«, entgegnete Kohlschuetter, der den Blick wieder auf seinen Bildschirm gerichtet hatte.

»Meine einzige Jeans war dreckig. Da musste ich eben eine neue kaufen. Meine Rotfeder mag es nicht, wenn ich mich nicht ordentlich kleide«, plauderte Bernsen unbedarft aus dem Nähkästchen.

»Na, dann sollte sie mal in einer normalen Woche einen Überraschungsbesuch bei uns machen«, murmelte Kohlschuetter. »Sagen Sie, sollen wir das mit der Schlange auch aufnehmen?« Er steckte sich ein Stück Kiwi in den Mund und klickte mit der Maus auf die Stelle im Text, an der es passen würde. Dann schaute er erwartungsvoll zu Bernsen herüber.

»Natürlich«, schmetterte der sofort und mit vollem Mund.

»Schreiben Sie, dass die Klefeld durch das Küchenfenster bei dem Machte eingestiegen ist, um das Vieh zu stehlen und ihn mit der Gefahr für die Bilzingslebener zu erpressen. Hätte Enrico Machte ein bisschen soziale Verantwortung für seine Mitmenschen übernommen, würde er noch leben.«

Kohlschuetter lachte laut. »Hat er doch, oder wollen Sie behaupten, Luden täten nichts für ihre Mitbürger?« Die Tastatur klackerte. Aus dem Radio tönte leise Jan Delay mit seinem Hit »St. Pauli«: »… von der Sehnsucht hierhergetrieben, um das Leben und die Liebe zu zelebrieren, oh ja …« Doch niemand hörte zu.

»Sehr witzig. Aber mal im Ernst, die Hannelore Klefeld ist schon ein gerissener und vor allem brutaler Besen.« Er fasste sich mit leidendem Gesichtsausdruck an die Nase. »Der Plan war nicht schlecht überlegt, wenn man von der unsinnigen Geschichte mit den Klamotten absieht. Wäre sie in ihrer Eitelkeit nicht so gekränkt gewesen, würden wir uns heute noch da draußen die Hacken ablaufen, um den Mörder zu finden. Dabei säßen die beiden Ziegen längst im Flieger nach Malle.«

»Freitags von Erfurt, genau«, sagte Kohlschuetter. »Aber über irgendetwas stolpert jeder Mörder. Das wissen Sie doch.«

Bernsens Handy meldete sich mit Meeresrauschen. Die Rotfeder wollte ihn sprechen. Sofort nahm er in seinem Bürostuhl Haltung an, richtete sein Hemd und ging dran. »Meine liebste Rotfeder«, flötete er. Dann endete sein Redeanteil. Zwei Minuten später brachte er es immerhin noch auf ein »Gut« und eine kurze Verabschiedung, dann sackte er mit hochrotem Kopf in sich zusammen.

»Alles klar?«, fragte Kohlschuetter teilnahmsvoll, während er den Bericht speicherte und den Druckauftrag auslöste. Der Dreifachmord von Kindelbrück brauchte nun nur noch die Unterschrift des Chefs, und dann war er hier Geschichte. Für Edelgard Deller und Hannelore Klefeld würde die Sache aber wohl nicht mehr enden. Nach Mallorca jedenfalls reisten die beiden nur noch im Fernsehraum der Justizvollzugsanstalt.

»Bernd ist krank«, hauchte Bernsen mit schwacher Stimme

und leerem Blick. »Wir fahren frühestens am Montag, aber auch nur, wenn es ihm wieder gut geht. Mit Magenverstimmung ist bei reinrassigen Pudeln nicht zu spaßen, sagt sie. Und dass er Bettruhe braucht. Ich soll also nicht vor Sonntag nach Hause kommen, da meine Anwesenheit ihn immer aufregt. Er sei wohl eifersüchtig.«

Kohlschuetter biss sich auf die Lippen und schaute Bernsen ein paar Sekunden lang unschlüssig an. Dann sagte er: »Das nimmt Ihnen doch ein bisschen den Stress raus. Ist vielleicht gar nicht schlecht. Außerdem ist sonntags viel weniger los auf den Straßen.«

»Fünfzig Euro rausgeschmissenes Geld für die neue Hose«, jammerte Bernsen, ohne auf Kohlschuetter zu achten. Er war aufgestanden und lief mit gesenktem Haupt im Büro auf und ab. »Der frische Aal und die selbst gemachten Bratkartoffeln, die langen Deichspaziergänge, die kreischenden Möwen, ja sogar die Schafscheiße«, zählte er weiter auf. »All das hat mir ein kotzender Köter genommen. Mit einer Kaustange oder was die Rotfeder dem Vieh auch immer in den Mund geschoben hat. Nach achtunddreißig Jahren beginnt mein Sommerurlaub nicht wie immer im ›Swarte Peerd‹ bei Thamsens. Und alles nur wegen Bernd Bernsen. Meine Welt liegt in Trümmern.«

Kohlschuetter versuchte es erneut. »Dann können wir ja gemeinsam zur Tour de Frömmschdt fahren. Das Radspektakel wollte ich mir gern ansehen, nachdem die Klefeld so davon geschwärmt hat. Nur weil sie eine Mörderin ist, muss die Veranstaltung ja nicht schlecht sein. Ich überlege sogar, mitzufahren. Nach der Horrorwoche kann etwas Bewegung nicht schaden. Haben Sie Lust? Danach gönnen wir uns eine Forelle in der Bilzingslebener Waldgaststätte, quasi als Belohnung.« Er lächelte seinen Kollegen aufmunternd, fast schon freundschaftlich an.

Bernsen stoppte abrupt, schaute mit herunterhängenden Mundwinkeln zuerst auf Kohlschuetter, dann an sich herunter. Schließlich sagte er in anklagendem Ton: »Wie, bitte, soll *ich*, ein Kriminalbeamter, der nur wegen seiner unbestrittenen Terminatorqualitäten einem fiesen Angriff auf seine Männlichkeit standgehalten hat, auf einem Fahrradsattel sitzen können?«

Dank

Die Idee für das Buch entstand an einem lauen Sommerabend im Biergarten der Waldgaststätte Cleric in Bilzingsleben. Der wohltuende Blick über den Teich, der kühle Apfelsaft und ein paar launige Geschichten der Anwesenden haben dabei wohl das Ihre getan.

Doch zwischen den ersten vagen Einfällen und dem Buch, das Sie in den Händen halten, galt es so einige Wegmarken zu passieren, was ohne die Unterstützung vieler netter, aufgeschlossener und zuweilen äußerst geduldiger Menschen nicht möglich gewesen wäre. Ihnen allen möchte ich an dieser Stelle herzlich danken.

Im Besonderen sind das:

Axel Swoboda. Alles was ich über den Obstbau weiß, habe ich vom Geschäftsführer der Kindelbrücker Obstbau e. G. gelernt. Er hat sich viel Zeit genommen und mir einmal mehr klargemacht, wie wenig wir als Konsumenten eigentlich über die Herstellung unserer Lebensmittel nachdenken und wie achtlos wir zuweilen damit umgehen.

Heidi Pasche. Als Tierärztin ist sie nicht nur immer sehr um unsere tierische Mitbewohnerin bemüht, sondern hat mir auch mit ihrem Wissen über Würgeschlangen und bezüglich der Wirkung von Tierarzneimitteln weitergeholfen.

Roman Zachar. Mit dem Bürgermeister der Stadt Kindelbrück durfte ich auf den Rathausturm steigen und die leider immer noch viel zu sehr verfallenen Schönheiten der St.-Ulrich-Kirche bewundern. Der Phantasie seiner Frau Judith verdanke ich eine der Todesarten.

Jörg Stengler. Ohne Worte.

Klaus Fischer. Den Namen kennt in Bilzingsleben jeder. Schön, dass du »mitgespielt« hast, Klaus. Und dass du immer noch einen draufsetzen musst und dein Hotel zu meinem Premierenort gemacht hast.

Marit Obsen. Meine unermüdliche Lektorin, die sich nicht einmal mit Nougattüten bestechen lässt und auch dann noch einen klaren Kopf behält, wenn ich nur noch Bahnhof verstehe.

Die Thüringer Fleisch- & Wurstspezialitäten GmbH aus Dornheim. Matthias Gaida und Lars Kleiber haben nicht nur einen Sinn für ausgefallene Ideen, sondern auch jede Menge Humor bewiesen. Ich bin stolz, gemeinsam mit diesem Unternehmen für unsere schöne Thüringer Heimat werben zu dürfen. Herzlichen Dank!

JULIA BRUNS
Zwei Bier
und ein Mord
KRIMINALROMAN
emons:

Julia Bruns

IM SCHATTEN DER HEIDECKSBURG

Broschur, 240 Seiten

ISBN 978-3-95451-801-2

»Julia Bruns vermittelt lebendiges Lokalkolorit und Thüringer Fürstengeschichte. In diesem spannenden Krimi, der viele Leser finden wird, darf manches schmutzige Spiel gespielt werden. Fall Nummer drei sollte nicht lange auf sich warten lassen.« Ostthüringer Zeitung